英国十八世紀文学叢書｜2

ジョナサン・スウィフト　高山宏 訳

ガリヴァー旅行記

Jonathan Swift

Gulliver's Travels

研究社

目次

ガリヴァー旅行記

出版者より読者へ

これらの旅行記の作者、レミュエル・ガリヴァー氏は小生の古くからの親友でありますが、同様に母方の縁故としても結縁（けちえん）があります。三年ほど前、好奇心満々の人々がレドリフの彼の家に押しかけて来るのに倦（う）んで、生国のノッティンガムシャーはニューアーク近傍に、使い勝手良い家付きで小ぶりな土地を購入し、現在もそこで隠退生活をしていますが、近隣住民の評判も上々であります。

ガリヴァー氏は父上の住んでいたノッティンガムシャーで生れたのですが、自分の家族はオックスフォードシャーから来たと彼が言っていたことがありまして、小生、その界隈の教会墓地に赴いて、ガリヴァー家の墓石と墓碑をこの目で確認したのであります。

レドリフを去る前に彼はひとつの紙束を小生にあずけ、自分でこれが一番と考えるように自由に配列して良いという許可までくれたのです。小生、注意深く三度、精読しました。単純にして平明な文体でしたが、旅行記作者にありがちな一寸細部がうるさいという印象でした。真実という感じが全巻に漂っているわけですが、けだしこの作者はまことを看板にしている人物で、現にレドリフ周辺では、誰かが一所懸命何かを話しているのを評して、ガリヴァーさんが話したみたいに本当みたいと、ほとんど諺めいた表現を使うほどらしいです。

何人か見識高い方々に、作者の同意を得てこれらの紙束に目通し願い、そして今、世間に問おうとしているわけです。少くとも暫時の間でも、政治や政党のことにかかりきりのそこいらのもの書き連中よりは若き紳士諸兄に程度高い娯楽にもなれかしと念じております。

この本は、もし小生がえいやっという気合もろとも、それぞれの航海の風や潮の流れ、方位や角度に就ての夥し過ぎる情報やら、嵐の只中に於る、水夫本人のような語り口の操船術の仔細やら、同様、緯度経度の説明やらをばさばさ削りとってしまわなければ、少くとも倍の厚さにはなった筈です。小生のやり方にガリヴァー氏が苛立つにちがいない、それも当然と思うと同時に、読者一般の読書力にできるだけ近いものにというのが小生の方針でした。なにしろ小生自身、海事用語はずぶの素人なので、誤りあらば責任はすべて小生にあります。そしてどなたか旅行記作者の方が、作者から小生が受けとったその儘の形で作品全体を見たいと仰有られるなら、喜んで御希望に添ってみたいと思っています。

作者に就いて細かいことを更に知りたいと言う読者の方がおられれば、この本の初めの何ページかを先ずお読みになることですね。

リチャード・シンプソン　拝

いくたび行く旅

第一部

リリパット渡航記

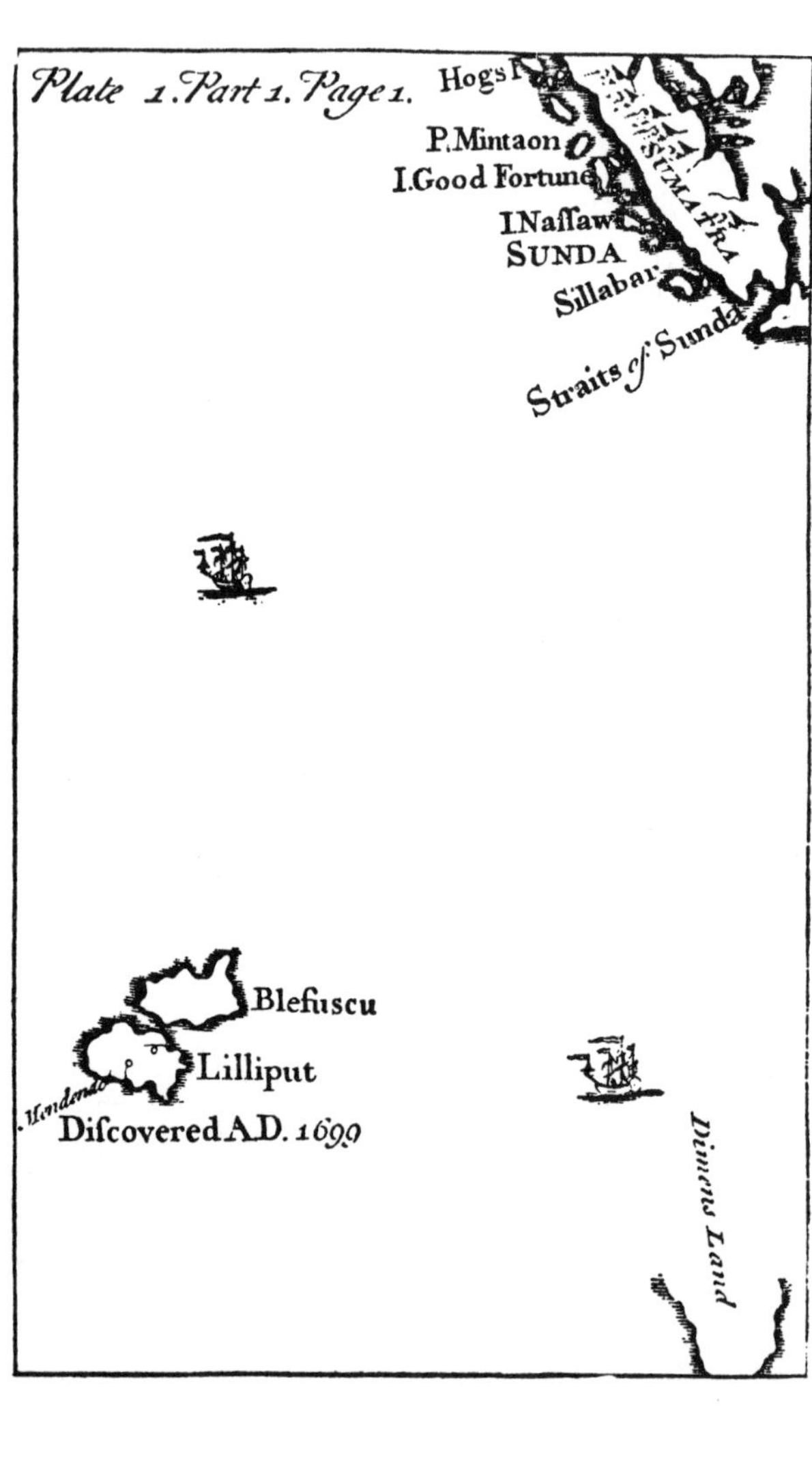
Plate 1. Part 1. Page 1.
Hogs I.
SUMATRA
P. Mintaon
I. Good Fortune
I. Nassaw
SUNDA
Sillabar
Straits of Sunda
Blefuscu
Lilliput
Discovered A.D. 1699
Dimens Land

第一章

作者は自分のこと、家族のこと、最初の旅へのいざないのことをいささか語る。そして難破し、いのちからがら泳いで、リリパット国の海岸に漂着。そこで俘虜となり、身柄は同国内を移送される、の条

おやじ殿はノッティンガムシャーにちいさな家を持ち、わたしはその五人息子の三番目だった。わたしが齢（よわい）十四のみぎり、おやじ殿はわたしをケンブリッジ大学エマニュエル学寮に入れ、わたしはそこで三年暮らし、なかなか勉学に励んだのだった。（わたしはいつも金欠（きんけつ）だったが、それでも）わたしの学費は家運さかんとは言いがたい実家には大きな負担に過ぎたものだから、わたしはロンドンの名医ジェイムズ・ベイツ氏のところに四年の年季奉公に出ることになったが、その間もおやじ殿から時々の仕送りがあり、それを資金にわたしは航海術と数学の幾分野か、旅を志す者に役立つことどもを学んだのだが、わたしの運はいずれの日にか旅に出るように決っているといつも考えていたからだった。ベイツ氏への奉公が終って実家に帰ると、おやじ殿から、またジョン叔父他の親戚縁者から四十ポンドの金をもらうことができたし、ライデンで勉強するためだったら年に三十ポンド送るという約束もとりつけられた。ライデンで二年と七ヶ月間、医術の勉強に励んだが、それが長い旅に出るに必ず役に立つものと考えていたからだった。

そのライデンから戻るやいきなり大師匠ベイツ氏からキャプテン・エイブラハム・パネルが船長をしているスワロー、つばめ号に乗って船医として働くように勧められて、わたしは三年半そのつとめを果たし、一度か二度、レヴァントその他の海域を船で回った。戻ってくると、大師匠のベイツ氏から勧められるまま、ロンドンに腰をすえる決心をし、ベイツ氏の紹介で何人か客の患者も得られた。商業地区オールド・ジュリーの小ぶりな家の一角を手に入れると、この際まともな暮しをしろと忠告されて、ニューゲート・ストリートの靴下商エドモンド・バートン氏の二女のミシズ・メアリー・バートンと結婚したが、とつぎ料ということで四百ポンドをもらった。

　ところが別に侍医でもないのに医師(マスター)ベイツを名乗ったこの人が他界すると、友人もほとんどないわたしの医業はてきめんに行きづまり始めたが、医者仲間の多くが手をそめているあこぎなやり方に即(つ)くのをわたしの良心がどうしても良しとしない。そこで妻に話し、知り合い何人かに相談して、わたしは再び海に出ることにした。続けて二隻の船に船医として乗りこみ六年にわたって東インドに、西インドにいくたびとなく旅し、それで少しは金運も開けてきた。暇をみつけると古今問わず最良の著者たちになじんだ。いつも多くの本を手にすることができたし、どこかに上陸すると、そこな人々の習俗慣習をよく観察したし、人々の言葉に習熟するのに余念がなかったが、記憶力にはおかげさまでいささか自信があって、言葉はとても短期間にいろいろ身についたのである。

　その最後の旅が終ってみても大して金回りも良くなっていなかったし、海にも飽き始めていて、わたしはいっそ家にいて妻子と暮らそうと考えた。オールド・ジュリーからフェター・レインに、そしてワッピング地区にと居を変えたのは船乗り相手の商売はしようとしていたからだが、そうはたやすく目鼻がつくはずもなかった。事態好転を三年待つ頃、アンテロープ、かもしか号の船長、キャプテン・ウィリアム・プリヴァードから割りの良い仕事の話がもらえた。南洋航海に出ようというのだった。一六九九年五月四日、ブリストル港を出た。そして最初こそは上乗の航海だった。

　それらの海域での冒険について細かいことを書きつらねて読者を悩ませるのは、いろいろあってやめようと思う。そこから東インド域への旅は、ファン・ディーメン島まで暴風に吹きあおられて始まったと言っておけば足りる。太陽観測をやってみると、いつのまにか南緯三十度に達していることが知れた。重労働の上、食いものも悪く、乗組のうち十二人が死んでいたし、生きている連中だってめちゃくちゃ弱っていた。十一月五日といえばその海域では夏のはじまりだが、とにかくひどくもやった日で、乗組たちは船から近くも一鏈(ケーブル)という距離にいきなり岩礁の姿を認めた。強風いかんともし難く、まともに大岩にぶつかると、船体は真二つに折れた。乗組六人でボートを海におろすと、船からも岩からも離れようと必死に漕いだが、わたしもその一人だった。わたしの感じではおよそ三リーグも漕いだところで、船の上での骨折りですでに疲れきっていたせいもあるが、それ以上もう全く力がなくなった。そうなるとあとはもう波まかせ運まかせ。半時ほどたつ頃、突然の北風一陣、ボートはてきめんに転覆した。ボートの仲間のことは勿論、岩にはい上った連中、本船に残った乗組がどうなったかはわからない。皆死んだとしか思えなかった。わたしと言えば運の導くまま泳ぎ、文字通り風のいいなり、潮のいいなり。しょっちゅう足を下に伸ばしてみるのだが、足が底につく気配などない。南無三、これ以上何の力もでないと覚悟する頃、ふと足のつくのを感じた。その頃までには嵐もほぼおさまっていた。海底の傾斜はほんのわずかだったから、海岸に達するまで一マイルほども歩かねばならなかった。海岸についたのは夕刻の八時頃、とわたしは思った。それから半マイルほど進んだのだが、家があるとも、人がいるとも見えなかった。少くとも、余りに弱りきっていて、そういうものが目に入ってさえこなかったのだろう。疲労困憊していたし、暑いということもあった。それに離船のとき半パイントくらいは体に入っていたブランデーが効いていて、もうどうしようもなく眠かった。わたしは草の上に横になったが、とても短い、やわらかい草だった。一生に一度あったかなかったかの爆睡、というのも、すっかり日が上っていて、どうみても九時間以上は眠った計算だったのだ。身を起こそうとしたが、体を動かせなかった。たまたまあおむけに寝ていたのだが、手足が右も左もしっかり地面に貼りついていたし、わが蓬髪また同じようにくくりつけられていた。また、何本もの細い紐がわきの下から腿まで胴部に横ざまに掛けられているようにも感じられた。上空を見上げることだけはできたが、日はじりじりと暑くなりかけていて、その光が目に痛かった。まわりが何やらざわついていたが、そういう恰好だから、ひたすら上空を見ているしかない。ややあって何かが左足の上でもぞもぞ動くのがわかったが、こいつがゆっくりと胸にと上ってきて、ほとんど顎の所にまで来たとき、ぎりぎり目を下の方に向けて何かと見れば、これが一人の人間。背丈は六インチあるかないか、手に弓と矢を持ち、背に箙を負っていた。その間にも（おそらく）少くとも四十ほどの人数、似たようなのがいて、最初の一人に続いているのが感じとしてわかった。驚いたあまり、わたしは思わず大声を出したのだが、あとで聞いたところでは連中みな、恐懼(きょうく)して私の側から地べたにとびのいて、怪我人も何人か出たらしい。それでもすぐに元気を出し、うちの一人が勇を鼓してわたしの顔全部を見られる所にまでくると、感にうたれて手と目を上げ、鋭い明瞭な声で「ヘキナ・デグル」と大呼した。他の連中も何度となくこの同じ言葉をくり返し発したが、わたしにはむろん何のことかわからなかった。ずっとそうやって横になっていたが、読者おわかりのように不安で一杯だった。楽になりたくてもぞもぞやっていると、運よく紐が切れ、わたしは左腕を地に固定していた杭(くい)を引き抜くことができ、そこで腕を顔まで持ち上げて、どういうやり方でわたしが縛(いまし)められていたのかを知り、同時に痛みを覚悟でぐいっとばかり力を入れると、髪を左側にくくりつけていた紐を少しばかりゆるめることができ、二インチばかり頭が動かせるようになった。また走って逃げようとする連中をつかまえると、相手は金切り声で絶叫し、絶叫がおさまると、うちの一人が「トルゴ・フォナック」とどなるのが聞こえたかと思うと、左手に百という矢が当るのを感じたが、これが結構、針で刺されるようでちくちく痛い。ヨーロッパの砲撃そっくりに、次の矢が空裡を来て、思うにその多くが体に当ったんだろうし（そう感じたわけではない）、幾つかは顔をめがけてきたので、わたしはすぐ左手で顔をおおったのだった。この矢ぶすまを受けてわたしは痛いのと辛いのとでうめき声をあげたが、また体を動かしてみようとすると、第一撃より強烈な第二撃がきて、中には槍でもって私を横側から刺そうとする者もいたのだが、革の短上着を着ていたのは幸運だった。槍は刺さらなかった。ここはじっとしているに限ると考えた。そうやって夜を待てば、左手はもう使えるんだし、いつでも自由がきくだろうという計算だった。そこな住民たちについて言えば、連中がもしわたしが目にした者と皆同じ大きさなのだとしたら、仮に大部隊でやってきても自分は十分相手になれるだろうという自信はあった。しかし運命はわたしに別の道を用意していた。連中はわたしがおとなしくなったのを見て、弓矢攻撃をやめた。しかしざわつきが増す感じで、連中の人数がふえたことがわかったし、わたしの右耳から四ヤードほどの所に一時間以上人々がかんかんこんこんと音をたてて立ち働いているらしいのがわかった。杭と紐が許す限り頭をそちらの方に向けてみると、一フィート半ほどの高さで住民四人が載れるほどの台が設けられているのが目に入ってきた。登るための梯子が二つか三つ付いている。高位の者と思われるそのうちの一人がわたしに向って長々と何か喋っているのだが、わたしには片言もわからなかった。そう、これはちゃんと言っておくべきだったと思うが、このお偉いさん、演説を始める前に三度ほど「ラングロ・デフル・サン」と大声で叫んでいたのだった(この言葉も、以前発せられていた言葉も後々くり返され、わたしに意味が説明されることになる)。するとたちまち五十人ほどの住民がやってきて、わたしの頭の左側を固定する紐を切って、お蔭で頭を右に向けて、話をしようとしているその人物の姿と素振りを見ることができた。見たところ中年という年輩で、かたわらにはべる他の三人のだれよりも背が高い。はべっている一人はお小姓で、殿の着物の裳を持ち上げていたが、わたしの手の中指よりも身長があるかという感じで、あとの二人は両側にいて殿を支えていた。その者は雄弁家そのものの素振りで、脅し文句多々ある中に約束もあり、憐みや親切の言葉も混っているようだった。わたしは天も照覧とばかり左手と両の目を太陽に向けて上げ、言葉少なに、恭順そのもののいらえを返した。なにしろ離船する前、何時間も何ひとつ口にしていなかったから腹ぺこで、自然の強い要求にさからうべくもなく、（行儀作法のいろはなど知ったことかと）辛棒どこ吹く風とばかり、指をしょっちゅう口にもっていってはうぬが空腹を訴えた。「フルゴ」（殿の意味だとは後で知った）の理解力はたいしたもので、台からおりていくと、何本か梯子をわたしの体の横にかけるよう命じた。百人以上の住人たちが、わたしの口めがけて梯子をのぼり、王がわたしの噂を耳にするや否や命じて集め、そこへ届けてくれた幾かごもの食べものをわたしの口に入れてくれた。食肉があったが、何の動物かは味だけではよくわからなかった。肩肉、脚肉、腰肉は形からすると羊(マトン)のようだったし、美味だがヒバリの翼より小さいものだった。そういうのを一口で二個三個、わたしは口に放りこみ、パンだって塊三つをマスケット銃の弾みたいな感じで一口で飲み下した。人々はどんどんどん全力で食べさせてくれたが、わたしが食べる量とわたしの食欲を前にびっくりというより愕然という様子を満面に見せた。その次、わたしは喉がかわいたということを伝えた。わたしの食べっぷりからみて飲む方もわずかな量ではすむまいということで、勘の良い連中のこと、最大級の大樽をひと樽巧みに運び上げると、わたしの手に向けてころがしてきて、上蓋を叩き割った。それだって一気飲み。なにしろ半パイントあるかないか、しかもバーガンディー・ワインをさらに美味にしたような味だったからだ。ふたつめの大樽がきたが、これもあっという間だった。もっと呉れまいかと合図したが、もうなかった。こういう驚異(びっくり)を目にして人々は狂喜して、わたしの胸の上で小躍りしながら、最初の時の「ヘキナ・デグル」を何度も何度も口にした。人々は大樽ふたつ投げ落とせという合図をくれたが、その前に下にいている連中に警告するのに大声で「ボラク・ミヴォラ」と叫んだし、空裡飛ぶ大樽を目にしてはあちこちに「ヘキナ・デグル」の叫びがあがった。正直言うと、彼らが私の体の上をあちこち歩く時、最初に手近に来た四、五十人をつかまえて地面に叩きつけてやりたくてたまらなかったことは一度や二度ではない。しかし、はじめにどう感じたかを思い出し、おそらくもっとひどいことだってやれた連中なのかもしれないと思ったし、またあれだけ恭順の意を伝えて敬意あるところを見せておきながらこの紳士協定を破るようなこともできまいというので、こういう荒ぶる振舞いはすぐに念頭からは消えた。加うるに、あれだけの費えをし、雅量あるところを見せてくれた人々にはこちらもちゃんとした応接をというのがおのれをも縛る法ではなかろうか。それはそうだが、これほどのおちびちゃんたちがわたしの上にのぼり、歩き回るのにどれだけの勇気がいるものか、考えをいたして畏れ入るところがわたしの頭にはなかった。彼らから見てわたしがいかにばかでかく見えるか、それを別にこわがりもしないで、と。しかもわたしの手は、片手は完全にあいているというのに、だ。しばらくして、わたしがそれ以上、肉、肉と言わなくなった頃合をみはからって、皇帝の所から高位の人物がわたしの前に現れた。この高官氏、わたしの右足の細い所からのぼり、十人ほどの取り巻きとともにわたしの顔めざしてやってきた。御璽の付いた親書をわたしの目のところに持ってきて、十分ほども何か言ったが、怒っているふうではないが、不動たり決然たるところがあり、しきりと指さす方向がある。のちにそれは、半マイルほど彼方の首都の方向だったことを知った。そこな御前会議でわたしをつれてくることと陛下が申されたという話だった。二、三の言葉で答えたが、通じない。そこで自由になっている手をもう一方の手のところに持っていって（高官や供の者を傷つけてはいけないから高官の頭越しに、だ）、それからまたわたしの頭と体に持ってきて、自由を呉れという意思表示とした。相手はよく諒解したようだった。首を横にふったので、反対だとわかったし、手振りからすると、わたしは囚人として護送することになっていると言いたいらしかった。一方では別の素振りもして、わたしには十分な肉と酒、存分の待遇が与えられることをわかって欲しいと言いたげだった。またしても紳士協定を破ってやろうかとその時思ったが、すると顔や手に矢が当った痛みもまたよみがえってきた。矢傷は残らず水ぶくれになっていたし、中にはなお鏃（やじり）が残っているのも多かった。それから敵の数がふえているのもわかった。で、わたしの処置はいかようなりと、と身振りで伝えた。こういうやりとりがあってからフルゴと供ぞろいは実に慇懃に、満面に微笑を浮かべて去っていった。その後、そこいらに叫び声が聞こえ、「ペプロン・サラン」という言葉がしきりとくり返され、わたしは左側の群衆がわたしが右に寝返りがうてるようにと紐をゆるめているのを知った。わたしが小用をたせるようにということだったのだが、人々はわたしの小便の量の多さに驚き呆れた。人々はわたしの動きから何をしたいのかを察して、そちら側の連中は右に左に逃げまどって、わたしからあふれ出る音も力もものすごい奔流から身を守ろうとしたのだった。それより前に彼らがとても香りの良い軟膏らしきものをわたしの顔と手に塗ってくれていたのだが、これで二、三分もすると矢傷の痛みが全てとれていた。とても元気が出る食べもの飲みものをもらって回復していたのに加えてこういう好状況なので、わたしは眠ってしまった。後に知ったのだが、八時間も眠った。医者が皇帝の命令で、酒の大樽に眠り薬を混ぜていたというから、この爆睡も無理はない。

わたしが上陸後、眠っているところを発見されたそもそもの初めから皇帝は至急便でそのことを知っており、この者をわたしが前に述べたようなやり方で縛めてしまうように御前会議で決めたのだった(わたしが眠っている夜間にそれは実行された)。飲食物をたっぷり送ること、わたしの首都行き護送の車を準備することも決められた。

この決定は放胆かつ危険の多いものにちがいなく、わたしとしてはこういう折りにヨーロッパでならそこの君主でこれを真似する者などいまいと自信をもって言える。しかし私見ではそれは寛大であるばかりか、これ以上ないほどに賢明なやり方だったのだ。わたしが寝ている間に槍と弓とで人々がわたしを殺そうと企てていたとして、最初のひとちくりでわたしが目をさましたとしたなら、わたしは怒り狂ってわたしを結わえていた紐なんかぶちぶちにしてしまうにちがいないし、その後で人々に抵抗する力がなくなっても、いまさら慈悲が与えられるはずはないからである。

これらの人々は数学に非常に長けていたし、学問の庇護で有名な皇帝の督励助成の下、機械工学では達芸の域に達していた。この君主は車輪の上にいくつか機械を載せたもので材木その他重たい物を運搬した。船長九フィートもありそうな最大級の軍船を木のよく育った森で拵えてから、こういう装置に載せ海に向って三百ヤードも四百ヤードも運んだのだ。この巨大装置をつくるとなると、たちまち五百人からの大工と技師が動員された。それは高さ三インチ、奥行き九フィート、幅四フィートの木枠で二十からの車輪の上に載っかっていた。わたしが耳にした歓呼の大声はこの装置が到着した時のさわぎだったが、わたしの上陸の四時間後にしつらえられた感じだ。それは、横たわるわたしと平行して置かれた。しかし何と言ってもわたしを持ち上げ、その装置にわたしを載せるところが一番の難関だった。高さ一フィートの八十本の柱がこのために立てられ、大工たちがわたしの首、手、体、足に巻きつけた繃帯に細紐の太さの非常に丈夫な紐が鉤で結えられた。柱に付けられた沢山の滑車を使ってこれらの紐をぴんと張るのに九百人の屈強な職人たちが働いたので、三時間もしないうちにわたしは持ち上げられ、装置にはめられ、しっかりと結えられていた。これら全て人から聞いた話だ。全作業進行中、わたしは酒に混ぜられた催眠薬のせいでぐっすり眠らされていたのである。それぞれが四インチ半の体高を誇る皇帝御自慢の悍馬千五百頭うち揃って、半マイルと先にも言っておいた行程を首都に向って、わたしを運んで行ったのだ。

この行程がはじまって四時間ほどして、笑うしかない椿事のせいで私はめざめた。車になにやらん不都合が起き、調整のため止ったのだが、好奇心の強い土地の二、三の若者がわたしの寝姿を見ようとして装置によじのぼり、こっそりわたしの顔に近付きつつあったところ、彼らの一人で守備隊の上官の男が短槍のはしをわたしの左鼻穴にかなり深く突っこんだところ、鼻にこよりを突っこむようなもので大くしゃみとなった。彼らが吹き飛ぶのを見た者はいないが、わたしが自分のめざめたわけを教えられたのは三日あとのことである。長旅はその日一杯続き、夜になって休む時には両側に、半分は灯明を、残る半分は弓と矢を持ち、わたしにあばれだす気配あればすぐ矢をつがえるはずの護衛兵五百人が並んでいた。翌朝も日の出とともに行進は続き、市門から二百ヤードの所に正午に到着した。

皇帝が廷臣一統と一緒にわたしの出迎えに出てみえたが、高官たちは皇帝がわたしの体にのぼっては危険といって、それは決して許さなかった。

　運搬機が止った場所には、王国最大という評判の古い神殿が彳(た)っていたが、何年か前、ある非道なる殺人が起きたとかで、信心深い人々からみて、もはや六塵俗界のものとみなされてただの建物ということとなり、装飾だの調度だのはどこかへ持ち去られていた。この建物がわたしの住いと決められていた。北面した大門は高さ約四フィート、幅は二フィートもあってわたしは楽に這(は)って出入りができた。門の側面には地上六インチ足らずの所にそれぞれちいさな窓が切ってあった。左側の窓から王の鍛冶工たちが、ヨーロッパで言えば御婦人たちの時計にぶらさがっている鎖に形が似ていて大きさもそれくらいの鎖を九十一本も運び入れていたが、これを三十六個の錠前を以てわたしの左脚にくっ付けようという算段だった。神殿と向い合って、目抜きのもう一方の側、二十フィートの所に高さ少くとも五フィートの塔がたっていた。そこがなんでも皇帝がその宮廷の主だった高官たちとつれだって、わたしを眺めようとのぼって行く場所であったそうな。わたしからは彼らが見えないから、という。同じ目的を持つ十万以上の市民が街からやって来たとされていたし、いくら護衛兵がいても、いろんな折りに梯子を使ってわたしの体にのぼってきた住民は絶対に万を下らなかったと思っている。しかしすぐにそれを罰する禁令が出され、罪人は死刑に処せられることになった。職人たちはわたしが自由に歩け回れないと知ると、わたしを縛(いまし)めていた紐を全て切った。わたしは起き上っては今まで感じたことのない気鬱に打ちひしがれた。わたしが立って歩くのを目にした人々の驚いて大騒ぎする様子やら、あえて書く気もしない。わたしの左足にからみつく鎖だが、前に、後ろに半円形を描いて歩き回る自由を呉れたし、門から四インチ以内に固定されながら、中に這い入ることもできたし、神殿の中で大の字になって寝ることもできたのであった。

第二章

リリパットの皇帝、数人の高官ともども作者のとらわれの住いを見に来る。皇帝の人品及び習性の描写。学者一統、命を受け、作者に言葉の教授に来る。作者、温柔な性格を以て寵を受ける。彼の袖珍、点検の憂き目に。そして剣及び拳銃を失う、の条

なんとなく二本の足で立って四周みわたして見て、こんな面白い景色にはめったにお目に掛ったことがないと言わねばならない。まわりの自然は庭がそのまま広がった風情だったし、囲われた田畑は大概四十平方スクェアの広さがあったが、そのまんま花園だった。これらの畑は半スタングの広さの森とごっちゃになり、一番丈高い木々は、みるところ七フィートの高さがあった。左手に市街が見えるのだが、劇場で目にする市街の書き割りの一幅のようだった。

さてわたしは何時間ものあいだ迫りくる自然の要求という奴に猛烈に苦しんでいたが、何の不思議

もない。その前に行屎（こうし）に及んでから優に二日たっていたからだ。迫られているが、恥ずかしいこともできないという大変辛い状態であった。思いつく一番の手は家に這って入ろうということで、現にそうしたし、後ろに扉を閉じるや否や、鎖の伸びる限りの所に行って、体中のくさいお荷物を外に出した。こんな行儀の悪いことをしたのはその時の一回ぎりだから、寛容なる読者方にはここなわたしの状況、わたしがどんなにせっぱつまっていたものか、ぜひ大人の目で公平にみて御海容のほど願っておくばかりである。まさにこの時限りにわたしは起きるとすぐ、鎖が許す限りに外に出てお仕事をすますのを変らぬ習慣とし、毎朝人々の来ないうちに怪（け）しからん物（ぶつ）をそのこと専門の二人の召使いに荷車で持って行かせるようにちゃんと段どりしたのである。どうみても重要でなさそうな椿事にこうしてくだくだと筆を進めるのも、ひたすらわたしが世間からみて清潔という点にちゃんと気を遣う人間であることをきちんとさせときたいからであって、あとから聞いた話では、わたしの誹謗者たちがこれやそれやの折りをとらえては、そうでないという噂をして喜んでいたのだそうだ。

　椿事落着すると、わたしは新鮮な空気を吸おうと家から出た。皇帝が既に塔からおり、馬に乗ってこちらに向っていたが、これがちょっと剣呑（けんのん）だった。よく調教された馬だったのだが、目の前を山が動くなんてこんな景色見たこともないというのでびっくりして後足二本で立ってしまったのである。帝はさすがに名騎手、落馬もなく、馬掛りどもが駆け寄って手綱（たづな）をつかむ間にも悠々と馬からおりられた。地上におり立つと、感に入ったようにわたしを眺めていたが、鎖の距離から中には入らない。皇帝はちゃんと控えていた料理番や執事どもにわたしに食べもの飲みものをと命じ、彼らは運搬箱様（よう）

のものに車が付いたものに載せてわたしに押しだしてきた。わたしは台をとらえると、たちまち全部たいらげた。二十台には肉が一杯だったし、十台は酒を積んでいたが、肉の方の台はそれぞれ二口、三口で腹中に消えたし、酒は陶器の瓶に入ったものが一台に十瓶もあったのを、これも全て車一台にあけて、それを一気飲みした。あとの九台も同じようにあけた。妃と王家の若い男女、かたわらにはべる沢山の官女たちが離れた所の椅子に坐っていたが、皇帝の馬に椿事が突発した瞬間に皆ぱっと立ち上ると、皇帝の方に駆け寄った。さて、その皇帝陛下というのがいかなる風貌の御方だったかを描写しておく。皇帝はその宮廷のだれよりも、わたしの爪の幅の分くらい背が高く、それだけでも見る者に畏敬の気持を抱かせるに足りた。造作は線太く男性的で、オーストリア皇帝のそれとみまがう下唇、それから鼻は鷲鼻（わしばな）、肌はオリーヴ色、背筋はしゃんと伸び、体と手足の釣合もよければ身のこなしもみやびだし、挙措に威厳がある。当時もう盛りは過ぎてはいたが、よわい二十八と四分の三年。うち七年ほど国を治めたが大層な名君で、戦争にも大体勝ちをおさめていた。もっとよくこの人物を見ようとわたしは脇を下にして横たわり、わたしと皇帝の顔が横並びになったことがあり、二人の距離は三ヤードほどしかなかった。さらには何度も皇帝を我が手に載せたことさえあるし、だからこのところの描写にはうそはない。着ているものは単純で質素で、仕立てはアジア風とヨーロッパ風の間といったところ、頭にのった軽い兜は宝飾されていたし、兜の前立てには羽がひらついていた。手には鋭刃（とじん）さげ、万一わたしが縛めなく動きだしたら、それで身を護るつもりなのだが、長さはほとんど三インチ、束も鞘も黄金出来（でき）、ダイアモンドの飾りが付く。皇帝の声は金切声だったが実によく通るはっきりした声なので、立ってさえわたしはちゃんと聞きとれた。官女廷臣みな華やかな衣裳で、一同がいる場所は金糸銀糸の刺繍を施したペティコートがそのまま地に広がっているかとも思われた。皇帝は実によくわたしに話し掛け、わたしも答を返したが、たがいに片言も理解できていたわけではなかった。居合わせた僧侶や法官（着ているものからそう思えた）の何人かが、命ぜられてわたしに話し掛けたが、わたしは少しはかじった覚えのあるあらゆる言語で彼らに応答した。高地と低地両オランダ語、ラテン語、フランス語、スペイン語、イタリア語、それに混成語リングアフランカというわけだが、どれも通じない。やがて二時間もすると宮廷の人間は皆戻っていき、残ったのは一隊の屈強な警護兵たちで、何が何でもわたしにぎりぎりまで近付こうとする群衆の不当行為、いやおそらくは悪意ある行動を阻止するために残されたのだ。現に群衆の中には非道にもわたしが家の扉横の地べたに坐っているのめがけて矢を射掛けてくる者が何人もいたが、うち一本なぞは危うくわたしの左目に当るところだった。大佐は一味の主謀者六名を逮捕させ、縛ったままわたしの手に渡すのが罰としては適当と考え、兵士たちはそれに従い、彼らを短槍の先で、わたしの方に向って突き出した。わたしは右手で全員をつまむと、五人を上着ポケットにつっこみ、六番目の奴に向っては生きたまま食っちまうぞという様子をみせた。哀れなこ奴は大きな悲鳴をあげ、大佐も警護隊幹部もとてもつらそうだった。わたしがポケットナイフを出すのを見ると恐慌に陥った。そこでわたしは兵たちの恐怖を払う挙に出たのだ。温和な表情で、男を縛っている紐をただちに切ってから、そっと地上におろしてやった。他の手合も同じようにした。一人また一人、ポケットからつまみ出したのだが、わたしのこの寛仁大度の仕草に兵も人々も大感激した様子だったし、これでわたしの宮廷株は大いに高くなる結果になった。

夜が来ると家に入るのがつらかった。地べたに横たわるからで、それが二週ほど続き、その間、わたし用にベッドをつくってやれという命令が皇帝から出た。普通の大きさの布団六百枚が車で運びこまれてわたしの部屋で作業があり、人々の布団百五十枚縫い合わせて長さも幅も良い具合のものができ、しかもそれを四重にしたのだが、固さではなめらかな石の床（ゆか）と全然ちがわなかった。同じ計算でシーツ、毛布、布団カヴァーもつくられたが、わたしのように長い間、苦労し続けの人間にとってはそれでもう御（おん）の字付きだった。

わたしが到着したという報せが王国中に広がると、金持ち、怠け者、好奇心一杯の人々がものすごい数、わたしを見にやってきた。村という村はほとんど空っぽになり、畑のことも家のこともまるでなおざりになる事態が、もしそういう不都合はだめという皇帝のいくつかの勅令や命令が出されなければ生じたにちがいない。皇帝は、一度でもわたしを見られた者は家郷に帰れ、宮廷の許可なくしてわたしの家から五十ヤード以内の所に立ち入ることあいならんというのであったが、これで国務大臣たちのふところが大いにうるおったのである。

その間にも皇帝は、わたしのことをどうすべきか議論する御前会議をいくたびも開いていて、守秘事項にだれよりも通じたさる高官たる我が親友から後日聞かされたことだが、宮廷はわたしのことであれやこれや厄介な風向きになっているのだった。まず、わたしが縛めを自分で解いてしまったらどうなるかという懸念があり、わたしの食ったり飲んだりが高くつきすぎ、飢餓を引きおこすは必定(ひつじょう)。いっそこ奴を飢死させるが良い、少くとも毒矢で顔や手を射てしまえばいっそ手早く片付く、とか時々決り掛った。しかし考え直してみるに、こんなどでかい図体が屍体になったら帝都に悪疫蔓延が生じ、おそらく帝国全土に広がってしまうのではなかろうかという話になった。そういう協議のさなか軍の将校数人が御前会議室の戸口に来て、二人が中に招じ入れられると、わるさをしでかした例の六人のことを報告し、わたしがまさしく神対応をしたから、皇帝陛下ならびに出席者全員の胸中ににわかにわたしに対する好印象が起きて、市周辺九百ヤード以内全村あげて毎朝、牛六頭、羊四十頭その他わたしの食べるものを、それらと見合う量のパン、ワイン他の飲みものとともに供出せよという勅令が発せられた。経費は皇帝自身の内帑(かねぐら)がまかなった。皇帝は基本、みずからの天領のあがりでやっており、余程の大事でもない限り、皇帝のいくさに手弁当で兵隊になるはずの臣民から特別に税を徴(あつ)めるなどということは、まず滅多にない。わたしの身の回りの用のために六百人からなる組織がつくられ、各人特別給を貰い、彼らのためのテントが使い勝手を考えてわたしの戸口の両側に張られた。それから国の流行に見合う衣服ひとそろいをあつらえてやれというので三百人からの仕立て屋を集めよという勅令も出た。陛下最高の学者を六人までもそろえてわたしに言葉を教えさせよというのもあったし、皇帝や貴族たちの馬、近衛の部隊はわたしのいる所で訓練することで早くわたしに慣れさせるようにというのもあった。これらの勅令すべてただちに実行にうつされ、三週もたたぬうちにわたしは同国の言葉にかなり通暁したのであるが、その間にもありがたくも皇帝みずからよく見えられ、教師たち交せるようになっていたが、わたしが一番最初に覚えたのは、陛下よどうかわたしめに自由を与えたまえという希望を伝える言葉で、わたしは毎日膝を屈してその言葉をくり返した。きっとそうだろうと想像した通り、陛下の返事は、時のたつのを待つが良いというものだった。それよりもまずは「ルモス・ケルミン・ペッソ・デスマル・ロン・エンポソ」こそ大事だ、と。即ち訳せば「自分と自身の王国への親交を誓え」というのである。ま、いずれにせよ当方の扱いには高配の限りを尽くすという言葉だった。じっと我慢の子で立ち回りも慎重にしながら自分と自分の臣民たちにぜひ好感情を抱いてくれるように、と皇帝はわたしに忠告した。もしも自分が命を下して担当の人間に身体検査させるとしてもどうか気を悪くしないで欲しい、と。だっておまえが武器を携えているかもしらん、その大きな図体に見合ったものだとすれば、危険な武器にちがいあるまい、と。御安堵あれ、とわたしは言った。喜んで素裸になります、ポケットの中身は全部空けて見せます。そう言葉にして言ったし、そういう身振りもしてみせた。王答えるには、王国の諸法に徴してもわたしには王の役人二名による身体検査が必要なのだが、当然此方の同意と協力なくしては話は進まぬ、此方の義あるところ、寛容なことは百も承知だから、これらの司直は此方の手にゆだねるがいかにというものであった。彼らが何を押収することがあろうと、わたしが同国を去る時にはお返しする、もしくは此方の言い値で買いあげてもよいとも申された。わたしは役人ふたりを手中にし、まずは上着のポケットに入れ、それからふたつの切りポケットを除く全身どのポケットをも見せた。それとは別にひとつ、わたし以外の人間にはどうでもよさそうな小物を入れたポケットは特に見せようとは思わなかった。切りポケットの一方には銀時計一個、もう一方には少額の金貨の入った財布がおさまっていた。役人たちはペンとインク、そして紙を携え、目に入る全てのものの正確な目録をつくり、それが終ると、王にお見せ致すから全てを下におろせと言った。以下が、後わたしが英語に逐語訳したくだんの目録である。

先ヅハくだんのヒト・ヤマ（「クィンブス・フレストリン」を直訳すれば、こうなるか）の上着右ポケットを抜かりなく検査したる結果、陛下の主執務室の絨毯ほどにも大きい粗布の一片が見つかった許りであった。左ポケットには大きな銀製の箱があり、同じ銀の蓋が付いてゐるのだが、我々検分役たちには重くて開けられなかった。我々はそれを開けるよう言い、一人が中に入ったのだが、たちまち膝くらいまで埃のようなものにずぶっと入り、その一部が我ら二人の顔のところまで舞い上って、二人とも何度もくさめすることになった。チョッキ右ポケットには、ヒト三人分ほどの白くて薄い何かのものが重ねられて大束になってゐて、これらは頑丈な金紐で結えられてゐるが、黒い印がついてゐて、見当違いでなければ文字かと察せられる。一文字一文字が我らの掌（たなごころ）の半分ほどもある。一方左ポケットには、背（そびら）より二十本も長い柱が突き出て、陛下宮廷の前なる本柵塀（パリサアド）もさながらな何かの器具があり、ヒト・ヤマが髪を梳（けず）る為の具かと察せられる。此方で察する許りなのは言葉を理解してもらうのが大変難しいと知れた故、いつもこの者に質するのが憚られたからである。腹覆い（これは「ランフ・ロ」という語の直訳。わたしのズボンのことを言ったものと思う）

右側のポケットにはヒトひとりの背丈ほどある中がうつろな鉄の柱があり、この柱より大きい頑丈な木片に固定されてゐるが、この柱の片側からは奇妙な形に切られた大きな鉄片がいくらも突き出してゐるが、何ものと解してよいものか不明である。左ポケットにも何やら同種の器具。右側のもっと小さなポケットには、大きさのちがった白と赤の金属の丸く平たい物がいくつかあった。銀かと思われる白い方のいくつかは大きく重くて、同僚にも本官にもたやすくは持ち上げられなかった。左ポケットには不揃いな黒い柱が二つあり、我らはポケットの底にゐたためそれらの天辺には仲々手が届かなかった。うちひとつは覆いが掛けられてゐたし、全部一様の出来具合にみえたが、もう一方の方は上端に我らの頭の倍ほどもある白くて丸いものが付いてゐた。それぞれの中には堂々の鉄材がおさまってゐたが、そういう命令を受けてゐたから、なにやら危険な具らしいというので、相手に良く見せるように言った。彼は容れものからそれぞれを出し、言うにはその郷国に於てはその片方で鬚（ひげそ）を削り、もう一他で肉を切るのだそうである。また入れて貰えないポケットがふたつあった。彼が切りポケットと呼ぶもので、腹覆いの上の方にふたつ大きな銀の鎖が垂れてゐて一番底には興味津々たる器具がひとつ付いてゐた。鎖の先端に何かぶらさがってゐるようだが出してみせろと言ったが、半ば銀、半ば透明な何かの金属のように思われた。その透明な側には何やら奇妙な文様がぐるりと円環をなしてあるので、さわってみようとしたところ、その透明物質に指が突き当って了った。彼はこの器具を我らの耳に近付けたが、するとそれは水車の如き途切れない音を立ててゐた。我らは何やら未知の動物か、この者が崇拝してゐる神が中にゐるのだと推測する。我らはこの後者の意見に近い。なぜと言えば、自分はこれと相談することなくしては何も為さぬと彼みずから言ったからである（彼の言葉はまるで舌足らずだったし、我らの解釈が正しかったとしての話である）。彼はそれを彼の御神託と称し、彼が何をするにしてもその時を告げ教えてくれるのだと主張した。左の切りポケットからは漁師が持ってもおかしくない大きさの網（あみ）が出てきて、彼がそれを開けたり閉めたりするのはまるで財布のようだったが、どうやら現に財布として使ってゐたようだ。中に山吹色の大型の金属片がいく枚もあったが、本物の金貨だとすれば相当な金額になるものと察せられる。

陛下御下命に従い斯様にこの者のポケット全部、丁寧に検分いたす間にも何やら屈強の毛物の皮革出来なる帯が腰まわりに付いており、それから左側にヒト五人分に当る長さの剣ひとふり、並びに二部分に分かれた袋、というか小袋が垂れ、二部分のうちひとつは優に陛下臣民の三たりが入るほどの大きさ。二室のひとつには我らの頭ほどのがっしりした金属の円球というか玉がいくつか入ってゐて、持ち上げるのには力ある手が必要だった。いま一方の一室には、こちらは大きさ、というか重さはたいしたことのない何やら黒い粒々が沢山入ってゐた。両掌（てのひら）で五十粒以上持つことができた。

我らを大変丁重に扱い、陛下にずっと敬意を表してゐたこのヒト・ヤマの五体に我々が確認した諸物の明細一覧、以上の如し。陛下の有難き御代（みよ）の第八十月（がつ）の四日に之れを自署し、封印するもの也。

クレフレン・フレロック
マルシ・フレロック

目録が皇帝に向って読みあげられると、皇帝はモノのいくつかを出してみよと、わたしに申された。まず挙げられたのがわたしの堰月刀（みかづき）だったから、鞘（さや）ごと差しだした。すると皇帝が召集した最強三千からの兵士たちが彼を守護し、距離をとった所にわたしを包囲しながら、いつでも射てるよう弓に矢をつがえていた。そういう事態は、わたしは専ら皇帝陛下ばかり凝然と見つめていたから、わたしの目にはよく入ってはこなかった。皇帝は刀を抜いてみせろと言ったが、刀は海水のために少し錆（さび）が出ていた以外、刀身のほとんどがきらりと輝いていた。わたしが抜刀すると同時に全軍に恐怖と驚嘆の大声があがったが、握った堰月刀を前に、後ろに振るたびに、刀に陽光が照り映え、反射光が兵たちの目をくらませたからだった。皇帝は威風あたりをはらう偉丈夫で、こちらが思ったほどには怖（お）じず、わたしに刀を鞘におさめ、わたしの鎖のはしっこから六フィートほどの所にできるだけ穏やかに投げよと命ぜられた。皇帝は次に、中がからっぽの鉄の柱、つまりポケット拳銃を見せるように言った。わたしは拳銃を出すと、できるだけ相手が望むように使い方を説明し、火薬だけを詰めたが、火薬は小袋がきつい出来だったものだから（頭の良い水夫なら特に気をつけてそれでしくじらないようにするのだが）海水がそれに滲みないでくれていたのである。わたしはまずびっくりしないで貰いたいと皇帝に言ってから、空に向って一発撃った。驚愕は刀を振り回した時よりはるかに大きかった。何百人もが撃ち殺されたかのように倒れたし、皇帝さえも、しっかり地に足こそついていたが、我に返るに時間が掛った。わたしは刀を渡したのと同様に拳銃二丁を渡し、火薬と弾丸を渡し、火薬は呉々も火気に近付けぬよう、そうしないと閃光一閃、宮殿が空裡に無量微塵と飛散して了うだろうと言い足した。同じように時計も渡したが、皇帝が特に好奇心を示したからで、皇帝は一番丈のあるヨーマン階層出身の近衛兵二人に、イングランドでなら荷車引きたちがエールの樽をそうするように、柱にくくりつけて肩にかつげと命じた。皇帝は、それが途切れなくたてる音に、そしてその分針の動くのにびっくりしていた。分針の動きがよく見えるようだったが、この人たちの目がよく見えるのは我々のそれの比ではなかったからだ。皇帝は周りの学者たちに意見を求めたが、わたしがここで改めて言わなくても諸賢御想像のように、甲論乙駁するばかりで皆、答えになっておらない、と言ってわたしにも彼らの言うこと、完全にわかったわけもないのだが。わたしは次に銀貨と銅貨を渡し、大型の金貨九枚、それに小型の金貨数枚を渡し、ナイフと剃刀、櫛と銀の嗅ぎたばこ入れ、ハンカチ、それに航海日誌を渡した。剣、拳銃、火薬の小袋は車で皇帝の倉庫へ運ばれていったが、わたしの残りの持ち物は返して貰った。

自分用のポケットひとつが司直の検分を免れた、そう前に言っておいたが、その中には(視力が弱いので時々助けて貰った)目鑑と、ポケット・パースペクティヴ、その他便利する具がいくつか入っていたのだが、皇帝にはたいして重要そうなものでもないので、わざわざ出してみせなくても非礼には当るまいと感じたし、差しだしたが最期、必ず行方不明になるか、こわされるかするだろう、という懸念があったからである。

第三章

作者、皇帝及び男女貴顕淑女を非常に風変りなやり方で娯しましむる。リリパット宮廷の娯楽もろもろ、描かれる。作者、或る条件にて解放される、の条

わたしが慇懃（いんぎん）に出、振舞いも悪くなかったため、皇帝とその宮廷の、いや軍隊、庶民一般にも大変に受けが良かったから、遠くない将来、自由の身になれそうという希望を抱き始めていた。可能なあらゆる方法をつくして、この好意（うけ）を追い風にしようと、わたしは心に決めた。陛下臣民は少しずつわたしを危険な相手とはみなくなってきた。時には横になって、五人、六人、手の上で踊り興じるにまかせた。ついには少年少女たちがわたしの髪の中で隠れんぼをしてすごしたり、というようなことになった。わたしも人々の言葉がよくわかるようになったし、自分でも喋るようになっていた。ある日、皇帝は思い立ってわたしに国の見世物をあれやこれや見せようとしたが、技といい派手さといい、わたしの知る各国どこよりも、この国の見世物にはすばらしいものがある。就中（なかんずく）、地上十二インチ、長さ二フィートの白く細い紐の上で演ぜられる綱渡りほど興味尽きぬものは他になかった。読者諸賢の

御辛抱をいただいてこのことについては今すこし話させてもらおうか。

演者は宮廷での高位官職、高い人気を争う人間たちに限られている。彼らは若い頃から、この技を訓練しているが、必ずしも良家の出であったり、教育が高いとかは問題でない。だれかが死ぬとか、(よくあることだが)上の不興を買ったりとかで、高位の席が空きになると、こういう候補者五、六人が皇帝に我こそはと名乗りをあげて、陛下とその廷臣とに綱渡り芸を見せるのである。そして下に落ちもせずに一番高く跳んだ者がその官職を得る。大臣たち自身またおのがじしの芸を示すように言われるのも実にしばしばだ。自分の能力が衰えていないことを皇帝に納得してもらわねばならないのである。財務大臣のフリムナップは許されて全帝国のどの貴顕よりも少くとも一インチ以上高く跳ぶ、きつい紐上の派手な芸を誇示する。イングランドで言えばありふれた細紐と似た太さのロープ上にすえた大型の木皿の上でこの人物が何べんもとんぼを切る雄姿をわたしは見た。我が友レルドレサールは宮内大臣だが、別段えこひいきするわけではないが、私見によれば財務大臣に次ぐうまさである。あと、どの大臣も似たりよったり、というところか。

こうした隠し芸大会には命にもかかわる事故が付きもので、そうした事故の記録が沢山残る。わたし自身、二、三の演者の骨折を目撃した。それにしても大臣連が技を見せるよう言われる時、危険は倍化しがちだ。前にもましてと思ったり、同僚に負けまいと気負ったりで、やり過ぎて了うので、墜落しない例をほとんど見ないし、人によっては何度も落ちた。たしか、わたしの来る前にフリムナップも、王のクッションがたまたま下にあって落下の力をやわらげてくれたから首を折らずにすむ落ちどはあった、と話の方にもちゃんと落ちが付いていた次第。

　同様、皇帝夫妻と総理大臣のみの前で特別の折りに演ぜられる見世物がまだ他にもある。皇帝が六インチ長のきれいな絹の紐を卓の上に置く。一は青、そして一は赤、他は緑の三本。これらは御褒美の品ということで、皇帝が特に寵を与えようと思って選んだ人間たちに下賜される。この演技は陛下の主執務室で執り行われ、選抜された者たちは今言ったのとは全くちがう技を見せつけなければならないが、旧世界、新世界のどこを見ても、わずかでもこれに似たものをわたしは目にしたことはない。皇帝が手に一本の棒を、両端が床と並行になるように捧持し、競争者たちは一人ずつ進み出て、棒が上がったり下がったりするのに応じ、棒の上に跳びはねたり、棒の下を前に、後ろにと這い歩くのである。棒のはしを皇帝が持ち、もう一方を総理大臣が持つこともあれば、両はしとも総理が持つこともある。最も技に秀で、跳ぶ、這うを一番長く続けられた者が青い絹を、次位の者が赤を、第三位だと緑をいただいて、それぞれ腰周りに二まわり巻きつける。この宮廷では高位の者で三色の帯のいずれかを腰に巻いていない者を目にしないということは珍しい。

　軍の馬も帝室厩舎の馬も毎日引かれてわたしの前を通るものだから、もはやひと見知りもしないし、びくびくもせずわたしの足下ぎりぎりの所にまで来たものだ。乗り手たちもよく、わたしが地べたに伸ばしている手を人馬一体跳びこえていったし、皇帝の猟務官のひとりなど、大型の軍馬に跨って、靴履いたなりのわたしの足を跳びこえていったが、大変な跳躍だった。幸運な巡りあわせで、わたしはある日、とんでもなくぶっとんだやり方で皇帝を娯しませることができた。長さ二フィートで普通の樫の杖のように太い棒を何本か調達するよう担当に下命してくれまいか、そうわたしが皇帝に頼むと、皇帝は即刻、営林の長にその通り命令され、翌朝には早々に、営林局の人間が六人、それぞれ八頭立ての何台もの車を仕立ててやって来た。運ばれてきた中から、わたしは九本の棒をとって、二フィート半平方の正方形になるようそれらをしっかりと地面に打ちこんだ。それから四本の棒を、それぞれの隅に地上約二フィートの所で地面に平行になるように結え、しかるのち、真直立っている九本の棒にわたしのハンカチを結えると四方にぱしっと張り広げたので、まるで太鼓に張った皮のようになった。地面と平行な四本の棒はハンカチより五インチほども高かったから全方向に柵の役割を果たすことになった。こういう作業が終ると、わたしは皇帝に、彼の最強悍馬二十四頭でつくられた騎馬部隊ひとつそっくり入れて、この布の平原で兵馬訓練をさせてみてくれと頼んだ。陛下は提案を良しとされたので、わたしは一頭ずつ、馬具と武具をつけた騎兵を演習武官ともども指でつまんでは中に入れた。整列し終わるや、彼らはふたてに分かれて模擬騎馬戦に掛り、深傷（ふかで）になることのない矢をつがえ、刀を抜き、逃げたり追ったり、攻めたり引いたり、即ちわたしの知る限り最高の兵馬演習を展開してみせたのである。地面に平行な棒のお陰で人馬は舞台から転落するのを免れた。皇帝の喜びぶりったらない。この演出にえらく御満悦で、何日にも亘って繰り返しやるように命じ、ある日などは自分も上に上って大はしゃぎで、みずから指揮をとる始末。挙句、妃に向って輿（こし）に坐したまま舞台から二ヤードの所にわたしに運ばせるがどうだ、そこからなら演出全景が一望できるはずと、これは随分手間暇とって妃を説得しさえしたのである。こうした催事にあたり不幸な事故が生じなかったのは天運の恵みだった。もっとも、一度だけだが、隊長ひとりの気の若い馬が蹄でわたしのハンカチに穴をあけ、足をとられて倒れ、隊長を吹っとばしたことがあって、勿論すぐに私が助けたことがあった。片手で穴をふさぎ、もう一方の手で騎兵隊を、上げた時同様つまんで下へおろしたのだ。馬が左肩脱臼した他は、乗り手も無傷ですんだ。ハンカチにはできるだけの手当をしたが、こんな程度のものでは危険な演出などにはもう使わないとつくづく思ったことである。

二、三日もすれば自由の身になるという日、こうしたお祭りさわぎで宮廷を喜ばせていると、わたしが最初に身柄確保された辺り、騎行していた陛下臣民の何人かが大きな黒い物塊が地べたに横たわっているのを目撃という報を急使が陛下に伝えるのにやってきたが、奇妙きわまる形で、縁(ふち)は丸くなっていて陛下のお休み所くらい広い、真中がひと一人の丈(たけ)ぐらいもり上っている。人々が最初考えたように生きものではない、草生(くさぶ)にじっと動かずにころがっている。何人かはその周りを何度も歩いて回った。互いの肩に乗ってやっと天辺に上ってみるとぺたんと平たいし、どうやら中はうつろである。彼ら愚考するに例のヒト・ヤマ氏の持物たる何からしいので、陛下御所望なれば、馬五頭で十分、運んで御覧に入れたいが、と以上のような話であった。何なのか、わたしにはすぐわかったが、内心うれしい報せだった。船の難破で最初に汀(みぎわ)に着いた時のことだが、なにしろ混乱の極にあって、眠る場所に行き着く前に、漕ぎながら頭に結えてあり、泳ぐ間中、頭にしっかりとくっ付いてくれていたわたしの帽子が、わたしが陸に上ってから後にどこかへ行った、という話だったからである。思うに結えた紐が何かの具合で切れた、どういう具合かはわからないし、帽子は海の藻屑(もくず)になったのだと思っていた。できるだけわたしの手許に早く、と頼みながら、陛下にそのものがどういうもので何の役に立つのかを説明した。翌日、馬車の人間が届けてきたが、良い状態ではなかった。帽子のへリにはふたつ穴があいていた。へリから一インチ半の個所。穴には鉤がつき、鉤は長い紐で馬につながれており、かくて帽子はイングランド流に言えば一マイルの半分以上の距離を馬に引かれてきたのである。もっともその辺り、凹凸少く非常に平坦な土地であって、懸念したほどの損傷ではなかった。

さてこの冒険から二日して、皇帝は帝都内外に駐屯(とん)していた軍隊に出動態勢をとるよう命じていたが、とても珍奇なやり方で興を催したいというところだったのだろう。このわたしにきつくない程度できるだけ大きく股をひらき、ロードス島の巨人像(コロッスス)の積りでイ(た)て、と命ぜられた。陛下は(古株の老練軍人で、わたしを庇護してくれもした)将軍に、騎兵隊に密集隊形をとらせたまま、わたしの股下を行進させよと命じた。各列、歩兵は二十四名、騎兵は十六騎、それが軍鼓を鳴らし、軍旗をはためかし、槍をふり立てて進むのである。この軍団は三千の歩兵、千騎の騎兵からできていた。行軍の一兵卒といえど、わたしの身体について品位ある態度をとらねば死刑という厳命が陛下から発せられた。といっても若い将校たちの中には、わたしの股下をくぐりながら、ふり仰いでちらり見というのが何人かいたが、責めらるべくもない。白状すれば、その頃わたしのズボンはかなりぼろぼろの状態であって、笑いや驚きの反応を惹起して何不思議もなかったのだ。

自由の身にして欲しいという嘆願書、請願書をずっと書き続けてきた成果か、とうとう陛下が閣議で、続けて正式の御前会議で議題としてくれた。全会一致で認められたかというと、ただ一人、スキレッシュ・ボルゴラムが反対した。別に何に腹を立てたというわけでもない、どうでもわたしの天敵たらんとする人物だった。彼の反対を斥けて、全会一致となり、皇帝が裁可した。反対した人物は海軍提督で、皇帝の信篤く、政務にも精通していたが、観相的には陰気で渋い質だった。それでも最後はウンと言う他なくなったのだが、わたしを自由にする、そしてわたしがそれに誓いをたてねばならぬ条項・条件は自分が書きあげると言って譲らなかった。条項は二人の秘書官、数名の高官とつれだってやってきたスキレッシュ・ボルゴラム御本人から渡された。読みあげられると、わたしは履行を誓わされた。まずわたしの郷国のやり方で、次に彼らの国の方式でということだが、それは右足を左手で抱え、右手中指を頭頂部に、親指を右耳のはしに当ててという誓い方である。それにしてもそこな人々の表現の仕方、きまりのいかなるかに関心を持ち、またわたしがどうすれば自由になれるか、その条項も知りたいという読者もいないわけではないだろうから、誓約文書全部をできるだけ逐語的に拙訳して以下ここに皆さま相手に御紹介申しあげておく。

リリパットの最盛皇帝、宇宙の喜びたり恐怖たり、支配よく五千ブルストルグ(周囲約十二マイルの謂なり)の広大に及んで地球の果てにも到らんかと云う余ゴルバスト・モマーレン・エヴラーメ・グルディロ・シェフィン・ムリー・ウリー・ギューは君主中の君主、人の子に抜きんでて丈高く、脚下に地球中心あり、頭頂は天道にも当り、ひと頷きに地の君侯ら皆その膝ふるえ、陽気なること春の如く、愉快なることは夏、実りたわわなること秋、厳しきこと恰も冬の如き者なり。かく崇高の極みたる余は、最近この我らが天上国を訪えるヒト・ヤマに以下の条項を課し、その完全なる遵守を厳しく誓約させせんとするもの也。

その一、当ヒト・ヤマは余の国璽印したる余の許可なくして余が領土を去るべからず。

その二、当ヒト・ヤマは余特段の命令なく余の首都に立ち入らざること。特別の場合には住民は二時間前の警告により屋内より出でざること。

その三、くだんのヒト・ヤマの歩く場所は主要幹道に限られ、草地、穀物畑に歩き入ること、横たわることはしない。

その四、もしこの者、右記幹道を歩く場合、我が敬愛の臣民、牛馬、車輛を蹂躙することなきよう特段に注意すべきこと。また右臣民のだれをも当人らの同意なくその手に取らぬこと。

その五、尋常ならざる使者急派の場合、ヒト・ヤマは袖珍(ポケット)に使者と馬を入れて、各月一回、六日の行程を運ばねばならず、（要請あらば）同使者をつつがなく余の面前に戻すのでなければならない。

その六、彼は、ブレフスキュー島の余が敵に抗して余が同盟者でなければならず、今も我らを侵攻せんと目論むこの敵船隊を滅ぼすのに尽力せねばならない。

その七、右記ヒト・ヤマは有閑の時、職人たちが大御園その他王家の建造物の壁工事に巨石を持ち上げる作業に力を貸して大いに幇助しなければならない。

その八、右記ヒト・ヤマはふた月のうちに、海岸を一巡し、その歩数の算定により余が領土の円周の値を正確に示さねばならない。

最終項、以上各項悉くの遵守を厳重に誓約せし時、くだんのヒト・ヤマは余の臣民一七二八名を養うに足る飲食物を日毎提供されるし、余に接見するも自由、その他の寵もろもろに恵まれる。余が御代（みよ）九十一月の第十二日にベルファボラックの居城にて、これを発す。

わたしは、期待ほどわたしにとって我が名誉をちゃんと保たせてくれるものばかりではなかった、なにしろ海軍提督スキレッシュ・ボルゴラムの悪意に発していたのだから、ということはあったが、これらの条項に大喜びで誓約をし、署名をしたのである。すると即刻、縛めは解かれ、わたしは晴れて自由の身となった。皇帝その人が儀式の間中、横に立たれたのは、大変名誉なことだった。わたしは陛下の足もとに五体平伏し、感謝の気持を表したのだが、陛下は表（おもて）あげよと言われた。いばるでないとか悪く言われそうだからここに記すのはよすが、もろもろ忝けない言葉もたまわった。余の役に立ってほしい、今まで恵みおいた、そしてこれから恵むつもりの余の寵すべてによく報いてくれれば嬉しいとまで皇帝は付け足されたのであった。

わたしを自由の身にする条項の最終項で陛下が、一七二八人のリリパット人臣民を養うに足る量の食物、飲料のことを口にされていたことを読者諸賢、面白いと思われたことであろう。後日、宮廷内のさる友人に、あの妙に細かい数字はどこから出てきたのかと尋ねてみたところ、陛下の計算役人たちが四分儀を用いてわたしの体高を測定し、十二対一の比率でわたしの方がリリパット人より背が高いという結論を得たのだそうだ。体つきはちがわないのだから、わたし一人の体が人々の少くとも一七二八人分に相当、という計算になり、従ってそれだけの数のリリパット人の食べるのと同じ量が必要という結論になったようだ。この一事を以ても、この人々の頭の切れ方、そしてかくも偉大な君主の賢明にして正確な経済あたまは、読者諸賢、推して知るべしである。

第四章

リリパットの帝都ミルデンド、皇帝の宮殿とともに描写さる。作者と宮内大臣との間に帝国の現状について交された会話。戦争となれば、皇帝の為ひと肌脱ぐと言う作者の意向が告げられる、の条

自由を得て先ずわたしが口にした望みというのは首都たるミルデンドをこの目で見させてはくれまいかということであったが、皇帝は即座に可とされながら、住民と家屋に損害を与えることなきよう特段の注意をせよと言われた。告知がなされて人々は、わたしの都眺めの意向を知っていた。市壁は高さ二フィート半、厚さ少くとも十一インチあり、馬車一台、上をひと巡り走っても大丈夫で、十フィート毎に頑強なやぐらが突きだしていた。わたしは西の大門を跨いで越えると、ふたつの目抜き通りを体を横ざまに歩いた。短いチョッキだけで、というのも上着のへりを家々の屋根や廂に引っか

けて毀損してはいけないと思ったからである。歩きは慎重にも慎重に、というのも、なにびとも外出自粛、さなくば処断というきびしい布告（ふれ）にも拘らず、ふらふら出歩いている者がいないとも限らなかった。最上階窓といい屋根の天辺といい物見で鈴なり。旅多しと雖（いえど）も、これだけ稠密な人出、みたことがない。市は真四角で、市壁は一辺五百フィートあった。道幅五フィートある二本の目抜き通りが縦に、そして横に走って市を四分割していた。中小の道には体が入らないから、通りすがりにちらり見しただけだが、十二インチから十八インチという長さである。この街は五十万の人口でも大丈夫だ。家屋は三階から五階建て。店も市場も品揃えは悪くない。

　皇帝の宮殿は二本の目抜き通りが交叉する、つまり市の中心部にある。囲繞する城壁は高さ二フィート、建物群からは二十フィートある。この壁をひょいと乗り越えて良しとは陛下からお許しを得たし、それと宮殿の間は随分あったからどの側も簡単に眺めることができた。外側の建物は一辺四十フィートの正方形で中に別の建物がふたつある。一番奥の建物がいわゆる御所。これがとても見たかったのだが、非常に難しいことがわかった。ある区画から別の区画へ入る大門はたかだか高さ十八インチ、幅七インチにすぎなかった。それがこの一番外にある建物群では少くとも高さ五フィートはあるから、それを跨ぎ越えするのは、よしんば壁が切り出された石で頑丈に造られ、厚さが四インチはあるにはしても、この大廈高楼に大損害を与えずにはすまないだろうからだった。それはそれとして皇帝の方は宮殿の輪奐（りんかん）の美をぜひにもわたしに見てもらいたがった。挙が成るには三日かかった。市から百ヤードもある御苑の最大級の木をナイフで切り倒すのに三日かかったのだ。それらの木で、高さ三フィートあり、わたしの体重にも耐えられる踏み台を二基こさえた。人々が新たな布告に接する間に、わたしは踏み台を抱えて再び市から宮殿に歩みを進めた。外側の建物の所に来ると、わたしは片方の踏み台の上に立ち、もう片方を手に持った。この片方を屋根越しに、第一の建物と第二の建物の間の、八フィートと十分広い場所にゆっくりとおろした。それから慎重を極めて踏み台から踏み台へ、建物の頭越しに跨ぐと、最初の踏み台を鉤付きの棒で以てたぐり戻すのだった。この仕掛けで一番の奥の院に達すると、わたしは片腹を下に横になり、わざとあけてある中間階の窓に顔を近付けて、想像を越える絢爛の御所を目のあたりにすることができた。皇妃の姿が見られた。それぞれの居所に年若い王族がいたが、主だった侍官たちも一緒だった。妃はわたしに艶然ほほえみかけ、接吻して良いとばかり窓から外に手を伸ばされたのだった。

　それにしても、こういう具合なことを早目々々に書いてしまうと、いずれ読者の興味索然ということにもなりかねないから、現在刊行を準備中の少し大き目の本に譲るが、建国創立から王家の長い興亡史を、殊に戦争、政治、法律、学術、宗教を、動植を、固有の習俗習慣を、好奇心をあおり有用でもある他のことどももろともに縷説する帝国概史はそちらのお役目となる。現在ここでのわたしは、その帝国にわたしが滞留せる約九ヶ月の間にそこな人々に、そしてわたし自身に生じた事象および事態推移を坦々書き述べてみることをのみめざしているのである。

　わたしが晴れて自由の身になって二週ほどした或る朝、内務関係の首席秘書官（という名で通っていた）レルドレサールがただ一人の供を引きつれてわたしの所にやって来た。馬を少し離れた所に待たせ、一時間ほど話をする時間を呉れと言うので、その人となり、個人として持つ長所、なにより宮廷でのわたしの請願に次から次へと力添えしてもらったことなどよくわかっていた相手なので、わたしは話を聞こうと言った。横になろうか、そうしたらわたしの耳のより近くで話せて都合が良かろうと言うと、喋る間、こちらが掌にのせて呉れている方が望みだと答えた。わたしが自由の身になれたことを祝ぎ、それには自分も一役買ったのだがと言うと、しかるにと語を切り、宮廷の現状が今のようでなかったなら、こんなにもあっさりとは自由にはなれなかったかもしれないと付け加えた。というのは、彼の曰くには、外国の者から見るなら我らの置かれているように見える現状はいかにもうまくいっているという印象かもしれないが、実は大変な二重苦を負うている。激しい党派抗争という内憂、加うるに強力この上ない敵国による危険な侵略という外患。知っておいてもらいたいが、この内憂の方は七十月以上も前からのことだが、帝国にトラメクサン、スラメクサン、即ちおのおの自分の立場を高靴、低靴と名乗る二派が生じて軋轢を起こしてきた。

　我々の古来の憲法に則しているのは高靴派である。ではあるのだが陛下は国政遂行には、陛下自身おつくりになる官職には低靴派のみ登用と決めておられる。それからとりわけ、大兄もお目に留めていようが、陛下御自身の靴が宮廷内のだれと比べても少くとも一ドゥルール低いのだ（ドゥルールは長さの単位。十四分の一インチ）。この二派の鍔競り合いは行くところへ行って、一緒に食べも飲みもしないし、互いに言葉を交すこともない。トラメクサン、即ち高靴派は数の上では我々より多いのだが、権力は我々の方が握っている。王統を継ぐ皇太子殿下に一寸高靴の傾向があるのが、我々としては心配だ。少くともその靴の片方が他方より高いので、歩くとびっこの気味があるのはだれの目にも明らかだ。さてもこうした内患の央（もなか）に陛下のこの帝国と同じくらい大きく強力な、宇宙いまひとつの大帝国たるブレフスキューの島からの侵寇（しんこう）いつならむという大外憂がある。大兄の言うところを聞くに、世界には他の王国、他の国家があり、大兄と同じくらい大きいヒトなる者が蟠居しておるとか。もっとも我が哲学者たちはそのようなこと有り得ぬと言い、大兄は月から、或は別の星から来たのだろうと推測したがるが、大兄の如き大柄な者が百人もおれば、陛下の領土がうむ果実だの牛肉だのアッという間になくなって当然だからだ。さらには六千月にもわたる我が国の国史にもリリパット、ブレフスキュー、二大帝国以外、何かの領域が存在するようなことが記されていない。この二強国は、儂（わし）が先（せん）に言おうとしていた点だが、過去三十六月（がつ）の間、あきもせず戦い続けてきた。このようにして始まった戦いなのだ。大昔、卵を割って食べるのは先ず卵の大きい方を割ってからだったとはよく知られた話なのだ。それが現陛下のお爺さまが子供だった時分、古式に則って卵を割ってから食そうとして、指一本をたまたま切って了った。それで陛下のお父上たる皇帝が、すべからく卵は小さい方を割るべしと全臣民に勅令を下された、違犯すれば極刑と。人々はこの法令を憎み、我が国史に記すところによればこれが原因で六度もの反乱が生じ、ある皇帝は生命を失い、別の皇帝は冠位を失（しっ）した。言いうべくばこれら内なる反卵を立派な反乱にと焼きあげたのがブレフスキューの君主たちで、反乱鎮圧の段には亡命者たちは亡命先をいつだってこの敵帝国に求めた。計算してみると、何度かにわたって一万一千方の人間が卵を小さい側から割る屈辱よりは潔く死を選んだのである。この議論については何百冊という大著がものされている。ビッグ・エンディアン即ち大端派の本は禁書とされて久しく、大胆ついでに職に就こうとしても法によってこの族(うから)全体が就職を禁ぜられた。こういう悶着の続くあいだ中、ブレフスキューの皇帝たちは大使たちをよこし、我らが大予言者ルストログが(彼らの経典(アルコラン)たる)ブルンドレカル書第五十四章で説く基本教義に反して宗教に大分離(シズム)を起こすつもりかと我々をなじった。もっとも、これは無理筋な聖句解釈と受けとられている。この聖句、逐語訳では「アラユル信仰者ハ便利ナル端ヨリ卵割ルデアラウ」であって、大小いずれの端が「便利ナル端」であるかは、愚考し管見する限り、ヒトの良心にゆだねらるべき事柄であるし、いっそ首長がえいやっと決めれば良いのだ。さて大端派亡命者たちはブレフスキューの宮廷の皇帝の篤い信を受け、ここ祖国の同志たちからは個人的に大きな援助と督励を受ける。結果、ふたつの帝国は三十六月(がつ)の長きに亘って勝ったり負けたり、血なまぐさい戦いを続けてきたのだが、その間、四十隻の大型船とはるかに多数の小型船を失ったし、三万からの我らが最良の水夫と兵士を失った。しかし敵の蒙った損害は我が方よりはるかに甚大という計算がある。しかるに今、彼らは大船隊を擁して我らに襲いかからんとしているのである。かるがゆえ、皇帝陛下は大兄の勇猛と力を頼ること頗(すこぶ)る大にして、小生を遣わしては国難を大兄に説明するように命ぜられたのである。

わたしは宮内長官が、わたしの微力ながら陛下の為に尽くそうと意のあるところを陛下に伝えてくれるよう頼んだ。一外国人たる自分が党派間の面倒に首をつっ込むのはちがうのではないかとは思いながらも、我と我が一命を的に懸けて陛下御自身と陛下の領国を、よしんば相手が何ものであろうと、その侵寇からお護り致す存念であると、是非とも陛下にお伝え願いたいと言った。

第五章

作者、ある偏倚なる戦術を弄して侵寇を防ぐ。栄誉極まる称号を授与される。ブレフスキューの皇帝よりの使者来て講和を願う。妃の居所、事故にて出火するも、作者、宮廷の残り部分を救うに尽力する、の条

ブレフスキュー帝国はリリパットの北北東側の島嶼国であり、両者を隔てるものは八百ヤード幅の海峡のみである。わたしは見たことがなかったのだが、こうして侵寇の話を耳にしてからは、敵船舶から目撃されることのないよう海岸のそちら側に姿を出さないようにした。敵はわたしについて何の情報もないはずだし、戦争の間、両帝国間の交渉は厳に禁じられていて違犯すれば死罪であったし、出入港禁止の勅令はあらゆる船に適用されていた。わたしは敵全艦隊を一網打尽にする策(プロジェクト)を陛下に具申したが、我らが斥候がたしかな報せとして伝えてきたところでは敵は港に投錨中で最初の順風が吹くのを待っているところだった。わたしは老練の船乗りたちに、よく測っているようだが、海峡の水深やいかにと質したが、満潮時に中間あたりで七十グルムグルフあるという返事であった。ヨー

ロッパで言えば六フィートというところ。それ以外の場所はせいぜいで五十グルムグルフだという。わたしはブレフスキューと向い合う北東の海岸へ歩いて行き、小山のうしろに身を横たえ、ポケット・パースペクティヴ、というか望遠鏡をとりだして投錨中の敵艦隊を仄望したが、戦闘艦約五十、それに大輸送船団である。わたしは家に戻ると、最強の綱と鉄の棒が大量に必要と布告した(布告を許されていたのである)。綱はほぼ細紐の太さが欲しいし、棒は長さ、大きさともに編み棒くらいで良い、と。わたしは綱を撚ってさらに強くし、同じ理由で鉄の棒も三本撚り合わせ、先端をひん曲げて鉤をつくった。それから五十の鉤を五十本の綱に括り付けると北東部海岸にとって返し、上着、靴、靴下を脱ぐと、革の胴着姿で、満潮一時間前の海に入って行った。できるだけ速く水中を歩き、中間あたり三十ヤードほど泳ぐと海底に足がついた。半時間もたたぬ間に艦隊のいる所に着いたのだ。敵方はわたしの姿が目に入るや驚懼して次々海中に身を投じ、海岸めざして泳ぎだしたのだが、海岸に泳ぎ着いた人数は三万を下らなかった。わたしは例の引具を以て、先ず鉤を船のへさきの穴に引っ掛け、全ての綱を端でひとまとめにした。わたしがこういうことをしている間にも敵は何千という弓を射かけてきて、手やら顔やらに当ったが、これが仲々に痛い上に、作業の大きな障害となった。一番危なかったのは目であった。突然これでいこうと名案を思いつかなかったら、間違いなく失明していただろう。必要な他のあれこれと一緒に眼鏡を隠しポケットに入れていて、皇帝の懐中検査官をあざむいたことは前に書いた。そいつをとりだすと、できるだけきつく鼻に掛け、こうして武装ができると、敵の矢幾千来ようと悠々と仕事が続けられたわけだが、眼鏡のガラスに沢山の矢が当っても、また当ったかという程度で何の効果もなかった。全ての鉤を付け終ると、まとめ上げたものを手に握り、わたしは引き始めたのだが、動く船がない。全船、しっかり錨をおろしていたわけで、そうなると最後はわたしの作戦のヤマ場登場であった。ではというので、持っていた綱をはなし、鉤は船に付けたまま、わたしは船と錨をつなぐ綱を決然ナイフで切断する挙に出た。二百本からの矢が顔や手に当った。鉤付きの綱をまとめてできたその端っこを手に握ると、わたしは敵最大の戦艦五十隻を軽々とうしろに引いていった。

わたしがどういうつもりなのか皆目わからぬブレフスキュー人たちははじめ驚いて、どうして良いかわからなかった。わたしが錨綱を切断しだしても、ただ船を漂流させ、互いに衝突させようとしているくらいに考えていたのだろう。しかるに全艦隊が整然と動きだし、端にいて船を曳(ひ)いているのがわたしだとわかった時の彼らの悲嘆と絶望の阿鼻と叫喚のすごさたるや、筆舌にも想像にも耐えない。さし当りの危険がなくなると、わたしは一息入れて手や顔に刺さった矢を払い落とし、すでに述べてあるが最初漂着した時に塗ってもらったのと同じ膏薬を塗りこんだ。それから眼鏡をとり、潮が少し干き出すまで一時間ほど待ってから荷を引いて海峡中間部を歩き、そしてつつがなくリリパット帝室港に帰還したのであった。

皇帝とその全宮廷が汀(みぎわ)に立ち、この大冒険の戦果やいかんと待ちぼうけしていた。船団が大きな三日月状になって進んでくるのは目に入ったが、胸まで海中にあったわたしの姿は見えない。わたしが海峡中間部に至ってもなお、なにしろ首まで海中だからして、人々はどぎまぎしていた。わたしは溺れてしまい、だから敵艦隊は猛然と接近中なのだ、と皇帝は考えた。が、皇帝の恐怖はすぐに失せた。わたしの一歩ごとに海峡が浅くなっていって、話す声が聞こえそうな所にすぐわたしが姿を現すのを見、艦隊を結えた綱の端がわたしの掌中にあるのを確認できたからだ。わたしは大声で「リリパット最強帝、万歳！」と叫んだ。この大君主はわたしが上陸する間、わたしをいろいろ褒めそやし続け、その場でわたしを「ナルダック」にされるのであった、彼らの国最高の栄誉称号を、わたしはこうしてたまわった。

皇帝陛下の望みは、わたしがなにかと機会をみては敵艦隊の残りの船全部を陛下の港々に拉致してくることだった。いや、ブレフスキュー全帝国を一属領として、自分の総督に治めさせ、ビッグ・エンディアン亡命者たちを誅滅し、以て人々に卵を小さな端から割らせるようにし、以て全世界唯一の君主にみずからがおさまりたいと思っているのだから、凡そ君主なるものの見果てぬ夢とは一体何なのだろうか。わたしは政治やら正義やらの話題にからめて、そういう野望はだめだと帝に言いつのってはみた。それから自由で勇敢な人々を奴隷にする仕事なのなら片棒担ぎは、これ以上御免蒙りたいとまで言ってみた。このことが御前会議で議せられた時にも、大臣中にも賢明な方々はわたしと同意見であった。

この思いきったはっきりした意見表明は皇帝陛下の目論見や政治観に真向うから反するものなので、陛下は二度とわたしを許さなかった。陛下は御前会議で実に微妙な口ぶりでこのことを持ちだしたが、さすが賢明な人々は、ぎりぎり何も口から発さないというやり方で、わたしの意見に賛同という表現にした、と後から聞かされた。が、実はわたしの敵である連中はここぞとばかり、わたしに対する中傷じみたことを喜んで口にしたようだ。この時から陛下と、そしてわたしに悪意持った大臣の一派の間に陰謀がめぐらされ、それはふた月せぬ間に形を現し、そしてわたしの終りを以て終るはずのものだった。君侯にどれほど尽くそうが、それは彼らの望みに水をさしたと思われたら最期、一遍に無に帰してしまうのである。

くだんの大鴻業から三週ほどもたつ頃、ブレフスキューから厳めしい大使が来て、おそれながらと講和の申し出をしたが、我が皇帝に非常に有利な条件で話はすぐに結着したのだが、細々しい点は読者にはどうでも良いことだろう。六名の大使に五百名からの供がらで、入市は彼らの君主の威厳に見合い、彼らの任務のいかに重要かに見合ったなんとも豪奢なものであった。宮廷でわたしが与えられている、というか少くともそう感じられていた信用に則ってわたしもそれなりにいくつかの役目を果たした条約締結作業が終ると、大使閣下連は、わたしが一個人としてはずっと彼らの肩を持ってきたという話を耳にしていたようで、わたしを正式訪問してきた。わたしの武勲と寛容を褒めそやし終ると、彼らの君主たる皇帝の御名に於て王国にわたしを招待したいと言い、次々と此方の驚異譚として伝わって来ているそちらの怪力ぶりの証拠を人々に見せてやってはくれまいかと言うのだった。むろん快く請け負ったのだが、読者諸賢にはその詳細は省略させていただくことにする。

しばしが間、わたしは大使閣下連を娯しませていたが、本当に心から満足され、驚嘆されたようで、その時、彼らの君主たる陛下は有徳を以て世界全体から正当にも感嘆の目をして見られているばかりか、わたしも帰国前に是非お目通りかなえていただきたい、すれば心よりの表敬がいたせると思うがお力添え願いたいと伝えた。そういうことがあって我が陛下に次お会いできた時、ブレフスキュー帝にお会いしたいのだが、話として面白いということを言っていただければ嬉しいのですがと言ってみた。陛下は良かろうとは仰有りながら、わたしは冷たい口調だと感じた。わけはわからない。その後、フリムナップとボルゴラム両名がわたしが大使たちと会っていた話を陛下にし、謀叛の兆しであると言ったということを、ある人物がわたしに声を低めて教えてくれたのだが、その時わたしには謀叛の思いなどかけらもなかったと断言しておきたい。そしてこの時はじめてわたしは宮廷とか大臣とか、ひょっとしたらつまらないものなのかもしれないと感じ始めたのだった。

ぜひ言っておきたいのは、大使たちは通詞を介してわたしと喋ったということである。ふたつの帝国の言語のちがいはヨーロッパでのどのふたつの言語のちがうのと同じくらいで、しかもそれぞれの国が自分たちの言語の方が古くからある、美しい、力があると言い、とはつまり相手国のそれはだめな言語だと考えていたわけである。ところが、我が皇帝は敵艦隊拿捕(だほ)の騎虎の勢いか、使節団に信任状を渡すのも、彼らに話させるのもリリパット語でやらせた。けだし両国間の商取引、貿易は大いにさかんだったし、お互いさまにたえず亡命者を受けいれもするし、それぞれの帝国が若い貴族や富める上流花紳(ジェントリー)をば、広く世間を見、人々とその習俗を理解することで人品を磨くという習慣もあったしで、海岸部分に住む貴顕、商人、船乗りで二つの語で会話できぬ人間など、むしろ少なかったのである。何週間かして、わたしはブレフスキューの皇帝を表敬訪問するのだが、わたしに敵する連中の悪意とは無縁に、非常に楽しい冒険であった。これについてはもっとぴったりの個所で話してみたい。

　わたしを自由の身にするための条項にわたしが署名いたしたのを読者御記憶であろう。あまりに屈辱的なのでいやだった項目もあったが、とにかく差し迫った必要があって、やむをえず署名をしたのだ。だが、今や皇帝最高の爵位ナルダックを持つ身だから、そういう任務は自分の尊厳にかかわると感じており、皇帝も(その名誉のため言っておくが)わたしに一切そのことを口にしなかった。ところが、余り間をおかずわたしが陛下に、その時のわたしの気分にしてみれば一寸これ以上はない職務を執行(しっこう)してみせる出来ごとが生じたのだ。真夜中、わたしの戸口で何百という人間が大声で叫んでいるのにびっくりした。突然目がさめたので、少し恐怖を感じていた。「バーグルム」という言葉がずっと繰り返されていたが、皇帝の廷臣たちが群衆を掻きわけながらやって来ると、わたしにすぐ宮殿に来てくれるよう請うた。皇妃御座所で出火だそうで、女官の一人がロマンスものを読みながらうとうとっとした油断が原因だった。わたしはすぐ立ち上ると、とにかくわたしに道をあけろという命令が発されていた。また月の明るい夜だったから、だれ一人踏みつぶすこともなく宮殿に着くことができた。御座所の壁にはもう梯子が掛けられていたし、バケツも集められていたが、なにしろ水が遠い。バケツはみな大きな指貫くらいのもので、それを人々はけなげにわたしの所へ回してくる。だが炎の勢いはそんなものでは間に合わぬ。上着をばさりと被せれば空気を絶てるのだろうが、慌てていて家に忘れてきていて、着ていたのは革の胴着のみというのも不運だった。火勢は手もつけられぬ状態で、壮麗な宮殿ももはや焼け落ちるのは時間の問題かと思われたが、常の自分にはないことだが、頭が回転して、突然名案がひらめいたのだった。前夜、グリミグリムとかいう美葡萄酒（ブレフスキュー人がフルネックの名で呼んでいるもの。我らの酒の方が味は上）を、わたしはたっぷり飲んでいた。しかもこれ以上の天佑があろうか、一滴たりともまだ放尿していなかったのだ。火に近寄りすぎて体中熱くなっていたせいか、はたまた火を消そうと頑張っていたためか、美酒が膀胱に効いてきて、あなやと思う間にどばっと、それもぴったりの場所に命中したものだから、火は三分もせぬうち、文字通り水に囲繞、いや囲尿されてしまった。建造に幾星霜を要した壮麗建築の残り部分はこうして焼亡を免れた。

はや、明るい陽がさし初めて、わたしは家に帰った。留まって皇帝に鎮火祝いを申し述べようと思わなかったわけではないが、自分では仲々の武功とは思っても、そのやり方に陛下がお怒りでないとも限らない。帝国の基本法に照せば、いかに高位の者であろうと、宮殿内放尿は死罪を免れまい。なんでも皇帝がわたしに対する恩赦令を正式に出す気でいるらしいという伝聞を耳にして、わたしは少しほっとしているところだが、その恩赦状、まだ来てはいない。加うるに、肝心の皇妃がわたしの所業に慄然、宮廷の一番遠い所へ引き籠られて、これらの建物を修復しても妾は住まぬと固い決心であられるそうで、取り巻きたちの中で復讐ということさえ口にされたそうである。

第六章

リリパットの住民たち、彼らの学問、法律及び習俗に就て。児童教育の仔細。同国に於る作者の日常生活。彼、さるやんごとなきご婦人の為、大いに弁じる、の条

わたしとしてはこの帝国については特に論文ひとつを構えて書くつもりがあるので、ここではいろいろな主題をざっくり論じて読者の好奇心を満足させることができればと思う。なにしろそこな住民の背丈は大体六インチ以下ということだから、他の動物、他の植物、樹木も全てそれと釣り合いがとれていた。たとえば、一番丈(たけ)高い牛馬だって四インチから五インチの体高、羊のそれは一インチ半を出るか出ないか、そこな鵞鳥はほぼスズメの大きさ、そういう下向きの階梯をいくつかおりて極微の、わたしの目にはついにほぼ不可視の世界に行く。しかし、リリパット人の目にはあらゆるものがぴったりなもののように見えるとは、自然というものは本当に良くできている。人々は実に正確に見る、距離があまり遠くなければの話だが。近くのものを見る視力の鋭さということでは、ふつうのハエぐらいしかないヒバリの羽根を見事にむしる料理人の姿とか、目には見えぬ網み棒で目には見えぬ絹糸を網む娘の姿とか、わくわくしながら眺めてきたものだ。一番高い巨木群は約七フィート高。帝立御苑にある木のことだが、天辺にこちらの曲げた指がやっと届くというしろものだった。他の植生も似たような釣り合いを保っていたが、様子は読者諸賢の想像におまかせする。

人々の学は幾星霜、あらゆる領域が人々の間で発展してきているが、今、それほど多くは喋るつもりはない。ただ文字の書き方はとても変っている。ヨーロッパ人のように左から右へというのでもないし、アラビア人のごとく右から左へでもない。支那人のように上から下へ、でもなければ、カスカジア人みたいに下から上へというわけでもない。紙の片隅から片隅へ斜めになど、これはイングランドの女たちの書き方だ。

死者は頭を下に、さかしまに埋葬される。一万一千月後、皆いっせいに復活するのだが、その頃、(人々の思うに、平ぺったい)地球は上と下に逆転が生じているはずだから、復活した時、人々はちゃんと両足で立っている姿で見つかるという理論から来ているのである。彼らのうちでも学ある人々は馬鹿な屁理屈と言ってにべもないが、庶民たちに良しとされ、この奇習、すたれることもないだろう。

非常に変っているということで言えば、この帝国の法律、慣習にも変なところがあり、我が愛する祖国の場合とみごとに真逆とでいうのでないのなら、別にこれでも良いのではないかというくらいの感じで喋っておこう。変なりにちゃんと機能してくれていれば、それで良いのだ、と。先ず取りあげてみるのは密告関係だ。国家に対する罪はここでは特に厳しく罰せられる。しかし、被告が自分の無罪を法廷ではっきりさせることができれば一転、原告が不名誉なる死に追いやられ、彼所有のものや土地から無辜の元被告は、むだに過ぎ去った時間、危険にさらされた重圧、拘留中の苦労、そして弁護にかかった費用に対し、四重につぐないを受ける。この資金に不足があると、主に帝室からその分の補助が来る。皇帝はこの元被告に公式に赦免を示すしるしをたまい、彼の無罪を全市に広告せしめる。

　詐欺は窃盗より罪が重いとされ、ほぼ死を以て処断される。言い分はこうだ。普通に知恵を働かせ、その上に注意と警戒に怠りなければ、資産は窃盗を免れることができよう。しかるにいくら正直でも、相手がその上を行く悪知恵の持主であると、勝てっこない。売る者がいれば買う者がいる商い、特にこの頃のように信用売買（クレジット）が必要不可欠なものであると、詐欺が横行し、工夫されるのにそれを罰する法がないというのでは泣くのはいつも正直者、もうかるのは悪党、ということになろう。それで思いだすのだが、わたしは主人から大金をかすめとった犯人を王にとりなしてやろうとしたことがある。手形の形で受けとった大金を持ってドロンしたのだが、わたしは罪を軽くしてもらってやろうとして、言ってみれば信頼を裏切ったという以上のことではありますまいと、わたしは陛下に言ってしまった。すると陛下は、いくら弁護のためとは申せ、いくらでも罪を大きくして了うようなことを、そちが口にするだなど、世も末だと申された。国がちがえば習わしもちがっておかしくないというだれでもが言いそうなこと以上、何も返す言葉がなかった。心の底から恥ずかしいと思ったことで、今も反省している。

　報酬と罰こそはあらゆる管理者が大事に思わねばならぬ二本柱だが、この金言をしっかり実行している国を、わたしはリリパット以外の国で他には知らない。だれにしろこの国の法を七十三ヶ月の間しっかり遵守したというたしかな証拠を出せれば、その立場や状況に見合う特権を要求でき、そのためにこそ設けられている基金から見合った分の金を受けとることができる。スニルパル、模範愛法士という肩書きを名前の前に付けることが許されるが、一代限りの名誉ということになっている。こういう人たちだから、わたしから自分の国の法律を支えているのは必罰ばかりで、信賞ということがないと聞くと、それはおまえの国の政治の大欠陥ではないかと考えるのである。この国の法廷いずこにも佇つ立法を表す像は前にふたつ、後ろにふたつ、右と左にひとつずつ、計六つの目を具えていて、これで抜かりなき四周看視の象徴である。右手には口を開けた金貨の袋、左手には鞘走るひとふりの剣というわけで、ここでは遵法女神からしてが罰するより褒める方が好きらしい。

　どの仕事にしろ人を選ぶに、この国では偉大な能力よりも健全な道徳ということを重くみる。統治が人類に必要である以上、あの状況この状況に対しては人として普通の見識を持っていることこそが大切で、公共の事業をひとつの神秘にする、というか一時代にはて何人そんな人物がといぶかられるような二、三の崇高な天才だけが能うものとするというように天は配剤してはいない、と人々は考えている。ではなくて真に義に温柔といったものはだれしも持っていて、そういう徳をば経験と見上げた意図に動かされて日々積善していることこそがどの人をも国のための公務にぴったりの人間にするのだ、勿論ものによって一定の研修は必要だが、と人々は考えているのである。逆に根本の道徳の欠如がすぐれた知性の働きを以てしてもどうにもならぬような場合、業務をそうした族の危険な手にゆだねることはできないとも人々は考える。有徳の士の無知に因する過ちが公共福利に致命的な事態をもたらすことは、腐敗堕落への傾向を持ち、その腐敗を進め、ふやし、自己擁護し切る大きな能力だけは凄い連中の所業に比べれば、それほど問題ではない、少くともそういうふうにこの人々は考えている。

同じ理屈で、天の配剤を信じない人間は公けの人間になることはできない。なぜなら、王たち自身が自分たちをこの天の配剤の出先だと公言する以上、君主がみずからの行動原理たるべき権威を平気でばかにするような人物に敢えて仕事をさせること以上の愚行が他にあるだろうか。

これらの、或は以下の法律談義をしながらわたしは元々の法観念について述べているのであって、この人々が人間の堕落した性格によってみずから堕ちたようなこれ以上ない恥ずべき腐敗もろもろのことが話柄ではない、それだけはよくわかっていていただきたい。綱わたりがうまいので大きな地位を与えられるだの、棒の上を跳び棒の下を這(は)いくぐることで寵を得、高位を得られる弊風について言えば、それは現皇帝の祖父に当る人物から始まったことで、政党だの分派分裂だのがひどくなるにつれて今日流行の風景になったということを、読者の方々、よろしくご理解願いたい。

忘恩というのも人々の間では死に値する罪であった。そういう国が他にもあるということは我々も本で読み知っている。なぜなら、と人々は言う、恩を仇(あだ)でかえすような族(やから)は、別に恩を受けていない人類の他の人々に対しても共通の敵である他はない、かるが故にかようの人間はそも生きている値打がない、と。

親と子の義務ということについて人々の考え方は我々のそれとは極端にちがっている。男と女の結合というのは、種(しゅ)を増殖し、継続しようとする自然の大法則に基いたものだが、リリパット人はそういう言い方はしない。男と女は他の動物の雄と雌がする性欲発情と同じ原因あって結び付くだけだし、子らに優しくするのだって似たような自然原理に発するものなのだ。かるが故に、子は父親に対して生んでくれて有難うと思うこともなければ、産んでくれたといって母親に恩義を感じることもない。というかこれからの長い人生の艱難辛苦を考え併せると、生れてきたことそれ自体なんの得でもなければ、抱擁に夢中の両親は絶対別のことを考えていたはずで、はっきり子にとって良かれなど意図していたわけなど、まああるまい。こういう考え方、似たような考え方をいろいろしてみての人々の意見は、親などというものに子供の養育をまかせきって良いものか、ということである。こうしてどの町でも公共の養育所を持ち、農業者と労働者を除くあらゆる親が、彼らの男児女児が生後十二月に達すると、養育と教育の為、子らをそこに通わせなければならないのである。生後十二月というのはそろそろ聞きわけがよくなりだす時期だからだ。どういう身分か、男女のどちらかで、こういう学校は幾種類かに別れる。親の身分に見合う境涯に子らを合わせ、その能力や希望にも合わせることに長けた一定数の教員が待っている。先ず男子養育学校のことを述べ、それから女子の方について書く。

　貴顕の生れ、名家出身の男児の為の養育学校は厳めしく学も高い教師が揃い、教師連の補助教員も幾人かいる。子供たちは粗衣粗食で鍛えられる。名誉、正義、勇気、謙遜、寛大、信仰心、そして祖国愛がその教育理念である。子供たちはいつも何かしら勉強しているが、非常に短い飲食の時間は例外だし、息抜きの二時間もあって、これは主に体育鍛錬の時間である。四歳までは男たちに着せて貰う着物も、どんな家柄かに関係なく以降は自分ひとりでの着脱となる。我が国で言えば五十年輩の女性世話係が行うのはほんの下働き仕事のみである。子供たちは召使いたちと会話することを許されていない。少人数、或は一寸だけ大人数で息抜き時間を過ごすが、大体は教師が一人、もしくは補教師の一人が一緒だから、我々の幼い子供にありがちな子供らしい愚行や悪戯の印象はそこからは締めだされている。親たちが来てする面会は年間ただ二回のみ、それも一時間を越さず、親は会う時、別れる時の二度だけ子供に接吻できる。そういう時、必ず立ち合う教師は親がひそひそ何か言うこと、甘やかすような言行を許さないし、玩具とか甘い菓子類とか持って来ることとかも許さない。

子供の教育と遊戯に各家庭が支払う筈の費用がもし払われない場合、皇帝の役人たちが集金して回る。

普通の紳士、商人、貿易商、職人たちの子供の養育もおのがじしの子供の立場に応じて同じように進められるが、将来は商人という子供たちのみ七歳になると年季奉公に出される。一方身分ある家の子は十五歳まで養育が続くが、それは我が国で言えば二十一歳までと言うに等しい。もっとも最終の三年は縛りは果然ゆっくりとしたものになった。

女子の養育学校はどうか。身分ある家柄の少女たちは男児と同じような教育を受けるが、同性のきちんとした召使いたちに着物を着せて貰う点がちがう。もっともいつも教師か補教師の立ち合いがあるが、そうやって五歳になると自分ひとりで着脱することになる。それから女の養育係だが、思いちがいをして少女たちに怖い話、おふざけ噺を聞かせたり、我が国で言えば小間使い風情がよくやるような愚行三昧で喜ばせようとしたりしたことが発覚すると、市中で三度鞭うたれ、一年入牢の挙句、国で一番寂しい場所に一生涯追放の憂き目に遭うことになる。こうして若き淑女たちが臆病者、愚か者と呼ばれるのを恥と思うのは男の子の場合と何選ぶところがない。彼女らは身だしなみとか小奇麗にしているとかいう以上の身辺装飾を軽蔑していた。性の違いによる教育のちがいをわたしは特段感じなかった。身体鍛錬が男児のそれほどきついものでなかったとか、家庭生活をめぐるきまりがいくつか教えられていたとか、押しつけられる学びの領域が狭かったとかだが、この国の格言に曰く、身分ある人々の間で主婦たる者いつも頭の良い快活な伴侶たれ、いつまでも若いままではいられぬから、と。少女たちが二十歳（はたち）になる、というか我々の言う結婚適齢期になると、親や後見人が来て娘たちを連れて帰るのだが、教師たちへの気高い感謝の言葉が胸をうち、若い娘と仲間たちの涙、涙、涙の名場面にならぬことがない。

少し身分の低い女性たちの養育では子供たちはその性に、その身分にふさわしいあらゆる業（ぎょう）を教えられ、奉公に出る者は七歳で学校を去り、それ以外の者は十一歳まで残る。

子供をこういう養育学校に入れるもっと貧しい家庭はぎりぎり低額になった年一度の学費の他に稼ぎの中から月に一度なにがしかを学校の執事に子供の分与産ということで戻すことになる。こうして親の全員が法律によって出費に制限を加えられていることになる。というのもリリパット人の考え方では、親たる者、自分ひとりの欲望に従うこととしか念頭になく、子供を世に生みだすことだけはしていながら、子供を支えるという重荷はこれを世間まかせにするなど、不正義の極みということなのだ。身分ある人々について言えば、自分の立場に応じて子供一人一人に対して一定額を保証金として出すのであり、こうしてできた基金は良き管理を以て正確無比の公正を通して運営される。

農業者や労働者は子供を家に置く。地を耕し開墾するだけの業だからで、だから彼らの教育は公衆にとってはさほど重要なことではない。しかしその中の老人や病者は施設で支えられる。乞食（かたい）は名とちがって、この帝国では絶対かたい職とは思われておらないので、その存在を見ることはない。

ここまで話すと好奇心強い読者はそういうお前の身辺の、九ヶ月と十三日に及ぶ滞在期間のこの国に於る様子やいかに、暮しぶりはいかにと、おそらくは聞きたくなるだろう。頭を機械工学に切り換え、すると必要という母にも背中押されることにもなって、わたしは王立御苑の一番丈高い樹から便利この上ないテーブルと椅子をひとりで拵（こしら）えた。二百人のお針子が雇われてわたしのシャツを、ベッドとテーブル用のリネンを、得られる限り最も強く最も目の粗いものに縫ってもらった。それでも針子たちは幾枚か重ねて刺し縫いせねばならなかった。一番厚いもので紗（ローン）よりは、数段薄かったからである。彼女らのリネンは大体が幅三インチ、長さ三フィートで一枚分になる。針子たちが寝ているわたしを相手に寸法をとるのに、一人がわたしの首のところに立ち、別の一人が股ぐらに立って二人で強い紐をそれぞれが紐の片端を持ってピンと張って、三人目が一インチ長の物差しで以てその紐の長さを測るのだった。それからわたしの右手親指を測って、測定は終った。数学的計算があって、親指二巻き分が手首一巻き分に当ることが知れていたし、こんなことが首まわりと腰まわりの関係に言えたりもするのだ。彼女らの前の地べたにわたしはシャツを広げ、型をとる手助けをしてやったお蔭でわたしにぴったりのシャツができ上った。同様に三百人の仕立屋が雇われてわたしの上着をつくることになったが、彼らにはわたしの寸法をとるのに、またひとつ別のやり方を用意していた。わたしが跪(ひざまず)き、彼らが地上からわたしの首に梯子(はしご)を掛けると、一人が梯子を昇ってきて、錘(おも)りを付けた糸をわたしの頸のカラーから床(ゆか)に垂らす。と、それがぴったり上着の長さである。胴まわり、腕まわりは自分で測った。(彼らの中で一番大柄な者にも持ちきれなかっただろうから)わたしの家の中で仕立ては進み、わたしの上着ができあがってみると、イングランドでなら女性方がつくるつぎはぎ服そっくりだったが、ただわたしのはただの一色で仕上っていた。

食事の世話では料理係にも三百人がつき、わたしの家を取り巻いて便利な小屋が立ち、そこに料理人が一家ごと住み、各料理人がわたしに一品二皿を供する。わたしは手に二十人の給仕係をのせ、テーブルの上に運んだが、地上には百人からの給仕がいて、肉を盛った皿を持つ者、樽ごとの葡萄酒、その他の酒類を肩にかつぐ者とさまざま。それら全てを上にいる給仕たちがわたしの都合の良いよう、非常に巧妙なやり方で引きあげた。ある種の紐を用いるのだが、ヨーロッパでなら井戸で桶を引っぱりあげる図である。肉の皿一枚が丁度わたしのひと口であり、酒樽ひとつがひと飲みに丁度良い。羊肉の味は我が国の方が上だったが、牛肉は美味(うま)かった。特大の腰肉(サーロイン)はさすがに三つに切り分けざるを得なかったが、そんな場面は珍しかった。我が国でならヒバリの脚肉を食す感じで大肉を骨ごと食べるのを見て給仕たちは目を回していた。鵞鳥も七面鳥も皆一口だったが、こちらは我が国より美味だった。もっと小さい鳥類の肉はナイフの先で二十羽、三十羽まとめてすくいあげた。

さて或る日、わたしの日頃の暮しぶりを耳にしていたらしい皇帝陛下が皇妃ならびに若い男女皇族とともに、わたしと食事をともにする「至福」の娯しみの時を持ちたいという意向を示された(本当にシフクという言葉を使われたのだとか）。そうやって御一同が見えられると、わたしは彼らをわたしと向き合うようにテーブル上座に坐らせ、まわりに近衛兵たちを配するようにした。財務卿のフリムナップも白杖姿でそこに同席していて、時々澁い表情をちらりちらりこちらに向けるのだが、わたしは目を合わさぬふりをし、いつもよりもりもり食べた。祖国の名誉がこの肩に掛っているという気分半分、残る半分はとにかく一統をアッと言わせたい気分だった。わたしには個人的にいろいろ理由があって、陛下のこの御訪問にこと寄せて、わたしの陛下の為のおつとめにはまずい点が多すぎるとフリムナップが申し立てる絶好のチャンスと思ったのではないかとにらんでいる。この大臣はいつもずっとわたしの心中の敵だったが、いつものように陰気さがもろに顔に表れるのではなく表向きは随分愛想良かった。大臣は国庫が危い状態であることを陛下に述べ、大きな先払い利子で金を集めねばならなくなっていること、財務省発行の国債が額面九パーセント割れでも回らなくなったこと、そしてこのわたしが既に百五十万スプルーグ以上の出費を陛下に強いていること（スプルーグとは丁度服に付ける光り飾り（スパンコール）大の同国最大金貨のことだ）を述べたて、つまるところ陛下が最初の良い機会を捉えてわたしを御役御免にするのが最上の打開策とまで具申した。

　ここでまたさるやんごとなき淑女（おかた）の名誉の為にはっきり申し述べておきたいことがある。わたしのことでこの無辜（むこ）の御方は苦しめられたからだ。またぞろ財務卿だが、口さがない手合の悪意からの、奥方様がこのわたしに道ならぬ懸想（けそう）をしておられるという言葉で奥方に焼き餅（もち）を焼き、彼女が一度、わたしの住いをひそかに訪ねたいという話がしばらく宮廷醜聞として広まった。断言するがこんな酷い虚言(うそ)はない。根も葉もない。奥方が心開けた友情のしるしを素直に示して私を遇していただいたという以上の何かではあり得ない。何度もたずねてみえたのは紛れもない事実だが、公式訪問でなかったことなどないし、馬車にはいつも三人の御方が乗っていなかったこともない。奥方の御姉妹、御令嬢、そして御友人のだれかれである。それにしても宮廷の淑女の大方にとって別段珍しいことではないだろう。いつだったか中に誰が坐っているかわからない馬車がわたしの戸口に止るのを目にしたことが一度でもあるか、なんだったらわたしの召使いたちに聞いてもらえば良い。そういう場合、召使いから報告を受けるとわたしは即戸口に行って表敬し、二頭立て馬車を馬ごと注意深く掌中(たなごころ)に乗せ（六頭立ての時は御者の方で四頭を馬具から放つのが普通だった）、転落事故を避けるのに四囲を五インチ高の可動の縁枠で守ったテーブルの上に移すのである。一度に四台の馬車と馬を客で一杯のテーブルの上に上げるのもそう珍しいことではなく、わたしは椅子に腰をおろして彼らの方を見ている。わたしが一組の客と話しこむと、御者たちは残りの連中を乗せてゆっくりとテーブル上をぐるぐると回る。幾多の午後、こういう会話を心ゆくまで楽しんだことだろう。そこで財務卿とその告げ口野郎、クルストリルとドルンロ（敢えて名をあげておく。こんなこととされたとか言ってもうひと騒ぎするのならどうぞ御自由に）に言いたい。この話は前に紹介済みと思うが、皇帝陛下の急ぎの命令によってやってきた首相のレルドレサールの他に誰か微行(おしのび)でわたしの所に来た者があると言うのなら、その証拠を示してもらいたいものだ、と。ひとりの高貴な女御(にょご)の評判がこんなにも深く関わっているのでなかったら、こんなつまらん話柄に語を費すこともなかった。わたしの評判など、どうでもよろしいのだ。

わたしは栄誉あるナルダックなのだ。財務卿はそうでない。卿が一介のクルムグルムなのだとは世間だれもが知っている。肩書きがひとつ下という感じは、イングランドでなら侯爵は公爵より下というのに相当するか。それでも職権ということでは彼の方が上とはわたしも認めるが。わざわざ言うほどのこともない偶然によってわたしも後に状況がわかってきたこれらのにせ情報によって財務卿は一定期間、奥方に辛く当り、わたしには輪をかけて辛く当った。その後やっと真相を知って奥方とも和解できたようだが、わたしはこの人物への信用を完全に失ってしまった。このようにお気に入りの臣下にいいようにあしらわれてしまう皇帝陛下へのわたしの興味も、無論どんどん失われていったのである。

第七章

作者、彼を大逆罪で告発する謀議の進行を知らされ、ブレフスキューに脱出。その地にて歓待される、の条

わたしがこの王国を去る経緯に入る前に二月(ふたづき)掛ってわたしを滅(めっ)しようという密議が進行していた事実を読者には伝えておくのが適当のように思う。

卑しい身分だから当然のことだが、今までわたしは宮廷などというものにずっと無縁できた。偉大な君主とか宰相とか、いかなる性質の人々であったかについては読んだり聞いたりはちゃんとしてきたつもりだが、ヨーロッパでのものと非常にちがっているとしか思えない原理で統治されているこんな遠い国にあってさえ、そういう性質がこのように怖ろしい結果をもたらすのだ、とはゆめにも考えていなかった。

ブレフスキューの皇帝への拝謁を準備していた時のことだが、宮廷のさる大物（皇帝陛下の大変な不興を買って苦しんでいた時、わたしが取りなしに奔走してあげた人物だ）が、覆いで中を見えなくした輿（こし）が夜陰（やいん）にまぎれてこっそりとわたしの家にやって来た。名も告げず、兎角中に入れろの一点張り。輿かつぎたちは帰され、わたしは中に主を入れたままの輿を上着ポケットに入れると、信頼できる召使いにわたしは寝たいのだと言えと言いおき、家の扉に錠をおろし、いつもの習慣通り輿をテーブルの上に置いてから、自分もそのそばに腰をおろした。ごく普通の挨拶を交して主の様子をうかがえばこれが緊張の極、どうしたのかと尋ねると、兎角わたしの名誉、というか生命にも直接関わること故、辛抱してよく聞いて欲しいという返事だ。ほぼ次のような話だったが、彼が帰るや否や、わたしは紙に書きつけた。

是非知っていて欲しい、とそう彼は言った、枢密委員会がたびたび大兄のことで極秘裡に開催されている、と。しかし陛下が最終決断を下されたのはほんの二日前のことだ、とも。

（ガルベット、即ち海軍提督の位の）スキリス・ボルゴラムが、大兄の漂着以来ずっと大兄にとって不倶戴天の仇敵であることはよく御存知であろう。最初憎しみの原因が何であったかは小生も知らないが、彼の大兄憎しの思いは大兄がブレフスキューを向うに回して大喝采を浴びてから、海軍提督の面目丸潰れとあって一気に募ったようだ。提督とつるんだのは先ず財務省トップのフリムナップで、奥方の件で大兄に対して抱いた憎悪は噂になるほど明確だ。それにリムトック将軍、ラルコン侍従長、バルムフ大法官と結託して大兄弾劾の条項を練りあげている。叛逆罪、それから死刑もあり得る犯罪もろもろについて、だね。

いきなり始まった話の展開に、わたしは自分が役に立つこともいろいろやったし、第一清廉潔白だしといらいらしてきて、つい話の腰を折りそうになったが、すると相手はまあいいから聞けと制して、こういうふうに話を続けた。

大兄が自分に対してしてくれた骨折りへの恩返しということで、謀議全体についての情報と条項の写しを入手してきたが、まさにこのそっ首掛けての恩返しなのだ。

クィンブス・フレストリン（即ちヒト・ヤマ）に対する弾劾条項

第一条項

皇帝カリン・デファル・プルーネ陛下の治世(みよ)に制定せられたる法令によると、何者ならんと御殿構内に於て放尿せし者は大逆罪の廉(とが)を以て苦しめられ、罰せられること免れ難しと決められているのに、くだんのヒト・ヤマめは右記法令を何とも公然と破棄して、陛下最愛の皇妃御座所から出火せる火事の鎮火を口実に、なんと悪人めく、叛逆人めく、悪鬼めくことに放尿によって宮殿敷地内に所在せる右記御座所の右記火災をチン火したること、かくの如き場合に用いられる法令に違犯したるのみかは義務にも違犯せること明白であること。

第二条項

右記ヒト・ヤマはブレフスキュー帝国艦隊を王室港に拉致し来る後、右記ブレフスキュー帝国の残余全艦船を拿捕（だほ）し、この帝国をば此方より派遣の副総督統治の一属領に堕さしめ、卵割り大端派亡命者全員を、また同じくその帝国人民でありながら大端異端説を迅速に棄教しようとせぬ者全員を壊滅し、死に至らしむるべしと云う命令を受けながら、この右記ヒト・ヤマめは畏れ多く静謐なる皇帝陛下のご意向にそぐわぬ偽り多き叛逆者然と、良心を曲げることはしたくない、とか罪なき人々の自由や生命を奪うことはしたくないといった口実を言い募って右記任務を免れたいと懇望したること。

第三条項

ブレフスキュー宮廷より大使ら到着し、皇帝陛下宮廷で講和折衝を始めた折り、右記ヒト・ヤマは偽りだらけの叛逆者然とこれら右記大使たちを幇助し、賛助し、慰撫し、息抜きさせる等したこと。この者どもが最近まで皇帝陛下の公然たる敵たり、右記陛下に対して公然と戦争を仕掛けてきたる君主の手下どもであると知った上での怪しからぬ挙動のこと。

第四条項
右記ヒト・ヤマは忠良なる臣民の義務に反し、現在ブレフスキュー皇帝の宮廷に旅する準備を進めているが、皇帝陛下からは単に言葉で許可を受けているに過ぎないのに、右記許可を口実に虚言めき、叛逆者めいた右記旅行の試みに出、以て最近まで敵であり、右記皇帝陛下に公然と戦争を仕掛けていたブレフスキューの皇帝を幇助し、慰撫し、賛助せんと意図していること。

条項は他にも幾つかあったのだが、これらが最重要なもので、今読んでみたのはその摘要である。この弾劾文を巡って何度も議論したわけだが、陛下が大変な寛仁大度ぶりを示され、大兄が陛下に大いに役に立ってくれたと力説することしばしば、罪状をできる限り減らそうと努めていられたことは是非言っておきたい。財務長官と海軍提督は塗炭の苦しみと不名誉な死を以て償わせるべきで、夜間大兄の家に火を放つのが良いと言ったし、将軍は毒塗りの矢で武装した二万の兵を率い、大兄の顔と手に矢を射掛ける心算であった。大兄の召使いの中には毒汁を大兄のシャツやシーツにふり掛け、するとただちに大兄が肉をかきむしり、極限の拷問死に到る手筈を密命されている者も出てくるだろう。将軍も同意見に加わったので、大兄に敵対する者が多数派となった。それでも陛下は何としても大兄の一命は救おうと決心され、侍従長の意見を変えさせた。

こういう展開があって、常から大兄の親友と公言していた宮内大臣のレルドレサールに陛下が意見を述べるように言われ、それに従って出てきた意見は、大兄がいつも彼を褒めそやしているその通りの見上げた意見であった。宮内大臣は大兄の罪がいろいろ重いことは認めながら、まさに君主が具え(そな)るべき最高の徳であり、それ持つが故に陛下が正しく敬愛されているところの慈悲の心が入り込む余地がなおある筈だとも言った。その言うには、彼と大兄を結ぶ友情のことは世間周知だから、委員会のお歴々にしても彼が当然のように贔屓目(ひいき)にしか大兄のことを言わないと思われるに違いない。しかしそうではなくて、そうせよとの御命令であるから忌憚なく自分の意見を述べさせていただくのである。もし陛下が大兄の貢献を多(た)とし、陛下自身の慈悲心に忠実(まめ)たらんということなら、屹度大兄の一命はこれを救い、両目を潰(つぶ)すくらいで良いとされるのではあるまいか。そんなこと言える立場ではないが彼がどう考えていたかと言うと、この便法によるなら正義も一定程度は満足させられるし、世間だれしもが陛下の雅量大なるを、陛下の名誉ある顧問一統の公平にして寛大なる処置手続きを喝采して迎える他ないだろう、と。両目を失うとしてもさらに陛下の御役に立てるべき大兄の体力にとって大障害ということではなかろう。それに盲(めし)いてしまえば危険が目に入ってこない分、さらに勇気が増すのだ。大兄が目のことで怖れたのは敵艦隊を曳(ひ)いてくる時、目を矢でやられては難儀ということだっただろう。それに自分の大臣たちの目を通して見ればそれで十分ではないか、最も偉大な君主たちにしたところが、そうやって見ているだけのことではないのだろうか。

宮内大臣のこの提案は全委員会の大反対にあった。海軍提督のボルゴラムなどは怒髪天を突いた。

怒り狂って立ち上りながら、一国の大臣たる者が叛逆の大罪人の命を救えと言い張るなど言語道断だと息まいた。大兄の為した貢献など真の国家経略すべてに徴してみれば、大兄の罪禍をどんどん大きくしただけのもの。大兄は皇妃の寝所の火事を小便を飛ばす便法でチン火できたというが（なんともおぞましいという感じの口振りで言われた言葉だ）、時が替れば同じやり口で洪水だって起こせる、宮殿全部が水没だ。敵艦隊を引っ張ってきた同じ怪力で、いらっときたら艦隊を元に戻してしまわぬとも限るまい。大兄が心の裡（うち）では大端派なのだと信ずるに足る根拠を自分はいろいろ握っているが、叛逆など、先（ま）ずは心の中に宿って後に行動に移るものではないのか。こういうことを理由に自分はこの男を叛逆人として告発するのだと言い、それゆえ大兄には死刑をと言い続けたのだ。

　財務大臣も同じ意見で、大兄を抱える為の出費で陛下の歳入が減り続け、どんな窮状になり得るかを言った。大兄を養うなど、すぐに不可能になるだろう、と。宮内大臣が両目潰しを便法のように言うが、失明はこの悪に抗う薬にはならぬこと夥（おびただ）しく、どころかおそらく悪を養ってしまうことだろう。ある種の家禽（かきん）の目を見えなくするよく見られる習慣ではっきりしているのは、その後その鳥は食べるのが早くなり、とはつまり肥るのが早くなることだ。聖なる陛下、それに大兄を裁こうという枢密顧問団は心中深くでは大兄の罪をしっかり確信していた。それはそれで大兄を死に処する為の十分な理屈になるのであって、「法の厳密な文字面（づら）が必要だと要求する形式的証拠」などいらないのだ。

　それにしても皇帝陛下は死刑はなしという堅固な決意をしていて、枢密顧問たちは両目潰しくらいでは責めとして甘過ぎるということだが、では別の責めをあとから幾つか加えるというのではどうか、と有難いことを申された。それから大兄の親友たる宮内大臣が、大兄を養うことで陛下にかかる負担の大きさに関して財務卿が言ったことに反論したいので、もう一度喋らせて貰いたいと言って、皇帝の歳入は財務の専管事項なのだから、大兄に決められて使われている部分を徐々に減らしていくというやり方でこの悪に対処できるのではないか、そうすれば食料の欠乏のせいで大兄が衰弱し、弱くなっては食欲もなくなってしまい結果、二、三ヶ月もすれば衰弱死にいたるしかないのではあるまいか。大兄の死骸からの異臭のことだが、半分以下の大きさになっていようからそれほどひどくはないだろうし、死んだらただちに五千か六千の臣民を動員すれば、二、三日で骨から肉をこそぎ取り、荷車で運び、感染防止のためどこか僻遠の地に埋めれば良いのではないか。骨格は記念に保存して、後世が驚き呆れるものとして供すれば如何(いか)に。

こうして宮内大臣の篤い友情の結果、事件全体が妥協の産物となった。徐々に飢えさせていくという計画は極秘ということになり、大兄の両目を潰すという話は議事録に残すことにはなった。反対者は海軍提督のボルゴラムひとりだったが、なにしろ皇妃の寵臣ということで絶えず間も皇妃に、大兄の死刑は絶対に譲るなと教唆され続けていたのだった。皇妃はその御座所を大兄が消火する時にとった悪名高い不法なやり方が原因で生涯変らぬ悪意を大兄に対して抱き続けている。

三日後、指示を受けて御友人の宮内大臣が大兄の家に赴き、弾劾条項を面前で読み上げ、その後、陛下と枢密顧問の雅量と厚意あればこそ目潰し刑程度に留ったのだということを付け加えることになっているが、陛下は大兄がこの量刑を有難く素直に受け容れることを疑わない。非常に尖った矢を地べたに寝た大兄の眼球に射ち込む作戦というか手術というかの首尾を見届ける為、陛下の御典医二十人が立ち合うことになっている。

何をどうするかは賢明な大兄自身にまかせて、自分は戻る。変な嫌疑をかけられないよう、来た時と同様こっそりと帰らねばならないのだ。

卿は帰っていった。ひとり残ったわたしの頭は疑いだらけ、千々に乱れた。

現君主とその大臣が創始したのがこの習慣であって(昔のあり方とは全然ちがっているとしか、わたしには思えない)、君主が怒りを満足させるため、寵臣の悪意の捌け口のため、宮廷が何か酷い死刑判決を下したら、その後皇帝は顧問全員を前に自分の「世界全体が周知し議論する性質としての大なる寛仁並びに大度」を言う演説を行う。この演説はただちに王国全体に布告されるのだが、この陛下の慈悲への讃美ほど人心を恐怖で寒からしめるものはない。讃美が長いものになり、幾度も執拗になるほど、その刑は人間性を欠いたものなのであり、無辜の者ほど苦しむことがはっきりしているからである。しかしわたしからしてみれば、生れも育ちも宮廷向きだったわけではなし、諸事に見識ないから、この刑宣告のどこが寛仁大度、どこが情の篤さなのか理解できなかったし、自分としては(多分誤ってだが)これは優しいというよりは厳しいものと感じていた。わたし自身裁判の席に立とうかとも思った。条項の幾つかに指摘された事実は否定できなかったが、情状が酌量されて然るべきところありと思ったからである。しかし長の人生、国家に関わる裁判の公判記録をいろいろ熟読してきたが、裁判官たちが適当と考えた方向で決着をみるだけのことというのが、いつも変らぬ印象だった。こんな重大事、こんな強敵に囲まれながら、得られる決断がそんなもので良いのだろうか。一度など絶対抵抗の気分になりかけたこともある。自由の身である以上、帝国が総力をあげたところでわたしを抑えることなどできはすまいし、手にする石がある以上、こんな首都ひとつ微塵に砕くなんてわけもない。しかし背中に冷たいものを感じてわたしはこの企て(プロジェクト)を即反古(ほご)にした。皇帝に立てた誓い、皇帝から受けた恩義、皇帝からもらったナルダックという名誉ある爵位のことがどっとばかりに思い出されてきたからである。宮廷人というものの報恩の独特の感覚はそう簡単に呑み込めるはずはないから、陛下が「現在厳しいからと言って過去受けた恩義の数々が消えてなくなる」ことにはなるまい、とわたしは思った。

いよいよという時、わたしはひとつの決心をした。幾つか非難を蒙り、そしてそうなっても仕方がないような決心である。両目ともこうして無事なのも自由な身の上であるのもわたしのひどい軽挙妄動と経験不足のお蔭、と今思っている。もしそれ以後多くの宮廷で出会った君主や大臣たちとはどういう性質の人々であるのか、彼らがわたしのよりは軽微な廉(とが)の犯罪者をどういうやり方で扱ったかを当時知っていたら、わたしは喜んでいそいそと、それくらいな楽な罰に従っていたのだろうと思う。しかし若さというものにじりじりと心はやらせられていた上、なにしろブレフスキューの皇帝の前に出ても良いという皇帝陛下の許可も貰っていては、この絶好機を捉えない手があるだろうか。問題の三日間が過ぎるのなど手を拱(こまぬ)いて待っておられようか。早速にも友人たる宮内大臣に手紙を書き、その日の朝ブレフスキューに、許可も出ていることだし、出立(しゅったつ)することにしたと伝えた。返事を待ついとまもなく、拉致艦隊が投錨している島の側にとんだ。大型戦艦一隻を選び、へさきに綱を結えると錨を巻きあげ、服を脱ぐと、服を(腕に抱えて持ってきたわたしの掛け布団とともに)船に放り込むと、わたしの後を来るよう船を曳き、歩くでもなし、泳ぐでもなしにブレフスキューの、人々が首を長くして群がり待っている帝室港に到着した。雇われた二人の案内人が国と同じ名を持つその首都に連れていくことになっていた。わたしは二人を掌に市門に二百ヤードの所まで行き、大臣の一人にわたしの到着を知らせ、わたしが陛下の御命令を待っている旨伝えてくれるよう案内人に頼んだ。約一時間して答が来たが、陛下が王族の人々、宮廷の大物役人ともども、わたし歓迎の為にこちらに向いつつあるということであった。わたしは百ヤード歩を進め、皇帝と供奉の一統は馬からおり、皇妃と官女たちは馬車からおりた。人々の顔に何かの恐怖や不安の色はなかった。わたしは地面に横になり、皇帝と皇妃の手に接吻した。わたしは陛下に約束いただいたので参上しましたと言い、我が主人たる帝の許可も頂戴しておりますので、こうして偉大な君主様の面晤の栄に浴せますばかりか、主家への義務に背かぬ限りのいかなる御役にも立てていただく望みでおりますと言ったが、目下の不祥事のことには全く触れなかった。それを知らせる正式の報せはなお出てはいないし、そういう謀議のこと自分としても何も知らないということで通せそうに思ったからである。それにどう理詰めに考えてみても、皇帝が差し当り自分の手中にあるわけではない人間の秘密など知る由もなかろうとたかをくくっていた。しかし、それがそうでなかったことは早晩身にしみてわかるのだが。

かくも偉大な君主の寛容さに見合う歓待の細々したことども、家もベッドもないところで掛け布団一枚にくるまれて野宿するしかなかった辛酸ばなしは読者を疲れさせるだけのことだし、割愛。

第八章

作者、幸運の成り行きでブレフスキューを去る手段発見。粒々辛苦を経て、いかにして生国に帰還したか、の条

到着して三日後のこと、好奇心に導かれる儘、島の北東海岸を歩いていて、半リーグほど沖の海に転覆したボート様のものを見つけた。わたしは靴を、靴下を脱ぎ、二、三百ヤードも歩いてみると、その物塊は潮の流れにのって此方に近付いて来て、果然正真正銘のボートと知れた。思うに、船本体から嵐か何かで離されたのだろう。わたしはただちに市に戻り、皇帝陛下に艦体拿捕の後、手元に残った高船高の船二十隻と副提督麾下の三千の水夫をお貸し願いたいと申し出た。この艦隊が迂回してやって来る間にも、わたしは最初にボートを発見した海岸へ近道して戻ったが、ボートは潮のため更に近くに来ていることがわかった。水夫たちは綱の類を一杯持って来ていたが、わたしが事前にそれらを撚り合わせてより強い索具にしたものだった。船団が到着すると、わたしは裸になり、ボートから百ヤードという地点まで歩いて行った。その後は泳ぐ他なく、やがてボートに辿りついた。水夫たちが

綱の一端をわたしに投げてよこしてくれたから、一端をボートの舳先の穴に結え、もう一端は軍艦に括りつけた。それにしても骨折った割りには仕事ははかがいかない。背が立たない所ではうまく働けないのだった。これじゃ仕方ないと、わたしはボートの後方に泳いで行き、片腕でできる限りぐいぐいっとボートを前へ押した。潮も味方してくれたから随分進むことになり、顎が水から出、足が立つようになった。二、三分休んでから再び押すと、さらに前に進んで、ついには海面が腋窩より下に来るまでになった。こうして一番骨の折れる所が一段落しかけると、わたしは船の一隻に積み込んであった他の綱類を出して、それらをボートに結え、それからそばにいた九隻の船に縛りつけた。風向きは良くなり、水夫たちは引っぱる、わたしは押すで、汀から四十ヤードの所に達した。潮が引くのを待って体が乾くとボートまで行った。二千人の男たちの助けを借り、索具や機械の助けを借りてボートをぐるりと引っくり返してみると、有難や、ほとんど損傷はなかった。

ボートをブレフスキュー帝室港に持って行く為に十日をかけて作った櫂の力を借りてどんなに苦労してという話で読者を食傷させるのはやめる。帝室港にはわたしの到着を見ようと集っていた大群集がどでかい船を目のあたりにしてびっくりしているのが面白かった。わたしは皇帝に、幸運に恵まれて、行く道にボートをさずかったが、お蔭で祖国に戻ることができると言い、その為に必要な材料が揃うように陛下の御命令方、呉々もよろしくと頼んだ。勿論、立ち去る許可も貰う必要があったが、いろいろ説諭されたものの最終的には喜んで許可していただけたのであった。

びっくりすると言えば、この時、我が皇帝からブレフスキューの宮廷にわたしのことを巡って急使が来ているという報せがわたしの耳に全く入ってこなかったということにこそ改めてびっくりである。あとから或る筋から聞かされたのだが、我が皇帝は進行中の謀議のことでわたしが何か知っているなど夢にも思わず、わたしのブレフスキュー行きは単に自分が与えた許可に従ってできた宮廷内では皆周知の約束を果たす為の行動に過ぎないので、二、三日もして表敬儀礼が終ったらわたしが帰ってくるものと許り考えていたらしい。しかしわたしがいつ迄も姿を現さないのに不安を覚え始め、財務卿その他の閣僚と相談して、さる高官を急使として派遣し、わたしに対する弾劾文の写しを携行させるにいたった。この特使に下った密命とは、ブレフスキュー君主に我が君主の、罰としては両目潰しで許してやろうという寛仁の大きさを説明するというものである。だからこの者は正義に背を向けた不埒者であり、二時間以内に帰ってこなければ折角のナルダック爵位だが失効、代りに大逆犯罪人として公示するというのだった。特使加えて言うには、ふたつの帝国の間の平和と交流を長続きさせようと思うなら、ブレフスキューの我が兄弟よ、この犯罪人を手も足も縛って送還し、大逆罪の罰を受けさせしめよというのがこの人物の主筋の意向だというのであった。

ブレフスキュー皇帝は相談に三日掛けた後に丁重な反応と言い訳から成る返事を返した。わたしを縛り上げて送還するということに関しては兄弟よ、それはできないということは良く御存知の筈だ、と。皇帝の船団を皇帝から奪った憎い相手ながら、講和の交渉に際して多くの貢献をして貰った大きな恩義を忘れてはならない。それにしても二皇帝が二人ながらすぐに楽になる可能性がある。即ちわたしが海岸で大きな船を発見したが、わたしを海に出せそうな船で、皇帝としても助力と指示を惜しまないと言ってあるところだし、かくて二、三週もすればかの養い難き厄介者からお互い自由になれるのではないか、と。

この返事を携えてくだんの特使はリリパットに帰っていったし、ブレフスキューの皇帝はあったことを包まずわたしに話してくれると同時に、(これは他言無用だぞと言いながら)もしわたしがそこで宮仕え続ける気なら心配りしながら庇護もしてやろうが如何だとも言った。この御方の言にはまことがあるとは感じるが、君主だの大臣だのという族にもはや一切信を置くものかというわたしの思いは変らない。能う限り避けて通りたいのだ。それで、友愛溢れる御意向には感謝感激であるけれども、このお話は考え直していただけると有難いと、わたしはいかにも低姿勢の答で、逃げた。幸運か不運かいずれにしろ運が我が行く先に一艘の船を恵んでくれましたので、海の冒険行に出てみたく、かよう強大な二人の殿様のいがみ合いの因となる膿でいるよりは余程楽しうございます、と。皇帝は全然不快な表情には見えなかった。ある偶然で知ったのだが、皇帝はそういうわたしの決意を大変喜ばれたというし、大臣連の大方も似たような感じ方をしていたものと思う。

こんなふうに考えていると、出立は思いついたらすぐというくらい早い方がいいかという気になってきたし、そうなったら一日でも早くいなくなってくれと望む宮廷側の協力も非常に速かった。ボートに付ける二枚の帆はわたしの指示の下、五百人の職人が立ち働いて、彼ら最厚のリネン布を十三枚も集めて重ね縫いした。綱や網の類は、彼ら最太、最強のものを十本、二十本、三十本と撚り合せた苦心の産物。海岸を長く探索してからたまたま見つけた大石が錨の代りだった。三百頭の牛から取った獣脂をボートの塗り（グリーシング）その他の用途に使った。本当に大変だったのは櫂（かい）とかマストのための最大の木の製材作業で、大変とは言いながら陛下の船大工隊にほとんどを担って貰ったのであって、わたしが雑に切ったものに船大工たちが見事な鉋（かんな）掛けを施した。

およそ一ヶ月たち準備完了となって、わたしは人をやって陛下の許可を貰いたい、そしてお別れの挨拶がしたいという段になった。皇帝と皇族が宮殿から出て来ると、わたしは前向きに体を折って、忝けなくも皇帝の差し出された手に接吻した。皇妃とも若い皇族男女とも同じようにした。陛下は五十もの財布を下されたが、それぞれ一袋に二百スプルーグ入っていた。それから全身の肖像画。傷つけてはならぬもの故、すぐ手袋の片割れの中におさめた。わたし出立の式次第は余りにいろいろあり過ぎ、ここで読者を煩わせようとは思わない。

ボートには牛百頭、羊で三百頭の獣肉、それに見合ったパン、飲料、そして四百人方の料理人がつくったいつでも口に入れられる肉。わたしは生きた雌牛六頭と雄牛二頭、それに雌羊と雄羊も持っていこうとしたが、これらを祖国に持ち込んで繁殖させてみたいと思っていたからである。そして船上で養うということだから干し草の大束、とうもろこしの袋も必要だった。喜んで同国の住民を一ダース連れていこうと思ったが、皇帝はこれを絶対に許可しようとしなかった。ポケットを徹底的に検査されたが、皇帝はそちの名誉にかけて、この国の臣民を連れだすことはしないと誓えと申された、その住人たちが仮に同意したとしても、本人が希望しているとしてもだ、と。

こうして万端の準備をうまく回せたので、わたしは一七〇一年の九月二十日の朝の六時に出帆した。

南東からの風にのって北へ四リーグほど進んだ所、夕方の六時だったが、北西半リーグに小さな島の姿を確認。さらに前進し、どうやら無人らしいその島の風下側に投錨した。一寸口に入れてから休憩。爆睡した。少くとも六時間は眠ったと思う。めざめて二時間しての日の出だったからだ。爽やかな夜だった。日が上って来る前に朝食をとり、錨をあげると風も順風。前日と同じ針路をとった、ポケット羅針盤の導き。ファン・ディーメン島の北東にある筈と考えてきた群島の島ひとつにできれば到達したいというのがわたしの狙いだった。その日いち日、何も見つけられなかったが、翌日の午後三時頃、わたしの計算してみたところでブレフスキューから二十四リーグという地点で南東に向う帆船一隻の姿を確認した。わたしたちは真東に向っていた。大声を出してみたが反応はない。追いつける自信あったのは風がゆるくなっていたからである。あげられる帆は全てあげた。半時間後、相手はわたしたちの姿を認めてくれた。旗が出、号砲が一発。愛する祖国に帰れる、置いて来た懐しい妻子(つまこ)に会えるという望みが突然こみあげてきたが、その喜びたるやとてものこと筆舌に尽くし難いものだった。相手は帆をゆるめ、そうして九月二十六日夕刻の五時と六時の間のどこかでわたしたちは追いついたが、相手にはためく英国旗が目に入った時の心の雀躍したことといえば。わたしは牛や羊を上着ポケットにしのばせ、多少の食料とともに相手船に移った。相手船とはイングランド商船で南北諸洋を経てジャパンから帰るところだと言い、船長のデプトフォードのジョン・ビデル氏は非常に丁重な人柄の優秀な船乗りであった。われわれは今や南緯三十度の地点にいた。約五十人の乗組だったが、ピーター・ウィリアムズという昔の仲間がいて、この男は良い奴ですよと船長に取りなしてくれた。船長の人扱いは親切だったし、わたしがどこから来て、どこへ行く積りか知りたがった。わたしは簡単に答えたが船長はわたしが狂っている、とんでもない危険体験で頭がおかしくなっているのだと思ったようだ。そこでわたしはポケットから黒い牛と羊をとりだしたところ、大いに驚愕してから、船長は全て実話なのだと信じてくれた。それからわたしはブレフスキューの皇帝から貰った金貨を該陛下全身の肖像画、そして同国の奇物などとともに船長に見せた。それぞれ二百スプルーグ入った下賜の財布ふたつをプレゼントし、イングランドに着いたら牛一頭、羊二頭をお胎(なか)の子供毎プレゼントすると約束した。

その航海は大部分が平穏な進行だったから、細かいことを書いて読者に飽きられることもない。一七〇二年四月十三日、我々はダウンズに着いた。不運と言えばただひとつ、船のネズミがわたしの羊の一頭を連れ去ってしまったことぐらいか。穴のひとつに、肉が何もついていない骨がころがっているのを見た。あとの畜類は残らず上陸、グリニッジのボウリング用草地に放し飼いをしたところ、柔い草が余程お気に召したんだが、わたしの逆の予想を見事に裏切ったのである。それに船長が最高級のビスケットを僅かでも分けてくれていなかったら、あの長い船路、牛、羊はとてももたなかったはずだ。砕いて粉にし、水を加えたものを家畜たちは飽きず食べてくれた。イングランドにいた期間は短かかったが、家畜たちを貴族華紳そのあたりに見せて回ることでかなり稼げた。そして第二航海に出る前に六百ポンドで売却。いくたび行く旅の挙句に最後に帰国後、その家畜たち、ことに羊がえらい勢いで繁殖しているのを知って喫驚したのだが、その羊毛の繊細さは仲々のもの、羊毛産業のため大いに役立ってくれると良いがと念じている。

　妻子と二ヶ月も一緒にいると、異国が見たいという気持が疼きだしてそれ以上の滞留に耐えられなくなってきた。わたしは妻に千五百ポンドを渡し、レドリフの綺麗な一軒家を提供した。残りの資産は、半分は金に変え、半分は物にしてみずからが持って、それで運をさらに開こうという積りであった。一番年長のジョン叔父がエッピング近傍の地所をわたしに遺してくれていたが、そこからは年に約三十ポンドの収入があった。それからフェッター小路の宿屋ブラック・ブル館とも長期契約をしていたが、そこからもほぼ同額の収入があった。こうして女房子を教区の救貧講にあずけなければならぬ虞れは全然なかった。名を叔父にあやかって付けた息子ジョニーはグラマー・スクール在学中だが、将来を嘱望されていた。娘ベティは(良い結婚をし、子宝にも恵まれた)その頃は裁縫を仕事にしていた。そうしてわたしはお互い涙ながらにお別れし、わたしは三百トン商船アドヴェンチャー号に乗って印度スーラトに向った。船長はリヴァプールのジョン・ニコラス船長。この旅の仔細については続く第二部を待たれよ。

いくたび行く旅

第二部

ブロブディングナッグ渡航記

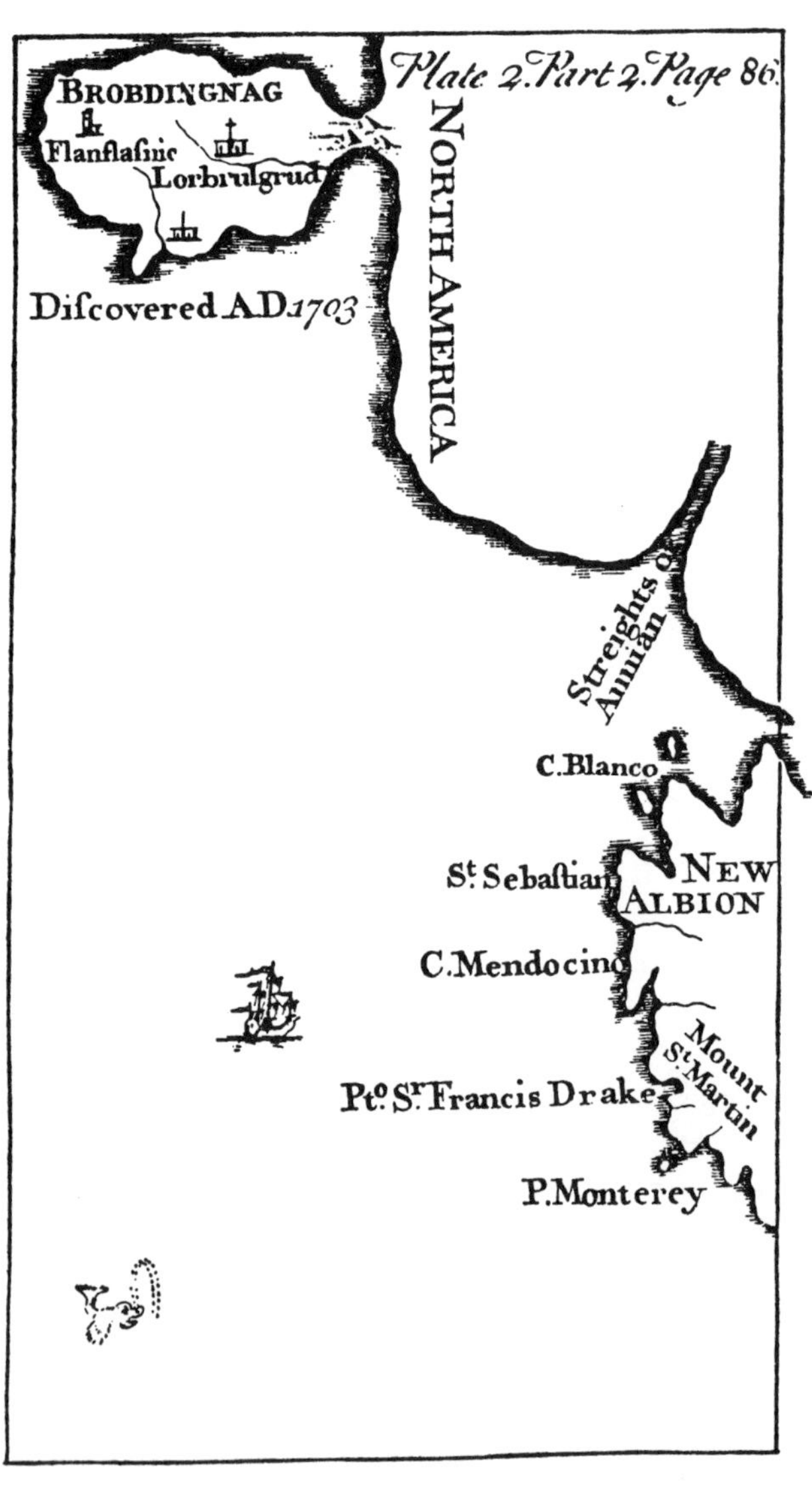

Plate 2. Part 2. Page 86.
BROBDINGNAG
Flanflasnic
Lorbrulgrud
Discovered A.D. 1703
NORTH AMERICA
Streights of Annian
C. Blanco
St. Sebastian
NEW ALBION
C. Mendocino
Mount St. Martin
Pto. Sr. Francis Drake
P. Monterey

第一章

大嵐現場。真水さがしに長艇が出るのに同行して作者、この国を発見。汀に残され、住民たちに捕まり、農夫の家へ。そこでの処遇とそこで生じた偶発事顛末。住民たちの振舞いや如何、の条

自然にも運命にも休むことなく動き続けることを宿命付けられているのでもあろうか、帰還して十ヶ月にして復た生れ故郷をあとにし、一七〇二年六月二十日、ジョン・ニコラス船長のアドヴェンチャー号に乗って、スラトをめざして出立したのである。実に順風満帆で喜望峰にまでは到達、真水補給の為上陸したが、船艙に水漏れ発見、積荷をおろして、ひと冬そこで越したが、船長が瘧に罹患して了い、我々は三月末まで喜望峰をあとにすることができなかった。その後、帆をあげマダガスカル海峡通過の頃までは好調な帆走だったのだが、同島の北、南緯五度ほどの地点で風が吹き始めた。その海域は十二月初めから五月初めにかけ、北そして西の間に同じ速度の強風がずっと吹き続けるので有名である。四月十九日も風はいつもより強く、西寄りに吹き始め、二十日間も吹き続け、その間に我々はモルッカ諸島の東にまで流されて了っていた。五月二日、船長が計測してみると赤道から北へ三度の地点だったが、風もおさまり完全な凪になって、わたしは本当に安心した。しかしその海域の航海が経験豊富な船長は、嵐が近い、準備万端怠りなきようにという指示を出し、果たせるかな次の日、

嵐はやって来た。南風で普通「南季節風（サザン・モンスーン）」と呼ばれている風がそよそよっと始まって了った。

強風になりそうな風向きと感じられたので第一斜檣帆をたたみ、前檣帆たたみの準備をしていた。天候悪化が見えてきたから大砲を皆しっかり固定し、後檣帆もたたんだ。風の中心からは遠いようなので、ここは停船とか帆をたたんで漂流とかよりも追い波に乗って帆走した方が良いかと考えた。前檣帆を一部たたんで固定してから、前檣帆帆脚索をたぐり込んだ。舵は上手舵いっぱいに切り、すると船は下手回しに回った。前檣をおろす為に帆をゆるめたが、帆は裂けて了った。それで我々は帆桁をおろし、帆を船内にとり込み、縛りつけてあった何もかもをほどいて船本体は軽くなった。もの凄い嵐になっていた。海は奇怪に裂け、危険そのものだった。我々は舵柄にくくりつけられた綱を引いて舵手を助けた。中檣は倒さず立ったままにしておいたが、それで船は追い波に乗って進む。それに中檣が背高く頑張ってくれていると船はより扱い易いし、操船に余地ができるので海上をよりうまく進む。さしもの嵐も去って、我々は前檣帆と主檣帆を張り、船を風上に向けると、船は大人しく静かになった。それで後檣帆と大檣中檣帆を張った。船は東北東を向いていて、風は南西から吹いていた。右舷の帆脚索をたぐり込み、風上側の索具をゆるめたり、風下側の索具を固定して、風上側の孕み索のみで前進したり、それらを強く引っ張ったり、固定したり、時には後檣帆の帆脚索を風上の方にたぐったりと、船が帆を詰め開きにしたままずっと安定して進むよう腐心した。

嵐の後、強い西南西風が吹いたこともあって、わたしの計算では東へ約五百リーグも流されて了ったことになって、自分たちが世界中のどのあたりにいるのか船の最高齢の乗組にも見当がつかなかったのである。食料は十分にあったし、船体も頑丈で、乗組一同、皆元気だったが、水がないのが差し迫った問題だった。この航路を続けるのが良いと皆思った。少し北寄りだと、大タータリー大陸の北西部か、凍結の極洋かに行きつきかねない、と。

一七〇三年六月十六日のこと、主檣上の坊やが陸地を発見した。翌十七日、大きな島か大陸かが(どちらか、その時にはわからなかった)、眼路(めじ)一杯に見えてきたが、南側は小さな岬が海に突きだしていて、入江は浅くて百トンを越す船は入れそうに見えなかった。この入江から一リーグの所に投錨すると船長は一ダースの部下に武装させて長艇に乗せ、水が見つかり次第運んでこられるよう容器を持たせた。わたしも一緒に行って界隈を見てみたい、何か発見できるかもしれないと願い出たのだった。上陸したが川はない、泉すらない、第一、住民の気配も何もない。だから乗組たちは海岸を歩いて、海の近くに清水をさがし、わたしはひとり反対側を一マイルも歩いたが岩だらけの不毛の地であった。飽き始めたし、好奇心に訴えてくるものを何も目にしないまま、わたしはゆっくりと入江に戻り始め、そして海の景色が目いっぱいにとび込んできたが、乗組たちがもう長艇の中にいて、本船に向って何やら死にもの狂いで櫂(かい)を漕いでいた。大声を出してみたが無駄だった。と、その時、わたしの目にとび込んで来たのは、乗組たちを追って力いっぱい海の中へ歩んで行く巨大な何ものかの姿だった。その何ものかは膝ぐらいまできた水を蹴立てて、大きな歩幅で追いかけていた。乗組たちは、半リーグほど先にいたし、第一、海のその辺りは鋭く尖った岩だらけだったから、怪物は結局ボートには追いつけなかった。こんなことは皆、あとから聞かされた話なので、そこにずっと踏み留って事件の顛末を見届けるなど、とても無理。全力で来た道を走り戻り、険しい丘によじ昇り、すると界隈が一望できた。よく耕作された土地と知れたが、しかし先ず驚いたのは、そこで乾草用に残してあるらしいそこな草の丈（たけ）の高さで、なんと二十フィートは優に越えているのだった。

大きな本道に出た。大きいといってもわたしがそう思っただけのこと。そこな住人にとっては麦畑中の小道でしかあるまい。しばらく歩いたが、両側に見べきほどのものはない。収穫間近の時期であるのか、作物の高さは少くとも四十フィートはあった。一時間も歩くと畑の端に行き着いたのだが、高さ少くとも百フィートの生垣に囲まれていて、木々も巨大で、その高さはとても計算などできないくらいだった。こちらの畑から隣りの畑に行く踏み越し段があった。段四つででき、一番上に着いた時、その上を越えて行く石が付いていた。わたしはこの段々を上ることは不可能だった。各段高さが六フィート、天辺の石は高さ二十フィートもあったからである。生垣の方にどこか穴でもあいていないかさがしていると、住民が一人踏み越し段に向ってやって来るのが見えたが、海でボートを追いかけているのを見掛けた者と同じくらいの背丈をしていた。普通に見掛ける教会の尖塔くらいはあり、見当で言えば一歩十ヤードほどはある歩幅だった。恐ろしさと驚きで動転して了い、麦畑に行って身を隠した。そこからこの相手を見ていると、踏み越し台の天辺にいて右隣りの畑を振り返り、拡声器より何倍も大きな声で何か言うのが聞こえたが、胴間声というより殷々（いんいん）と深い、ほとんど雷鳴の如くとよもす声で、最初びっくりした。この声に応じて彼そっくりの怪物が七匹（たり）、刈鎌を手に初めの人物の方に近付いて来たが、なにしろ鎌は普通の草刈鎌の約六倍は大きい。これらの連中は最初の一人ほど良い身なりでないから、その召使い、雇われ人というところか。で、主人の言葉に応じて一同、わたしが隠れていた畑で麦を刈り始めたのだ。できるだけ距離をとっていたが、否でも動かなければならなくなって、これが麦同士の茎が一フィートも互いに距離を持たないで、わたしの体を間にねじ込めないから大変な難事だった。それでもなんとか頑張って麦が積まれて風雨にさらされている場所に辿り着いた。ここでも一歩も進めない。茎同士みっしり絡み合っていて体を入れられないし、落ちた麦穂の毛が強く、しかも尖っているので着衣を通り越して、肌を刺してくる。おまけに百ヤードも距離のない背後には麦刈り人たちの声がする。体もくたびれ果て、心も悲嘆と絶望に拉がれて、ふたつの畝の間にはさまったまま、いっそこのまま死ねればいいのにと心から思った。孤愁の妻、父無し子となった子供たちを思うと呻くしかない、親戚友人の忠告を無視して第二航海に出ようなどとした我と我が愚と身勝手を思えばもう痛恨の極みだ。恐怖の余り心千々に乱れる間に思いだされるのはどういうわけか、かのリリパット人たちのことだった。そこな住民たちはわたしを地上に現れた最大の巨人と考えたのだ。わたしはこの手で帝国艦隊丸々ひとつを引っ張って来たし、他のあれやこれやの所業にしても間違いなく帝国の年代記に烈々たる記録として遺されるであろう。億万の証言を前にしても後世がそれらを信じるとも思えないが。思うに、この国でゴミのように思われたからと言ってどれほどの屈辱なのだろう、一人のリリパット人がわたしの国で味うそれとどれほど違うと言うのか。そんなものは不運と言っても、ほんの一寸した不運というに過ぎまい。人間というものは図体の大きいほど野蛮で残酷というから、たまたまわたしを一番先に捕えることになった奴の大口一口分の餌になるしかないのだ。いみじくも大小などただ比較の問題、と哲学者たちは言うが、その通り。運命女神がその気になれば、リリパット人が彼がこのわたしから見てそう見えるのと同じくらい、彼から見てさらに小さい人々に会えないこともないだろう。同じ理屈でこの巨人族が、世界のいまだ発見されていないどこやら僻遠の地で同じようにみずからがさらに大きい相手に圧倒されることがないと誰に断言できよう。

　恐怖し混乱した最中なのにわたしはこういったことをあれこれ考え続けていたが、麦刈りの一人がわたしが横たわる畝から十ヤード以内に近付いて来るのを見て、これは相手の次の一歩で自分は足下に踏み殺されるか鎌の一振りで真っ二つなのだなと慄然とした。だから次、彼の動きが始まった刹那に、恐怖からぎりぎりの大声をあげた。巨人はびくっと立ちどまると、しばし眼下にあちこち目を走らせていたが、最後に地べたに転がるわたしの姿を認めた。小動物を撮みあげ、引っ掻かれないか、噛まれやしないか警戒しながらしばらくじっと見入っている様子はイングランドでなら我々が、鼬にすることと同じだった。そのうちわたしの胴部真中の背中を親指と人差し指で後ろから撮むと、こちらの姿形をもっと良く見たいのか、目から三ヤードの所に持ち上げた。何をやろうとしているかの見当はついたし、地上六十フィートの空中にある所では少しでもじたばたなどすまいと思うくらいの冷静さが働いたのは、つくづくと幸運の女神のお蔭である。相手はわたしが指の間をすり抜けないように横腹をきつく撮んでいた。なんとかやれたのは目で陽の方を見上げること、いかにも懇願という感じに両手を挙げること、こういう状況にあるだれしもがやるように哀れっぽい情けない声で何か言葉を口に出すことくらいであった。それというのも小さな嫌な動物を殺そうと思った瞬間に我々が普通そうするように、いつなん時、地べたに叩きつけられるか知れぬと怖(お)じていたからである。しかし良き星宿(ほし)の巡りあわせや有難し、相手はわたしの声、わたしの素振りが余程面白かったらしく、まるで珍しい奇物(キュオリシティ)であるかのようにわたしをあしらい始め、むろん理解できないに決っている言葉をわたしがはっきりと口にするのにもの凄く不思議そうに耳を傾けていた。その間じゅうずっと、呻(うめ)き声をあげ涙を流しながら私は脇腹の方を見続けていたが、わたしを撮む親指と人差し指がどれだけ痛いかを何とか知って欲しいと思っていたからである。わたしの言いたいことがわかったらしい。上着ポケットの垂れをあげると、わたしをやさしくその中に入れ、すぐ押し出し堂々の農夫の所にと駆けだした。わたしが畑で一番最初に出くわした人物の所に、である。

その農夫は（二人の話し振りから察するに）彼の召使いのする話に耳傾けていたが、杖くらいも大きい小さな藁稭(わらしべ)一本をとると、わたしの上着の垂れを、それが自然にわたしにくっ付いている覆いものでもあるかのようにめくろうとした。髪を左右に吹き分けて、もっと良くわたしの顔を見ようともした。下働きたちを周りに呼び集めて、（後から聞いた話だが）この畑で今までにこのわたしに似た小動物を目にしたことがあるか質した（らしい）。それからわたしをやさしく四つん這(ば)いに下におろしたので、わたしはすぐに立ち上り、ゆっくりと前に後ろに歩いて、逃げる積りのないところを連中に見せた。彼らはわたしの周りに円(わ)になって腰をおろして、わたしの動く様を眺めていた。わたしは帽子をとると、くだんの農夫に深々と御辞儀をした。膝をつき、手と目を上げ、幾つかの語をあらん限りの声で口にした。ポケットから金貨の入った財布を取り出すと恭々しく農夫に渡した。農夫はそれを掌にのせると、何だろうと目に近付けて見入ったし、その後(袖から出した)ピンの先で何度もひっくり返したが、やはり何かは理解できなかった(ようだ)。そこでわたしは手を地べたに置いてくれるように身振りで伝え、財布をとって口を開き、中身を農夫の掌中にぶちまけた。四ピストールのスペイン金貨が六枚、二、三十枚のじゃらじゃら小コインとともに出てきた。農夫は小指を舌先で湿らせると、大きな金貨を一枚、一枚手にとったのだが、何なのかは依然全くわからないようだった。農夫は全部また財布にしまえ、そして財布をまたポケットにしまえという身振りをした。何度もプレゼントしようとはしたが、結局言われる通り、元通りにしまうしかないのだった。

この時ぐらいまでにはわたしが理性を具(そな)えた生き物らしいとは農夫にはわかって貰えていた。よく話し掛けてくれた。その声の音がまるで水車の音のようにわたしの耳朶には突き刺さるのだが、言葉は十分明瞭だった。わたしも幾つかの言語でできる限りは答え、相手も二ヤードくらいの所にまで耳を寄せてはくれるのだが、まるで何にもならない、そりゃあそうだ、お互い片言雙語もわかり合えていなかった。農夫は手下たちに仕事に行くように言うと、ポケットからハンカチを出し、折りたたむと掌にのせ、その掌を空を向く向きにして手を地べたに広げ、そこにのれと合図してきた。手の厚みは一フィート以上あるわけでなし、これは簡単だった。ここは従っておくべしと感じた。落ちてはいけないし、ハンカチの上で思いきり大(だい)の字に寝ると、農夫はもっと安全にということらしく、ハンカチの余り部分を寄せて頭まですっぽりくるんでくれ、こういう恰好でわたしを家まで持ち帰ってくれたのである。家に着くと細君を呼んでわたしを見せた。細君は悲鳴をあげたが、イングランドでなら女たちにヒキガエルや蜘蛛（くも）を見せるとそうなる。一方、わたしの素振りをじっと見ていてわたしが彼女の旦那の仕草にきちんと反応するらしいのがわかってくると、すぐに心を許してくれ、やがてはわたしにもの凄く親切にしてくれるようになった。

　昼の十二時くらい召使いの一人が食事を運んできた。肉皿一枚だが大盛り（というのがいかにも質実な農夫らしくて良かった）。皿は直径二十四フィートはあった。会食の一同は農夫夫妻と三人の子供、それにお婆ちゃん。皆が席につくと、農夫は食卓の上に、少し距離を置いてわたしをのせた。そのテーブルは床（ゆか）から三十フィートはあった。とても怖かった。とにかく墜落だけは御免だから、縁（へり）には極力近寄らないようにした。細君は肉をひときれ切り、それから皿の上でパンを屑々にほぐしてから、わたしの前に出してくれた。私は深々と御辞儀してからナイフとフォークを手に食べ始めたが、眺めていた一同の大喜びといったらなかった。細君は女中に小さいコップを持ってこさせたが、二ガロンは入れられそうなそのコップに飲み物をなみなみとついでくれた。器が器だから両手で抱えるのがやっとだったが、細君の健康を祝してとても恭々（うやうや）しく飲んだ。挨拶は英語で思いきり大声を出したせいか、一同笑いころげ、笑い声はわたしの耳を聾（ろう）せんばかりだった。酒精（アルコール）の低い林檎酒（サイダー）という感じの飲み物だったが、悪くなかった。それから御主人がこっちの儂（わし）の皿の方に来いと手招きする。それで卓上を歩き始めるのだったが、寛容な読者御察しいただき、仕方ないと仰有っていただけると願うが、なにしろずっとびっくりし通しだったせいでパンのかけらに蹴つまずいてしまい、うつ伏せにばったり倒れてしまった。怪我(けが)はなかった。わたしはすぐに立ち上り、周りで良き人々が本当に不安そうに見入っていたものだから、(礼儀と弁えて脇に抱えていた)帽子を頭上に振り、船乗り流の万歳を三唱、こけても何の怪我もないことを示した。我が主人(今やそう呼ばないの、無理があろう)の方に進もうとしたら一番年少の息子で我が主人の隣に坐っていた十歳くらいの悪戯(いたずら)小僧がいきなり私の脚をつかんで、わたしを空中高く撮(つま)みあげた。わたしは通身ぶるぶるふるえた。小僧の父親は小僧からわたしを引ったくり取るのと同時に、左耳に一発鉄拳制裁をくらわせたが、これがヨーロッパでなら騎兵一部隊を地べたにぶっ飛ばしておかしくない拳骨(げんこ)で、早くテーブルからどこかへ行けとも言った。それにしたってずっとこんなのに恨まれるのもいやだ、それに餓鬼(ガキ)という連中が雀、ウサギ、仔猫、仔犬をいじめるのを生来の性質としていることも思いだして、わたしは跪(ひざま)くと少年を指さし、どうか息子さんを許してあげて欲しいと願っていることを我が主人にわかってもらおうと努めた。父親はわかってくれ、馬鹿息子は再び食卓についた。わたしは息子の所に行って手に接吻すると、我が主人はその手をとり、その手でわたしをやさしくなでさせた。

　食事の最中、我が女主人の愛猫が女主人の膝上に跳び上ってきた。わたしの背後から一ダースのメリヤス編み機稼働の轟音がするので頭を巡らせてみると、そして女主人に食べ物を貰ったりなでて貰ったりする時の頭と前脚のひとつから算定するに雄牛三頭分よりさらに大きい感じの猫が喉を鳴らしている音と知れた。この生き物の兇猛な顔付きにわたしはすっかり身がすくんでしまった。わたしはテーブルの一番端にいたから五十フィート以上離れていたし、そ奴がわたしに跳びかかって歯牙にかけるようなことになってはと女主人がしっかり抱きかかえてくれてはいても、やはり不安は不安だった。実際には危険はなかった。我が主人がわたしを猫から三ヤードもない所に置いても、猫はわたしを全く気に掛けなかった。それからいつも話には聞き、旅で経験して知ってもいたことだが、兇猛な動物の前で跳んだり、恐怖心を表に出したりすると必ず追いかけられたり襲われたりする。ということがあってわたしはこの状況で不安な様子に見えないよう気を付けた。わたしは猫の鼻づらで五、六度も悠々と歩いてみたり、半ヤードの所にいたりしたが、猫の方がわたしを怖がっているように後ずさりするのだ。犬はと言えばそれほど怖しくはなかった。農家にはよくある風景だが、三、四匹で部屋に入ってきた。うち一頭はマスティフ犬で図体は優に象四頭分はあったし、グレイ・ハウンド犬はこのマスティフの大きさはないが体高は少し高かった。

　食事も終り間近、乳母（うば）が一歳の乳呑児を抱いて入って来たが、赤子はすぐわたしを目にとめ、それこそロンドン橋からチェルシーまで響きそうな叫び声をあげ始めた。赤子特有の雄弁術というか、要はわたしを玩具（おもちゃ）に呉れというのである。女親は完全に子供第一の人のようで、わたしを撮（つま）むと赤子のまん前に突き出した。赤子はたちまちわたしの腰を撮み、わたしを頭から大口に突っ込もうとした。わたしが大声を出したらびっくり仰天の糞餓鬼は、わたしをぽっとんと落としたのだ。もし女親がさっとエプロンで受け止めてくれなかったら、わたしには何の落ち度もないのに首折れ死体になっていただろう。乳母（うば）は赤子をあやそうとがらがら（ラットル）を使った。中がうつろの容器に大きな石を入れた玩具で、綱で以て赤子の腰に結えられていた。が何をやっても奏功しないので乳母は、乳を呑ませる最終手段に訴えた。白状するが、この乳母の乳房を目の当りにしてしまって感じた以上のおぞましさのものは空前にして絶後である。好奇心強い読者にその大きさ、その形、その色をわかって貰いたくも、比較に引き出せるものが、ない。六フィートもせり出していて、円周も十六インチをくだらない。乳首だってわたしの頭の半分ほどあって、乳房も乳首も点々だのぼつぼつだの、しみしみだのいろいろありすぎて何の色とも言いかね、これ以上嘔吐（はきけ）を誘うものは珍しいだろう。わたし、乳母をえらい間近に見て了った。乳をふくませるのに良い位置に坐っており、わたしはテーブルの上に立っていた。このことでわたしはイングランドの女性たちは綺麗な肌をしているんだなと改めて思った。彼女らが見た目に美しいのは彼女らが我々と同じ体の大きさをしているからなんだ、と。拡大鏡でもなければ彼女らの欠陥は見えないのだ、と。実験してみると、これ以上ないほどの白い、滑らかな皮膚が実はいかにごつごつして目粗（めあら）く、色も悪いものか知れるのである。

　そう、リリパットにいた時分、そこな小さい人々が私には世界一美しく見えたことを思いだす。そこな学者で私の親友でもあった御仁とまさしくこの問題を論じたことがある。彼曰くには、大兄の御顔を遥か地上から見ると、もっとずっと近くから見た時よりも遥かに美しく、滑らかに見えたのだそうだ。ずっと近くというのは、わたしが彼を掌にのせてわたしの顔近くに持ち上げた時のことで、正直言って衝撃的この上ない景色だったのだそうだ。わたしの皮膚には大きな穴が一杯あいているし、髯（ひげ）のつけ根ときたらイノシシの剛毛の十倍も剛（こわ）いし、幾色もが混ってできたわたしの皮膚の不快さったらない、とまで言われた。御免蒙って言わせておいて貰うなら、わたしは同郷の人間、同性の人々のあらかた位には綺麗だし、旅に出ずっぱりにしては日焼けもほとんどしていない。一方でこの友人学者は同帝国の御婦人方のことにもふれ、ある者には斑点が多い、口が大き過ぎる、ある者は鼻が大き過ぎるとかしきりと言ったが、わたしにはそこいらの違いがわからなかった。こんなこと皆わかりきったことのようだが、あえて述べたのはここな巨人たちが実際に醜いのだと浅薄読者が間違っても思い込まないように願うからである。公平に見て彼らは恰好イイ人々である。我が主人の外に表れた造作などかなりなもので、一介の農夫なのに六十フィートの高みから彼を見た時、その五体の余りによくとれた均整にはつくづくと見惚れたものであった。

食事が終ると我が主人は農夫たちの所に行ったし、声と身振りからして、細君にわたしの世話を頼むぞときつく申し付けていたようである。わたしは疲れていて眠りたかったが、細君はそれを察すると自分のベッドにわたしを寝かせ、白い綺麗なハンカチでわたしをくるんでくれたのだが、これがどうしてそこいらの戦艦の主檣帆よりも大きく、ごわごわとしていた。

わたしは眠りに落ち、妻子といる家郷の夢をみ、めざめてただひとりの悲哀をしみじみと感じたのだった。めざめると広大な部屋にいたが、部屋は二百から三百フィートの幅で、高さも優に二百フィートはあり、寝ていたベッドは幅が二十ヤードにも及んだ。我が女主人は家事で出払っていたが、わたしを閉じ込めて行った。ベッドの高さは床から八ヤードあったが、自然という奴に必要がられるまま、そこからおりなければならなくなった。声出してみようとは思わなかったが、わたし如きの声が、寝ている部屋から家人が集まっている厨房までの長そうな距離、届くはずもなかったからだ。そういう状態でいると二匹のネズミがカーテンを這い昇って来て、ベッドの上をあちこち嗅ぎ回りだした。一匹などわたしの顔近くにまで来たからわたしは恐怖で跳び上ると、身を護ろうと吊り短刀を抜きはなった。兇猛な獣は大胆にも両側から攻撃してきた。一匹がわたしのカラーに前脚をかけた時、運よく刃が相手の腹を切り裂き、わたしに何の被害もなかった。そいつはわたしの足下に落ちた。残る一匹は仲間の最期を目の当りに逃げようとしたところに匕首一閃、背に大きな切り傷を負い、たらたらと血をしたたらせながら駆け回った。武功は武功だが、切れた息、ふるえ上った心が元に戻るにはしばしばベッドの上を静かに歩き回る暇が必要だった。獣どもは大型のマスティフ犬ほどあったが、素早さ、攻撃力は犬の比ではなかった。もしも寝る前、短剣を吊ったベルトを外していたら、落とし所はばらばらに食いちぎられたわたしの死体であったにちがいない。死んだネズミの尾を測ったら、二ヤードに一インチ足らないだけ。そ奴が転がって血を流しているベッドから死体をひきずりおろす間、わたしはウッともどしそうになった。ネズミだから虫の息と言うのも変だが、まだぴくぴくしている相手の首筋に思いっきりの止め、完全に誅殺してやったのだった。

すぐに部屋に戻って来た女主人は血塗れのわたしを見つけると、手でわたしを持ちあげた。わたしはネズミの死骸を指差し、微笑するとか、とにかく自分は大丈夫というところを見せたから彼女は大喜びで、すぐにも女中を呼び火箸で死骸を撮ませると窓外に追っぽり出させた。それからわたしをテーブルの上に置いたので、わたしは血に染った短剣を見せて、上着ふちの垂れで血をぬぐいとると元の鞘におさめたのだった。

ひとつことだけやってれば良い場合じゃなかった、しかもこっちの方は他人に替ってやって貰えやしないのだ。だからわたしは女主人に、とにかく先ずは床（ゆか）の上におろして欲しいのだということをわかって貰わねばならなかった。そうして貰えたが、やはり恥ずかしいのが先にたって、戸口を指差し、何度もぺこぺこお辞儀をすることしかできない。お人好しの女主人は首を傾（かし）げまくっていたが、やっとわたしが何をしたいのかわかってくれた。で、わたしを再び掌にとると庭に出て、そこでわたしをおろしてくれた。一方の側を二百ヤードも歩いていった。女主人には、見ないでくれ、ついて来ないでくれとお願いしてからスイバの葉の間に身を隠すと、自然という奴が絶対必要と冀（こいねが）うものが、あたり構わず噴き出した。

　こうした、そしてこれに類する細々しいことに紙幅を割（さ）くことを寛大な読者には屹度許していただけるものと願っている。俗にまみれた目から見てどんなつまらなさそうなものでも、哲人が思念や想像力を巡らせて、それを一人一人の生き様と同時に一社会のありように当てはめていく助けにならないとも限らないというのが、わたしの旅のあれこれの逸話をお話しするわたしのひたすらな主眼目なのである。真実（トゥルー）たることにこだわり、学識あるいは文体などという気取った装飾に意を用いぬ、それである。それではある、のだが、この旅の景色（シーン）全体がわたしの精神に余りにも強い印象を与え、わたしの記憶に余りに深く刻み込まれたがため、紙の上に展開するに当って、わたしはもののからんでくる状況というものを割愛するにしのびなかったのだ。そう言いながらも、手厳しい評に遭うと、草稿にはあったそれほど重要でない幾つかの文章を抹消した。退屈だ、些末に過ぎるとやっつけられるの

もない。が怖かったからだ。旅行記を書く人間はいつもそう難ぜられがちだし、多分それもあながち間違いで

第二章

農夫の娘御の様子。作者の市場行き、及び首都行き。その旅の仔細、の条

我が女主人には九歳の娘がいたが、これが年齢の割りにいろいろできる御子で、運針は別格にうまいし、赤子に服を着せる技など大したものだった。母娘で赤子の揺籃（ゆりかご）をわたしの夜の就眠用につくり変えてくれた。揺籃を飾り箪笥（キャビネット）の抽出しの中に置き、その抽出しを吊り棚に上げて、ネズミが手を出せないようにしてくれた。これがそこにこれらの連中と暮らす間ずっとわたしのベッドになった。勿論、わたしが人々の言語を学び始め、必要なものを口に出せるようになるにつれ、どんどん便利なベッドになっていったわけだが。娘の手の器用なこともすばらしく、一度などその前でわたしが服を脱いでみせたら、以降自由自在にわたしに着せたり脱がせたりできるようになった。着るにしろ脱ぐにしろ自分でおやりと言いたげな時など、彼女の手をわずらわさなかったのは当然だが。七枚のシャツと、入手し得る限り一番目の細かい布で何枚かのリンネル着を縫ってもくれたが、目が細かいと言ったと

ころで我々が袋をつくる布より目が粗いのだった。これらを娘はいつも手づから洗ってくれた。同じようにわたしの語学教師も彼女だった。わたしが何かを指差すと、それに当る言葉というか名前を彼女が口に出す。こうして三日もすると、わたしは頭に浮かんだ何ものをも口に出せるようになった。高いといっても気高いは気高いが、背高いとは言えない身長四十フィートの丈（たけ）は年齢の割には高くなかった。わたしにつけた名がグリルドリグ。家族一同も、やがては王国全部もがその名で呼んだ。その意味するところ、ラテン語の「ナヌンクルス」、イタリア語の「ホムンクレティーン」、そして英語の「マニキン」に当り、微小人間の謂（いい）である。同国でわたしが何となくやっていけたのはひとえにこの娘の御蔭である。同国滞留中、彼女と別だったことはない。わたしは彼女をグルムダルクリチ、わたしの乳母（うば）と呼んだ。彼女がわたしに寄せてくれた心遣いと愛情に存分に報いる筆力がわたしに存してなお、そのことに有難く言及することをしないなら、これは大いなる忘恩の譏（そし）りを免れ得ぬ大罪ということになるが、どうも彼女の不名誉になりそうなことを識らず恥知らずに書いてしまいそうで、自らその懸念ありと感ぜられるところ多々あり、こわい。

　我が主人が畑でスプラクヌクほどの大きさだが全身どこを見ても完全にニンゲンの形をした奇怪な動物を発見したという噂は近隣に響きわたり、大きな話題になり始めていた。やることなすことニンゲンの猿真似で、独自の小言語を持つようだが、この国の言葉も既に口にし、二本足で直立、おとなしく優しい、呼ばれればやって来る、やれと言われたことはやる、世界一繊細に四肢を動かす、貴族の三歳の娘より余程綺麗な肌の持主、とか、とか。ごく近所の別の農夫で我が主人の友人でもある穿（せん）

鑿屋（ざくや）が噂の真偽を確かめにやって来た。すぐに顔を出せということになってテーブルの上に置かれ、歩いてみせろと命じられ、吊り短剣を鞘から出したり入れたり、お客人に御挨拶しろだの、客人の言語で御機嫌伺いし、よくいらっしゃいましたとか言ってみせろということだったが、そういうことはわたしはわたしの小さな乳母（うば）からさんざん教わっていたことばかりだった。その人物は加齢に霞（かす）み目でやおら眼鏡をかけてもっと凝然（じっ）と見ようとするのだったが。それを見て笑いがこみあげてくるのをどうしようもなかった。満々たる月がふたつの窓から部屋をのぞき込んでいるとしか思えなかったからだ。わたしが何でおかしがっているのか周りの人々もわかったみたいで、皆一緒に笑いだした。老人ひとり面目丸潰れで怒り狂っていたが、馬鹿とは本当に仕様がない。ケチケチ小銭稼ぎに目がないという評判の人物だったが、月そっくりで面目躍如というのがなんともわたしには運の月（つき）だった、隣町に市（いち）の立つ時、そこな見世物にわたしを出したらどうだというおぞましい一言を我が主人の耳にたらしこんだのである。そこはわたしの家から二十二マイルほどにあり馬でなら半時間という場所である。わたしの主人とその御友人とはろくでもない相談をしているようだった、ひそひそ声の長話だし、たまにわたしの方を指差したりする。怖いせいか、ひそひそ話なのに立ち聞きしてしまった感じで何の話か知って了った気分になった。しかし何の話だったかは翌朝になって小さい乳母グルムダルクリチから、彼女が母親から巧妙に聞き出した話として聞かされることになる。少女はわたしを胸に抱きとると恥と悲しみの涙をこぼしてさめざめと泣くのだった。粗野な俗物ばかりが相手だ、何か良くないことがわたしに起こりそうだと彼女は不安がっていた、きっとぎゅうっと握られてそのままつぶれ死んでしまうか、手に撮(つま)みとられて手や足の一本もぽきりといってしまうか、と。わたしがいかに性格温柔で名誉を重んじるか、もう良く見知っているから、世にも最低な連中の前にお金稼ぎに見世物にして出されるなんて不名誉の限りと感じない筈がないわ、と彼女は言った。パパもママもグリルドリグはお前にやると約束してくれたのに、仔羊はお前にやると言っておきながら丸々肥ってくると忽ち肉屋に売った去年と全く同じことをやろうとしているのだ、と。しかるに、わたしははっきり言って我が乳母ほど不安には感じていないのだった。一度たりともわたしを見棄てたことのない強い希望が、いつか自由の身に戻るという冀(ねが)いが胸底に動かず根を張っていたし、一匹の怪獣としてあちこち引き回される不名誉にしたところでこの国では自分は完全に一人の宇宙人(ストレンジャー)なのだし、第一、イングランドに戻った暁にこの身の不運など、グレート・ブリテン国の御国王その人からしてわたし同様の御境涯にあらせられた時、ひょっとして忍び難きを忍ばれたるその悲運に通ずものと畏れ多くも心得れば、たれ彼に悪くなど言われようもない筈、と考えた次第である。

さて我が主人は御友人の意見に従い、わたしを箱に入れると次の市(いち)の日、隣町に向ったが、すぐ後ろの軽鞍(くら)には娘を、わたしの乳母(うば)としてのせて行ったのである。箱は四方密閉し、わたしの出入の為の小さな戸口ひとつ、空気流通用の錐(きり)穴がふたつみっつあるばかりだった。少女は気を利かせてその中に幼児用ベッドをわたしの就寝用に入れてくれたものである。たった半時間の旅なのに大揺れに揺れる不快な旅だった。馬が一歩幅四十フィートちょいあり、上下動もの凄い速足でもあったから、揺れは大嵐渦中の船の上下動さながら、しかもはるかにしょっちゅうであった。ロンドンからセント・

オルバンズへ行くくらいの感じの旅程だった。我が主人はよく使っているらしい一軒の宿屋で馬を停め、しばし宿の主人と打合せし、必要な段取りをつけるとグルルトゥルード、即ち呼ばわり屋(タウン・クライアー)を呼んで、緑鷺の看板の掛った旅籠(はたご)にて、スプラクヌク(非常に美しい御当地の動物。体長約六フィート)ほどにも大きくはないが、体がどこもニンゲンそっくりで、いくつか言葉も喋るし、楽しい仕掛け芸を百ほどもこなす奇妙な生き物を見せると、町中ふれて回らせたのだった。

その宿最大の、三百平方フィートはあろうかという大部屋のテーブルの上にわたしは立った。テーブルすぐ横の低い椅子に我が乳母(うば)が立ってわたしの面倒をみ、何をどうするかの指示をした。我が主人は大観衆を避けて、わたしを見るのは一度に三十人と決めていた。わたしはテーブルの上にいて少女の指示通り歩き回り、わたしの語彙力でこなせると少女が知る限りの言葉で質問されるのに、できるだけ大きな声で答えた。何度も客の方に向いて、皆々様こんにちはとか、よくいらっしゃいましたとか、教えられた通りの台詞を幾つか口にした。グルムダルクリチがコップ代りに呉れていた指貫きに酒をついだものを、わたしは皆々様の御健康を祝して空(あ)けた。吊り剣を抜き、イングランドなら剣術(フェンシング)はこうなるというやり方で宙に振り回した。我が乳母が呉れた藁稭(わらしべ)を槍のようにしごいて若き日に学んだ槍術を披露してもみせた。その日だけで十二組の客の前に出たが、その日のうちに同じ軽薄芸を十二回やらねばならぬわけで、体はくたくた、心はいらいらで半分死人みたいになった。しかも、一度見た連中がすばらしいという評判をたてて呉れたものだから、人々がいつ何時ドアを蹴倒して乱入して来ないとも限らなかった。我が主人なりに損得計算があって、我が乳母以外、だれもわたしに触れさせなかった。それから危険防止の為、テーブルをぐるりと取り巻いてベンチを並べ、だれもわたしに手が届かないようにした。もっとも一度、いたずら小僧がわたしの頭めがけてハシバミの実を直に投げつけたことがあり、本当にすれすれのところで外れたから良かったが、あのもの凄い力で命中していたら笑ってオチでは済まず、わたしの脳味噌がそこいらじゅう飛び散っていた筈だ。なにしろ小南瓜の大きさはあったからである。ちっちゃな悪党はしこたまぶん殴られて部屋から叩き出され、わたしは思いきり溜飲を下げたことである。

　次の市の日にも見せると我が主人は広告を打った。その間にも我が主人は当然のようにもっと便利な乗り物をわたしに用意した。当然のようにというのは、わたしが初回の旅で疲れ果て、一度に八時間も客相手に頑張ってみせた結果、ただ立っていることも、何か喋ることもできない有様になったからだった。体力の回復には少くとも三日はかかったし、おまけに家にいてもゆっくりはできない。百マイル周辺近在の紳士たちが噂を聞きつけて我が主人の家にわたしを見にやって来る。三十人方いて、しかも妻子が同道（本当に大変な人口の国だ）。我が主人は自分の家でわたしを見せるとなると、ただ一家族相手にでも必ず満員御礼分の料金をとった。結果、しばらくの間、丸一日のんびりできる週日がわたしにはなかった（例外は水曜日。彼らの安息日だったからである）。町へ行かない、といっても、日々状況はそういうことであった。

　今やわたしが大変な儲け口とわかった我が主人は王国の主だった町にわたしを見せて回ろうと決めた。そこで長旅に必要なものを全部揃え、家での身辺整理をすると、細君に別れの挨拶をし、わたしの出現後二ヶ月の一七〇三年八月十七日、帝国中心部近傍、我が家から三千マイルほど隔った帝都めざして旅立ったのである。我が主人は娘グルムダルクリチを馬の後鞍にのせた。少女は腰に結えた箱を膝上に置いて運んだが、その中にわたしがいた。箱内部の四周が彼女が入手し得る限り一番柔い布で覆われ、下は柔かく刺し縫い（キルト）した布団を敷き、赤ちゃんベッドを入れて呉れ、リンネルの下着などわたしに必要なものを整えてくれたり、万事をこうして最高に快適にしてくれた。連れはあと、家の男の子ただひとり。荷物と一緒の馬で後からついて来た。

　我が主人の目論見（デザイン）は途中の全ての町でわたしを見世物にし、客の入りが予想できそうな村、金持ちの屋敷があるならどこへでも道を五十マイル、百マイル逸れても行くというものだった。一日七、八十マイルを出ることのない楽な旅だった。グルムダルクリチがわたしを疲れさせまいとして、馬の速足で疲れが来ると言って不平を言ってくれたためである。外に出たいと申し出ると彼女はわたしを箱から出して外気を吸わせて、景色を眺めさせてくれることがよくあったが、いつもわたしにしっかり結えた腰紐を離すことはなかった。ナイル川やガンジス川より川幅も深さもある川を五、いや六以上も渡った。ロンドン橋辺のテムズ川のように小さな川など、まずなかった。旅は十週間に及び、大きな町十八でわたしは見世物になった。村だとか個人私邸ではと言われれば、これは数限りなかった。

　十月二十六日、我々は首都に到着。現地語でロルブルルグルド、釈（と）けば「宇宙の誇り」という。我が主人は当市の目抜き通りに宿をとったが、王宮からさほど遠くなかった。それから我が主人はわたしの体、演目次第を正確に書いたいつもの貼り紙を出した。借りた部屋は幅が三百から四百フィートにも垂々（なんなん）とする広い部屋であった。我が主人は直径六十フィートのテーブルを用意した。その上がわたしの舞台になる。テーブルは縁から三フィートの所に同じ三フィートの高さの柵をぐるりと巡らされたが、わたしの転落防止の為のものであった。わたしは一日に十回、人々の驚異喝仰に答え満足を与える為に出た。今やそれなりに言葉が使えたし、だれ彼れの話し掛けてくる言葉は完全に理解できた。加えて人々の使う字（アルファベット）の勉強も進んでいて、あちらこちらの文章も説明できた。グルムダルクリチが家にいる間じゅう、そして旅先の一寸した暇をみてはずっと語学の先生をつとめていてくれたからこそだ。彼女は、そう、サンソンの地図帖よりは大きくない小振りの本を一冊ポケットに入れて持ち歩いていた。若い娘たちにその宗教のことを簡潔に解説した、よく出回っている本で、我が乳母（うば）はその中の文字を教えてくれ、単語の解釈をしてくれたのだった。

第三章

作者、宮廷に召喚。王妃、彼を彼の主人たる農夫から買いとり、王に見せようとする。作者、陛下の有力侍講たちと議論。宮廷中に作者居室あてがわれる。作者に王妃の寵愛。作者、祖国の為、滔々と弁ず。王妃の侏儒との角逐、の条毎日ほとんど働き詰めだったから二、三週もするとわたしの健康は大きな変調をきたした。我が主人はわたしで稼げたその分、一層貪欲になった。胃に何も通らず、骨皮筋衛門の体。それを見ていた御主人はわたしが先は長くないと見て、稼げるうちに稼ごうと決心した。彼がそんなふうに考え、そんなふうにひとりで決心がついた折りも折り、宮廷から一人のスラルドラル、式部官が来て、我が主人に向ってただちにわたしを宮廷に連れて来て、王妃様、その女官たちをよろしくお慰め申し上げるようにと命じたのである。女官の中に既にわたしを見に来た者が何人かいて、わたしの美しさ、わたしの挙措、悪くない対応など世にも珍妙なりと喧伝していたらしい。王妃陛下と侍女たちはわたしの身のこなしに相当御満悦の体だった。私は跪き、どうかおみ足に接吻させていただきたく願い上げたところ、（テーブル上に置かれたあとの）わたしに向って小指を差し出されたので、わたしは両手で押しいただくと、その先をこの上なく恭々しくわたしの唇に押し当てた。王妃はわたしの国、わたしの旅について幾つか当りさわりのない質問をされ、わたしは数語で簡潔に答えようとした。妃はこのままこの宮廷で暮すつもりはないかと尋ねられた。わたしはテーブルの板に頭がつくほどに平身低頭し、怯ずおずと答えた、わたくし奴は我が主人の僕なるも、もし自由にして良いと仰有られるのなら、生涯を御世話の為に献げるが身の誇りなり、と。すると妃は今度は我が主人に向って、わたしを高い値で売る気はないか、と尋ねられた。我が主人はわたしがひと月もつまいと諦め半分のところ、わたしを手放す話に否も応もあるわけはなく、即代価金貨一千枚を要求したところ、即座の支払いを受けた。金貨一枚一枚がモイドール金貨八百枚の大きさだった。もっとも、この国とヨーロッパの諸事に於る比例関係を考え、この国での金貨の高価なることを考え併せると、イングランドでなら千ギニー以上に相当する高額とも言えない。さてお妃様、こうして陛下の最も謙遜した生き物であり、臣下にさせていただきましたところでお願いの儀がございます、とわたしは言った。いつ何どきにも心を砕いてわたしに配慮と親切を示し続け、そのやり方を実によく心得ているグルムダルクリチをも是非御奉公させてやってはくれまいか、ずっとわたしの乳母かつ教師でい続けて良いことにできないものか、と。王妃陛下はわたしの請願をお聞き入れになり、我が主人の同意もたちまちお取りつけになった。我が主人も娘が宮廷にあがると決って大喜びだったし、第一、その少女自身、心中の喜びが隠しきれなかった。我が昔の主人はわたしに挨拶して、おまえも良い奉公先で自分も鼻が高いなどと言って退出して行った。わたしはひと言も返さなかった。ちょっと頭を下げてみただけだ。

　王妃はわたしが冷淡なのを目に留めていて、御座所から農夫が退出すると、わたしに訳を尋ねてきた。わたしも気強くなって、過去我が主人であったあの者には、たまたま畑で発見された時に無防備な哀れな生き物の脳味噌をぶっ飛ばさないでいてくれて有難うということの他、何の恩義も感じていないこと、その恩義にしたところが、王国の半分くらいも自分を見世物にして歩いたことで償ったと思うし、わたしを売って手に入れた今のお金にしても償いとしては十分だろうということを申し上げた。それ以来、私の日々はわたしの十倍の体力を持つ動物だって殺してしまうほどの重労働の日々だった、と。毎時間、大勢を笑わせなくてはならない切れ目なしの苦役でわたしの体はぼろぼろです、と。第一、あの主人がわたしがもうもたないと思っていなければ、王妃様にしてもこんな安い買物でわたしを手に入れることなどできなかった筈だ、とも申し上げた。しかし、もはや何虐待を虞(おそ)れることもないのはかくも善良にして偉大な王妃、自然を飾る装飾、世界の恋人、臣民の喜び、創世の不死鳥たる御方の御庇護の御蔭。従って、かつての我が主人の懸念など何いわれなきものと判明しますよう、何故かなればわたしの胸裡(むなち)にこの厳(いつく)しき御方様の影響受けて、ほれ、ここまで活力の蘇っておりますれば、とそうわたしは一遍に申し上げたのだった。

これがわたしの長広舌の一部始終だが、適切でない言い方も多く、躊躇ありとも多々感じられる。しかし後半部分は、グルムダルクリチが宮廷に連れて行ってくれた時、これはこの人たちの言葉ということでわたしに教えてくれたその人たちに特有の配語法(スタイル)で述べられている。

喋りでまずい点は大目に見ようという寛大な王妃だったが、こんなちっぽけな動物から溢れ出る機智と絶妙な感覚にはやはり驚かれたようだった。わたしを手に取ると王の所に連れて行った。王は私室(キャビネット)に戻っておられた。威風あたりを払い、厳格な顔付きをされた陛下は最初ちらり見ただけでわたしをよくは御覧にはならなかったが、冷たい素振りで、一体いつからスプラクヌクをそんなに好きになったのかと、わたしが妃の右手にわたしの胸をのせていたから王の目にはわたしはそのようなものと見えていたのだろうが、尋ねられた。しかるに王妃の機智と諧謔の精神も大したもので、書きもの机の上にわたしを優しくおろすとわたし自身の口から自分のことを国王陛下に説明するよう命じられ、わたしは言葉少なに説明した。私室(キャビネット)戸口に侍していてわたしの姿が見えないのが不安でたまらなかったグルムダルクリチが呼び入れられ、わたしが彼女の家にやって来た時から起ったことの顚末全て、たしかなことだと言ってくれた。

国王は学殖の豊かさでは同国随一の御方だったが、哲学研究、殊に数学の教育を受けてきていたから、わたしの形態を観察し、口をきく前に直立歩行するのを見ててっきり明察力ある技術者が工案した機械仕掛けの人形と考えたらしい(同国に於て大変な完成度に達していた技術なのであった)。しかるにさらにわたしの声を聞き、言うことが正確かつ理性を感じさせるというので、国王はもう驚愕を隠せなかった。わたしがどういうふうにこの王国に来たのか、私の説明に国王は全く満足していなかった。グルムダルクリチと彼女の父親がしめし合わせたでっちあげ話なのだろうと国王は考えていた。この父親が一連の言葉をわたしに教えて、売り値を引きあげようとしたのだろう、と。こういうことを想像しつつ国王はわたしに幾つか他の質問をしたが、相変らず理性的な答が返ってくる。欠点と言えば外国人訛(なま)りと言語に対する不完全な知識、そして農夫の家で修得した語学ゆえの田舎振りが宮廷の丁重な語法(スタイル)にそぐわないぐらいのことだった。

国王陛下は(同国の慣習で)当時週一回伺候して来る大学者三人を召喚した。この三人の紳士はしばし本当に細かくわたしの外形を検討したが、わたしに関する意見は三人三様であった。皆が一致したのはわたしが自然の真当な法則によって出来たものではあり得ないという一点のみ。わたしが生命維持の能力を持つようにできていないから、たとえば速くもないし、木にも昇れない、或は地べたに穴を掘るの上手くなさそう、というのである。彼らは私の歯を精密検査してから肉食動物だとしたのだが、かと言ってほとんどの四ツ足動物がわたしより断然大きいし、野ネズミの迅速にもかなうわけがない。一体どうやって個体維持できるのやら想像もできぬ、カタツムリとかその類の昆虫でも食うしかなさそうだが、多くの学術論文をのぞいてみても、わたしにそんなことはできそうにない。うちの一人がわたしは胎児なのか生れ損いなのかもしれないと言いだしたが、この意見は、わたしの足が完成態をしているとするあとの二人に否定された。第一、既に何年も生きてきているのは髯（ひげ）を見てもわかる。髯のつけ根は拡大鏡ではっきりと観察された。わたしが侏儒であるとも認められなかった。いくらなんでもこの小ささは比較を絶していまいか、王妃が可愛がっている侏儒は王国一小さいことが知られているが、それでも三十フィート近く身長はある。かく侃々諤々（かんかんがくがく）が続き、結果わたしは「レルプルム・スカルカス」、文字通り直訳すれば「造化ノ戯レ（ルスス・ナトウラエ）」に過ぎないとされた。この決定はヨーロッパでなら近代哲学とぴったり重なり合うわけだ、近代哲学の教授たちは、アリストテレスの追随者たちが無知を隠そうとして、「神秘的原因」など称して古くから持ち出してきたものを侮蔑して、あらゆる難問を解くこの驚異の解決法を発明し、語り得ぬ進歩を学問にもたらした人々である。

　決定的結論が出たところで、わたしは一言二言、自分の言い分も聞いて欲しいと願い出たのだった。わたしは専ら国王に意識を集中し、自分と同じくらいの背丈の男女が数百万ひしめき合っている国から来たのだが、そこでは動物も、木々も、馬も互いに比例した大きさでおさまっているから結果、自分が自分を守ること、食べる物を見つけることがさしたる難事ではないことは、この国で陛下の臣民がまさしくそうであるのとどこも変らないのだ、とこれを紳士方の議論へのわたしなりの十分な答としたいのだが如何、と言ってみたが、応答は軽蔑の薄笑いだけだった。そして、あの百姓野郎奴（め）、こいつに巧いこと吹き込んだものだなあ、と付け加えるのだった。彼らより洞察力ある国王は学者たちにお引きとり願うと、くだんの農夫を召喚した。幸運なことに農夫はまだ町を出てはいなかった。で、最初に農夫を個人的に調べた国王は次に農夫をわたしと少女とに向い合わせた。陛下は我々が話したことは本当のことなのかも、と考え始めているようだった。国王は妃に特段の心配りをわたしに対してするように命じ、グルムダルクリチがわたしを続けて世話するように、何故なら二人互いに大いに気心を通じ合わせているように見えるからという有難い御言葉だった。快適な居室が宮廷内に少女用にあてがわれた。彼女の教育を指示された一種の女家庭教師がついたし、女中二人は衣服を着せる役、下っ端仕事は他の二人の召使いがする。しかし完全にわたし一人に掛り切りという役どころが彼女自身の仕事だった。王妃は御抱えの部屋（キャビネット）大工にそう言ってわたしの寝所となる箱を、グルムダルクリチとわたしが諒承した図面に従って製造した。この人物は明察ある職人で、わたしの指示に従って三週間で広さ十六平方フィート、高さ十二フィートの木の小部屋をわたし用につくり上げたが、開閉部（サッシ）付きの窓や扉、二つの小部屋（クロゼット）があって、ロンドンにでもありそうな寝室だった。屋根板を二個の蝶番（ちょうつがい）で上げ下げでき、妃御用達の家具屋謹製のベッドを自由に出し入れできた。グルムダルクリチが毎日ベッドを外に出して空気を入れ、メーキングも彼女自身がやり、夜が来ると中におろして、わたしの上に天井を閉じるのである。小さな奇物（キュリオシティ）造りで高名な手の凝んだ仕事師が背と枠のついた椅子をふたつ、象牙にさも似た材料でつくってくれた。小物をしまう抽出し（キャビネット）付きのテーブルもふたつ。部屋内装は刺し縫い布で四側面、床と天井を覆い、これらがわたしを運ぶ者の不注意が招きそうな事故からわたしを守るし、馬車で行く時には激しい上下動から守ってくれる。それから野ネズミや家ネズミの闖入を防いてくれる錠だって欲しいではないか。鍛冶工が何度かためした結果、同国ではかつて見たことがない最小の錠ができ上った。イングランドの紳士宅の門の錠でもっとずっと大きいものなら見たことがある。鍵は自分のポケットに入れておく。グルムダルクリチがなくすといけない。妃は未曽有に薄い絹地を発注してわたしに着物をあつらえてくれた。はずなのだがどうしてイングランドの毛布よりぶ厚い。厄介な相手で、慣れるまで大変だった。この国ふうというのか、半ばペルシアふう、半ば中国（シノア）で、とても重々しく上品な趣があった。

　王妃は甚だしくわたしと一緒を好むようになり、わたしのいない食事ができないまでになった。わたしもテーブルを妃の食事するテーブルの上、妃の左肘の所に置き、坐る椅子もそこに並べた。グルムダルクリチはわたしのテーブルそばの床に立つ椅子の上に立ってわたしを助け、心遣いをしてくれるのだった。わたしは大小の銀皿一組全部その他の必要品を目の前に並べたが、それらは妃のそれと比例関係にあったし、ロンドンの玩具屋でベイビーハウスの家具として見たことのあるものより格別に大きいということもなかった。これらを我が幼き乳母（うば）はポケット中の銀の箱にしまってあって、食事が始まり、それっということになると出してくるし、第一、清潔に保つのも彼女自身の役目だった。王妃と一緒に食事するのは二人の王女のみだった。年長が十六歳、若い方は当時十三歳と一ヶ月。王妃は肉のひと切れをわたしの皿の一枚に切り分け、そこからわたしは自分の分を切り分けた。こうして自分の食事が縮小版（ミニチュア）として進行していくのを眺めるのが妃の無上の喜びだった。（胃弱ということだった）妃がイングランドでなら一ダースの健啖農夫が一回の食事で食すものをほんの一口で食べてしまう壮観図。しばらくは見て吐きそうになる景色だった。妃はヒバリの手羽を骨ごと歯の間でばりばりっと音をたてて噛むのだが、これが七面鳥の成鳥のそれの九倍という代物だし、パンのひと片を口に放り込むのだって十二ペンスのパン塊二個分のでかさだし、黄金の酒盃から大樽ひとたる分の飲料をただのひと呑みで空けてしまう。勿論ナイフにしても柄部分まで含めた大刈鎌二丁分の長さはある。スプーンにしろフォークにしろ、他の食事道具にしろ皆これと釣合のとれた巨大さである。一度、グルムダルクリチが宮廷の食卓を見たいという好奇心あってわたしを連れ出したことが思いだされるが、十本だ十二本だというそうした巨怪なナイフとフォークが一斉に鎌首を持ち上げるあの光景ほどの戦慄場面はそれまで一回の経験もしないものだった。

水曜日毎に（前に述べたことがあったが、それはこの国の安息日である）国王夫妻を中心に男女王族が一堂に会して陛下御坐所にて食を共にするのが慣習である。わたしは今やそこの寵臣ということになっていて、わたしの小さな椅子とテーブルが国王の左手側、塩壺の前にしつらえられていた。君主はわたしと言葉を交すのを娯しみにされており、ヨーロッパでは習俗は、宗教は、法律は、統治は、そして学術はどうなっているかさかんに耳学問されたがったから、わたしも知恵を絞って答え続けた。王の理解は明晰、王の判断は正確だったから、わたしの申し上げること全てに非常に賢明な思考と観察の冴えを見せた。しかしどうしても言っておかねばならぬ逸話を、ひとつ。わたしが我が愛する祖国のことを、その交易、その陸海の戦争、宗教の分裂、政治の党派分立のことを興にのって一寸喋り過ぎたことがあって、王が教育で得た思い込みの方が前に出てきたかと思うと、いきなり右手でわたしを摑み、左手でやさしく撫でていた次の刹那、笑いがこみ上げてきた王が、それでそちはホイッグ党か、それともトーリー党かとお尋ねになった。それから（戦艦ロイヤル・ソヴリンの主大檣くらい丈のある）白杖を持って背後に侍していた総理大臣に向って、ニンゲンの大きさなどというもの、こんな小さいわたしのような虫けらにそっくり真似られて了うとはいかにも愚の極みであるなあと吐露された。しかし敢えて請け合うが、と王は語を継いで、こういう生き物が肩書きだの名誉の称号だの持ち、小さな巣や巣穴をつくっては家だの町だのと呼んでいる、衣裳や設備に凝りあげ、愛し、戦い、議論し、欺し、裏切る。こんなふうに国王が喋り続けている傍で、我が高貴なる祖国が、学術と武力の女神、フランスへの神の笞が、ヨーロッパの裁定者、有徳、敬神、名誉、真理の座が、世界の誇りにして羨まれるものがここまで侮蔑の扱いを受けるのを耳にして義憤に駆られ、わたしの顔色もくるくると変りっぱなしだったのだ。

ところが、わたしは侮辱は許せんと大呼できるような立場にあったのか、というか、なお深く考えてみると、そもそもわたしは侮辱されたのかどうか、わからなくなり始めた。というのも、何ヶ月もいてここな人々の外形にも喋りにも慣れ、視線が向うあらゆる事物を観察するに釣合がとれて大きいのだとわかってき、初めその大きさ、その外貌から受けた印象が覿面に薄れ、もしその時わたしがきれいな服、国王誕生日式服に身を包んだイングランド人男女貴顕が宮廷という名の世界劇場で慇懃無礼にぎったんばったん、お辞儀やらお喋りやらの猿芝居を演じているのを目にしたならば、屹度この国王や大臣たちがわたしを嗤(わら)ったように、一統を思い切り嘲笑したい強い誘惑に駆られたにちがいない。王妃はよくわたしを手に一面の鏡に向われたものだが、二人の体がわたしの眼前に全身一緒に反映されるのを見ながら、こんな笑止千万な比較などそうあるものじゃないと感じたこともある。結果、わたしは自分が元の普通の大きさからどんどん縮んで今にいたっている存在なのだと心から思い始めたことであった。

何が腹立たしく、何がいらいらするといって王妃の侏儒(ドワーフ)に尽きるであろう。この国開闢(かいびゃく)以来のちんちくりん男で(身長は三十フィートさえ切っていたのではなかろうか)、自分よりずっと丈(たけ)が低い生き物を眼下に見る時に文字通り人を見下す見下げはてた存在になり、挙句、いつだって威張り、自分を大きく見せようとする癖があった。王妃の控えの間でわたしがテーブル上にいて宮廷の華紳淑女と談笑していた時、傍を通り過ぎて行ったその姿恰好などまさにそうだったし、わたしが背が低いことを当てこすったきつい一語二語を口にしないことなど滅多になかった。それに対しては彼のことを「やあ兄弟」呼ばわりするか、一丁取っ組み合いやるかと挑むか、宮廷のお小姓(こしょう)連がよく口にする気の利いたことを言い返すかくらいしかやり返す手がなかった。ある日のディナーの時、邪気一杯のこのちんちくりん野郎がわたしの言った何が気に障(さわ)ったものか、王妃の椅子の肘の上に上ると、油断しきって坐っていたわたしの腰を摑んで、クリームの入った大きな銀の鉢(ボウル)の中に投げ落とし、一目散に駆け去っていった。わたしは文字通り真っ逆様で、泳ぎの心得がなかったら結構危ないことになっていただろう。グルムダルクリチはその時たまたま部屋の向う側におり、王妃は動転して了って一息入らないととても人を助けられる様子ではなかった。その中で我が小乳母が助けに走って来てくれ、早一クォート以上のクリームを呑んで了っていたわたしを撮み上げてくれた。わたしはベッドに寝かされたが一揃いの服が駄目になっただけで格別の損傷などなく済んだ。侏儒はしたたかに鞭打たれ、追加罰ということで、わたしを突き落としたクリームの鉢をすっかり飲み干させられていた。二度と寵を受けることはなかった。王妃が高位の女官に譲り渡した直後から二度とその姿は見えずなり、わたしは大いに溜飲を下げたものである。あれくらい邪心ある悪党が何をどこまで逆恨みに走るものか、これは見当がつかないからである。

そう言えばそれ以前にもこの男の卑劣な悪戯はあって、王妃は笑いはしたものの心底腹を立てなさって即彼を御役御免にしたところへ、わたしが親切心から間を取りなした。王妃殿下が髄骨一本を御自身の皿にお取り分けになって、髄をほじくり出した後、骨を皿に戻したが、前のように真っ直ぐに立てておいた。グルムダルクリチが食器棚の方に行っている今が好機と、侏儒はいつも乳母がそこに立ってわたしの食事の世話をする椅子によじ登り、両手でわたしを攫みあげると、わたしの両脚を揃えさせると髄骨の中へ、腰の上あたりまでわたしを押し込んだ。しばらく身動きとれず、何という滑稽な状態だったことだろう。わたしに何が起ったのかだれかに気付いて貰うに一分近くもかかった。ひとつには大声をあげて恥を掻きたくないということがあった。それにしても貴顕諸氏、肉を熱いままにして食べることなどまずないので、わたしは火傷を免れたが、靴下とズボンには気の毒なことをした。くだんの侏儒はわたしの取りなしで、したたかなる鞭打ち以外、さしたる罰は受けなかった。

そちは何故そう怖がり屋なんだえ、とよく王妃からからかわれた。妃は、そちのお国では皆、そちのように大変な臆病者なのかえ、ともわたしにいつも聞かれていた。こういう事情なのだ。夏のハエが王国を悩ましていて、このいやな虫は一匹一匹がダンスタブル・ヒバリくらい大きくて、こちらが食事で坐っている間じゅう、いつも耳元でぶんぶんわんわんうるさくて、とてもくつろいで食べられない。時には食べ物の上に止り、飛び逃げる時には不潔な糞とか卵とか置き土産にしていく。が、これがわたしには全部よく見えてしまうのだ。この国の人々にそうでないらしいのは、人々のでかい目がもっと小さい物を見る時、わたしの目のようにはっきりくっきりとは見えない為なのかも。ハエどもはわたしの鼻といわず額といわず勝手に止り、刺してくると痛いし、臭いも最悪だ。ハエが天井に逆さまに止って歩き回れるのはこれのせいだと博物学の連中が指摘するねばねばの粘液のつけた筋も、わたしの目にははっきり見えてしまう。この大嫌いな虫から身を守ろうとわたしは大混乱を演じたし、いきなり顔に来られると跳び上ってしまう。それでくだんの侏儒だ。我が国でもいたずら学童のお仕事の定番なわけだが、こ奴めいつもいやな虫を手に一杯隠しておいてはいきなりわたしの鼻先でぱっと放って、わたしをびっくりさせ、王妃を笑わせるのを常の芸としていた。わたしの対応としてはナイフを抜き放ち空中でハエを切りまくる。この居合芸がまた大うけだったのである。

そこまで言うと思いだすことがもうひとつある。ある朝のことだ、グルムダルクリチが、晴れた日には良い空気をそうやって入れてくれるのが常だったが、わたしの入った箱を窓辺に置いてくれ(イングランドでは鳥籠をそうするように、釘をうって窓から外にぶら下げるようにして貰う気にはなれなかったのだ)、わたしはサッシ窓のひとつを開けてテーブルにつき、朝食に甘いケーキを食べようとしたところが、においに誘われたか二十匹以上のスズメバチがまるでバッグパイプの斉奏かというような音をたてて、部屋に飛びこんできた。何匹かはケーキにとりつくなり、自分の分をかじり取っていったが、頭や顔の周りでぶんぶんやっている奴もいて、音がうるさい上に、とにかく針で刺されるのが怖くて堪らない。勇を鼓して吊り剣を抜くと、空中のハチに切り掛った。四匹を片付けたら、あとは逃げ去って、すぐにわたしは窓をしめた。ハチたちは鳥のウズラほどもあったし、針を抜いて測ったら長さが一インチ半あり、縫い針のように鋭く尖っていた。それら四本全部丁寧に保存し、のちいくつか他の奇物(キュリオシティーズ)と一緒にヨーロッパ各所で展覧に供してから、イングランドに戻ると三本をグレシャム・カレッジに寄贈した。四本目は自分にとってあった。

第四章

同国の描写。現行地図改訂の提案。王宮。首都に就て若干の説明。筆者の旅の仔細。主たる聖堂描写、の条

さて同国の様子を首都たるロルブルルグルドを巡る二千マイルほど、わたしの旅して回った限りで

簡潔に描写いたしてみたいと思う。回った限りという言い方がどうしてかと言えば、わたしがいつもお伴していた王妃が王巡幸に御同道されながら、それ以上足を伸ばされず、辺境視察からお帰りの王をそこに留まってずっとお待ちになられていたからである。この王支配の領国全体は長さ約六千マイルで、三千ないし五千マイルの幅を持っている。そこから出てくる結論は、我がヨーロッパの地理学者一統はジャパンとカリフォルニアの間にあるのはただひたすらの海と想定する大間違いを犯している、という一点である。管見するところ地球の均衡からして大タータリー大陸に向う側で均衡する何かがなくてはならぬ筈なのであって、故に彼らは現行の地図、海図を、この広大な陸塊（くが）をアメリカの北西部につけ加えることで改訂せねばならないし、微力ながら協力したくも思う。ずっと変らぬ考えでいる。

　王国は半島で北東端は海抜三十マイルの連山になっているが、天辺に噴火口を抱えている山々なので越えていくのはまず不可能だ。それにその山々の彼方にどういう住民がいるのか余程の物知りでも知らない。第一、住めるのかどうかも不明である。残る三方は大洋に囲まれている。王国を通じて海港はひとつもないし、河川が流れ込む海岸辺はなにしろ尖った岩だらけ、おまけに海は荒れがちときては、小さな船では冒険なんかあり得ない。という次第で、人々は外の世界との交易とは全く無縁である。もっとも大きな川は船だらけ、旨（うま）い魚もよくとれる。人々は海の魚には目もくれない。けだし海魚はヨーロッパのそれと同じ大きさなので、わざわざ漁獲する値打ちがないのである。この一事からしてわかってくるのは、こんな途方もない大きさの動植物をうみ出す自然が全くこの大陸ひとつの限定品であるらしいということで、どういう理由からそうであるのかの議論は哲学者諸君にまかせたい。しかしたまにはぐれ鯨が岩場に叩きつけられることがあって、これを庶民がぺろりと平らげる。わたしが見た鯨たちは皆大きく、ヒトひとりではとても肩に担いで運べそうではなかった。時には好奇心から大籠に入れられてロルブルルグルドに運ばれてくる鯨もいた。そういう一頭が珍品だからといって王のテーブルの皿に供されるのを見たことがあるが、別段好みではないようだった。でか過ぎて気に入らなかったのだろう。もっともわたしはさらにでかい一頭をグリーンランドで見かけたことがあるのだが。

この国には多くの人々が住んでいる。なにしろ五十一の都市があり、市壁に囲まれた町が百ほど、それに村などもう数え切れないのである。我が好奇心旺盛読者の為だったらロルブルルグルドの描写をすれば十分かも知れない。この都府は中を貫流する川の両側に併立するほとんどふたつ等しい部分から成っている。八千を上回る家が建つ。長さ三グロングルング(およそ五十四英国マイルほどに相当)、幅二・五グロングルングで、これは国王勅令で製された王立地図を巡ってわたし自身の出した測定値ということになるが、それが専らわたしの為に地面に置かれ、百フィート大に広げられたところを、わたしが裸足で直径、そして円周部分を繰り返し歩いて得た数値を比例尺に入れて出したもの。かなりな精度と自負している。

王宮は堂々一個の大建築物ではなく、周辺約七マイルに広がる建物の累積体である。主だった部屋は大体が高さ二百四十フィートで、奥行きも幅もその辺で釣合っている。グルムダルクリチとわたしの為に馬車が一台誂(あつら)えられたが、女家庭教師は少女とこれに乗っては町を見に、店の見て歩きに出掛けることがしばしばで、わたしもいつも箱入りで同伴した。少女も、わたしが所望するとよく連れ出してくれ、車中通りすがりの家や人がよく見えるようにと、わたしを手の平(ひら)にのせてくれた。わたしの見たところ、その馬車はウェストミンスター・ホールの広場ほどあったが、それほど高くはなかった。といってわたしもそれほど正確にはわからない。ある日、女家庭教師が何軒か止って欲しい店を馬車御者に教えたところが、物乞達(かったい)が好機到来とばかり馬車側面に蝟集し、ヨーロッパばかり見慣れてきた目には途方もなくおぞましい見物(みもの)が眼前に展(ひろ)がった。胸に癌を抱えた女がいて、腫瘍は怪物的に膨れ、至るところ穴だらけで、うちの二つ三つなど、わたしなど簡単に嵌(はま)り込み、全身すっぽり隠れて了いそうな大穴だった。首に羊毛入れ袋五個分ほどの大瘤(こぶ)の生えた者もいれば、両足とも高さ二十フィートもありそうな木の義足という者もいた。しかし何と言っても人々の着物の上をシラミがぞわぞわ這(は)い進む光景ほどおぞましいものはなかった。わたしはなにしろ裸眼でそれらがくっきり見えてしまうのだ、ヨーロッパのシラミを顕微鏡のレンズ越しに眺めるのより何倍もくっきりと、だ。根さがしする豚そっくりにシラミたちが鼻を鳴らすぶうぶうという音まではっきりと聞えた。この日で確かに見たと言えるシラミはこれが最初だったし、できるものなら好奇心の働くまま、いっそ解剖してみれば良かった。できるものならと言ったが、もしちゃんとした解剖器具があったらということ(で、実際には沈没船に置き忘れてきていたのである)。それにしてもなんとも吐気のするような光景で、胃がむかついたことといったらなかった。

わたしがいつも乗って運んで行って貰っていた大型の箱に加えて王妃はもう少し小型の、十二平方フィートほどあり、十フィート高の箱をわたしの為につくり、旅が快適に感じられるようにせよと命令して下さった。かつての大箱はグルムダルクリチの膝には少々大き過ぎ、馬車車中では邪魔になりがちだった。今回も同じ職人がつくり、作業全体にはわたしが指示を下した。今回の旅小部屋は完全な立方体で、正方形の四壁のうちの三つには真中に窓があり、どの窓にも外側に金網が張られて格子の代りをつとめていた。旅のいろいろな事故に対する予防ということである。窓のない第四の壁には頑丈な留め金がふたつ付いていて、わたしを運ぶ者が、もしわたしが馬に乗りたいと言えば、その革のベルトを通して、腰のあたりのバックルに留める。それはわたしが心を開いて付合っていた真面目で信用できる召使いの仕事だった。わたしが巡幸(みゆき)旅で王と王妃に同道する時も、どこかの庭園がのぞいて見たくなった時も、どなたか宮廷の官女、国務大臣を訪問する時も、グルムダルクリチがたまたま手をはなせないようだと、これがその者の仕事だった。表敬訪問がふえたというのもわたしは高位高官の間でよく知られ、評価も高くなり始めていたからだが、自分自身が何かで秀でているからではなく、啻(ひとえ)に国王陛下の御高配の故だった。いくたび行く旅ごとに、わたしが馬車に倦(う)み始めていると察した馬上の下僕はわたしの箱部屋をバックル留めして彼の前にあるクッションに載せてくれ、お蔭でわたしは三つあいた窓からその三つの側の景色(プロスペクト)を心ゆくまで楽しむことができた。この小部屋には野営ベッドもあれば、天井から吊ったハンモックもあった。椅子二、テーブル一。これらは床にきちんとねじ固定されていて、馬や馬車がどんなに激しく縦に振動してもそれらは微動もしないのだった。というよりこちとら船旅経験、立派に長く、そんな縦揺れなど、成程仲々激しいこともあったが、毫（ごう）も気に掛からなかったのが真相。

町が見たいと思えばわたしはいつもこの旅小部屋にいた。それをグルムダルクリチが屋根なしの輿（こし）で彼女の膝上に置いてくれた。その国の流（りゅう）儀というのか、四人の輿担ぎがつき、王妃殿下お仕着せのお伴がさらに二人ついた。噂に敏（さと）い人々が好奇心満々に輿の周りに押し寄せると、愛想第一の少女は輿の男たちを止め、わたしを掌にのせて、人々にわたしがもっとよく見えるようにしたものだ。

特に見たかったのが主たる神殿で、またとりわけ王国で最も高いという噂のその塔であった。そういうわけで或る日、我が親愛なる乳母がわたしをこの聖堂に連れ出してくれたのだが、正直言うと帰路はがっかりしていた。地上一番高い小尖塔の天辺まで三千フィートがやっというので、ここな人々とヨーロッパにいる我々の図体の大きさのちがいを考え併せるにこれは格別驚嘆に値する高さとも言えないし、大きさから言っても（わたしの記憶している限りの）ソールズベリー聖堂尖塔の敵ではないわけである。しかし、生涯これだけ恩義を感じないといけない筈の国のことを悪く言うのも気が引けるのではっきり言い足しておくと、この聖堂の有名な塔は高さで失ったところを十分その美と力で補っている。たとえば壁だが、各々四十平方フィートはある切り出し石でできた壁の厚さはほぼ百フィートに近く、四壁全体に穿たれた壁龕（へきがん）には大理石（なめいし）に等身大を上回る大きさで刻まれた神々や歴代皇帝の彫刻がおさまっていた。そうした像のひとつから欠けて落ち、がらくたの中にまぎれてしまっていた小指を見つけて寸法を測ったら正確に四フィートと一インチの長さがあった。グルムダルクリチはそれをハンカチでくるんでポケットに入れて持ち帰り、同じ年頃の子供たちが普通そうであるのと同じで、大好きな小物のひとつに加えて大事に保存した。

王の厨房だが寔（じつ）に立派な建物で、天辺は穹窿（ヴォールト）で、高さは六百フィートほどもあった。大かまどはセント・ポール大聖堂の丸屋根（キューポラ）に十歩（ペース）足らない幅である。後者の寸法は帰国後、わざわざ体を運んで実測したので、この計算で良いだろう。それにしても、この厨房の火格子や巨大な壺やら薬鑵（やかん）、焼き串でくるりくるり回る肉塊の様を他のあれやこれやと一緒くたにいくら描写してみたところで、絶対に信じて貰えないと思う。少くとも辛口批評の連中は、少々針小棒大が過ぎてはいまいかと非難するだろう。旅行記なるものがいつもさらされる非難である。むしろこういう非難を受けまいとして却って逆向きに走っているのではないかとみずから怖れるものである。もしこの論がブロブディングナッグ語(そう、これが問題の国が呼ばれる普通の呼び方なのだが)に訳され、この国に搬入された暁には、国王、臣民とも文句のひとつ言って良いと思う、小さく小さく描こうとしてうそを書いて我々を侮辱しているのではないか、と言って。

国王陛下は王室厩舎に六百頭を越えて馬を飼うことはほとんどない。馬は大体、五十四フィートから六十フィートの体高である。国事で厳粛な儀式に出る時には王は民兵護衛部隊の五百頭からの馬を伴って騎行する。その姿はそれまでに目にした威風堂々の盛儀中にも最高に壮麗なものだった。それまでにと言うのは、のちに王の軍隊の一部が戦闘陣形をとったもっと見事な威容を目の当りにすることになるからだが、こちらのことはそれとして改めて書くことになるだろう。

第五章

作者巻き込んだる幾多の冒険。ある犯罪人(とが)の処刑。作者、航海術を披露する、の条

もしわたしの体が小さくなかったら、さらされることなくすんだし、そうなればこの国で暮すのが本当に楽しくなっていたにちがいない幾つか滑稽でいながら、かつ仲々に骨の折れた事故、その話を区々させてもらう。グルムダルクリチはよくわたしをくだんの小さい方の箱部屋に入れて宮廷の庭に連れ出してくれ、箱からわたしを出して掌にのせたり、おろして歩かせてくれることもしばしばだった。忘れもしないが、例の侏儒(しゅじゅ)が不祥事で王妃に馘(くび)られる以前のこと、ある日、庭に出る我々のあとから侏儒がことこととついて来た。我が乳母(うば)がわたしを下におろすと、侏儒とわたし二人並んで「こびと」林檎(りんご)のそばに立つことになったから、彼と林檎がこびとつながりなどと馬鹿なことを口にして、一寸機智あるところを見せようとしたのが運の尽き(何でも小さい物をミニ何とか、こびと何とかと呼ぶのが我が国の言葉でもこの国の言葉でも同様に普通のことだったから、つい)。すると悪心あるすね者は、その林檎の一本の下をわたしが通ったのを見て好機到来とばかり、わたしの真上のその木をまともに揺すぶったからたまらない、一個一個がブリストル樽くらいでかい林檎が一ダースもわたしの耳あたりにころがり落ちてきて、そのうちの一個がたまたまかがんだわたしの背中に命中し、わたしはうつ伏せに地面に突っぷしてしまった。他に怪我はなかった。侏儒はわたしが取りなして、罰を免

れた。元々、挑発した此方に非があったからである。

別のある日のことだが、グルムダルクリチがわたしを柔かい芝の上におろして、わたしをひとりのんびりさせようとし、女家庭教師とふたり一寸離れた所に行って了った。その時突然、猛烈な勢いで霰（あられ）が降ってきて、その力でわたしは忽ち地面に叩きつけられて了った。そうやって平伏している間中、霰はわたしの全身にばんばんと、まるでテニス・ボールを打ちまくってくるように痛撃を加えた。なんとか四つん這いになってヨウシュウイブキジャコウ草花壇の風下側にうつ伏せに平たくなって難を逃れたのだが、頭から足までひどい打撲傷で、十日の間外出もできない有様だった。考えてみると驚くべきことではない、この国ではいかなる自然現象も見合った大きさで起きるわけで、霰ひと粒にしてもヨーロッパのそれの八百倍大きい。好奇心にかられてその重さ、大きさを測ってみた経験からして、この比率に間違いはない。

そういえばその同じ庭でもっと危ない椿事（ちんじ）がわたしに生じたこともある。ひとりでもの思いに耽りたいからそうさせてくれないかと、わたしからわたしの小さな乳母（うば）に頼むことがよくあって、その時もわたしを安全な場所に置いたものと思い、またわたしの小さな箱部屋を携え回るのも面倒なので家に置いてきて了っていたのだが、女家庭教師や知り合いの婦人たちと一緒にその庭の別の場所へ行って了っていた。こうして乳母（うば）の姿なく、呼んでも届かぬ所に行かれて了った時、主だった園丁の一人が飼っている小さな白いスパニエル犬が何かの拍子に園にまぎれ込んで来ると、わたしが転がっていた場所近くでうろうろし始めた。くんくん臭いを嗅いでいたと思ったら真直ぐわたしの方に走って来て、わたしを口にくわえると主人の所に走り寄って尻尾を振りながら、ゆっくりとわたしを地べたにおろしたのだった。全くの幸運だが犬はよく訓練されていたから、歯と歯の間にくわえながら傷はさせないし、第一、わたしの服にさえどこにも傷は残っていなかった。が申し訳なく思うのは園丁氏で、わたしを良く知っている以上に非常に親切にしてくれていた人物だから呆然自失だった。わたしを両手で持ちあげると大丈夫かと尋ねてきた。わたしは驚愕の余り息も継げず、言葉が出てこない。二、三分してわたしは我に帰り、園丁はわたしをわたしの小さな乳母（うば）の所に大事そうに持って行った。乳母はこの時までにはわたしを置いて行った元の場所に戻っていて、わたしの姿が見えない、呼んでも答がないというので酷い恐慌状態にあり、犬のことで園丁をひどく叱りつけていた。しかるに事件はそれぎりで、宮廷の噂になることもなかった。少女が王妃に知られて怒られるのを怖れたからだが、わたしとしてもこんな噂が広まったところで何の手柄話にもなりゃしないと思っていたのである。

　この事故はグルムダルクリチに、これから外に行く時は絶対わたしを目の届かない所にひとり置くまいと固く決心させることになった。彼女がこう決心してはまずいと、わたしはずっと思ってきた、だからわたし一人でいる時の幾つか不運な小さな冒険の話は気を付けて彼女の耳に入れぬようにしていたのだ。一度は庭の上でぴいひょろろとやっていた鳶（とび）がわたしめがけて飛んで来て、わたしが吊り短剣を抜き、果樹のぶ厚い垣根の下に走り込まないでいたら、歯牙にかけられいずこかに拉致されていた筈だ。またこういうこともあった。できたばかりのモグラ塚の天辺へ歩いていて、モグラが土を掻き出そうとしてつくった穴に落ち、首まで土に埋った。服を汚したことの言い訳を、よく思いだせもしないが何のかんの口からでまかせでした。可哀想なイングランドのことをひとり歩きながら考えていてたまたま蹴つまずいた蝸牛の殻で右の脛骨を折ったこともあった。

一人で歩いているわたしを小鳥たちが全然怖れていないように見えたが、喜んでいいのか怒っていいのかよくわからない。一ヤードの距離を置いてミミズやなんか食べるものをさがすのだが、周りに気を配ることもなく安心し切っているのはまるで傍に人無しと思っているからという様子だった。ツグミが一羽、グルムダルクリチから朝食に貰ったばかりのケーキの一片を貰って当然という感じの嘴でわたしから奪い去った。こうした鳥の一羽なりと捉えようとすると、大胆にも向ってくる。あわよくば指一本なりと貰っていくぞという気配だから、近くに手を伸ばす気にならない。するとぴょいと退って何事もなかったという顔をして前のようにミミズやら蝸牛を啄み始めるのだった。しかしある日、手にしたごつい棍棒を全力で投げつけたら上手くムネアカヒワに当り、すっかりのびたそいつの首根っこを両手で摑むと、やったぞと許り乳母に見せに走って行った。しかし鳥は一寸の間失神していたのが息を吹き返し、わたしの頭といわず両側から翼でむちゃくちゃ殴りつけてきた。手先で摑えて思い切り遠くに持ってその爪から距離をとってはいたが、二十度ばかりもう放そうとしかかった。すぐに召使いの一人が力を貸してくれ、鳥の首を折った。翌日、王妃の指示で、鳥はわたしの食卓に供された。覚えている限り、このヒワはイングランドだったら楽に白鳥の大きさがあった。

女官たちはよくグルムダルクリチを自分たちの居室に招いたが、わたしを一緒に連れてくるようにというので、要するにわたしを眺めたり、わたしに触ったりして興がろうという魂胆だった。しばしば全身まっ裸にされ、彼女らの胸の上にしっかり抱きすくめられたが、これが本当に辛かった。実際、彼女らの皮膚が発散する体臭がもの凄いのである。こんなことを言って、いろいろ心から尊敬している素晴らしい淑女諸姉の悪口を言おうというつもりなど毛頭ない。思うにわたしが体が小さい分、感覚も細かく鋭敏であるだろうし、このやんごとなき女性たちが恋し合う貴顕と、或いは女官たち同士、互いに不快など感じないでいる筈なのは多分イングランドで貴顕淑女たちが互いにそうであるのと変りないのだ。それからこれは自然の発するものだからまだ、我慢できるのだが、これに香水が加わるともうだめだった。わたしなど即、気が遠くなったほど。そう言えばリリパットにいた時のこと、ある暑い日だったが、かなりな運動をしたあとのわたしを捉えて、普段気の置けぬ付合いをさせて貰っていた相手が、きみ、随分いやな臭いなんだねとはっきり言った。わたしの体臭なんて男の平均といったところで、人にとやかく言われるようなものではないのに。とそこまで考えて、改めて思うのはこの友人の嗅覚がわたしに対して敏感に働くのは、わたしの嗅覚がここな人々に対してそうなのと、同じ理屈、ということである。この点では我が女主人たる王妃殿下と我が乳母(うば)グルムダルクリチは大したもので、そのさせるさわやかな香りはイングランドのレディたちとなに変るところがなかった。

　女官諸姉と言えば、我が乳母(うば)がわたしを彼女らの屯(たむろ)する所に連れて行ってくれて何が一番落ち着かないか、それはわたしに対する女たちの傍若無人のあしらいで、礼節の片鱗もない。これぞまさしく傍(かたわら)に人無(ひとな)きが若(ごと)しという振舞いで、わたしの目の前でどんどん全裸になり、どんどん下着を着替える。その間わたしは化粧台の上に坐らされて彼女たちの全裸姿が直、目の前を動き回る。魅惑の風景などとんでもない、恐怖と嫌悪以外の何の反応も惹き起こさない景色だった。皮膚は粗く、でこぼこで、近くで見るといろいろな色が混り合っていて、あちこちにある黒子(ほくろ)が盆皿のようにでかいし、そこから生(は)えた毛は毛で細引きの紐のように剛(こわ)いときた。わたしがそばにいて気に掛ける風情さらさらなくて、飲んでたまっていたものを大樽で少くとも二樽分を三酒樽(トン)量は十分ためられる器にぶちまける。女官たちの中で一番綺麗なのは陽気でにぎやかな十六歳娘だったが、時々乳首に跨(また)がらさせられるとかそういうおふざけに閉口したが、仕様もないくすぐり話で読者の貴重な時間を頂くのも悪いので省略。とにかく不愉快極まったので、爾後この女人が会いたいと言ってきても、いろいろな言い訳をして断ってくれ、とグルムダルクリチにはお願いしておいた。

ある日、我が乳母の家庭教師の甥(おい)とかいう若い紳士がやって来て、お二人さん、死刑執行を見に行こうよと誘った。刑死する犯罪(とが)人はこの紳士の知り合いの一人を殺害(せつがい)した者だとか。グルムダルクリチは性来優しい人物なので自分には向いていないと言ったものの結局説き伏せられて同道することになった。わたしはその種の見物(スペクタクル)は好みではなかったが、常軌を逸していると感じられるものはどうしても見ようという好奇心に勝てなかった。殺害人は建てられた死刑台の上の椅子に括(くく)りつけられ、約四十フィート長の刃一閃、首は胴体から斬り離された。動脈から静脈から奔出する流血の滂沱(ぼうだ)、宙空への血しぶき、かのヴェルサイユの大噴水(ふきあげ)すら迸(ほとばし)りの時間この比に非で、首が斬首台に落ちて大きく撥(は)ねるさまたるや、優に一英国マイル離れていた筈のわたしさえ驚愕の余り跳びあがって了ったほどであった。

王妃という御方はわたしの海洋航海の話に好んで耳を傾けてくれ、わたしが気鬱の時わたしの気を引き立てようといろいろ心配りいただいた御方だが、帆の使い方、櫂の操り方を熟知しているのかえ、漕ぐことが少しでもできれば健康に良いと思うかえとお尋ね下さった。帆も櫂も見事に操れます、とわたしは答えた。わたし表向きの商売こそ船の医者、外科ですが、むろん一朝ことある時には一水夫としてことに当らねばなりませんから、と。といってもそれがこの国で上手くやれるかは自信がなかった、なにしろどんなちっぽけな艀でも、我が国第一級の戦艦くらいある国なのだ、その国のどの川にしろ、わたしが操るぐらいのボートが何とかなる相手とは思えない。すると妃殿下はなれば自分でボート一隻設計して御覧、つくるのは自分附きの指物師がやる、そちがそれを漕いでみせる場所だってすぐ用意させると仰有った。この指物師、仲々に明察力ある職人で、こちらの指示する通りにただの十日で索具完備の遊覧ボートを完成させたが、ヨーロッパ人八人を悠々搭乗させられる余裕の大きさであった。王妃は船の完成に大喜びし、スカート膝の折り返しにくるむと早速国王に見せに飛んで行った。王は水を一杯張った大樽に、わたしを乗せた船を浮かばせて、早速ひと実験と仰有ったが、なにしろ手狭なものでわたしは二本のとも櫂、というか小さい櫂を思ったようには操えなかった。しかし王妃はかねてひとつ妙案をお持ちだった。くだんの指物師に命じて、長さ三百フィート、幅五十フィート、そして深さ八フィートの木の水槽を拵えさせ、水漏れせぬようきっちりピッチを塗りこめさせると、宮殿の外部屋の壁に沿った床に置かせた。底部に栓があって、水が古くなればこれを開けて流し、満杯にするには召使い二人で半時間もあれば十分であった。そこでよくわたしはボートを漕いだ。自分の息抜きでもあったし、王妃と妃の女官たちの娯楽でもあり、彼女たちはわたしの技倆と敏捷さを大はしゃぎで眺めていた。時には帆を上げた。わたしのするのは舵をとることだけ、風は女官たちが扇で起こす風である。女たちが疲れると、お小姓連が帆にふうふう息を吹き掛け、わたしは面かじ、取りかじ自在気儘に操船の妙を披露した。仕事が終るとグルムダルクリチが船を小部屋に持って帰り、釘にぶらさげて乾かしていた。

この水練ではもう一度、生命に係わったかも知れぬ事故に遭った。小姓の一人がわたしの舟を水槽に入れ、グルムダルクリチ附きの女家庭教師が型通りにわたしを撮み上げて舟にのせようとするところで、わたしは彼女の指の間からずり落ちて了い、もしも世にも珍しい幸運によって良き淑女の胸衣に刺した大型ピンに引っ掛かることなく、ピンの頭がわたしのシャツとズボン腰帯の間に入り、かくて宙空にぶらり垂れ下ることなくば、四十フィートばたばたやって床に落ちるという落ちになっていた筈である。グルムダルクリチが血相変えて助けに来た。

もう一件あって、それは三日に一度、水槽の水を新しく入れ替えるのを仕事にしていた召使いの一人の目の届かぬところで大型のカエルが(本人、というか本蛙もそれとわからぬ儘に)馬穴からくだんの水槽にまぎれ込んで了った事故である。カエルはわたしがボートに乗るまでの間、姿を隠していたが、休み場所見っけとばかり這い上ってきたからボートが片側に大きく傾いで了い、わたしは転覆は困るので反対側に全体重を掛けて舟の平衡を保たねばならなかった。カエルは乗り込んで来るやいきなり船体の半分くらい跳躍し、わたしの頭上を前へ跳び後ろに飛び、あのおぞましい粘液をわたしの顔といわず着衣といわずぬたくりつけた。その造作のでかいことと言ったら、動物の中でも最悪かという醜怪さであった。ここは自分一人で何とかするからとグルムダルクリチに言ってからわたしは櫂の一本でさんざん殴りつけたから、カエルもいやになってやっとボートの外に跳び出していった。

しかし王国で経験した危険最大の椿事は厨房係の一人が飼っていた一匹の猿であった。グルムダルクリチは彼女の小部屋にわたしを閉じ込めた後、仕事か誰かを訪問するかがあって不在だった。とても暑い日だったから小部屋窓は開いていたし、広いし使い勝手良しということでわたしは大体そこで起居していた大きい方の箱部屋の窓も扉も開いていた。わたしはテーブルについてひとり物思いに耽っていたが、小部屋窓に何かが当る音がし、どうやらあちこち跳び撥ねている。大変びっくりはしたが、そのまま席にいて首を伸ばして様子を伺うと、この剽軽者の動物が嬉しそうに跳び回っている。挙句、わたしの箱部屋にやって来ると余程楽しいのか、抑え切れない好奇心のまま、戸口を覗き、窓という窓を覗き込む。わたしは部屋、というか箱の一番奥の方に退ったが、猿奴、あらゆる側から覗き込む。わたしはすっかり度を失って了い、普段なら即ベッドの下に身を隠すとかした筈なのに、なすすべもなかった。しばらく覗いたり、にやにやしたり、ぺちゃくちゃしたりしていたが、とうとうわたしを見つけ、すると猫が窮鼠を追いつめるように片手を戸口から突っ込んできた。猿から逃げようと場所を変え続けたが、とうとう上着の垂れを摑まれてしまい(この国の絹出来だから非常に太く、強かった)、外に引き摺りだされてしまった。猿は右の前脚でわたしを捉え、まるで乳母が子供に乳を飲ませようとするかのようにわたしを抱きかかえた。ヨーロッパにいた頃、同じような猿が猫相手に同じようにしていたのを見たことがあった。わたしは抵抗しかかったがその分締め付けがきつくなるし、ここは大人しくしているのが賢明と観念した。もう一方の手でとても優しく顔を撫でてくることがしばしばなので、猿がわたしを仔猿と思い込んでいるのだと確信できた。小部屋の扉をだれかが開けようとしているような物音に楽しみを邪魔されたと思った猿はいきなり、闖入して来た同じ窓口に跳び上ると窓枠や雨樋（あまどい）をつたい、一本はわたしを摑んでいるから残る三本足で隣の建物の屋根に昇って行った。わたしが運び去られる瞬間のグルムダルクリチの叫び声が耳に入った。可哀相にほぼ狂乱状態。宮殿のその界隈は阿鼻叫喚のちまたで、召使い達は梯子（はしご）さがしに奔走するし、何百という宮廷の人間の衆視注目の央（さなか）、建物の縁（へり）に腰をおろした猿は一方の前足に赤子のように抱えたわたしの口に、片頬に付いた袋みたいなものからくじりだした食物か何かをしきりと押し込もうとするのだった。わたしが食べたがらないので頭をぽんぽん、しきりと叩く。これを見た下の群集から思わず笑いが起きた。わたしとしても無理ない笑いと思う。その光景がわたし以外の人間から見れば絶対滑稽な図にしか見えなかった筈だから。人々の中には、猿をおろそうとして石を投げる者もいた。が、即厳禁された。えて公のでなくわたしの脳味噌がふっ飛ばされる危険があったからである。

　いくつも梯子が掛けられ、男たちが昇って行った。猿もそれを眺めていて、ほとんど包囲されてしまったのを感じたらしく、三本の脚では十分な逃げ足にもならず、ついに屋根瓦の上にわたしを落として逃走した。わたしはしばし地上五百ヤードで動きがとれず、一陣の強風で落下するか、みずから眩暈（めまい）して落ち、縁から軒へころころと転がって行くしかないかと観念した。我が乳母の従僕の一人たる気の好い少年がわたしをズボンのポケットに入れて無事地上におろしてくれた。

　猿奴がわたしの喉元に押しこんだ汚らしい一物でほとんど窒息寸前だったが、親愛なる我が小さな乳母（うば）が細い針を使ってくじり出してくれた。皆吐くことができて一息吐けた。それにしてもあのおぞましい化物（けもの）にぎゅうぎゅう抱えられていたため脇腹の痛みと擦過（さっか）の傷がひどく、二週ほどは床（とこ）に就くしかなかった。王、王妃、そして宮廷の全ての人間が毎日、わたしの健康を確かめるのである。王妃殿下の如きはわたしの安静中、幾度も御自身の足を運ばれてみえた。猿は殺された。斯様の動物、今後宮殿周辺で飼うことまかりならぬという勅令が出された。

　後日、恢復して先日来の御高配忝けなしと言うため国王に伺候したところが、王はこの冒険の区々をお嗤（わら）いになり、興がられた。猿に抱きしめられている間、いかなる深遠なる思惟思考が脳裡をよぎったか、猿の供してくれた食事は、その供し方は気に入ったか、屋根の上の新鮮な空気で食欲は湧いてきたか等々、それこそ猿慮なく尋ねられた。もしこんなことがそちの御国で生じたとしたら、そちどう振舞っていたと考えるか、とか。陛下、ヨーロッパに猿はおりませぬ、いるとすれば珍奇物（キュリオシティ）ということで他の場所から持ち込まれ来ったもののみ、第一とても小さいので、もし一斉に襲われたとしてわたし一人で猿一ダースくらい撃退できましょう、とわたしは答えた。それからついこの間、争ったあの怪物猿について申し上げますれば、もし恐怖心から吊り剣があることに気づいていたなら（と、きっと眦（まなじり）を上げ、手を刀の柄に当ててわたしは言ったものだ）、貴奴がわたしの部屋に手を突込んだ刹那に、中に入るよりは急いで逃げた方が怪我がなくて済むとわからせる一撃を加えられたかと思います、とも。周りから勇気を疑われた人間がそうなるように、わたしは随分決然とした口調でこう言ったのだった。が、わたしの演説は爆笑しか惹き起こさなかった。一同、国王への深い敬意を持つ人々でありながら、どうにも笑いをこらえきれなかったのだ。このことでしみじみ思い知ったのだが、自分と同列だとか比較可能だとか考えるような次元を遙かに越えた相手を前にして、自分は偉いとか威勢を張ってみせることのなんと愚かであることよ。そしてこういう愚か振りでわたしが得た教訓にぴったりの光景を、イングランド帰国後、何と朝から晩まで目にしてきたことだろうか。生れも、人柄も、機智も、そして常識も何もない下郎風情が肩で風を切り、王国最高の人々と肩を並べている積りでいる片腹痛い形無し図を。

　わたしは毎日のように宮廷の笑いの的になったし、問題はグルムダルクリチだ。わたしを大変愛してくれているのは有難いのだが、結構いたずら好きなところがあって、わたしが何か馬鹿なことをしでかし、彼女から見て王妃が喜びそうなネタだと思うと皆、王妃に喋って了うのである。彼女の体調が良くないというので、彼女の女家庭教師が気を利かせて、町から三十マイル、約一時間ほどの場所で良い空気を吸ってみればという散策に誘ったことがあった。野中の小径の近くで二人は馬車をおりた。グルムダルクリチがわたしの旅行用の箱部屋を出してくれたので、わたしは外に出て歩き始めた。径（みち）の央（さなか）にひとつ牛の糞が転がっていた。それを跳び越えて体力あるところを見せようと思ったのがもうウンのつき。助走。が、ウン悪く助走不足、クソッ、膝半ばまでぐちゃりとつかった。糞真面目に脱出はでき、従僕の一人がハンカチで可能な限り拭（ふ）きあげてくれた。汚い、臭いで、我が乳母も困じ果て、家に着くまでわたしは箱部屋に閉じ込められたままであった。何があったかは忽ち王妃の耳に入ることとなり、くだんの従僕は宮廷中に言いふらして回ったから何日かの間、宮廷中が人の気も知らないであっちこっち笑いくずれたのだった。

第六章

作者が工夫して国王夫妻を娯しませる。作者、音楽の才揮う。王、ヨーロッパの政情に就て質し、作者答える。それに対する王の反応もろもろ、の条

わたしは週に一度か二度、国王に謁見する栄に浴したし、散髪掛りが御世話している最中をお見掛けすることも少くなかったのだが、最初とても怖ろしくて直視できない景色だった。その剃刀たるやほとんど普通の草刈り鎌の倍はあるものだったからである。お国の習慣に従って王が髯を剃らせるのは週にただ二回だけ。わたしは一度散髪師に頼んで、その剃り泡、というか石鹸泡を貰いうけると、毛穴近くの一番剛い部分の毛を四、五十本分撮み出した。それから木片を選んで櫛の背部分の形に刻み、グルムダルクリチから借りられる一番小さな縫い針でその木片に幾つか等距離の小穴をぽつぽつと穿けた。そこにくだんの髯根を植え、ナイフを使って擦り削って先端が丸くなるようにして櫛とし

て立派に通用するものを一丁拵（こしら）えたが、自分の櫛が歯こぼれがひどくほとんど使いものにならなくなっていたから実に有難い品繋ぎができた。というかこの国にわざわざわたしにもう一本櫛をこれだけきちんと巧く作ってくれる職人がいるようにも思えなかった。

　この話をするともう一件、暇な時間をあげて熱中した愉しみごとを思いだす。わたしは王妃附き女官に妃殿下の抜け毛をわたしの為にとっておいてくれと頼んであったら、かなりな量になったので今度は飾り棚（キャビネット）作りをやっている友人でいつも何やかにやわたしの為に手先の小仕事をやってくれていたのに相談して、わたしの箱部屋しつらえのものと同じくらいの大きさの椅子の枠組をふたつ作ってもらい、わたしが椅子の背と腰乗せと考えていた部分をぐるりと取り巻く穴を細錐（ぎり）で次々穿（あ）けてもらった。そしてイングランドでなら籐（とう）椅子を編む要領で抜け毛の頑丈なのを選び、錐穴を通すようにして編んでみた。完成品は妃殿下に献上申し上げたところ飾り部屋（キャビネット）にお納めになり、珍奇物（キュリオシティーズ）扱いで展覧に供せられた。現に目にしただれしもにとっても驚嘆（ワンダー）のたねであったようだ。そういう椅子のひとつに、そち腰おろして見せいと妃殿下が仰せられたことがあったが、滅相もございません、小生奴（め）身体の一番賤しい部位をつい先だって妃殿下の御髪（おぐし）であらせられましたものの上にのせるなど、まさに万死にも当る所業と言って、いかに御命令と申されましてもそれだけは御容赦をと峻拒した。これらの髪わざでは(たしかに技術屋としては髪掛りのところがわたしにはあった)長さ五フィートの一寸した小さな財布もそう。妃殿下の御名を謎めかしたものが金文字で繍（ぬいと）りしてあった。妃殿下のお許しを得て、財布はグルムダルクリチにやった。実のところ使うというよりは見るためのもので、一寸大き目の硬貨を入れると持たなかったから、彼女も、女の子好みの小物以外その中には何も入れなかったようだ。

音楽好きの国王陛下はよく宮廷で楽奏会を開き、わたしもよく連れて行かれ、テーブル上の箱部屋の中で演奏に耳を傾けたものである。しかし音が大き過ぎる。どんな曲調か聞き分けることもできなかった。王国全軍の太鼓と喇叭（らっぱ）全部が一斉にきみ、あなたの耳元で鳴ったとしても、とても比ではなかろう。わたしのやり方としてはわたしの箱部屋を可能な限り演者たちの坐っている所から離してもらい、戸も窓も、垂布（カーテン）までも締め切ってもらう。そうしてやっと、この音楽、それなりだなとか思えるという次第。

わたしは若かった頃、スピネットを少しかじったことがある。グルムダルクリチもそれを部屋に一台持っていて週に二度、先生が教えに来ていた。スピネットに似ているのでそう呼んだだけだが、弾奏法もスピネットと同じ。この楽器でイングランドの曲でも弾いたら国王夫妻に喜んでいただけるだろう、とか思い付かぬわけでもなかったが、まず絶対に無理だったはず。なにしろこのスピネットもどき、長さがほぼ六十フィートあり、ひとつの鍵（キー）が幅一フィート。だから両腕を思い切り広げても五鍵以上手が届かないし、鍵を押すのだって拳で思い切り強く叩きつける必要があって大変な肉体労働だし、良い音の出る筈もない。わたしが工夫した方法はこうだ。大きさが棍棒くらいの先の丸まった棒を二本用意する。一方の端がもう片方より太い。この太い方の端をネズミの皮でくるむ。これで叩いても鍵の上辺は痛まないし、音も途切れない。スピネットの前、鍵盤から四フィートほど下の所にベンチを置き、ベンチの上にわたしが置かれる。ベンチのあちらとこちらの間をわたしが全力で走り、走りながら二本の棒で狙う鍵を叩いていく。こういうふうにして舞曲のジグが弾けるようになり、これは国王夫妻の大の気に入りになっていただいた。それにしてもこれは今まで最も疲れる肉体運動であったに相違ないし、なにしろ十六鍵より多くは叩けないし、それ故、低音部と高音部を、他の演者たちとちがって同時には出せないわけで、楽曲演奏の体（てい）にならなかったのは、いかにも無念。

さて王と言えばこの御方、大変洞察力あるお殿様だとは前にも書いたが、私を箱に入れて連れて来て、王の部屋のテーブルの上に置くよう命じられること、しばしばであった。それからわたしには箱から椅子をひとつ出し、三ヤード離れた飾り棚（キャビネット）の上に置くように命ぜられる。するとわたしと王の顔が同じ高さになるのである。こういう恰好で何度か会話の機会があった。ある日など何故か気の大きくなったわたしは王に、王がヨーロッパに、世界の他の国々に対して吐露される侮蔑は、その代表格が王あなた御自身であられるところの精神の高潔英邁（えいまい）とはどう見ても不釣合なものではあるまいかと直言をした。体が大きいからと言って精神まで大きいとは限らない、その反対に丈（たけ）高い人間はふつう理性の方はお留守で、我が祖国でもウドの大木などという決り文句があるくらいだ、動物界でも、蜂と蟻がもっと大きいものの多くより勤勉、工夫、知恵に富むという評判をとっているではないか、陛下からすればわたしなどちっぽけ極まるものでしょうが、忠君報国の気概はだれよりも大きいものを持っており、云々かんぬん、とわたしはまくしたてた。王は注意深く耳傾けておられたが、こいつ思っていたよりはもの言える相手とこの時わたしのこと感じ始めたのではないか、そういうふうであった。

知る限りで良いからイングランドの政情について正確に話をしてみよとの仰せであった。君主たちというのは自国の習俗こそ一番と思いたがるものらしいが（王はわたしのそれまでの話によって、他の君主連中をそういうものと推測していた）、何か真似したくなるようなものの話があれば是非にも聞きたいとの仰せであったのだ。

礼節高き読者諸君、その頃いかにしばしば、もしわたしにデモステネスかキケロかという雄弁の才あらば我が親愛なる生国への熱烈讃美を、生国の美点、生国の浄福に見合う滔々の語り口を通してやれたのにと悔いたか、御想像いただきたく思う。

わたしは御講話を陛下に、我が国土が三つの島から成り、一人の至高権者の下、三つの王国から構成される他、アメリカにプランテーションを持つと説明することで始めた。土地がいかに肥沃か、気候がどんなに温和かの説明には時間を掛けた。それからイングランドの議会制度の詳しい紹介に移り、それの一部が上院と呼ばれるやんごとなき人々が構成する政治集団で、貴族の血統を引く人々、千古来る豊かな相続資産を継ぐ人々の集団であることを説明した。この人々への文武両道に相渉る教育には日頃より異常なほどの配慮があるが、生れついて王と王国の相談役としての力を持っていて貰うためである。立法に責任を持ち、そこから上控訴というものが存在しない究極の司法府の構成員としての力を、勇気と実行力と忠誠心を以ていつなりと君主と郷国のため一命を賭す志操を持っていて貰うためである。彼らこそは王国の飾り、王国の防壁であり、有徳への褒賞をこそ名誉とした至上に高名な祖たちの立派な裔であり、これら後継者たちから退廃が生じたという話は一度なりと聞かない。これらの人々に幾たりかの宗教家が司教（ビショップ）の名の下に議会の一部として加わるが、宗教を、そこで人々を教育する人間を管掌する特別な任務を担うのがこの人々である。こういう人たちは君主、賢哲なる顧問団によって国中隈（くま）なくそういう宗教集団の中から高潔なる生き様、深い学識によって博捜されるのであって、実際この人たちこそが僧侶たちの、そして人民（たみくさ）の精神的な父ということになるのである。

　それから国会のいまひとつの一部が下院という名の議会で、これは全員主だった紳士で、傑出した能力と愛国心によって人民自体から自由に選出され、国家全体の英知を代表すべき人々である。かくてこの上下両院を以てヨーロッパで最も堂々たる議会ができ上り、むろん国王と連携しつつ全立法行為がこの議会にゆだねられる。

　話は段階ひとつ下って司法府のことになったが、そこは拝跪すべき賢人にして法の解釈者たる判事たちが宰領する世界で、人々の権利や財産をめぐる揉（も）め事に白黒をつける他、悪事を罰し、無実の者を救済する仕事を司る。その他この他、わたしは財務の賢明な遂行、陸・海軍の勇猛と武勲にも触れた。各宗派、各政党にそれぞれ何百万の人がつながっているかを計算しながら、結局人口がどのくらいかの話もした。我が国のスポーツとか娯楽とか、とにかく祖国の名誉になりそうな話柄（わへい）であるなら、何でもを話した積りである。そして最後におよそ過去百年に亘（わた）るイングランド歴史事象簡略史をざっとやって、締めた。

　最後に締めたなど言って了ったが、この講話は謁見を五度重ねても、一回毎に何時間も掛ったのに最後なんかにはならなかった。国王は実に注意深く全講話を聴いていられ、しばしばわたしの話にノートをとられ、いずれわたしにしてみたい質問を備忘帖（メモランダム）に書き留められていた。

わたしがこの長い講話に終（け）りを付けると、第六回目の謁見に際し国王陛下はそのノートを眺めながら、疑問点、要探究事項、そして反論をあらゆる記事について次から次へと提示してきた。陛下は問われた、そちの国の若い貴族たちの身と心を教化するのにいかなる方法（メソッド）が用いられているのか、彼らの吸収力ある初々（ういうい）しい時期を彼らは何をして過ごしているのか、どこかで高貴な貴族の家が断絶する場合に於て議会を維持していくにいかなる手続きが必要となるのか、新しく貴族に列せらるべき人間に必要とされる要件とはいかなるものであるのか、そういう昇進の背後で動機として働くものは君主の好き嫌い（ヒューマー）か宮廷官女や首相への献金か、公衆福利に敵対する政党を強化する党利党略の陰謀、いずれかである可能性はないのか、結局に於て朋輩臣民の財産を処置する力となる知識を国の法律を司るこれらの貴族たちはどうやって共有しているのか、どうやってそれを獲得するのか、貪欲、好悪（こうお）の情、そして欠乏とは無縁な筈のそうした人間たちの間で賄（まかな）いとかその類のいやな考え方がはびこることは本当にないのか、わたしが話題にした聖職者にして上院議員になった人々は宗教問題に通暁し、人品も清廉潔白ということでずっとその地位にあるというのは本当か、しがない貧乏僧の時代には時代におもねり、貴族のだれかれに奴隷然と心を鬻（ひさ）いだ破戒僧であって、議会に入れて貰った後もなおその貴族の言い分に奴婢（ぬひ）然と振り回されたりしていることは絶対にないのか、とかとか次々問われるのであった。

それから王は、わたしから下院議員の名で呼ばれた人々を選出するやり方を知りたがった。財布だけはたっぷり重いが所詮他所者である人間が町村の投票者に影響を与え、地元の地主だとか近在の有力紳士を選ばずに自分を選ばせるようなことになるのではないか、と。そもそもが人々がそうまで無理無体に議会に入りたがるいわれがわからない、思うに抱える厄介、強いられる出費が増え、給料も年金もないでは一家離散の憂き目にも遭いかねぬのに、徳を曲げ公共精神を曲げることになりそうな以上、いつもいつもまともにやっていられるとはとても思えないのに一体何故、そう陛下は考えているらしかった。そうやって頭に血が上った紳士連中だって振り掛ってくる負担だの面倒だののつけを、無力なくせに邪悪な君主の陰謀三昧に公益を犠牲として差し出すことで支払せようという非心を抱きかねないのではないか、時には腐敗した大臣等とも手を組んで。こういう具合に王の質問はどんどん増え、この項目の全部分に渉ってわたしに改めて確認し、探究課題として、反対意見として提示されたのだが、逐一繰り返すのも賢明ではない、適当とも思えない。

　我が国の裁判制度のことでわたしが話したことについても、陛下は幾つかの点でなお納得がいかなかったようだった。そして答えるにわたし以上の人間はいなかった。昔、大法官府の長きに亘る訴訟をやり、かさんでいく出費で危うく破滅しそうだった苦い経験があったからだ。陛下は問われた、そも正邪曲直が決するにどれほどの時間、そしてどれほどの経費が掛るのか、だれが見ても不公正、濫訴、強圧的でしかない案件で弁護人、申立人は自由に意見を述べられるのか、政治や宗教の団体が正義の秤に錘を掛けてどちらかに傾かせることはないのか、弁論に立つ申立人は広汎な衡平法の知識をちゃんと教育されているのか、それとも一地方、一国家といった狭い世界の習俗のみ頭に入っているのか、彼らも、そしてその裁判官も、みずからが自由気儘に解釈や注釈を加えて良いなどと思い込んでいるそもそもの法の起草に立ち会っていたのか、同じ案件に或る時は是、或る時は否と言い、先行判例をそれと真反対のことの証明の為に引き合いに出すことはないのか、第一、こうした法曹の人間は金持ちなのか貧者なのか、大体が彼らの意見を述べ、弁明をすることで何か金銭的な報酬を貰えるのか、そして特に知りたいのだが、これらの人々はそちの言う下院議会の議員になれるものなのか、如何。

陛下は次に国家の管財政策のことを質し始めた。そち、記憶力が悪いのう、と陛下は仰有った。税収は年五百万、六百万ポンドと言うた許りなのに支出はという話になると収入の倍とか倍以上の数字を口にするが、いかにも筋が通らぬと仰有る。この辺の話柄だと王がメモしたノートは矢鱈と克明だった。王御自身で仰有ったように、我々がどう振舞うか知れば屹度何かの役に立ちそうに思われるからということだった。そして自分の計算する数値には誤りはない、と王は付け加えた。しかしわたしが王に言ったことが本当ならば、何故一王国が一個人みたく破産に陥るようなことが生じ得るか、そこが皆目わからんとも仰有った。こう問うのだ、我らの債権者は何ものなのか、支払いの金はどこにあるか、と。かくも金喰い虫、かくも拡大一途の戦争なるものにわたしが言及するたびに王は頭を振り、思うにそち等は余程喧嘩好きな人々であるか、余程性の悪い隣人たちに囲まれているか、或はそち等の将軍たちは君主より遙かに金持ちなのであるかなのだなと仰有った。大体が貿易の為、締結された条約の為、或は艦隊で海岸線を守ろうという為以外、いかなることの為にそち等の世界の外に出てきたのか、と。とりわけ王はわたしが自由民の国家が平和を謳歌しながら大金を使う常備軍を抱えていることを話した時には流石に驚きを隠さなかった。いやしくも自分たちが代表として選んだ人たちに皆の同意の下、政策を委ねているのに、何者を恐れるのか、何者と敵対するかなど何故考えるのか。わたしの意見を聞きながら、一体自分の家を自分自身、子供、そして家族で守るのと、町の路地で安い賃金で拾ってきた半ダースの悪党どもに守ってもらうのとどちらが安全か、考えるまでもなかろう、其奴らその安賃金の百倍も貰えるなら喜んで家人の喉を掻き切る手合なのだぞ。どうじゃ。

人口を言うのに宗教と政治の分派から出した数を足し算しようとして何の足しにもならぬわたしのそろばん(王はわたしの計算法をそう呼んでおかしがっていた)に王が声を立てて笑ったことがあった。王の曰くには、公益に反する意見を持つ人々に意見を変えろと迫る理屈も、自分だけの意見として黙ったまま迫らない理屈も自分にはわからない。前者を迫るとどんな政府でも強圧専制と呼ばれ、後者で行こうとするなら薄志弱行と言われる。つまり自分の部屋に毒物を隠すのは勝手だが、強壮剤ということで外で売ることは許されないということなのか、と。

我が国の貴顕紳士の間の娯楽ごとが話題になった時、わたしが賭博に触れたのを王は忘れていなかった。この遊びが普通にはやるのはどんな時か、逆に廃れる時代はいつか、どれほどの時間が費やされるものか、盛り上っていった挙句、人々の富とか運命とかに影響が出ないのか、そちらの方の巧みな術によって卑しく邪悪な連中が大きな富を手中にし、時には華紳とされる人々を跪かせ、仲間に入れ、精神の陶冶などと程遠い所へ拉致し、人々また蒙ってきた損失の穴埋めとばかり、みずからも卑劣な技巧を学び、別の人たちの前で黒被露することになるのではないか。

王はこの一世紀間に生じた我が祖国の国情を歴史に沿って喋るわたしの講話に驚き呆れ、なんだ、陰謀、反叛、殺人、虐殺、革命、追放が山積みというだけの国情ではないか、貪欲、分裂、偽善、不信、残酷、憤怒、狂気、憎悪、嫉妬、強欲、悪意、そして野望が絡まり合って立ち到った最悪の結果ではないか、と。

別の謁見の折り、陛下はわたしのした話の全体を要約復習された。王はみずからの質問とわたしの答を比較し、やがてわたしを掌にとり優しく撫でてくれながら、忘れ難い言葉を、忘れ難い語り口でこんなふうに吐き出されたのだった。我が細き友グリルドリグよ、そちはそちの祖国を何と見事に褒め讃えたことであるか。無知、怠惰、そして悪徳こそがそこな立法者に必須の資質だということを証明し切ったぞ。諸法を最高にうまく説明し、解釈し、適用するのが、その関心、その能力が法を歪め、混乱させ、消滅させることにこそ存する族であることをも。そちらの国ではある制度がどういうふうになっていくものか見えてきたのだが、元はそれなりだったかも知れないのに、この半分が抹消せられ、残余も腐敗によって完全に混濁し、衰滅させられる。そちの話をまとめてみるに、そちの国では何かの地位を得るのに何かひとつ完成したものを持しているということなど必要ないようだな。貴族になるに人格高邁の必要なし、僧になるに信心も学も要らんし、兵隊は武勲も勇猛も不用、裁判官に廉直用なし、議会議員に祖国愛無用、顧問官は英知知らず。そちについては(と、王は続けられた)、人生の長丁場を旅で過ごしてきていて、とはつまりそちの国の悪の多くを今までは免れてきているのだと思いたいのだ。しかるにそちの話から推してみ、随分苦心してそちの口から引き出した答から考えてみるに、そちの国の大方の国民(くにたみ)は、この地球表面を這(は)い回ることを自然から許されたちっぽけで忌(いと)わしい害虫の中でも最も害多き族(うから)だと結論付けるしかないのだが、如何。

第七章

作者の祖国愛。有益な提案するも、王は拒否。国王は政治には無知きわまる。不完全かつ狭隘なる同国の学術。その法律、軍事、政党、の条

わたしの話のこの部分を隠そうとするのを許さなかったもの、それは真実に飽くまで殉じようという気概以外の何ものでもなかった。憤慨していると言ってみたところで、いつものように滑稽のあしらいを受けるだけなので無駄だった。我が高貴にして深く愛されて然るべき祖国がこんなひどい言われ方をしても、じっと我慢しているよりなかった。こういう成り行きになって了うとはと、わたしは心から悔やしかったが、我が読者だれしもが同感してくれるだろう。それにしてもこの王はあらゆる細い話題に好奇心と探究心を燃やしてくれた以上、わたしの満足の気持を全く伝えないでいるとすれば、それはそれで恩知らずとか礼儀知らずとかいう譏(そし)りを受けても仕方なかろう。それで自己弁護な

ど見苦しいと言われるのを承知で言っておくが、わたしは王の質問をきわどくそらし、真実が要求する厳密ということを可成りはずしてあらゆる局面で祖国に依怙贔屓する言い方をした。我が祖国にずっと抱いてきたこの偏愛はわたし自身大いに褒めらるべきものと感じており、かのハリカルナッソスのディオニュシオスが絶対に正しくも歴史家たる者の生命線がこれだと言っている通りなのである。わたしは我が政治的母国の弱みやゆがみは隠そう、その美と徳はいやが上にも大利点であるように見せよう。国王陛下との蜿々続く講話でわたしが衷心こころがけたのがこのことであった。うまくいったと言えないところが無念であるが。

しかし、外の世界からかくも完全に隔離され、他国では当り前のように流通している習慣習俗にかくも見事に無縁であるしかない王なのだ、大いに斟酌あって然るべきであろう。こうした知見の欠落はあまた偏見をうみ、ある種思考の狭隘をうむ。我々、そしてヨーロッパの少しは洗練された国々が幸いにして免れ得ている状況である。それにしても、かく僻遠の地の君主が抱く有徳、悪徳の観念に全人類を律す標準のような顔をされても、困ることは困るのである。

いまわたしが言ったことを確かめる為、そして「限定された教育」の酷い結果の如何なるか更に示す為、仲々信じて貰えそうにない一文をここに挿もうと思う。もっと陛下の御恩寵にあずかろうという気持もあって、わたしは三百ないし四百年前に発明された或るものの話を陛下にしてみた。ある粉末のことだが、その堆積した塊の上に極めて小さい炎が落ちると、一瞬にしてその塊全体に火が回り、仮に山くらい大きな塊であろうが空中に四散し、その轟音、その振動のもの凄いこと、さながら電撃の如くである。この粉末を真鍮や鉄の空洞管に適量詰めこむなら、その大きさに比例して鉄や鉛の球を、その力にほぼ何ものも耐えられぬ破壊力と高速で射ち出す。こうして射ち出される最大級の弾丸は一軍隊全部を瞬時に撃破するのみか、最強の壁を無量微塵と化し、各々千人からの乗組もろとも船団を大綿田海の藻屑と葬り去るし、鎖で繋がれたものなど、船の大檣や索具を切りまくり、何百という人体を真二つにし、邪魔者はひとつ残らずひと山の残骸にと化し去られる。我々はこの粉末を中が洞ろな大型の鉄球に詰め、ある装置を用いて攻城戦の相手都市に向って発射することしばしばで、舗道はぶつ切れ、家屋は粉々、破片は一面に飛散、近辺全員の脳味噌がそこいらに飛び散る。成分はありふれて安価だし、我々は扱いを知悉している。わたしは成分をどう混ぜるか知っているし、陛下の王国の諸物に見合う大きさにそれらの管をどう造ればよいか、わたしなら陛下の職人一統に指導できるが、最大でも二百フィート長を越える必要はない、こうした管を二十ないし三十門も並べて適量の粉末と弾丸を籠めるならば領地内の最強の町の市壁も二、三時間もあれば撃ち砕けるし、陛下の絶対的命令に疑いをはさむようなことがあれば帝都全体を葬り去るのもわけないこと、とあまた寵愛と庇護の印への返礼となるささやかな貢ぎ物ということで恭々しく御提案に及んだ次第。

　これら怖ろしい装置に対するわたしの説明と、こういう提案を聞いて陛下は恐怖で震撼した。そちのような地べた這う虫さながら無力な者が(全て陛下の口から出た言い回しである)よくもよくもこう人非人な考えを自在にし、ごく普通の口振りで、これら地獄の機械のもたらす当然の結果たる流血と荒廃の光景など何ともないというふうに喋られるものだなと愕然としていた。そうした機械を最初に思い付いたのは人類の天たる悪魔の眷族に相違ない、と陛下は断じた。自分自身はどうかと言われれば、とこれは陛下の弁で、たしかに人工、自然両界の新発見ほど心躍らせてくれるものは少いとは思うが、こんな秘密にこっそり通じるよりは王国を半分失って了う方がどのくらいましか知れない、そちに命じておく、その命惜しくば二度とこのこと口に出してはならぬ、良いな、ということであった。

狭量な信念、そして長くない見通しなるものがもたらす不可思議な結果だ！ 崇拝と愛と評判の高さをもたらすあらゆる性質を具え、強靭な才覚、大いなる知恵、深い学殖を持ち、端倪すべからざる統治能力を授かり、臣民らからほとんど拝跪されるほど憧れられている大才が、もはやヨーロッパではだれもほとんど与り知ることのない細かしく不必要な配慮などというもののせいで、人々の生命と自由と富の絶対支配者になることも不可能でない、既にして十分に手中の機会を、こうしてみすみすなくそうとしている。この英邁な名君の数々の美徳にけちをつけようなどという魂胆などさらさらにないと言っておく。が、わたしが愛する王の性格がまさしくこういう次第でイングランド人読者の目から見ればかなり損をしていることになるのが惜しいのだ。このブロブディングナッグ人の欠陥は彼らの無知から来ているのだ、とわたしは見ている。ヨーロッパのもっと明察力ある機知人たちがやりおおせたように、政治を学に高めてみることが今のところまだできていないのである。たとえば、忘れもしないが或る日、王と話をしていて、たまたまわたしが我が国では「政治技術論」についての本が何千冊もあると言って了ったら、王は覿面に（わたしの意図とは逆に）我々の理解がとんでもなく浅いものと思い込んだようなのだ。君主だろうが大臣だろうが、彼に「謎」とか「洗練」とか「陰謀」

とかがあることは自分としては一切認められないし、はっきり軽蔑すると王は言い放った。敵とか競い合う国とかが問題になっているわけでもないのに、そちが「国家の秘密」などと言うのが余にはわからん、と。王は統治の知をとても狭い範囲内に、常識と理性に、正義と寛容に、民法刑法の事案の迅速決裁に、特段議論に値いしないあれこれ他の明々にして白々の事柄に限定していた。それから、これは自分の意見ではあるがと、こういうことも言った。麦の穂をふたつ、草の葉をふたつ、以前にはひとつしかならなかった土地に育てることができるその者がだれであろうと、世の政治屋全員を束にしたより遙かに、人類の為になっているし、国家に対して重要な奉仕をしているのではあるまいか、と。

この人々の学問には欠陥が多い。あるのは道徳、歴史、詩そして数学の四科のみ。のみと言ってもこの四科では人々は優秀である。しかし最後の数学にしても生きることにとって役立つものに、農業の改良、機械学全体の改良に応用されるばかりだから、我が国では大して評価されることはないだろう。概念（アイディア）、実在（エンティティ）、抽象作用（アブストラクション）、超越概念（トランセンデンタル）などは最低限の観念としてでも人々の頭に叩き込むことは難しい。

この国の法律条文は人々の使うアルファベットの字数より多い数の語を用いてはならないから、たかだか二十二語から成る。その長さになっている条文さえほとんどない。条文はこれ以上ない簡単明瞭な用語で書かれていて、人々は機知好きのメルクリウスの徒ではないからして条文の解釈がふたつ以上あり得るなど思ってもいない。それからいかなる法に対しても評釈を加えると、これは死罪に当る。民事の案件の決裁にしろ刑事の訴訟手続きにしろ、今までの判例が少な過ぎて、どちらかで自分の技倆は凄いなど、いくら威張ってみても何にもならない。

ここの人々は大昔からチャイニーズ同様、印刷術を持っていた。といってその図書館はさして大きくはなく、たとえば国内最大とされる王室図書の蔵書にしても一千冊を越えない。その本は奥行き千二百フィートの細長い部屋(ギャラリー)に並べられていて、わたしも好みの本を自由に借りることができた。くだんの王妃附指物師がグルムダルクリチの部屋の中に高さ二十五フィートの木製機械を拵えたが、立て掛け梯子の体(てい)で、踏み段はどれも五十フィートの長さがある。移動式の階段と言ってよく、一番下の端っこが部屋の壁から十フィート離してあった。読みたい本を壁に立て掛ける。先ず階段の上の方の踏み段に昇ると顔を本の方に向け、ページの上部から読み始める。一行の長さに応じて右に左に八歩とか十歩歩く。そして読む行が目線の下に来たところで徐々に下にさがって行って、底に着くと、もう一遍上って次のページを同じように読み下していく。ページを繰るのは両手を使って至極簡単にできる。ページは厚紙のように堅く厚いし、最大級の二つ折り判(フォリオ)でも十八ないし二十フィートの大きさだったからである。

文体は明晰、滑かなますらお振りで、派手味はなかったが、人々が不必要な語を嫌い、多彩な表現というものを好まないからである。わたしは人々の本を沢山熟読した。殊に歴史と道徳の本。道徳の本で非常に面白く読めた古い小ぶりな一冊がいつもグルムダルクリチの寝室に置いてあって、彼女の女家庭教師のものだった。道徳や信心ものをよく読むいかめしい老淑女にふさわしいものだった。人類の弱点を論じた本で、女子とか俗人とか以外に人気が出そうにもない一冊だったが、その国のもの書きがこういう題目でどういうことを言えているのか知りたくて読んでみた。この書き手はヨーロッパでなら道徳哲学者（モラリスト）たちが扱いそうなおなじみの全主題を論じ、人類が本性からしていかにちっぽけで軽蔑に値し、そして済度し難い存在であるか、天候の急変、怒り狂った野獣から身を守るのにいかに無力であるか、いかに力に於て或る動物に勝てず、迅速さに於てはいかに別の動物にかなわないか、予知能力に於てはいかにあれに、勤勉さに於てはいかにこれに劣るか諄々（じゅんじゅん）と説いていた。そして加えて、世界が凋落の相に入った最近、自然もいかに退化し、古代の子づくりに比していかに矮小な生れ損いばかり放（ひ）り出す能しかないかと嘆く。その言うには、ヒトという種（しゅ）は元々は遙かに大きかっただけではなく、さらに古（いにし）えに遡れば巨人族が存在していたにちがいない、歴史や口碑でもそう言われているし、偶然王国の各地で出土する、昨今普通の縮こまった人間より遙かに大きい骨格やら頭蓋骨を見てもそれは明らかだ、と。さらに議論は続いて、自然の法の絶対的要請によって劫初（いやさき）の人間はもっと大きく、もっと強靭につくられており、屋根から瓦が落ちてくるとか、悪童が石を投げてくるとか、小川で溺れるとかいった仕様もない小偶発事などで命をなくすことなどあり得ぬ存在だった筈とされる。こんなふうに論じ進めて、書き手は日常生活に道徳をいろいろ活かす方法に説き及ぶのだが、ここでそれを復習するのはよしておく。個人的には、我々が自然と起こした悶着から道徳の教訓を、というか不平不満の種（ねた）を引っぱりだす才能がいかにいずこも同じだろうかと思わないではいられなかった。それからもっと厳密に追尋してみるなら、それら悶着というもの自体、我々に於てそうであるのと同じでこの人々の間に於ても何の根拠もないものたることがはっきりするのではなかろうか。

それから人々の軍事関係のことだが、皆、王の軍隊は十七万六千の歩兵と三万二千の騎兵から出来ているると言って胸を張る。幾つかの都市から商人が来る、田舎の農夫が来るが、指揮官はひたすら給料なし報酬なしの貴族や郷紳のみというのを軍隊と呼べればという話だ。訓練も完璧だし、軍紀も厳正そのものだ。だが、そのどこが良いのだろう。他の形、あるべきではないか。農夫は全て自分自身の地主の指揮下にあり、都市民は全て、ヴェニス式に投票で選ばれた、彼自身の都市の首長たちの指揮を受けるというような形が。

ロルブルルグルドの民兵(ミリシア)たちが市近傍の二十平方マイルはある広大な野に連れだされて演習するところをよく目にしたものだ。二万五千の歩兵、六千の騎兵というところだったのだが、彼らが散開する土地の広大もあって、兵隊の数を算定しかねた。大型の悍馬に跨る騎兵などは九十フィートほどの高さになった。そういう騎兵部隊全員が号令一下一斉に抜刀し、刀身を空裡にきらめかせるのをこの目で見た。かくも威風堂々、かくも驚嘆絶句の光景はそう簡単に想像つくものではない。万余の雷光が澄空全体に一度に閃きわたったとでも形容するしかなかった。

どの他国からも闖入されそうにない領土の君王のくせに何故軍隊を思い付き、臣民に軍事訓練をさせるに到ったものか、是非にも知りたかった。会話により、人々の歴史の読書により答はすぐに出た。幾星霜、彼らまた全人類が等しく苦しんでいるのと同じ大病魔に苦しんできたのだ。貴族はしばしばも権力をめざし、臣民は自由を欲し、王は絶対支配を願う。これら全体が、王国の諸法がいかにうまく緩衝していても時としてこれら三つの勢力のそれぞれに破綻させられることにもなり、一度ならず内戦にまで発展して了ったのだった。一番最近の内戦は現国王の祖父に当る御方のなし崩しの妥協策によってなんとかおさまった。その時一同の同意を得て設けられた民兵(ミリシア)たちの軍が爾来、きちんと軍務を果たして今日に到っている由(よし)である。

第八章

王と王妃の辺境巡幸。作者もこれに同道。作者の同国離脱の仔細。作者、イングランドに帰還、の条

わたしはそのうちもう一度自由になりたいとずっと強く冀(ねが)っていたが、ではどういう手段があるか、僅かでも成功の可能性のあるいかなる目論見(プロジェクト)があり得るか、仲々見当もつかなかった。わたしが乗って来た船というのがこの海岸から見える所に運ばれて来たことが知られる最初の船だというので、いついかなる時であろうともう一隻別の船が現れたならただちに岸に上げ、乗組の船員も客も全て運搬車輛でロルブルルグルドに連れて来るよう、王は厳命を下されていた。何が何でもわたしと同じ体格の女性をわたしに会わせ、以てこの種(しゅ)が次代に継がれていくように、とそう本気で考えていたようだ。

わたしとしては、飼いならされたカナリアみたいに文字通り籠の鳥となり果てたものを子孫に持つよりはいっそ死んだ方がましと思っていた。するうちに時が来て王国中のお偉方たちに恰好の珍奇物（キュリオシティ）ということで売り渡されていくのが我が子孫であってたまるか、と。成程扱いは鄭重だし、偉い王様やお妃様の寵愛は有難い、廷臣一党面白がってくれてはいるのだが、こんな頼りない日々のどこに人類の面目（めんぼく）がある。第一、国に質入れしたままの愛妻愛児をどうする気なんだ、早く対等な条件でやりとりできる人々の中に戻りたい、カエルや仔犬みたいに踏み潰され死にを惧（おそ）れることなく町や野を歩きたい、とかとか万感次々迫る。願えば通ずと言うが解放はすぐ訪れて来た、しかもとても尋常でない仕方で。どういう話、いかなる状況、知りたいと思われるだろうから、あったままこと細かにお話してみよう。

　この国に来てはや二年。それが三年目になったという頃合、王国南海岸巡幸に出られる国王夫妻にグルムダルクリチとわたしで同道することになった。わたしは前にも書いたが、幅十二フィートのとても使い勝手の良い部屋であるわたしの旅行用箱部屋にその時もおさまって運ばれて行った。部屋最上部の四隅から絹の綱でハンモックを吊り下げてくれるよう頼んであった。馬上で召使いの前に置かれての騎行が時々の娯しみだったわけだが、その時受ける衝撃を緩衝しようということだった。道を行く時、わたしはハンモックで寝ることも多かった。わたしの部屋の天井の、ハンモック中心部の真上というには少しくはずれた個所に、暑い日眠っていて外の空気が入ってくれれば楽だというので、くだんの指物師に言って穴を穿（あ）けてもらったが、みぞに沿って前後に滑らせることのできる一枚の板で穴は開閉随意なのであった。

いよいよ旅の終り近く、王は海岸から十八英国マイルほど離れた町フランフラスニク近傍の離宮で二、三日過ごそうと思い付いた。グルムダルクリチもわたしも疲労困憊していた。わたしの風邪は大したことはなかったのだが、グルムダルクリチは可哀相に自分の部屋で寝ついて了っていた。わたしは大海原を見たくてたまらなかった。もしそんなことになるとして、これが唯一脱出の場なのだ。わたしは実際より具合が悪い振りをして、海岸の新鮮な空気が吸いたい、ついてはわたしが大いに気に入っている、時々わたしの世話をまかされることもあるお小姓一人、立ち合いに付けるのではどうかと切り出してみた。同意こそしてくれたがその時のグルムダルクリチの不承々々ぶり、しっかり御世話するのよと侍童に言いつけるきつい口ぶりが今も忘れられない。突然滂沱の涙に掻き暮れたのだ、そう、まるで何か悪い予感でもあったように。お小姓はわたしのいる箱を手に離宮から半時間ほど海岸の岩場への歩きに出た。わたしはお小姓に下におろせと言い、開閉窓のひとつを上げ、鬱たる憧れの目で何度も海を見やった。ふっと我に帰ると本当に気分が良くない。ハンモックで一寸眠る、それで良くなるだろうと小姓に言ってから中に入ると、侍童は窓をおろして閉め、冷たい外気が入らないようにした。わたしはたちまち睡りに落ちた。わたしが眠っている間に小姓はまずいことは起こりそうにないと判断したか、岩場に鳥の卵をさがしに行ったらしいとだけは見当がついた。窓から見ていると彼が卵さがしして、岩の割れ目で一個二個拾い上げるのを見ていたからである。さあらばあれ、と突然、わたしはめざめさせられた。運搬の便宜の為に箱部屋の天辺に取りつけられている環にぐんっ！　と、もの凄く引く何かの力が掛ったのだ。箱が空中高く上昇して行くのが、それからとんでもない速度に前方に引っ張られていくのが感じられた。最初の衝撃でほとんどハンモックから振りとばされそうだったが、その後、動きは単純だった。何度かあらん限りの声を張り上げて叫んだが、何にもならなかった。窓の外を見たが、見えるのは雲と空のみ。頭上で翼を羽搏(はば)たくようなばさっばさっという音がする。わたしは自分の置かれた状況がわかり始めていた。何か鷲(わし)のような鳥が箱上の環を嘴(くちばし)に引っ掛けており、やがて甲羅のある亀みたいに大岩の上に落としてから、わたしの五体を啄(ついば)み喰(くら)い尽くそうという魂胆なのだ。鷲ともなれば頭も嗅覚も良く働くわけで、もの凄く遠くに、二インチ厚の壁の中のわたし以上に気を配って身をひそめている筈のいかなる獲物もよもや見過したりはしまい。

　しばしが間(ま)、翼のばたばたいう音がどんどん強くなっていき、箱部屋が風の強い日の看板みたいに上へ、下へ揺れ動くのだった。ばんっとかがんっとかいう、くだんの鷲(なんだか何だか、とにかく箱部屋をその嘴に引っ掛けていた相手)を殴りつけるような音が何度かあって、突然自分が真下に急降下しているのに気付いた。一分と少々の間に思えたが余りの高速落下で息継ぐ暇(いとま)もなかった。墜落はばしゃっという水との衝突音で終ったが、その音たるやわたしの耳朶にはナイアガラ大瀑布のそれかと響いた。次の一分ほど如法(にょほう)の闇、そして箱は今度は急激に上昇し始め、窓の天辺から一条の光明射し初(そ)めるのを見た。どうやら海中だ、と感じた。箱部屋はわたしの体重、中の荷物、補強用に部屋の天井、床の四隅に貼った鉄板の重みもあって水深五フィートほどのところをぷかぷか漂っていた。今もそう考えているのだが、わたしの箱部屋を運びつつあった鷲が他の二、三羽に追われ、餌の横取りを狙う其奴らから身を守ろうとする間に、わたしを落とさざるを得ぬ状況に陥ったものと想像された。箱の床部分に固定された鉄板（最強に拵えられていた）のお蔭で箱は落ちながらも平衡を保ち、海面に着水しても破壊を免れることができた。接合部悉く巧く嵌(はま)っており、蝶番(ちょうつがい)で動くのでなく上下開閉窓のようになっている扉が部屋をしっかり機密にしていて、海水の流入は本当に僅かだった。ハンモックから出るのが大変だったが、先ずやったのは前にも書いた天井のすべり板を動かすことだった。新鮮な空気を入れる為の仕掛けなのだが、現にその時、わたしは窒息寸前だったのだ。

その時と言えば、その時わたしは別れてまだ一時間しかたたないのに何度、グルムダルクリチと一緒だったらなあと考えたことだろう。正直に言うが、自分も不運そのものの目に遭いながら可哀相なわたしの乳母(うば)がどうなるかばかり考えていた、わたしがいなくなったと知った時の悲嘆、王妃の不興を買うこと、そしてみずからの運の尽きを嘆くことだろう。その時のわたしより大きな困難、大きな悲しみを経験した旅人はそうは多くあるまい。箱部屋だっていつ木っ葉微塵になってもおかしくないし、少くとも大波、大嵐の最初の一撃で転覆は免れまい。ガラス一枚破れたら、即、死だ。窓たちが辛うじて保(も)っているのも旅の事故に備えて外側に這(は)わせてある強い針金格子ただひとつのお蔭なのだ。水が幾つかの亀裂からしみ込んできた。水漏れというほどのものではなかったが、一所懸命にふさごうと頑張った。箱部屋の天井を開けることができなかった。ちゃんと開けるべきだった、そうなれば屋根の天辺にいることができ、少くともそうして船倉くんだりで苦しむことなどなかった筈。まあ筈は筈だが、そうやって一日か二日、そうした危険を免れてみたところで、その先に待つのは寒さと飢えによる死！　わたしは何時間も何時間もこういう境位にあって、いつ何どき来るかもしれない最期を覚悟していた、というより待ち望んでいた。

読者には以前に伝えてあったが、箱部屋の窓なしの側面は二丁の頑丈な留め金があり、わたしを馬の背で運ぼうとする召使いはそれに革のベルトを通し、それを彼の腰まわりにバックルで留めるならわしになっていた。まさしく出口なしのこの状況の中、留め金の付いている側で何かガリガリと軋るような音がした、というか音がしたような気がした。その直後、箱に何やら引きの力が掛る感じ、何かに海上を曳かれていく感じがした。時々、本当に曳航されているのだと思ったのは、波頭が窓の天辺あたりにまで上り、あたりが真暗になるのを見たからだ。助かるという希望の微光が射したものの、どこからどうそれが来るものやら、見当も付かなかった。いつも椅子を床に固定していた捩子をはずすと、開けてあったすべり板の真下にもう一度固定し、穴のできるだけ近くに口を持っていくと、大声で、知っている何ヶ国語かで助けてくれとどなった。それからいつも手にしていた棒にハンカチを括り付けると穴から外に突き出して何度も振った。もし近辺に船かボートかがいれば乗組たちはだれか不幸な人間がその箱もどきの中に閉じ込められているとわかってくれる筈だ、と。

いろいろ試みたがこれという効果があったわけでもなく、わかったのは自分の部屋が何かに曳航されているということだけだった。そして一時間かそれくらいたった時、箱部屋の窓のない、留め金の付いた側がなにやら固いものにぶつかった。岩かと思った。これほどの衝撃は初めてであった。部屋の覆いの上でケーブルのような音がし、それが環をくぐる感じで擦(こす)れているらしかった。気付くと少くとも三フィート、前より少しずつ持ち上げられているようである。そこでもう一度ハンカチを結えた棒を突き出し、ほとんど声が枯れるまで助けてくれと叫んでみた。応ずるように大きな叫び声を三度聞いたが、湧き上ってくるこの喜びの大きさは経験ある者にしかわかるまい。今、頭の上で足を踏み鳴らす音がし、誰かが穴の向うで大声で、それも英語でこう呼ばわった。「下に誰かいるか、いるなら答えてくれ。」わたしは答えた、「英国人が一人いる。運命に呪われて、人間が経験したことのない惨状のど真ん中だ。およそ動きあるもの一切に冀(こいねが)う、今いるこの獄(ひとや)より我を救出せられんことを」、と。返ってきた答は、きみはもう大丈夫だ、この箱は自分たちの本船に繋がれ済みだ、じき大工が来て覆いに、きみを引き出す穴を鋸(のこぎり)で開ける手筈だというものだった。そんなことは必要ないし、時間の無駄だと、わたしは答えた。他にやらねばならぬことは特にない、乗組の誰かが環に指を入れて箱を海から船の上に上げ、船長の部屋に運べば済むことだ、と。何て無理なことを言う奴かと何人かはわたしの話を聞いて、こ奴は狂ってると思ったらしいし、大声で笑う者もいた。そうなのだ、今や自分と同じ背丈、同じ力の人々の中に戻って来ていたのに、そんなことまるで念頭になかったからである。大工がやって来た。二、三分もすると四平方フィートほどの通り穴が開き、小さな梯子がおりて来たので、わたしはそれにのり、そこから船の中に入ったが、体力はもう限界に達していた。

乗組たちは一様に驚愕し、千もの質問を浴びせてきたが、いちいち答える気なんかなかった。これほど沢山の小人族(ピグミー)に囲まれてわたし自身もびっくり仰天していたのである。なにしろあとにして来た国で怪物じみた大きさのものばかり目にし慣れていたわけで、ここな人々がどうしても小人族にしか見えなかったというわけだった。船長のトマス・ウィルコック氏は信用に足る正直者のスロップシャー人で、わたしがふらついているのを見て船長室へ連れて行くと、力が出るからと言って強心剤を呉れ、船長自身のベッドに寝てゆっくり休めば良いと言ってくれた。本当に休養を必要としていた。眠りに落ちる前に、わたしは失って了うのがとても勿体ない価値ある調度類をあの箱のような部屋に、よくできたハンモックとか恰好良い野営用ベッド、椅子二丁、テーブル一、飾り棚一とかいろいろ置いてきてあると告げた。わたしの部屋は四壁悉く絹と木綿で覆ってある、というか縫い込めてある、乗組の一人をやってわたしの部屋をこの船長室に持って来させるなら、船長の目の前で開けて、中の品々を御覧にいれたいがと言ってみた。わたしがこうしてわけのわからぬ妄誕事(およずれごと)を次々に口にするのを聴きながら船長はわたしがうわごとを言っているのだと思ったようだ。それでも(わたしを力付けようとしてなんだろう)わたしの望む命令を出そうと約束してくれ、甲板に出ると部下の数名をわたしの部屋におろさせ、彼らは(あとで聞いたところによると)わたしの品々を次々引き上げ、四壁の縫い込み布をはがしたのだが、椅子、飾り棚、ベッド枠組などは床にしっかり捩(ね)じ留めしてあったため、無知な船乗りたちが力まかせに引き破いて滅茶苦茶にしてしまった。それから自分たちの船の部材に使えそうな板を引きちぎり、これはと思えるものを残らず確保すると、部屋本体は海中に投じたから、それは底や四壁に開いた無数の穴の為、あっという間に沈んでいった。それにしても彼らの破壊行為を目(ま)のあたりにしないですんで良かった。忘れようと思っていた過去のあれやこれやが心に浮かんで来て、なんとも遣る瀬ない気分になったに相違ないからである。

何時間眠っただろう。あとに残してきた場所の風景、逃れてきた数々の危難に夢は千々に乱れた。それでも目ざめた時には気力体力、大いに回復していた。夜八時頃だった。船長は長い間わたしの胃袋がからだったと判断し、ただちに夕食の用意を命じてくれた。わたしの顔から険がとれ、話すことにも筋が通ってきたと見てくれたのか、船長のもてなしは一段と心細やかになり、二人きりになると是非わたしの旅の仔細を、どういう経緯であの木の怪物のような容れもので漂流することになったか聞かせてくれまいかと言った。船長の話では、大体正午南中時、望遠鏡をのぞいていたら向うにその容れものが見えたが、丁度出会いたく思っていた帆船かと思った。自分の船のコースからも離れていないし、底をつき始めていたビスケットを少し分けてもらおうと考えた。ところが近付いてみると、どうも思っていたようではない、長艇を出して様子を探りにやったところ、水夫たちがあれは家が浮いているのだと言って、びっくり仰天して戻って来た。なにを馬鹿なと笑いながら、部下には太い綱を持たせると今度は船長みずからがボートに乗った。天気は穏かだったし、わたしの周りを何周か漕ぐうちに、窓があり、それをワイヤーの格子が護っているのらしいと知れた。板だけの、採光窓もないそのひとつの側面から留め金がふたつ突き出していた。そちら側に漕げと部下に命じ、留め金のひとつに綱を掛けると、この（船長の言う）容れものを船の方に曳いて行くよう部下たちに言った。船まで来るともう一本太い綱を掩いに固定されている環に通し、滑車でこの容れものを引っぱり上げろと命じたところが、乗組全員でやってみてもせいぜい二フィートか三フィートしか上げられない。船長曰くには、その時、穴から突き出される棒とハンカチが目に入って来て、気の毒にこのうつろ舟に閉じ籠められて人がいると知った。自分が発見された時、船長や乗組で何か非常に大きな鳥が飛んでいるのを目撃した人間はいないか、とわたしは尋ねてみた。船長は、わたしが眠っている間、このことを水夫たちと話し合ったが、その時乗組の一人がたしか三羽の鷲が北の穹に飛んで行くのを見たと言う者がいたが、特に大きい鳥ではなかったようだと答えた。屹度鷲ども、とんでもなく高く飛んでいたんだろうと思ったのだが、相手はこの質問の意味が解せなかったようだった。わたしは次に、現在陸からどのぐらい離れている計算かと船長に聞いた。きちんと計算してみたところ、少くとも百リーグだと船長は答えた。それは違う、その半分くらいの筈だ、わたしがそこからやって来た国を出て海中に落ちるまで二時間とたっていないのだから、とわたしは言った。船長はやはり此奴は頭が変なのかと考え直したものか、そういう感じをほのめかしたり、船長室のベッドを用意してあるからちゃんと寝てはどうかと言ってくれた。重ね重ねのもてなしの上、話相手にもなっていただき、お蔭で十分回復したし、頭だって今までで一番よく働いていると、わたしは答えた。ややあって船長は急に居ずまいを直すと、わたしが何か大罪を犯し、だれか王の裁断で罰としてあのような容れものを使ってさらし者にされたのではないか、他所の国で大罪人が食料も積まぬ水漏れ船で渡海の憂き目に遭ったという話をよく聞くが、そういう罪と罰を心に重く抱えている身の上ではないのかと、人に対して非常に聞きにくい話をし掛けてきた。危い相手を船に拾って了ったと悔いていたのかもしれないが、最初に着く港まではつつがなく送り届けるとは約束してくれた。先ずは乗組に、次に自分に話しかけたきみの言葉が、自分のあの部屋だのこの容れものだのとても常軌を逸しているし、食事する時の表情や挙措もかなり剣呑（けんのん）なものだから、ついこういう嫌疑を抱くことになって了った、とそう船長は付け加えた。

わたしの身上話をひとつ我慢して聞いてもらいたいと言ってからわたしは最後にイングランドを出立（しゅったつ）した時のことから、船長に発見された刹那のことまで包み隠さずに話した。至誠天に通ずとはまことにこのことで、この尊敬すべき清廉の士は、多少は学問もかじり、格別に勘が冴えた御仁でもあって、当方が誠心誠意ありのままを言っていることを信じてくれるに到った。さらに自分の言っていることが本当のことだと証明しようと思ってわたしの飾り棚（キャビネット）をここに持って来るよう指示してくれないかと頼んでみた。その鍵はずっとわたしのポケットにあり、（水夫たちがわたしの部屋にどんな酷いことをしたかを既に船長から聞いていたから）船長の目の前にみずから開錠して、そこからこうして脱出して来た国で手ずから拵えた我がささやかな珍奇物コレクションを開陳してみせようと思った。王の鬚（ひげ）の毛根でつくった櫛あり、王妃の親指爪の切り屑を背台に同じ材料を植え込んだ櫛もあった。一フィートから半ヤードまでいろいろな長さの縫い針やピンのコレクションもあった。スズメバチの針四本は指物師の留め鋲（びょう）そっくりだった。くしけずった王妃の、抜け毛数本。金の輪は或る日、王妃が寵愛の印とばかり小指から抜きとり、わたしの頭に被せ、わたしのカラー代りにしたいわく付きの品。わたしとしてはこれを丁重なもてなしの御礼として船長に受けとって貰いたかったが、船長は峻拒した。女官の一人の足親指からわたし手ずから削りとった鶏眼。ウオノメというよりはケント直産のリンゴそっくり。余りに固いのでイングランド帰還後、中をくり抜いてカップにし、銀の台に嵌めた。最後に船長に見せたのはその時穿いていたネズミの皮製のズボンであった。

船長が強い好奇心から眺めていたのは一人の召使いの歯で、しかも欲しそうにしていたから、無理にでも貰ってもらったのはこの一品のみだった。こんなどうでも良いものにそこまでと恐縮して了うほどの感謝の言葉であった。グルムダルクリチの召使いの一人が歯痛に苦しんでいたのをヤブ外科医が誤って抜歯して了った。健康そのものの歯のはがない運命。ぴかぴかに磨かせて、わたしの飾り棚におさめた。長さ一フィート、直径は四インチあった。

船長はわたしのした明快な話に至極満足したようで、イングランドに帰還したら、これを紙の上にぶちまけ、公けにして世間から有難がられると良いと思うと言った。いや、旅行記のたぐいはもはや汗牛充棟の現状だ、何か異様なことを書いていないと受けないし、思うに作者たちの見栄とか興味、阿呆な読者たちの娯楽ばかり先に立って真実という点がおろそかにされがちではないか。わたしの話なんてありきたりの話柄だけだし、変った植物や樹木だ、奇獣珍鳥だ、蛮人どもの動物じみた習俗や偶像崇拝ぶりだを面白おかしく書きたてる、そういうどのもの書きもがひとつは持っている売りが、わたしにはない、とわたしは答えた。良き御忠告深謝、頭のどこかにそういう仕事、いつも入れておきます、とわたしは答えておいた。

それにしても、と船長は言った。ひとつどうしてもびっくりしたことで聞きたいことがある。わたしが喋る時なぜそんな大声でといつも訝しく思ったというのだ。きみの御国の王や王妃はそんなに耳が遠いのか、と。二年以上も大声当り前に慣れて了っているからでしょう、とわたしは答えた。船長や乗組の方々の声の方がむしろわたしにはびっくりです、ささやくような小さい声なのに、実にはっきりと聞きとれるからだ、と。そう、例の国にいた時分は町中にいる人間が高い尖塔から顔を突き出している相手に向って話すように話していた、テーブルの上や誰かの掌の上に置かれている時を除けば、と。そう言えば、そっくりのことがもう一件。自分がこの船に最初に乗り込んで乗組の方々が周りに立った時、今までこんな軽侮すべき小さい者ども、見たことないと思ったのだ。というのも、くだんの王国にいる時、わたしは鏡をのぞくのが、異常に大きなものばかり目が見慣れていたから嫌だった。どうしても比較して了い、自分を軽蔑に値するものと見る自分観に陥っていくからだ。そう言えば一緒に食卓にいる時、わたしが四周を不思議そうに眺めては、笑いを必死にこらえている様子だったが、それをどう考えて良いものやらわからず、やはり頭がどうかしているのだなあと考えてしまった、と船長は言った。仰有る通り、とわたしは答えた、いいですか、自分の皿が三ペンス銀貨大の小ささだったら、豚の足などぱくっと一口。コップがクルミの殻（から）大だったら、笑わずにいられるものやらどうやら。こういう具合に船長の調度や食物の他のことどもも、わたしは次々同じやり方で評していった。そう言えば、王妃はわたしが仕えていた時分、わたしが必要としていたもの全て、小さくつくるようにと注文してくれていたから、わたしの頭の方はわたしの周りのものが頭に入ってくる時の大きさに捉われていて、自分の小さいことをつい忘れた。人々が自分の欠点に目をつむるのと同じ理屈である。流石に船長、わたしのひやかしがよく理解できたらしく、答に古いイングランドの俚諺を援用して、きみの目もきみのお腹（なか）より大きいというわけですね、と応じた。わたしが丸一日食べていないくせにどうやら胃の具合が良くないようだと見てとったらしい。こんなふうに上機嫌で喋り続ける船長は、わたしの部屋が鷲の嘴に引っ掛けられているところを、その後えらい高さから海中に墜落するところを何が何でも見たかった、未来世代にこんなにも読ませたい驚きの物が他にあるとも思えない、と言った。そうだ、天翔けるパエトンそっくりじゃないか。というので早速わたしとパエトンの比較が話題にのぼせられた。こういう無理ある比較綺想（コンシート）はわたしの好みではなかったが。

　船長はトンキンにいたのがイングランドへの帰路で北東方向に流されて、北緯四十四度、東経百四十三度の地点にあった。わたしが乗船して二日後、貿易風を捉えて長い間南進、ニュー・ホランドの海岸線に沿って走り、西南西へ、続けて南々西に進み、やっと喜望峰を回航した。順調な潮路と言えば済むので、これ以上読者のお暇を潰そうとは思わない。船長は一港二港に寄り、長艇を出して食料と真水を備給したが、わたしは脱出後九ヶ月たった一七〇六年六月三日のダウンズ入港の時まで一度も船を離れなかった。船賃の抵当ということでわたしの品々を置いて行くと申し出たが、船長は一銭（ファージング）も受けとろうとしなかった。我々は仲良くさよならを言い合い、わたしは彼にレドリフの我が家に必ず遊びに来る約束をさせた。わたしは馬と案内（あない）を五シリングで借りた。金は船長が貸してくれた。

　道すがら馬を見、木々を見、牛を見、そして人々を見た。皆、ちいさいっ。わたしはリリパットにいる気分になった。会う旅人毎に踏み殺さないように心を配った。不注意で一人か二人、頭を踏み潰しそうで、どいてくれと思わず大声を出したのも二度や三度でなかった。

どこかたずね回ってやっと我が家に着き、召使いの一人が戸を開けてくれたので（鵞鳥の門くぐりそっくりに）頭を打たないよう身を屈めて中(ここ)に入った。妻が出て来て抱擁の図になる筈なのだが、わたしは妻の膝下にまで身をかがめていた。でないと妻の口はわたしの口に接吻できまいと思ったのだ。娘は跪いてお帰りなさいと言ってくれたが、彼女が立ち上って初めてその姿は見えた。頭も目も六十フィートの高みに真直ぐ向けられるというのが長い間の習慣になっていた。それから腰のあたりを撮(つま)んで片手で娘を抱き上げようとした。下を見下すと召使いたち、家には一人、二人の友人。皆、小人族(ピグミー)だった、そしてわたしは巨人(ジャイアント)。妻に倹約もほどほどにと言った、母娘とも食が細すぎて、こんな無きにも等しい頼りなさなのだ。つまりはわたしの言行はだれにも説明がつかない。くだんの船長が初めてわたしを見て抱いた印象を今や皆が受けていた。この人、アタマおかしいんじゃないかしら、と。こんなことを言うのも習慣と思い込みというものがいかに強力か言おうと思っているからである。

ややあって、わたしも家族も友人たちも皆、話が通じ合うようになった。妻はもう海へ出るなと言うのだが、黒運命がささやくには、お前を邪魔できるような力などあの女にはない、と。この先、その条を読者諸賢、読むことになる。なるが、その前に我が不運なるいくたび行く旅第二部はひとまずここいらということで。

第三部

ラピュタ、バルニバルビ、ルグナグ、グルブドゥブドリブ、ジャパン渡航記

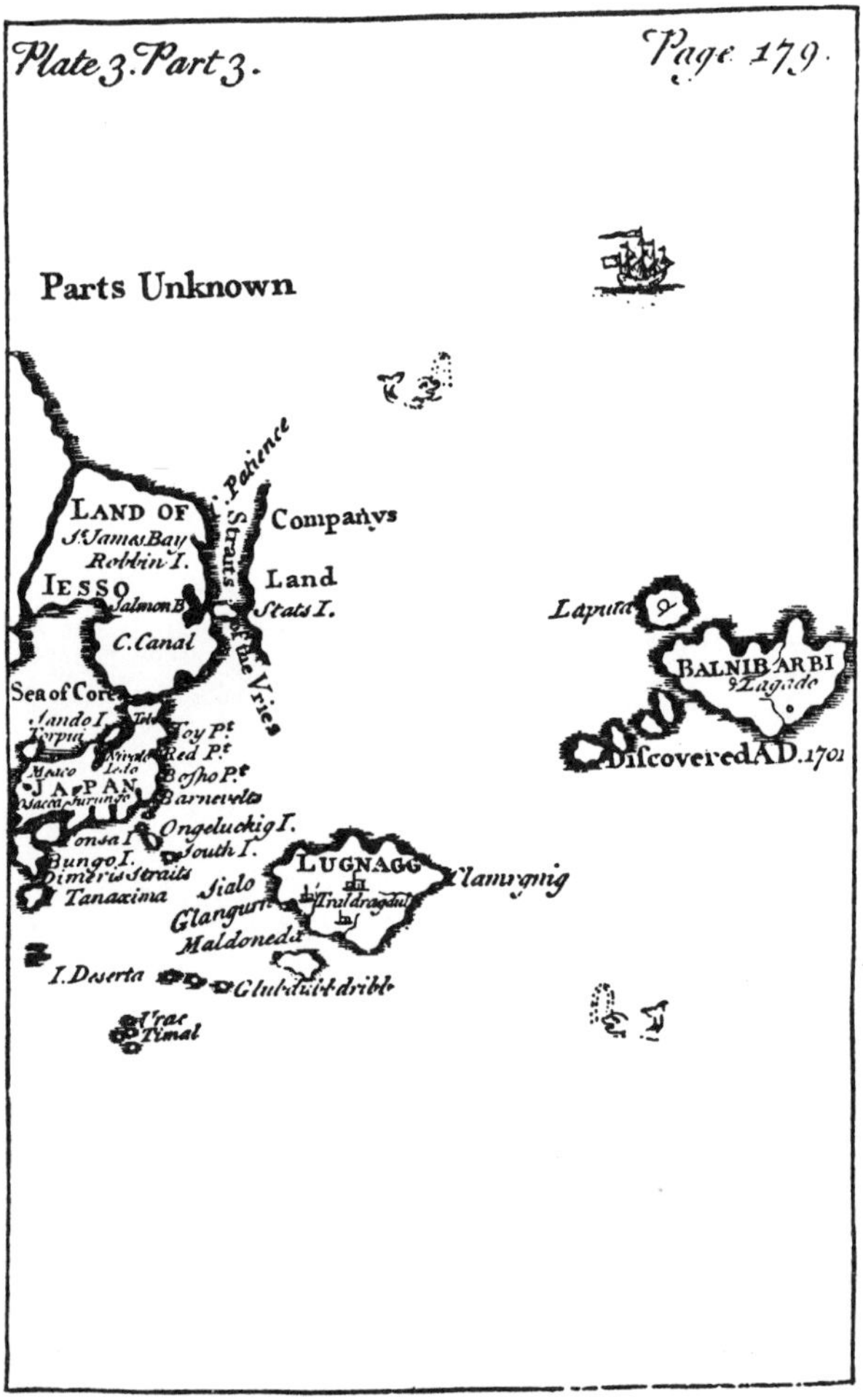

Plate 3. Part 3. Page 179.

Parts Unknown

LAND OF
S. James Bay
Robbin I.
IESSO
Salmon B.
C. Canal
Straits of the Vries
Patience
Companys
Land
Stats I.
Sea of Core
Sando I.
JAPAN
Toy Pt
Red Pt
Bosho Pt
Barnevelts
Ongeluckig I.
South I.
Tonsa I.
Bungo I.
Dimeris Straits
Tanaxima
Jialo
Glanguen
Maldoneda
LUGNAGG
Traldragdubh
Clumegnig
I. Deserta
Glubbdubdrib
Vrac
Timal
Laputa
BALNIBARBI
Lagado
Discovered AD. 1701

第一章

作者、第三の旅。海賊の襲撃。悪意あるオランダ人。さる島に到着。ラピュタ人との出合い、の条

郷里に戻って約十日たつかたたぬかで、三百トンからの頑丈な船ホープウェル号のコーンウォール人船長、キャプテン・ウィリアム・ロビンソンがわたしの家にやって来た。氏が船長をつとめ、その四分の一の所有権を持っていた船がレヴァントに行く時、船医として一緒に航海したことがあった。船員として身分が上、下というのでなくまるで兄弟のつき合いをしてくれた相手で、わたしの帰還の噂を聞いて訪ねてきてくれた。長いこと会っていなければこうだろうという御挨拶程度なので、友達の交誼(よしみ)ということぐらいに思っていた。が、訪問が繰り返され、元気なようで慶賀とか、ひょっとしてこのまま余生なのかいといった言い方になり、自分の方は二ヶ月したら東インドの旅に出掛ける積りという話になり、すると案の定(じょう)、遠回しなお願いで済まなかったがと言って、この船旅に船医として付き合ってくれまいか、と真芯に誘ってきた。二人の下働きの他、船医下役としてもう一人付けてもいい、手当ては相場の倍でどうだという条件話になり、海でやっていくこと万般、自分と対等の経験者ということは既に十分承知だし、二人船長という形で大兄の忠告に喜んで従う積りだが如何(どう)だという話にまでなった。

なんとも有難い話だし、嘘や虚飾一切ない人物だとよく知っていたわけで、断る話である筈はなかった。いろいろ不運な過去は過去、世界をこの目で見たいという気持は飢え餓(かわ)きにも似て相変らずわたしの胸底に疼(うず)いていた。唯一、妻をどう口説くかが大障碍(しょうがい)かと思いきや、子供たちに良かれと願う彼女の目論見にも適(かな)うということで納得が得られたのだった。

一七〇六年八月五日、我々は出航し、一七〇七年四月十一日にフォート・セント・ジョージに到着した。そこに三週間停泊、多くが病人になっていた乗組の体力回復に充(あ)てた。それからトンキンに向った。船長はそこでも長逗留を決めた。買い込む予定だった大方の荷がまだ集まっていなかったし、急ぎ間に合わせると言っても数ヶ月は掛るという話だった。かさむ経費を軽くしようというので船長はスループ帆船を購入し、トンキン人たちが日常近在の島々と交易する何種かの品を積み込み、地元の人間三人を含む部下十四名を乗組とし、わたしを帆船の船長に任命、売買の全権をゆだねると、みずからはトンキンでの商談に専一没頭していった。

三日もたたぬうちに暴風に巻き込まれ、五日間も先ず北々東に、次に東へと流され、その後天気は好転したが西風は相変らず強かった。十日目、二隻の海賊船の追跡を受け、たちまちのうちに追いつかれて了った。スループは大量の荷の為、船足はまるでのろく、第一抵抗できる何の術(すべ)も持っていなかった。

二隻の海賊船が同時に横腹につけ、首魁が部下の先頭に立って猛烈な勢いで斬り込んで来たが、我々が床に額をつけて平伏していたので(そうわたしが命じていたのだ)拍子抜けし、太い綱で我々を縛り上げると、見張りを一人置いてスループ船内の探索に掛ったのだった。

中に一人、オランダ人がいて、どちらの船の指揮をとっているわけでもないが、それなりの地位ではあるらしかった。我々の外見からイングリッシュと判断したらしく、お前ら背中同士縛り上げて海の藻屑にしてやるから覚悟しろと、オランダ語ですごんでみせた。わたしはオランダ語はまあまあ達者な方だから、我々が何者か告げ、お互いクリスチャン、それも同じプロテスタントではないか、堅く同盟で結ばれた隣国人同士という点を考えて、なんとか我々をお手やわらかに頼むと首魁に言ってくれと頼んでみた。却って火に油を注ぐことになった。男は脅迫を繰り返し、どうやらジャパン語らしい言葉で語気も荒く仲間に何か怒鳴りまくったが、時々「クリスティアノス」という言葉が聞こえた。

二隻のうち大きい方の海賊船の指揮をとっていたのはジャパン人船長で、少しオランダ語を喋ったが、ひどく下手だった。わたしの所に来ていろいろ尋ね、わたしが丁重に答えると、お前ら殺さないと言った。船長に深々と頭を下げると、わたしはくだんのオランダ人に、キリスト教の兄弟より異教徒の方が慈悲深いなんて情けない話だと言ってやった。馬鹿なこと言ったとすぐ後悔することになった。この悪党奴、こいつを海に投げ込めと何度も二人の首魁に言って巧く果たせないと知ると（二人ともわたしを殺さぬと言った以上、約束は約束だと言って折れなかった）、ある意味、人間にとって死よりもむごい罰を加えるべきだという言い分は通してしまった。わたしの部下は半々に分けられて二隻に連行され、船には新しい海賊たちが乗り込んできた。わたしと言えば、小さなカヌーに櫂と帆、それから四日分の食料を積んだもので漂流ということに決められた。最後の食料について加えるなら、ジャパン人船長がえらく親切な人物で自分の食料を割(さ)いて、倍の量にしてくれたし、だれもわたしの持物検査をしようとしなかったのもこの船長じきじきのお達しがあったからであった。わたしがカヌーに乗る間、甲板に立つオランダ人はその言語が許す限りの呪いと罵りの言葉をめいっぱいわたしの上にふり注いだ。

海賊に遭遇する一時間ほど前、わたしは観測によって、北緯四十六度、経度百八十三度にいることがわかっていた。海賊から少し離れるとポケット望遠鏡を使って南東に幾つか島影を確認できた。早速帆を張ると順風だった。一番近い島に行く積りだったが、三時間ほどで着いた。岩だらけだったが鳥の卵が沢山見つかった。火を起こしてヒースや乾いた海藻を燃し、卵焼きを作った。他のものは食さなかった。食料はできるだけ長くもたせたかったからである。その夜は岩蔭に、ヒースを藁(わら)代りに敷いて休み、熟睡した。

翌日、帆を張って別の島へ、それから第三の島、第四の島へ、帆を使ったり、櫂を漕いだりで。が、細かい苦労話で読者を悩ませるのはよそう。五日目に、見えていた最後の島、第四島の南々島の島に到達とのみ言っておけば足りよう。

この島は意外に遠く、着くのに五時間は掛った。周囲をぐるりとひと巡りして、上陸に適した場所を見つけた。カヌーの三倍幅という小さな入江(クリーク)である。島は全面岩だらけで、時折りささやかに草生(くさぶ)や良い香りの薬草(ハーブ)が混っていた。貴重な食料をとり出して一息入れると、そこいら中にある洞穴のひとつに残りの食料を隠した。岩場で沢山の卵を集め、翌日旨い卵焼きをつくるため火を起こす大量の海藻や日に焼けた草を集めた（燧石、鉄棒、マッチ、天日とりレンズは手ばなしたことがなかった）。終夜、食料保存の洞穴で横になって過ごした。燃料用に集めたのと同じ草や海藻の上で寝た。眠りは至極浅かった。疲れてはいたが、とにかく不安が一杯で、まんじりともしなかった。こんな寂しい場所で生きていけるのか、なんて惨めな最期になってしまうのか、と。すっかりやる気なく後向きな気分で、起き上る気力さえなかった。えいやっの気合でなんとか洞穴から這い出てみると既に日は高かった。岩場を歩いてみた。真澄と言って良い青空で、太陽はじりじりと暑く、直視できなかった。と、突然、その日が蔭ったのだ。雲が邪魔したというのとは全然ちがう蔭り方だと思った。仰げば遠く、わたしと太陽の間に不透明な巨大物塊が浮いていて、島に向って前進して来た。高度は二マイルほどか、六、七分の間、太陽を隠したのだが、高い山の蔭に入ったのより空気が冷たいとか、空が暗いとか感じたわけではない。浮島はわたしのいる場所の真上に近付いてきたが見ると固そうな材料ででき、底は平たく、滑らかで、下の海からの反射光を受けて目にしみる輝きであった。わたしは汀からおよそ二百ヤードという高度の所に立っていたが、この巨大物塊は一英国マイル隔ててほとんどわたしの目線の高さにまで降下して来た。ポケット望遠鏡を出してのぞくと、浮島の傾斜しているように見える側面を多くの人影が上ったり下ったりしているのがはっきりと見えたが、はて何をしているのか、それはわからなかった。

　いのちあっての物種とはこのことか、心中にも喜びの念が動いたし、この冒険はどういうふうにしてか今わたしの置かれた状況、条件からわたしを救い出す力になってくれそうという希望が湧いて来た。それにしてもその時わたしがいかに驚愕したかはさすがの読者諸賢にして想像が付くまい、なにしろ丸ごとひとつ島が空中に浮かんでいるのだ、人々がそこに住んでいるのだ、その人々はその島を上げたり、下げたり、前へ進めたり、まるで自由自在(のようなのだ)。もっともその時はこの異現象で哲学しようなど、そんな余裕はない。島はそうやって一時停止している気配だが、次はどの方向に行こうとしているのか観察するので頭が一杯だった。しかし直後、それはなお此方に接近して来て、側面がよく見えてきたら、それは幾層かの回廊で囲まれており、上回廊から下回廊に下りるための階段が一定間隔でついているのだとわかった。一番下の回廊では何人か長い釣竿で魚を釣っており、それを眺める人達もいた。わたしは縁なし帽と(縁ありのものは大分以前に被りつぶしていた)ハンカチを浮島に向って振った。さらに近付いて来たので、あらん限りの大声で叫んだし、注意して見続けていると、一番よく見える側に人々が寄り集まって来るのが見えた。しきりにわたしを指差し、互いを指差している様子からして、わたしの叫び声こそないが、わたしの姿を認めているのは確かであった。四、五人の人影が階段を島の天辺めがけて駆け上って行って、姿が見えなくなった。この事態に上からの指示を仰ごうと報告にやられたのだろうと推測したのだが、推測通りだったことを後日知ったのであった。

人々の頭数がふえ、半時間もたたぬ間に島は動き、上昇して、一番低層の回廊が百ヤード足らずの向うでわたしの立つ場所と向い合った。わたしはこれ以上ない低姿勢で、これ以上なくへりくだった語調で語り掛けたが、返答はなかった。目の上でわたしの一番近くにいた人々がお偉方らしいというのは着衣でわかった。一同、しばしばこっちを見ながら熱心に何か話し合っていた。最後に一人が、音がイタリア語に似ぬでもないはっきりした、慇懃で滑らかな言語で呼び掛けてきたから、わたしも同じ言語で相手の耳朶に快く響くように注意深く答えた。お互い何を言っているかはわからなかったが、わたしの気持は完全に伝わった筈。わたしの置かれた状況を見れば何を言いそうか、一目瞭然。

人々の素振りから、大岩をおりて海岸に出ろということだと察し、そのようにしたところ、浮島は丁度良い高さにまで上昇した。縁がわたしの真上に来たところで、最低層の回廊から鎖が下りて来て、一番下に座席が付いていた。わたしが坐ると、滑車が回って、上に引き上げられて行った。

第二章

ラピュタ人の気質、性向の描写。彼らの学問の説明。王と宮廷。そこで作者の受けた歓待。その住民の恐怖と不安。女性たちに就て、の条

上に到着すると、わたしは群集に囲まれたのだが、わたしに一番近い所にいた人々は格上の人間たちのようだった。彼らは満面に驚異の念を浮かべてわたしを凝視していたが、その点では全くのお相子(あいこ)で、わたしの方も形、衣服、相貌どれをとってもこれほど奇々怪々の人間たち、というか人種に今

まで遭ったことがなかった。頭は皆、右か左かに傾いでいたし、目は一方は内側を見、もう一方は真直に天頂を向いていた。その外衣は太陽や月辰の意匠で飾られていたが、それらがヴァイオリン、フルート、ハープ、トランペット、ギター、ハープシコード、さらにヨーロッパでは見られないさらなる各種楽器の意匠と綯ぜになっていた。あちこちに下僕姿の人間が沢山いて、手に手に膨ませた膀胱を殼竿さながら端に結えた短い棒を持っていた。膀胱の中身は乾燥豆と小石が少々(とは後日知ったことである)。この膀胱で時々、そばに立つ人間の口や耳をぽんぽんと叩くのだが、どういう意味があるのか、その時のわたしには見当も付かなかった。そうした人々が思惟思弁に嵌り切って、話す器官、聞く器官に外から刺激が加わらぬ限りみずから話す、また他人の言い分に注意を向けるということがないのらしいのだ。こういう次第で、資力ある者はフラッパー(元々はクリメノール)、すなわちぽんぽん屋を家の下僕の一人として常勤させ、このぽんぽん屋なくしては外出も他家訪問もかなわない。二人以上の人間の出会う場面でのぽんぽん屋稼業は、喋ろうとする方の口を膀胱で軽く叩く仕事、喋り手の相手になる一人、または複数の人間の右の耳を叩く仕事となる。ぽんぽん屋はまた散策に出る主人の介護にも励む。時々、主人の目を軽くぽんぽんして、いつも沈思し黙考している御主人を、穴ぼこには必ず落ち、標柱には絶対頭をぶつける、街中では他人にぶつかり、またぶつけられてどぶ落ちというそうした不可避の危険から救うのである。

こんなことを読者にわかっていて貰いたいと思うのは、それを知らないでは、わたしを階段の上に導き、島の頂上に連れて行き、そして挙句は宮殿に連れて行こうとしている人たちのすること為すことまるで理解できないこと、その時のわたし同然ということになるだろうと懼(おそ)れるからである。我々が上へ移動中に彼等は一再ならず自分が何をしているのかわからなくなって、ぽんぽん屋に記憶を刺激されるまでずっとわたしを一人放り出した。だれが見ても異邦人然たるわたしの衣服、わたしの顔貌を見ても、こちらは思惟思弁とは無縁の町の普通の人々の叫ぶのを耳にしても、まるで不感にして無覚の体(てい)なのであった。

やっと宮殿に着くと、謁見の間に通された。王は玉座にあり、両側に最高級の格の人々が侍(はべ)っていた。玉座の前の大テーブルには地球儀、天球儀、各種数学用具が載っていた。我々が現れて宮廷の人間全部が蝟集したわけで、相当な大騒ぎだった筈なのに国王陛下は我々に何の興味も持たぬようだった。陛下は或る問題の解に没頭中で、解が出る迄、少くとも一時間のあいだ、我々はそのままでじっと侍(はべ)っていた。陛下の両側すぐに若い小姓がぽんぽん棒を持って侍(じ)し、陛下の手すき時と見るや、一が陛下の口を優しくぽんぽんし、他が右耳をぽんぽんした。すると陛下は突然目ざめた者の如く、我に返ったか、わたしの方を見、わたしの一行を見、我々がやって来たわけを、事前に聞いていた通りのことを思いだしたようだった。陛下が何か言うと、ぽんぽん棒を持った若者がわたしの傍らに来て右の耳を優しくぽんぽんしたのだが、わたしがそういうことはわたしには無用にと何とかかんとか身振りしたところ、後日聞いたところでは陛下も全廷臣もわたしが頭の悪い奴だという印象を持ったらしい。これはわたしの推測だが、陛下は幾つかわたしに質問したようだ。わたしは知れる全言語を使って返答した。わたしが理解してもいなければ理解されてもいないことがわかると、わたしは王の命令で宮殿のある居室に案内(あない)され（この王は異邦人への手篤い好遇で全ての前任者より遥かに抜きんでていた）、二人の下僕がわたしに仕えることとされた。ディナーが並べられ、王のすぐ横にいるところをわたしも見て記憶していた高官四人が表敬ということで一緒に食事してくれた。各々三皿から成るコースふたつ。第一のコースでは二等辺三角形に切った羊の肩肉と偏菱形に切った牛肉片が出、プディングは擺線(サイクロイド)になっていた。次のコースは二羽の家鴨(あひる)を抱き合わせてヴァイオリンの形にしたもの、ソーセージとプディングはフルートとオーボエに似せていたし、子牛の胸肉をハープの形にしたもの。給仕たちはパンを円錐形、円筒形、平行四辺形に切り分け、数学形象のかたち三昧で興がらせてくれた。

　ディナーの最中もわたしは幾つかの物をお国ではどういう名前で呼ぶのか尋ね続け、これら華紳諸氏はぽんぽん屋の助けも借りて楽しそうに答えてくれた。もし会話が成り立つ暁にはさぞや自分たちが才人たることを、この相手にわからせられる筈なのに、とか屹度(きっと)思い乍(なが)ら。むろんのこと、わたしはすぐにパンだの、飲み物だの、欲しい物は何でも自分で注文できるようになった。

　ディナー終了、同席の方々が退出。すると王の命令とかで、横にぽんぽん屋一名をたずさえた人間が現れた。ペン、インクに紙、そして三、四冊本を持っていて、身振りで察するに、御当地の言語をわたしに教授する役割りらしいのだ。何時間ものあいだ一緒に坐り、その間ずっと夥しい言葉を縦ざまに書き連ね、対訳形式で横にそれらの訳語を並べていくのだった。同様にして短い文章も勉強した。教授はわたしの召使いの一人にあれ持って来いの、くるりと回れ右しろの、お辞儀しろの、坐れの、立ての、歩けのと次々指示をした。その文章をわたしが書き留めるのである。教授はまた本の一冊を開いて、太陽や月や星宿、黄道、獣帯、回帰線、そして極圏の図を見せ、多くの平面と立体の名前を教えてくれた。楽器全部の名称を説明とともに聞いたし、演奏する場合の技術用語も教わった。教授が帰るとわたしは語と訳語をアルファベット順に並べ換えた。こうして二、三日もすると、自慢の記憶力にものを言わせて、わたしはそれがどういう言語なのかわかり始めた。

　わたしが浮島ないし浮遊島と訳した元の語は「ラピュタ」といい、どういう語源の語なのかは不詳だった。前半の「ラプ」は古い廃語用法に「高い」の意あり、後半の「ウントゥ」は「支配者」の意で、くっ付いて「ラプントゥ」になったものが訛音となって「ラピュタ」の語になったという説明を受けた。どうもこの語源派生説はわたしには一寸無理筋で、首肯しかねた。学者連中にわたしが提案した説は「ラピュタ」は「ラプ・ウテッド」に通じ、その場合「ラプ」は波間に煌めく陽光の舞い、「ウテッド」は端的に翼の謂ではないかというものだった。これ、わたしの管見。こうだと言い張る気はさらにない。読者の見識にゆだねるが、如何。

　王からわたしの面倒見を頼まれた人々はわたしの着衣が不様だと考えて、仕立屋に翌日来て、上下あつらえ一揃いの寸法とりをするように命じた。採寸者はヨーロッパの同業者とは似ても似つかぬやり方で仕事した。まず象眼儀でわたしの身長を測り、次に尺とコンパスで測った全身の寸法と輪郭を紙に書き付ける。さて六日して届いたものはひどい出来損いで、文字通り体をなしていない。数字をひとつ間違えたということだった。しょっちゅうこういう笑ってすませられる失敗ばかりで、こちらは気が楽になったものだ。

こういう具合で着ていくものはない、体調不良が長引くはで外出自粛の結果、くだんの字引きは随分増補され、次に宮廷に参内した時には王の言うことがかなり良くわかったし、返答まがいの言葉を口に出すこともできた。その時、王は島を北東東に向け、こちらは不動の大地に根を張る下方の王国全体の首都たるラガドの真上まで行くよう命令を出していた。九十リーグの距離あり、四日半の旅程だった。空中行く浮島が前進しているという感覚は全然なかった。二日目の朝、十一時くらいだっただろうか、王自身、貴族、廷臣、役人たちともどもありとあらゆる楽器の準備に掛り、一度の中断もなく三時間ぶっ続けで演奏に入った。音の大きいのにもびっくりしたし、第一意味がわからない。やっと教授の曰くには、この島の住人は或る時期にいつも奏せられる天界の音楽を聴きとる耳を持っていて、宮廷は今、一番得意な楽器を手にこの宇宙階和に加わる構えなのだそうだ。

首都ラガドへの旅程にあって国王陛下は浮島が或る町、或る村の上空にさし掛ると停止するよう命じてあった。その町村の臣民からの請願書を上で受け取るのである。この目的の綱が何本か、先に小さな錘（おもり）を付けて下される。この綱に請願書が付けられ、ただちに引き上げられるのは学童が飛ばす凧（いかのぼり）の紐のはしに紙っぺらが付いている図に似なくもない。時にワインやら食べ物やらも上ってくる。滑車で引き上げるのだ。

そこでの言語習得にはかねて勉強の数学の素養が大いに役立った。言語が数学、そして音楽に大きく依存していたからである。音楽もわたしは不得意でなかった。人々は観念を線、そして形で伝え合う。女性とか動物とかがどう美しいか描写しようとすると、そこの菱形がどうのこうの、あっちの円、そっちの平行四辺形、ここな楕円がどうしたこうした、と、他の幾何図形も加わって、そういう言い方をする。音楽由来の表現についてはここで述べる必要もない。王の厨房には数学と音楽のあらゆる道具が揃えてあり、そのかたちそっくりに、王に出す大型骨付き肉（ジョイント）は切り分けられるのであった。

人々の家屋も本当に杜撰（ずさん）な造りで、壁は傾（かし）いでいて、第一、居所のどこを見ても直角という部分がない。人々がいかに実践幾何というものを軽視しているかの証左だが、現に俗なるもの、機械的なものとして軽視していたし、彼らが下すいろいろな指示にしても職人たちのおツムには到底理解できず、かくてミスは永遠に続く。定規、鉛筆とコンパスを使う紙上作業でかくも優秀なのに生活の普通の行動、挙措ということになるとここまでぎこちない、不器用で手の焼ける連中、数学と音楽以外のあらゆる観念の理解が遅く、紛糾して了う人間たちをついぞ見掛けたことがない。理屈を組み立てるのが異常に下手で、まあ滅多にないことだがたまに正しい意見に達するという場合以外では激しくやり合うのが普通である。想像力、空想、創意力ほど全く彼らには無縁なものはないし、そもそもそういう観念を表す言葉そのものが彼らの言語にはない。思考と精神の領域は全て先に述べたふたつの学知の中に閉じ込められているのだ。

彼らのほぼ全員、とりわけ天文学部門に係っている連中は、みずから恥じて仲々そうは公言しないが、いわゆる人事占星術を本気で信じている。それにしても、この人たちに見られる情報や政治に対するかくも強い関心とは何なのだろう、そこにばかりわたしはびっくりし、しかも一向に自分では説明がつかないでいた。いつだって公的な事件に鼻を突っ込み、天下国家と聞けばたちまち口角泡をとばし、党派の言い分は一言漏らさず激論するこの性格とは全体何なのだろう。わたしがヨーロッパで見知った数学者ほとんどがこの性格を持っていたように思いもするが、このふたつの学知の間に何か類似点（アナロジー）めいたものがあるとしも思えぬ。思えぬのだが、ここの人々のように、最小の円も最大の円も同じ角度三百六十度で共通なのだから、大世界の管掌経営にも地球儀を手にしてぐるぐる回せる才覚あれば十分などと考えるようだと、これがなぜかあり得てくるのである。こういう性質は、私見によるなら、人間性の極くごくありふれた弱い部分に根があり、結果として一番関心の薄い対象、そして生れつきからして、或は後からの勉強いずれからしても一番向いていない対象に向う時に限って好奇（キュリアス）たり奇想（コンシート）たらんとすることになって了うのである。

ここな人々はいつも不安で、一瞬たりと心の平安というものを知らない。人類の他の人々が何の苦ともせぬあれやこれやの理由で心千々（ちぢ）に乱れるのだ。天界に何か異変がと怖（お）じるので、これまさに杞憂（きゆう）である。たとえば地球は、太陽がそれに刻一刻近付いてきているが故に、早晩太陽に併呑吸収されて了うのではないか、どきどき。太陽表面はいずれ己（うぬ）が流体に表面を徐々に掩（おお）われて了って、世界に光を与えなくなるのではないか、くらくら。地球は最近の彗星（すいせい）の尾っぽの一掃（ひとはき）を辛うじて免れ得たが、ひょっとしたら灰燼（かいじん）に帰すのが落ちだったのかも、あたふた。であるなら計算上今から三十一年後のことになるが、次に来る彗星には多分やっつけられてしまう、どうしようどうしよう。彗星がその近日点で太陽と或る角度以内の所に入って了うなら（そうなると計算の結果は恐れよという方に傾くものである）、彗星は煮えたぎる赤熱（しゃくねつ）の鉄の一万倍も熱くなるし、今度は太陽から遠ざかる時には百万十四マイル長の燃える尾を引摺る筈で、その中を通る地球は彗星の核、というか星全体から十万マイル離れていようが通過中に燃え、今度こそ灰になるだろう、やれやれ。第一その太陽にしてからが毎日毎日炎と燃え尽きながら滋養の補給なくして終には本当に燃え尽き無と化してしまうが、それから光を貰っているこの地球も惑星たちも全部終熄を迎える、おしまいだおしまいだ。

こうした似たような差し迫った危難に対する不安にひねもすとり憑かれていては布団に入ってもおちおち眠られず、日々生きていれば普通に楽しい日常など与り知らぬ。朝いち顔を見合わせば、お天道出てて何より、が挨拶の言葉。日の出、日の入りの容態や如何に、接近中の彗星の一撃避けられれば御の字ですな、うんぬん。そうやって人々が入って出られなくなる会話たるや、学童たちが妖精や小鬼たちの怖い話を聞くのが娯しくて熱心に没入するうちに怖くなって眠れなくなるのに似なくもなくて可笑しい。

島の女たち、こちらはこちらで快活が歩いているようなもので、旦那を軽蔑しているし、下の陸から町や組織の仕事で、また個人的事由あって続々やって来ては宮廷に顔を出す見慣れぬ人々が非常に好きなのだ。島の男たちと同じ才覚がないといって馬鹿にされることはある。そういう連中から淑女諸姉はちゃんとやさ男を選びとる。まずいのは、こうした男たちが何の心配もなく気楽に振舞える点である。旦那さん達はいつも思惟思弁に没入中となれば、彼らに紙と道具をあてがい、横に憎きぽんぽん屋さえいないようにすれば、女子と恋人は旦那のまん前で天下晴れてのやりたい放題である。

妻や娘は島に拘禁されていると言って嘆くのだが、わたしに言わせればそこは世界一楽しい場所であり、彼女らは何不足ない贅沢三昧だし、やりたいことがやれる。世界を見たい、首都の歓楽を味い尽くしたいと仰有るのだが、これは王の勅許なくて自由自在というわけにはいかないし、この勅許は簡単にはとれない。高位の人間たちは繰り返された経験から、自分の女たちに下から戻って来るよう説得するのがどんなに難しいか身にしみているからである。さる大奥の高位官女の話を聞いたことがある。王国一の富める首相で非常に優しい、彼女を心から愛している、そして島で一番美しい宮殿に起居している相手と結婚し、子宝にも恵まれていた女性なのだが健康上の理由からラガドへ下りて行ったぎり、何ヶ月も行方知れずになった。王の名で捜索願いが出てわかってくると、怪しげな飯屋で襤褸(ぼろ)を着て働いていた。衣裳は皆質に入り、年寄り畸型の下僕にみついでいたらしいが、この男、毎日ひにち殴る蹴るなのに、気付くと、というか心ならずもこの男から離れることもならない。夫はあり得ぬ人の好さで彼女を迎え入れ、嫌味のひとつも言わなかったのに、女は宝石類を丸ごと持ち出してまたぞろ老いたるやさ男のもとへ出奔し、その後の行方は杳(よう)として知れずなったそうな。

　読者から見れば別段ヨーロッパにでもイングランドにでも幾らでもある話で、何もそんな遠くの国に限った話ではあるまいし、逆に言えば女の気紛れは気候だの国だのと何の関係もない、思っている以上に世界中どこへ行っても同じなんだなというつまらないお話になってしまうが関のやま。

　こうして一ヶ月もたつと、わたしの語学力もまあまあものになってきて、王の質問にもほとんど答えられるようになっていた。或る日、王から伺候のお呼びが掛った。陛下はそれまでわたしが足を延ばした国々の法や政治、歴史や宗教や習俗などには何も好奇心をそそられないようで、質問は数学一本に絞られていた。わたしの答を馬鹿にしてぼうっと上の空の体（てい）、両側からぽんぽん屋がいつまでもぽんぽん、ぽんぽんやり続けていた。

第三章

近代の哲学と天文学が解決した一現象。後者に対するラピュタ人の大きな改良。王による反乱鎮圧法、の条

この島の珍奇物（キュリオシティーズ）を見て歩きたいが、御許可をと王に願い出たところ、有難くも許可いただけ、例の語学教師に案内（あない）の役を命ぜられた。その島の幾つかの運動について人為のものか自然のものか問わず如何なる仕組みでそうなるのかを一番知りたかった。そのことに就て哲学的解説を読者御一統に試みてみたい。

浮島とか浮遊島とかわたしが呼んでいるものは完全な円形をしていて、直径七千八三七ヤード、つまり約四・五マイル、そして面積はつまりは一万エイカーということになる。厚さは三百ヤード。底部、つまり下から見上げる者から見える下部表面は真平らな金剛石（アダマント）の一枚岩で、これの高さが二百ヤードほどある。その上に何種類かの鉱物が自然な順序で堆積しているし、その全部を深さ十ないし十二

フィートの肥沃な土壌が掩(おお)っている。上部の表面というと、円周部から中心に向って窪んでいて、その為に島に降る露だの雨だの一切の降水量が涓流(けんりゅう)に導かれて中心部に運ばれていき、中心から二百ヤードの所にある円周半マイルの四つの大溜池にためられる。水は日中、太陽に照らされて溜池から絶えず蒸散し続けるから溢(あふ)れるということはない。その上、島を雲海より上に上げるのは国王の専権事項だから、王は嫌なら露や雨が降らないようにもできる。雲は一番高くても二マイル止りとは自然誌の連中も言っている通りだし、少くともこの国ではそれ以上に高く発達した雲はいまだ知られていなかった。

　島の中心部に直径約五十ヤードの穴があいていて、天文学者たちはそこを降下して、それ故にフランドナ・ガニョーレ即ち「天文学者の洞穴」と呼ばれている、金剛石の上部表面の下百ヤードの深みにある大きな穹窿(ドーム)に降り立つ。洞穴ではいつも油断なく二十からのランプが輝いていて、金剛石に反射したその光で洞穴中隈(くま)なくまばゆい。そこには六分儀に四分儀、テレスコープにアストロラーベ、各種天文学用具が完備している。それにしても最大の珍奇物(キュリオシティ)は、この島の運命をそっくり担う超巨大サイズの天然磁石で、形は織物師の使う梭(ひ)に似ている。長さ六ヤード、一番厚い所では少くとも三ヤードは越える。磁石(マグネット)はその中心を貫通する非常に強靭な金剛石の軸に支えられていて、これをめぐって動くし、静止も見事に正確だから、全然非力な手でも回転させることができる。この周りに中が空洞な金剛石の円筒が箍(たが)をはめる。この円筒は深さ四フィート、厚さも同じ、直径十二ヤードで水平に配され、各々高さ六ヤードの金剛石の脚八本に支えられている。この円筒内部壁に深さ十二インチの嵌(は)

め溝が切られていて、そこに軸の両端が嵌められ、必要があればぐるぐる回転させられる。

この石は外からどんな力を掛けてもそこからは動かせない。箍もその脚も島の底部を形づくる金剛石塊の一部ということだからである。

この磁石の力で島は上りも下りもし、一個所から別個所に移りもする。というのは、この王が文字通りその上に君臨する地上部分に対しては磁石はその片側に引力を帯び、反対側には斥力を帯す。引力側の先を地上に向けて磁石を直立させると島は降下し、逆に斥力側の端を下に向けるなら島はたちまち上昇し始める。磁石の位置が斜めなら島も斜行の運動をする。つまりこの磁石では力はその向きと平行の線に沿って働くということなのである。

この斜行運動によって島は王の領土のさまざま異る場所に向う。どう進むのかを少し説明すると、線分ABがバルニバルビを横断する線、cdが磁石、dが斥力側の端、cが引力側の端、島はCの上空、磁石はcdの位置に斥力の端を下向きにしてあるものとすると、島は上向きに斜行してDに向う。Dに着くなら磁石を軸上に回転させて引力側の端がEに向うようにすると島はEを指して斜行する。そこでもし磁石を軸上にもう一回転させてEFに位置させ、斥力側の先を下に向けると島はFを指して斜行し、そこで引力側の先をGに向けるなら島はGに向い、磁石を回転させて斥力側の先を真下に向けるなら島はGからさらにHに向う。そして、こうやって必要に応じて石の状態を変えることで島は斜行しながら、上昇したり下降したり、こうして上昇と下降を代わる代わるすることで(斜行しているのは目に見えない)領土の或る場所から別の場所に運ばれていく。

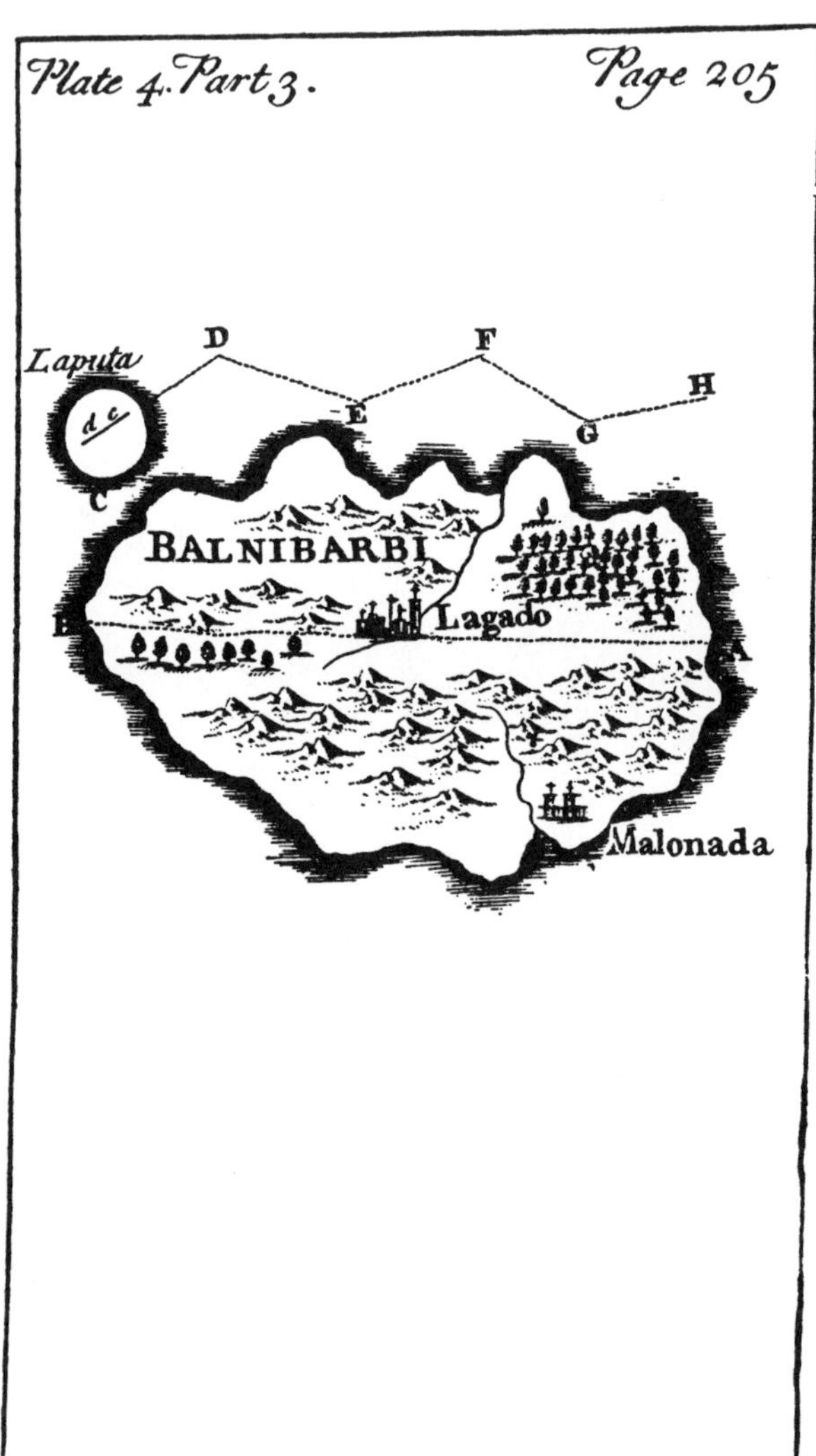
Plate 4. Part 3.
Page 205
Laputa
d c
C
D
E
F
G
H
BALNIBARBI
Lagado
B
A
Malonada

いま領土と言ったが、浮島は下にある領土の圏域から外にはみ出しては飛んでいけないし、およそ四マイルの高さより上にも上昇できないことは言っておかねばならない。そのわけは(この磁石の理論に就てはいろいろ厖大に書いている)天文学者たちによれば、この磁石そのものが四マイルより彼方には働かないとか、地中で、或は汀(みぎわ)から六リーグまでの海中で磁石に感応する金属が別に地球のどこにでもあるわけではなく、王国領土の限界を以て存在しなくなるから、ということになる。君主たるもの、磁石の引力圏にあれば自分の支配が及ぶ領土と言えて了うのだとすれば、上から目線の者にとってこんな楽な状況はあるまいではないか。

磁石が水平面と平行になると島は静止する。その場合、磁石の両端が地面から等距離だから両方に同じ力が、一方には下に引くように、もう一方には上に引くように掛るので、結果、運動に到らないのである。

この磁石は或る人数の天文学者が管掌しているが、時々、王が指示する状態に磁石を定位する。人生のほとんどを天体の観測に費す人々だが、高性能という点で我らのものの比ではない数々のレンズを駆使するのである。最大というテレスコープでも三フィートを越さないのに百フィートもある我々のそれよりも倍率は遙かに高いし、見えてくる星々は遙かに鮮明である。この利点を活かしてここな天文学者たちはヨーロッパの同業者たちより遙かな遠くまで発見の数をふやすことができていた。一覧表に万余の恒星を書き込んでいるが、我々のは最大の一覧表にしてその三分の一あるかないかだ。同様に彼らはまた火星の周りを回る、衛星というのか、より小さい星ふたつも発見した。ふたつのうち内側の星は火星の中心から火星直径の三倍相当の距離はなれているし、外側のひとつは五倍相当だ。内側のは一回公転するのに十時間、外側のは二十一時間半。ふたつの周期の二乗がふたつの火星中心からの距離の三乗にほとんど同じくらいに比例している。ということはこのふたつが、他の天体をも律するのと同じ重力の法則に支配されていることを証して余念がないということである。

　彼らはまた彗星九十三個を観測し、驚くべく正確にその周期を算定しおおせた。もしそれが本当なら（本当だと彼らは胸を張る）、観察結果の公表が切望される。そうなれば現在穴だらけの非常に遅れた分野が完璧が売りの天文学の表舞台にそれこそ彗星のように出現してくること必定（ひつじょう）なのに。

　この国王、自分と組んでと言って大臣たちをその気にさせられれば宇宙随一の絶対君主にだってなれなくはないのだが、大臣たちは大陸下方におのがじし所領があるし、寵愛あっての御役目なんていつまで続くか怪しいものだとあって、所領を王の下にという気には仲々ならない。

　どこかの町が反乱、というか大逆に走るとか、苛烈な分派抗争に陥るとか、進貢義務を怠るとかすると、王としては従わせる方法がふたつばかりある。第一の穏やかなやり方は、町、そしてその周辺の土地の上に浮島を移動させ、太陽の恵み、恵みの雨を遮断する。結果、住民は欠乏と病禍に苦しむことになる。そして罪がそれ相当のものの場合は同時に頭上から大石を降らせる。地下倉とか洞穴とかにもぐり込む以外、身を護る術（すべ）はないし、いずれにしろ家屋敷の屋根は木っ端微塵になる。それでも言うことを聞かない場合、反乱をと叫ぶ場合、これが最後の手段だが、頭上めがけて真直ぐに島を下していく。そこいら家も人も壊滅するだろう。もちろん最後のが付く奥の手で、王だってそんな気になることは滅多にないし、実行しようなんて毫も思っていない。大臣たちにしたって、わざわざ領民の不興を買うばかりか、下方に展がるみずからの所領が大変なことになるようなことを王に進言なんかするわけはない。王の島の方は天領だから王は痛くも痒くもない。

しかしこの国の王たちが歴代、ぎりぎりの必要に迫られない限り、こういう思い切ったやり方を実行するのをいつも避けてきたには、もっと痛切な理由がある。破壊すると決められた町がもしも、大きな都市によくあることだが、こういう惨害を防ごうとすればお誂え向きとばかり最初わざわざ高い岩山を抱えていたり、石の高い尖塔や石柱を建てていたりすると、そこにいきなり急降下すれば、島の底部、というか下部表面は、前にも言ったようにいくら厚さ二百ヤードの金剛石の一枚岩だとは言っても、大き過ぎる衝撃で割れてしまいかねないし、下方の家々が炎上して噴き上げる炎で、鉄と石で後背部ができた我が国の煙突によくあるように、火に近付き過ぎて爆発しかねない。こんなこと、人々は百も承知だし、いくら自由だ財産だと抵抗しても抵抗におのずとここまでという弁えもある。そして王だが、いくら頭にきて、この町を灰にとか口走ったとしても、島はこの上なく優しく下せ、臣民への慈悲心と思って貰えるくらいにという命令になるのが関の山。本音は金剛石出来の島底部を毀損したくない一心なのである。そこな哲学者たちの意見では、そんなことになれば磁石にはもう島を上昇させる力はないだろうし、島全体が地上に落ちたままという状態になる筈である。

この国の基本法によれば、王と年長の息子二人のいずれも島居をやめてはならず、王妃も出産可能な年限を越えてはじめて島を離れることを許されていた。

第四章

作者、ラピュタを出立し、バルニバルビへ。その首都に到着。首都と近傍の描写。作者、或る高官の歓待を受く。その華紳との会話、の条

この島でわたしの扱いは悪かったと言う積りはないのだが、かなり軽んじられ、いやはっきり軽蔑されていたとは言えるだろう。王も人々も数学と音楽以外のどんな知識分野にも好奇心を持っていたようには見えなかったし、そのふたつの世界ではわたしは人々にはっきり遅れていたし、それが理由でほとんど相手にされてもいなかった。

他方、島の珍奇物（キュリオシティーズ）は全て見尽くしていたわたしは、人々にも心底飽き飽きしていて、ひたすら外に出たいと願っていた。大いに高く評価はしていても自分自身決して巧くないいくだんのふたつの学にこそ通暁しているにはしても、思弁に夢中、上（うえ）の空に棲んでいるからといって心まで上の空（うわのそら）の、これほど面白くない連中に会ったことがない。そこに滞留した二ヶ月間、わたしは女性、商人、ぽんぽん屋、お小姓連中としか口をきかなかった。結局それがひどく軽蔑された理由でもあったが、本当にこういう連中からのみ実（み）のある答が返ってくるばかりであった。

自分ながらよく勉強したので人々の言語にはかなり通じた。しかし大した庇護も受けられず、島居（しまい）というか、島に閉じ込められていると感じられ始めてからは倦（う）み困（こん）じ、チャンスがあり次第、そこを

離れることしか念頭になかったのである。

王の近親で、大事にされる理由もそれだけという大官がひとり宮廷にいて、そういう人々の中で一番無知で愚かと汎く噂されていた。王の為に幾つも際立つ仕事もし、勉強の結果の才も具えている上に生れついて廉直かつ名誉を尊ぶ好漢ではあったのだが、なにしろ音楽がだめで彼の中傷者どもは何かと言えば彼が拍子をとり損じた時の話ばかりしたし、数学はと言えば、教師連中が数学中一番簡単な命題を彼に教えるにさえどれだけ骨折ったかという話ばかりが伝わっていた。わたしには喜んで目を掛けてくれ、表敬訪問もして貰って名誉な話だったが、わたしからヨーロッパ事情を仕込み、わたしが旅してきた国々の法律や習俗、慣習や学問の話を聞きたがった。実に注意深く耳を傾け、わたしが何を話しても利発なことを言い返した。国事に係わると必ずぽんぽん屋が二人付いたが、宮廷外では、表敬儀礼以外のところでは使わないようだった。我々二人ぎりだと、横にいないでも良いと言い付けるのが常だった。

この大官に、わたしが出立して良いという許可を王から貰う媒を頼めないかと切り出してみると、すぐやってみたと嬉しそうな報告が来た。もっとも、残念至極という言葉が添えられていたが、とても良い働き口をいろいろ紹介してくれていたのをわたしがいつも感謝しながらも断ってばかりいたからだった。

二月十六日、わたしは王と宮廷に別れを告げた。王はおよそ二百英ポンド相当の贈り物をくれたし、その縁者でわたしを庇護してくれた御方はさらに多額の贈り物の他に、首都ラガド在住の友人に推薦状を書いて持たせてくれた。島はそのラガドから約二マイル地点の山の上を漂っていた。最初昇った時と同じ一番下の回廊から今度は吊り下げられて下りて行った。

浮遊島君主の支配下にあるこの陸地部分は一般的にはバルニバルビの名で通っている。その首都は、前にも言ったが、ラガドという。不動の大地を踏みしめることができて矢張り満足だった。歩いて行く間もまるで不安ではなかった。土地の人々もちがわぬ恰好だったし、教えられ方が良かったか、土地の連中とも会話ができた。推薦状の相手の住いもすぐ見つかったから、島にいた大官友人からですと言って推薦状を差し出すと、丁重に受け取ってくれた。この大人物は名をムノ・ディといい、自分の家の中にわたしの居住所をつくるよう命じてくれ、わたしは同地滞在中ずっとそこにいて、丁重極まる歓待を受けることになった。

到着の翌朝、彼は早速馬車を仕立ててわたしに町を見ようと言った。およそロンドンの半分くらいの町なのだが、家屋の造りが変だし、大半が要修理な感じ。町行く人々は足早で、形相に険があり、目が動かないし、大体が襤褸を身にまとっている。市門のひとつを抜けて、約三マイル、田舎道を走ったのだが、多くの人手があって各種道具で土いじりをしている。だが何をしているのかがわからないし、第一、土壌は悪くなさそうなのに穀物にしろ草にしろ生えて来そうな感じがない。市街も田舎も古い佇いには感心するのだが、失礼ながらとわたしは引率者に敢えて尋ねたものだ、良かったら御説明下さいませんか、街中でも畑でも皆うちそろって頭も、手も、顔まで忙しそうだが、何かそれらしいものが作られているようにも見えない、というより、こんなに手入れのかんばしくない農地、造りが悪くて廃墟みたくなった家々、そして何より、なりに着衣にこれほど悲惨と欠乏がありありとにじみ出ている人々をいまだかつて見たことがないのだが、如何。

ムノ・ディ卿は第一級の人品の御方で、何年かはラガドの知事職にあった。党派的大臣たちの陰謀（はかりごと）に遭い、無能の譏（そし）りを受けて失脚した。さすがに国王は卿の善良を知る身なので優しく処遇はしたが、低い洞察力は矢張り軽蔑に値するものと考えていた。

わたしが勝手放題に御国と住民たちの悪口を言う間、卿は別段何か返答するでもなく、ただ貴君はここに来てまだ全然日が浅い、判断の拙速はいけないよ、第一、いろいろな国があって習俗もいろいろの筈ではないか。よくある似たような話も混（ま）じえて、卿は言った。しかし自分の屋敷に戻ると、わたしにこの建物は良いと思うか、どこかに不都合な所があるか、そこな奉公人たちの衣服、容貌にどこか違和感があるかと尋ねてきた。御自身にはね返っていく質問ではないわけだ。卿周辺は全て豪奢、かつきちんとして、礼（いや）も尽くされていたからである。閣下の慎重、人品、そして富からして、愚挙、物乞い根性が他の人間どもの裡（うち）に産む各欠点と無縁なることは自明のこと、とわたしは答えておいた。卿は二十マイルほどの所の地所にある自分の本邸（カントリーハウス）に行く気があるなら、もっとゆっくりこういう話ができるが如何、と言った。御意（ぎょい）に、とわたしは答え、その通り翌朝に出立（しゅったつ）したのだった。

この行程の途上、卿はわたしに農夫たちが農地をどう扱っているか、そのやり方をよく見ておくようにと言ったが、なんともわけのわからない風景だった。ごく僅かな所を除いて、穂をつけた穀類、葉をつけた草がまるで見当たらないのである。それが三時間もすると景色が一変し、実に美しい田園風景になった。農夫たちの家が隣り合って小綺麗な佇(たたず)まいだし、ちゃんと囲われた田畑には葡萄棚に穀物畑に草地が見えた。あれ以上心愉しい展観(プロスペクト)を今まで他に目にしたことがあるだろうか。閣下はわたしの顔が明るくなっていくのを眺めながら、そこからが自分の地所で、家までこの景色が続くのだが、と溜息まじりに言った。同郷の連中は彼が諸事、処理が下手(まず)く、王国に良くない先例をつくってばかり、大体がその先例に倣(なら)うのは老耄(おいぼれ)の頑固者、この自分と同じもはや何の体力もないごくごく少数の人間に過ぎない、と申して嗤(わら)い蔑(なみ)すのだ、と。

　やりとりしつつ屋敷に着いてみるとこれがどうして、いにしえの建築法の最高の規則に従って建てられた壮麗な建物だった。噴泉も庭園も、遊歩道も並木道も、そして木立ちも残らず正確な判断と趣味をはっきり感じさせる。わたしは見るもの全てに賛辞を並べたが、卿は一向意に介す気配なく、やっと夕食後、二人ぎりになれた時、とても沈鬱な色を浮かべて、どうやら町の屋敷もこの本邸も壊して現代風なものに改築、農園も皆破壊せねばならず、他の諸事悉く現代の用途に合う形のものにせねばならないようだ、小作の連中にもそうするように言いつけないといけないようだと言った。でないとお高くとまっている、変だ、気取っている、世の中知らない、奇想好み、何と悪口を言われるか知れないし、多分王の不興さえさらに買いかねまい、と。大兄は随分感嘆久しうしているようだが、大兄が宮廷で耳にしていない細かいことをいろいろ言って上げるとその気持は薄れるか無くなって了うのではないかと思う、上の空の連中は頭が絵空ごとで一杯で、下で何が起きていようと知ったことではないのだ、と。

卿の話は以下のような趣旨であった。四十年ほど前のことだが、何人か、仕事があるか、或は息抜きの為にラピュタに上り、何ヶ月かいた後、数学など一寸噛(かじ)って帰って来たが、上の空に居過ぎて本当に上(うわ)の空の頭になって了った。こうした連中は帰って来ても下の世界で何かを営々とつとめあげることを唾棄(だき)するようになり、挙句、あらゆる芸術、科学、言語、機械学を新しい基礎の上に基づかせるというたくらみ(スキーム)に出た。

この目的の為、ラガドに企画屋(プロジェクター)たちの学院(アカデミー)を創建する勅許を得て、この進取の気性体液が臣民たちの五体をかけ巡った結果、その種の学院を持たぬ町がひとつもないという事態が生じた。そうした学院では教授たちが農業や建築の新規則、新方法を捻(ひね)りだし、どんな商売、どんな生産業に対しても新しい道具、新しい機材を提供し、その為、彼らの企てるところ一人の人間が十人分の働きをし、大建築だろうとわずか一週間ででき、部材の耐久力は修理いらずで永遠永久という話だった。地の果実は全て、我々がその時期が最適と決めた時期に完熟し、しかも出来高は現在の百倍、とかとか兎角売り文句は無数。売り文句は結構、ただひとつ厄介なのはこうした企画がひとつとして完成をみないこと。そしてその間にも、国中目も当てられぬまでに荒廃、建物は廃墟と化し、人々は衣にも食にもこと欠く始末。こういう状況に挫(くじ)かれるどころか彼らは、希望からも絶望からも背中を押されて、おのがじしのたくらみ(スキーム)になおのこと五十倍も激しく入れ込むのである。自分はと言えば、と卿、進取よりも紳士、古い生き方で満足している、代々祖(みおや)たちが受け継いで来た旧家に住み、衣食住どれをとっても祖たちと同様に暮すのであって斬新も改革もいらない。高位の華紳に同じ暮しぶりの者が若干いるにはいるが、軽蔑や悪意を以て白眼視され、学芸の敵、無知漢、反共和国家主義者、いろいろと酷評された。国家全般の改良以前にみずからの怠惰なる安逸に即(つ)く者だ、と。

それにしても一度見ておくべきだし、この大翰林院(グランド・アカデミー)に大兄が多分覚えるだろう楽しみをこうして些末事を並べて邪魔することはこれ以上控えたい、と卿はつけ加えた。ただそこから三マイルほどの所の山麓にある廃墟ひとつ、それだけは見て欲しいとも言って、以下のように説明を加えた。屋敷から半マイルの地点に非常に便利していた水車小屋があり、大きな川からの涓(けん)流で水車は回っていた。卿の家族、そして多くの小作人にはその水車で十分だった。七年くらい経つか、そこにこうした企画屋(プロジェクター)の一団(クラブ)がやって来て、この水車を潰せ、その代り山麓に別の碾(ひ)き小屋をつくり、その山の長い尾根づたいに貯水池を設け、そこの水を導管と機関で汲み上げては水車に供給する、高所だから風と空気が水を動かし、従って水はものを動かせ易くなる、水は斜面を下るので、水車と同じ高度を流れる川の水量の半分もあれば水車を回せるが如何。卿が言うには当時宮廷とは巧く行っていなかったし、友人たちの多くに迫(せ)かされて仕方なくこういう提案を聞いて了った。案の定(あんじょう)、百人方の人間を二年雇って作業は頓挫(とんざ)した。企画者集団は雲散霧消し、責任は全部卿ひとりの肩に掛ってきた。以来、その企画者たちは卿を罵り、成功間違いないという空(から)約束で別の人間を実験に誘い続けて今日に到るのだとか。失敗間違いないとも、だれか言ってやるべきだ。

二、三日して我々は町に戻った。学院周辺での自分の不人気に鑑み、卿自身は同道したがらなかったが、代りに友人の一人にわたしを推薦し、この人物がわたしの案内(あない)をしてくれることになった。卿はわたしをなべて企画（プロジェクト）三昧の大礼讃者であり、好奇心強く、懐疑派ではないというふれ込みにしてくれた。ふれ込みはふれ込みにしろ、当っていなくもない。若気の至（いたり）と言えばそれまで乍（なが）ら、たしかにわたしも企画屋（プロジェクター）のはしくれだった時期があったのである。

第五章

作者、ラガド大翰林（かんりん）院見学を許される。学院の大体の描写。教授たちがいかなる学芸に没入しているか、の条

研究機関と言っても丸ごとひとつの建築物というわけではなく、一本の通りをはさんで両側に繋がる何軒かの建物で、廃屋化しつつあるのをこの目的の為に買い上げたものであった。

所長という人物に非常に歓待され、何日も学院に遊んだ。どの研究室にも一人か二人の企画者（プロジェクター）がいて、わたしが顔を出した部屋数はどうみても五百室を下らなかった。

最初に顔を合わせたのは貧相な人物で、手も顔も煤（すす）まみれ、蓬髪で髯（ひげ）も長く、もじゃもじゃ、かつあちこち焦（こ）げていた。着衣もシャツも、皮膚まで全て同じ色。八年間取り組んできた企画が胡瓜（きゅうり）からの太陽光線抽出で、抽出したものを術を秘して瓶中に封じ、気候不順な冷夏に放出して空気を温める

というもの。彼曰くにはもう八年あれば知事たちの庭を良い加減に太陽光で満たせることは間違いないのだ、と。しかし不満もあって、それは資金不足。工夫を奨励する為にも幾許かのおこころざしをというおねだり、特に最近は胡瓜の値段高騰の折り故、という話であった。わたしは少額の寄付をしたが、そこに行くたれしもがたかられるのが常と心得て貴族が予め持たせておいてくれた金であった。

別の部屋に行ってみたが忽ち引き返したくなった。怖るべき悪臭に引っくりかえりそうになったからだ。わたしの案内人は声を押し殺してそんな無礼なことをするな、とても怒らせてしまうぞと言って、わたしの背中を前へ押す始末だったし、わたしは鼻をつまむことさえできなかった。この房室の企画者は学院最高齢の研究者だった。顔も髯も淡黄色、手にも着衣にも汚物がべったりとついていた。わたしは紹介されると、非常にきつく抱擁された(が、勘便して欲しい御挨拶だった)。学院入所以来変らぬ仕事が人糞を大元の食物に還元しようという実験で、先ず相手を幾つかの部分に分ける、それが胆嚢から貰った色素を取り除く、異臭を吐き出させる、唾液を掬いとるといった作業であった。週に一遍、研究所からブリストル大樽大の容れものに満載の金肥供与の便宜に与るのである。

氷を煆焼して火薬にしようとしている者もいたが同様に、火の操作性の良さについての論文を見せてくれ、近々出版する積りだと言った。

仲々な頭をした建築家が一人、家を建てるのに先ず天井から始め、下に向けてつくっていき定礎部分に至る新方法を追求中なのだが、ハチとクモ、賢い昆虫二種と同じことをやっているだけと胸を張った。

生れつき盲目の人物が同じく盲目（めしい）の人間を何人か弟子にとっていた。彼らは画家のために色を混ぜるのを仕事としていて、師匠は弟子に色を触覚と嗅覚で区別する術（すべ）を伝授していた。その当時に於て彼らがその技に余り秀でてはいないのを見て残念だったが、教授その人からしてよく間違いを犯していた。

別の部屋にいて特にわたしを喜ばせた企画者は豚を使って土地を耕す、鋤（すき）、牛馬いらずの省力装置を考案していた。その方法とは、こうだ。一エイカーの土地にドングリ、棗椰子（なつめやし）の実、栗、そして豚の大好物のブナ、カシワや野菜類を六インチ間隔、深さ八インチで大量に埋めてから、六百頭からの豚をそこに放つ。二、三日もすれば豚どもが好物の飼料をあさって土を全体に掘り返し、種蒔（ま）きにぴったりの状態にしてくれるばかりか、糞がそのこやしになる。ふうん、なるほど実験の結果、出費も厄介も大変なのに収穫は無しだ。しかるにこの発明にはいくらも大改良の余地があることは誰も疑っていない。

壁も天井も技術者が出入りする狭い通路以外、クモの巣だらけの部屋にも入ってみた。部屋に一歩足を踏み入れるや、クモたちの邪魔をするなという大声がした。その声の主人は、蚕（かいこ）は使うのにこんなにもいろいろいる身辺の虫を用いようとしない世間の長いしきたりこそ致命的な誤ちであると嘆くのだった。それらの虫は紡（つむ）ぐだけでなく織ることも心えている点で、全然蚕より秀れているのに、と。さらに提案として言うには、クモを使うことで絹を染色する出費が全部浮くだろうという話なのだが、本当に美しい色をしたもの凄い数のハエを見せられ、これでクモを飼うのだと聞かされると、そのクモの巣もその色を帯びる筈と完全に納得できた。あらゆる色の虫を用意済みだ、あとは或る種のゴムや油や他の膠着性のあるぴったりな食物をハエたちに与えて、糸が強靭で切れないものにさえなるなら鬼に金棒栄（はえ）ある話ではないか。

また市庁舎の大風見鶏の上に日時計を置いた天文学者がいて、年毎、日毎の地球と太陽の運動を調整して、どういう風の吹き回しだとは言わせない、もう風の好きなようにはさせないようにしたのだ、とか。

折りも折り、一寸腹痛（はらいた）の発作がと言ったところ、わたしは案内人に或る部屋に連れて行かれた。同じ道具をいろいろと逆に使って病気を直すというので有名な名医、というか迷医の部屋だった。問題の道具は大型の鞴（ふいご）で、象牙製の長く細い口がついていた。これを尻穴に八インチほど挿入して鼓腸風（ガス）を抜いてやると腸は乾いた膀胱さながらぺちゃんこにできると医者は言った。病状がもっと執拗で激しい場合は鞴の口を突っ込んでおいて鞴の方に一杯にした風を患者体内に吹き込む。次に道具を抜いて、風を入れる。その間、親指でしっかり尻穴をふさいでおく。これを三回か四回繰り返すならば、一陣の屁風（へかぜ）吹いて、（ポンプに吸いとられる水さながら）臭いものがどっと一緒に放出されて、患者は直る。向き逆転施療を同医師が犬にするのを見た。先ず最初のやり方では何の効果もあらわれなかった。次に向きを逆にした施術の後、犬はぶうっと膨らみ、挙句ぼすんと腸を炸裂させたが、草薙（くさなぎ）一閃、その臭いにはわたしも同座の人間たちも鼻はだどうにかなりそうだった。犬は即（そく）に死んだ。一人残された医者は同じやり方で今度こそは直すと一所懸命だった。

他にも顔を出した部屋は多い。しかし、目にした珍奇物(キュリオシティ)を片はしから論じて読者諸氏にこれ以上屁口(へいこう)されてもいけない、簡にしてケツを心掛けよう。

さて以上、学院の一方の貌(かお)ばかりみてきたが、もうひとつの相貌も眺めておく。それは思惟思弁の学の推進者たちで、彼らについて何か言おうとすれば、いまひとり高名な人物のことに触れておけば、まあ能事足れり。仲間うちでは「普遍学術人間(ユニヴァーサルアーティスト)」として知られていた。彼自身曰くには、三十年間人間生活の改良に知恵を絞り続けてきた。驚異の珍奇物(キュリオシティ)で一杯の大きな部屋をふたつ持ち、五十人の人間を働かせていた。ある者たちは空気を圧縮して乾いた可触の物質をつくろうとして、硝酸を抽出し、水というか流体分子を蒸発させせようとしていた。ある者は大理石を軟(やわら)かくして枕やピンクッションにしようとしていた。またある者は、生きた馬の蹄(ひずめ)を石化させることで蹄葉炎を予防しようとしていた。「学術人間」自身は当時、ふたつの大構想で頭が一杯だった。その一、土地耕作に籾殻(もみがら)を使う。それには真に種子たる力が含まれていると彼は主張し、幾多の実験でそのことを証明もしたのだが、仔細はわたし如きの理解力を超えていた。構想その二はゴム、鉱物、植物の或る成分を二頭の仔山羊の体に塗布して羊毛の生育を妨げること。すれば然るべき時がたてば毛一本ない羊の種(しゅ)を王国全土に繁殖させられるのではないかというのであった。

我々は通りを横切って学院のもうひとつの世界をのぞく。既に言ったように、そこは思弁的学術の企画者たちが働く界隈だった。

最初に会った教授は非常に大きな部屋に、四十人の学生に囲まれていた。挨拶の後、わたしが部屋の奥行き、幅ふたつの殆どを占めている大型の枠構造物に熱心に見入っているのに目を止めた教授は、思弁的学知を実践的、機械工学的手段によって改良しようという作業をやっているわけで、さぞかし驚かれていることだと見受けるのだが、これがいかに有益か世間もじき理解するだろうと言い、これ以上尊い崇高な思考が他の人間の脳裡に閃いたことなど一度もなかった筈と胸を張って付け加えた。学芸成就の普通の方法がいかに骨の折れるものか誰も知るところだが、自分のつくりだした装置だと、これ以上ない無知な人間でも適当な出費と少し許りの肉体労働さえいとわなければ、哲学、詩学、政治、法律、数学、神学、何の本でも書くことができ、天才も勉強も必要ないのだ、と。それから教授はわたしをその枠構造の所に連れて行ったが、その周囲を全学生が階級順にぐるりと取り巻いていた。構造物は二十平方フィートあり、部屋中心部に据えられていた。表面は骰子(さいころ)大の大きさに若干違いのある幾つもの木片でできていて、木片同士すべて細いワイヤーで繋ぎ合わせられていた。木片はどの面にも紙が糊付けされ、その上に全てこの言語の言葉がさまざまな叙法、いろいろな時制、くさぐさの語形屈折で書かれていたが、そこに何かの秩序があるようでもなかった。それから教授はわたしに、機械を作動させるからよく見ているようにと言った。彼の号令下、弟子たちは各自、枠構造の縁(ふち)をぐるり巡る四十ほどの鉄の取手を手に握ると、いきなりひと捻(ひね)りした。語の全部の並びがいきなり様相を一変した。教授は三十六人の若者に、幾本かの行(ぎょう)が枠に出現してくる毎にできるだけ穏やかに読み上げるよう指示した。三語か四語かが繋がってひとつの文の一部に成ったと思われる刹那、それを書き留める役の残る四人の若者に読み上げて書きとらせようというのである。この作業は三回か四回繰り返され、都度四角い木片たちがくるりくるり上下逆転しては語が新しい組合せになる仕掛けの装置だった。

若い弟子たちは一日六時間、この仕事に従事させられ、教授は既に揃いものの体になった大型二つ折り本の何冊かの書巻をわたしに見せてくれた。収載した断片的な文章を撚り合わせていって、こういう豊沃なる材料からつくり上げた百学連環の宇宙書を世間に提供する、それが教授の目論見だった。もし公衆の寄付で基金ができてラガドにこの枠構造物が五百基もつくられ、各運営者がそれぞれ集めた材料を汎く提供してくれたら、この世界書物構想はさらに改良され、さらにはかどるはずだ、と。

自分の知識を若かった頃からずっとこの発明一本に注ぎ込んできた、と教授は言った。全語彙をこの枠の中に投入したし、書物の中に存在する不変化詞、名詞、動詞その他、使用言語の他の品詞の間にある一般的比率の算定も完璧を極めた積りだ、と。

わたしはこの高名な人物が何包み隠さず話をしてくれたことに衷心からなる感謝の言葉を述べ、幸運に恵まれて生国に戻れた暁には必ずこの驚異の機械の唯一無二、文字通りの発明者はあなただと言って御名を喧伝すると約束し、その為にもその形や工夫を、ここに併載の絵のように紙上に描いておく御許可をいただけまいかと付け足した。わたしが彼に言ったのは、ヨーロッパの学界では互いの発明を盗み盗まれたりが当り前で、少くともだれが正しい権利の保有者か揉めごとに持ち込めるという利点がなくはないが、わたしとしては彼の栄誉を争いとろうという族が出てこないよう注意していきたいということであった。

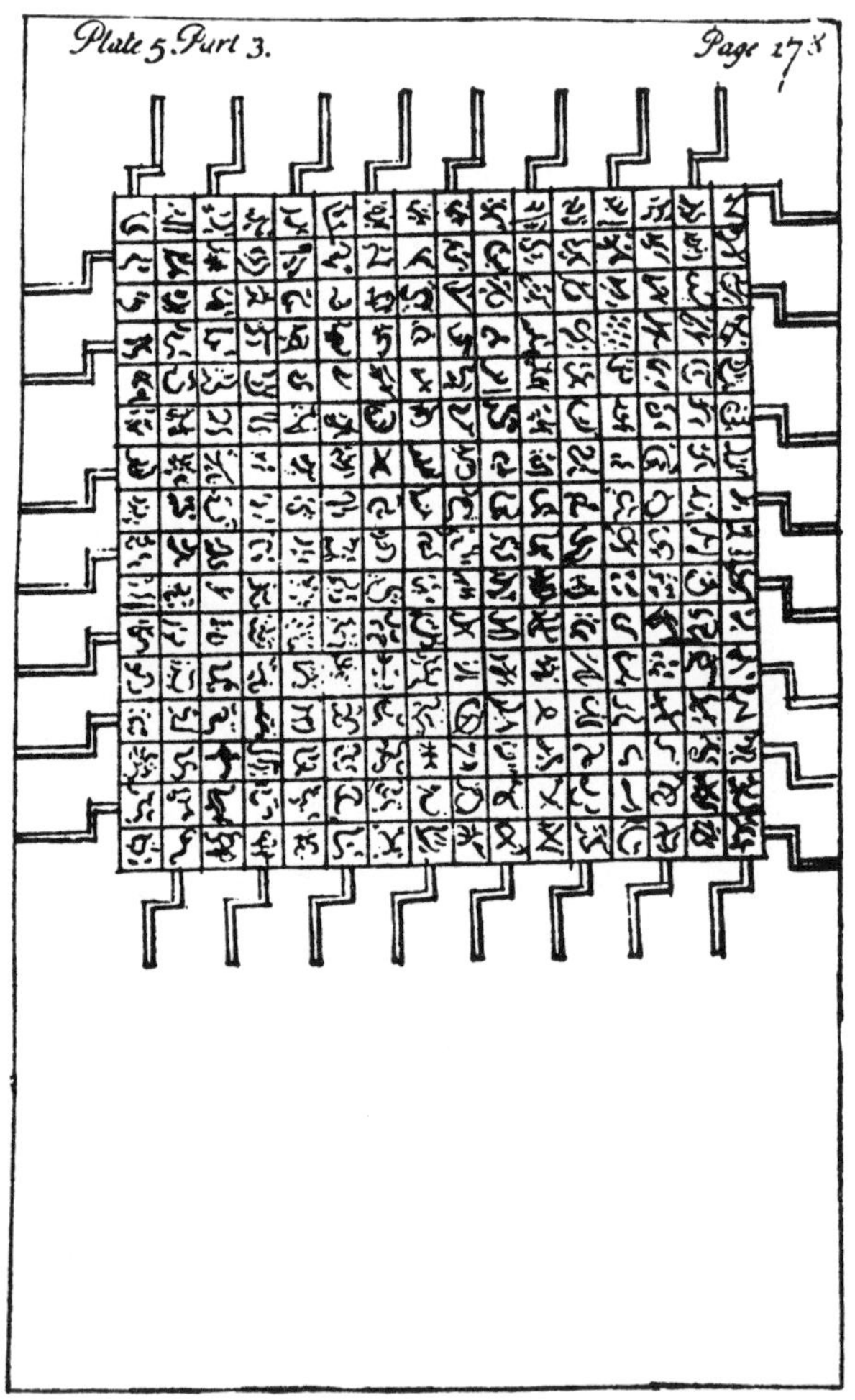
Plate 5. Part 3.
Page 178

次には言語を各種研究している施設を回ったが、教授たちは自国語改良論を坐って議論していた。第一の企画（プロジェクト）は多音節語を一音節語に切り詰めることで談話を短縮しようというもので、実際にはありとあらゆる物は単に名詞なのだから動詞だの分詞だの使わないようにすれば良いというのも同じ短縮化の意向から出た案であった。

もうひとつ、いっそ全ての語の完全廃止をという企画もあった。短縮化ばかりか身体健康の増進という点からも革命的ではないか。そもそも語を発するという営み自体、肺臓を消耗によって小さくさせるわけで結果、寿命を短くしてしまうのだ。そこで代替の便法。語とは物に与えられた名前に過ぎないのだからたれしも、話をしなければならぬ特定の商談に必要な物を携帯して行くことにすれば話は早いのではないか。この発明は実地に移され、当事者を身心ともに大いに楽にしてくれた筈なのが、婦人方が先祖代々の語を舌上に転（まろ）ばす権利を自分たちに保証しろと主張して俗で無教養な手合と結託、反乱まで口にするに及んで頓挫してしまった。まこと学にとって倶（とも）に天を戴（いただ）かぬ仇敵とはいつに変らず巷（ちまた）の人間たちなのだ。ところで学殖も知恵も最高と目（もく）される人々の多くが「物」で言いたいことを言うこの新機軸（スキーム）に固執したが、それにはひとつ、こういう大不便がついて回る。つまり話題が広範に渉（わた）り、主題が各種（くさぐさ）に及ぶ場合、それに応じて背中にかついで歩く「物」の数量が増してブックサやり合う文字通り荷「物」と化し、持って歩く逞しい召使いが一人や二人必要になるだろう。わたしは賢者二人が我が国の行商人そっくりに背の重荷でつぶれかかっているところを見たことがある。道で出くわすと、先ず荷を背からおろし、袋の口を開け、一時間ほどブツブツやり合うと、やおら道具類を片付け、互いに助け合って荷を担ぐと別れて行くのである。

喋りが短いものなら道具はポケットに入れる、小脇にはさむで事足るし、第一、家でのお喋りなら何困ることもない。だからこの技術でやりとりする連中の集まる部屋は、この種の人工的対面にとにかく「物」を用意しなければならないわけで、そこいらじゅうが何とも「物」「物」しい雰囲気となること必定（ひつじょう）ではあるまいか。

この発明には他にも利点があり、文明あるどの国家でも理解され得るひとつの普遍言語（ユニヴァーサル・ランゲージ）の働きをするかもというのがそれだった。文明国同士、物や道具は大体種類も同じだとか、恰好も似通い合うので、どういう用途のものかはすぐ理解できる。こうして大使たちは、お互い言葉は全然通じなくても外国の君主や大臣と談判（だんぱん）自在になるであろう。

数学教育機関も面白かった。教授が学生に教える方法がとてもヨーロッパでは考えられないものだった。薄い焼き菓子にアタマクル・チンキでできたインキで命題や証明を書き付ける。腹ぺこ学生にこれを飲ませ、三日間パンと水以外何も与えない。やがて薄焼き菓子が消化されると、チンキは名前通り頭に来るが、一緒の筈の命題は一向に頭にコナイで、今のところ実験は頭打ち。原因の一半は薬の量もしくは組成にあるか、或は若者たちの得手（えて）勝手のせいか。この丸薬、飲むと吐き気が来る、だから薬が頭に来る前に学生が頭に来る、で薬効来ないで学生行く始末、無論こっそり吐きに行くのだ。第一、指示に何とあるか知らぬが、これほど長い日数の断食にアタマコナイ学生なんか、いるわけ、ない。

第六章

さらなる学院案内。作者、幾つか改良案を建白、好評を以て迎えらるる、の条

政治の方の企画者（プロジェクター）たちの研究所では、わたしの受けは芳しくなかった。教授たちはわたしの判断では全く頭がおかしかった。その場面場面を思い起こすにつけ、わたしは憂鬱な気分にならざるはない。こうした不幸な連中は君主を説得して寵臣を知恵、能力、徳で以て選ばせる方式を提案していた。大臣を教育して公衆の福利に目を向けさせること、功あり能あり、奉公も見事な人間には十分報酬を与えることなど余念なく教える。君主たちには、自分の利害を臣民のそれと同じ基盤に据えてみることでみずからの利害の何なるかを弁えるようにさせる。任務にはそれを果たすにぴったりの人材を登用するようにさせる。等々。以前にいかなる人間の頭の中に入って展開されたことがあるとしも思えぬ他の不可能かの怪物（キメラ）の如き狂想の数々。どんなに異常、どんなに非合理なことでも、それを真理だと言い張る哲学者がゼロだったためしはないという古来の箴言を改めて心に銘記した次第である。

ところでわたしは、彼らがこんな絵空ごとを夢見ている手合ばかりでないことも知っているから学院のこの部門への評価はそれなりに高いのである。ひとり非常に明察力ある医者がいて、統治とは何か、どういう制度かの全体に完璧に通じている雰囲気に見えた。この傑物（えらもの）医家はその研究を実に有益にも、幾種類かの公的管理機能が、管理する側の悪徳もしくは弱点により、管理される側の放縦（ほうしょう）に

よって罹患していくあらゆる病患、あらゆる腐敗に対して効く治療法の発見一本に絞った。あらゆるもの書きや思想家が同意していることだが、人体と政体、同じ「体」ということでもどこへ行ってもその通りな厳密な類似性がある。これらふたつの体の健康とも維持されねばならず、かつ両者の病とも同じ処方によって治される筈ということ以上にはっきり言えることは他にあるまい。元老院、枢密院の人間は余分な、奔出する或は他の病因となる諸体液に、多くの頭の病に、もっと多くの心の病に、強烈な痙攣に、両手、なかんづく書き、また賄賂受けとる右手の神経と腱の痛烈な萎縮に、脾臓由来の鬱、腸満、眩暈、譫妄に、臭い膿持つ瘰癧の腫瘍、酸っぱく泡立つげっぷに、犬のような食欲、消化不良に、それからもう挙げきれない他の病気もろもろにいつも悩まされ続けていることなど世間周知のこと。そういうこと故、くだんの医者は、元老院開会に際しては会議最初の三日、毎日の侃々諤々の終りに医師たちが顔を出して議員たちの脈を診、よくよく検討し、各種病気の容態、治療法を比較考量して後、召集四日目に元老院に、適切な薬を携えた薬剤師たちを伴って戻って来、議場着席の前に議員ひとりびとりに鎮静剤、食欲促進剤、下剤、腐蝕剤、収斂剤、緩和剤、通じ薬、頭痛止め、黄疸薬、去痰剤、促聴薬等々を各病状に応じて与えるのはどうか、と提案するのだった。これらの薬剤の効果をみながら、次の会議の時には薬を続ける、変える、やめる、くさぐさやれば良いのだ、と。

この企画は公衆に多大の出費を強いるとも思えないし、私見によるなら、議員が立法の仕事の何かをになう諸国に於ては仕事の迅速化に大いに役立つ。彼らは意見の一致をみなければならないし、議論を短くしなければならない。いま閉じられている口を開かせ、いま開きっぱなしのもっと多くの口を閉じさせなければならない。若い連中の短気を直し、老頭児たちの前のめりを矯めねばならず、阿呆どもを熱くさせ、出しゃばり奴を冷やさねばならないのだ。

もうひとつ。君主の寵臣たちが記憶力が悪いという不満をよく聞く。くだんの医師はこれについても提案したのだが、首相の前に呼び出されたらだれしも話は短簡に、もの凄く普通の言葉だけでさっと済まし、退出の刹那、相手たる首相の鼻にひと捻り、或は腹にひと蹴り、或は魚の目にひと踏み入れたり、両耳を三回引っぱるか、ズボンにピンをひと刺しするか、腕を痣がつくほどつねるかして、兎角忘れることを忘れさせる、という提案。接見のたびに同じことを、話がまとまるまで、或ははっきり拒否されるまで繰り返すのが良い、と。

彼はまた、国家の枢密院の元老院議員は自分の意見を述べ終り、その論弁も終わったら、自分とは逆の意見の方に一票投じなければならないとも提案したが、そういうふうにすると必ずや公衆の利益となる開票結果に落ちつくからというのであった。

国家で政党間の抗争が手に負えなくなった時の両者協調の方法なるものの提案もこの医者がした。方法、というかまるで這う這うの体。それぞれの政党の代表者を百人ずつ選び、頭の大きさがそっくりという二人組をつくってから、腕こきの医師二名に各二人組の後頭部をば、丁度頭が二分されるように同時に切り取る。そして切り取られた後頭部を交換し、反対政党の人物の頭にくっ付ける。聞くだに痛そうな作業だが、丁寧にやりさえすれば治療に手落ちのある筈はない、とこの医師は請け合った。右脳と左脳がひとつ屋根ならぬひとつ頭の下、じっくり自分たちで相談するしかないのですぐに良き折り合いをうみ、かつ我れ世間にうまれしはその動きを見、管理する為とか嘯く手合の頭脳に、一番必要な諸事に中庸をとるまともな思考法を植えつける筈だ、と。各分派トップの頭脳に質量の違いがあると言われた教授のひとことや良し、違いと言えるほどのもの、何もない、と。

臣民に負担を感じさせないで資金徴集する簡便かつ効果的な方法をめぐって二人の教授が口角泡をとばす現場にいたことがある。先ず一人が言ったのは、悪とか愚行とかに対する賦課税という名目が方法としては一番正しいということだった。誰しも免れ得ぬこの税の税率は隣人たちによる審査会によって公明正大に決められると良い。二人目の意見はこれと正反対だった。税は税でも、本人が自分はすばらしいと思い込んでいる身と心の特質を課税対象にするのはどうかと言うのだった。税率は自分がどれだけ秀れているかの程度に応じて定まるから、自分ひとりの胸に聞く自己評価ということになる。最高に税をとられるのは言うまでもなく最高に異性にもてる奴だ。税率評価は何回もてたか、どうもてたかで決る。勿論、とりわけ自己評価、大歓迎である。機知、勇気、慇懃なども高い税がとれ、同じように、というか、持てるものの量を本人が自己評価するところに応じて徴集される。逆に、名誉、正義、英知、学識などは課税対象にされてはならぬ、全てまことに珍しい事態であるので、だれもそんなもの、隣人の裡に認めることはできないし、いやいや、自分自身の中に認めることだってないのだから。

女性たちへの課税は、そうなると美と衣服に対する税ということになる。自己評価という男子と同じ特権に与るわけである。婦徳だの純潔だの、良き見識、善き性格だの、税の評価対象にならない。

徴税の重みに耐えられまい。

議員たちを王家の為ということで繋ぎとめておこうというのなら、猟官運動はラッフル籤（くじ）でやったらどうかという提案もあった。全員が先ず誓いをたて、自分が勝っても負けても、宮廷に支持の一票という誓いを守るとし、負けたとしても次回空席ができた時にはまた籤引く自由がある。こうして希望と期待はなお繋がっていく。約束がちがうと言って不平を言う者はいないし、失望にしたって運命の女神のせいにすればいいだけの話だ。一切その双肩に担わされるこの女神の肩幅が一大臣のそれより広いというのはそういうことなのだ。

政府に対する陰謀や謀略をどうやってあばくかの指示を記した大きな書類を一教授がわたしに見せてくれた。大政治家たる者、容疑者の食を注意深く観察せよ、いつ食べているか、寝る時、体のどちら側が下になるのか、尻を拭くのはどちらの手でか、よく調べよ、と忠告するのだ。彼らのひり出す糞便を点検怠るまじきこと。その色、その臭い、その味、その粘度、その未消化度というか消化の良し悪しから判断して、彼らが何を考え、何を謀（はか）りつつあるか察せよ、と。人は便器に坐っている時ほど真剣で、もの思いし、集中している時はないからだが、これを教授はしょっちゅう実験して確かめたとか。こんなふうに推測して、ちょっとものはためしと、王を殺す最高の方法をひり出そうと糞闘してみたところ、出てきたものは緑色をしていたという。一心不乱に反乱を考え、首都に火を放つことを考えてみたら、別の色のものが出てきた、とも。

論文全体が明察そのもので、政治家から見て好奇心を刺激し、有益でもある観察を次々披露していたが、完成品とは思えなかったから、著者にそう伝えて、お望みなら喜んで加筆しても良いがと言ってみた。物書き、とりわけこういう企画もの著者には余り見ない謙虚さをこの著者はわたしの言い分に示し、もっと情報が得られれば幸甚この上なしと言ってくれた。

それでということでもないが、わたしは彼にトリブニア王国の話をした。地元の人々はラングデンと呼ぶ王国である。わたしはそこに長逗留したことがあるが、住民の大部分が発見者、目撃者、たれこみ屋、告白者、訴追者、証言者、誓言証人といった手合で、それぞれに道具となって下働きする連中を抱えているが、皆が皆、大臣やら副大臣の旗幟と指揮の下、小遣いを貰っているのだ。この王国に於る謀(はか)りごとは大体が深遠な政治家という己が評判を上げること、狂った政策に新しい活力を回復させること、一般の不満を抑圧したり、捌(は)け口を与えたりすること、没収金で己が金蔵を一杯にすること、国債(クレジット)に対する評価を自分の都合次第で上げたり下げたりすることを狙っている連中の仕業である。容疑のある誰を陰謀の主に仕立てるか先ず談合して決める。次に彼らの手紙その他の文書類を全部押えてから、その主たちをお縄にする。これらの文書は語や音節や文字に秘められた意味をあぶり出す名人芸を持つ一群の技術屋の手に渡される。たとえば室内便器を「解読」すると即、枢密院の意、となる。鵞鳥の群れ、即元老院、びっこ犬即侵入者、疫病即常備軍、禿鷹即大臣、痛風即高僧、絞首台即国務大臣、尿瓶(しびん)即大物委員会、篩(ふるい)は女官、箒(ほうき)は蜂起、鼠取り即仕事、底なし穴即財務省、掃きだめは鶴、鈴付き帽即寵臣、折れた葦即裁判所、空っぽ大樽即将軍、膿(う)んだ傷口即倦(う)んだ政治。

この方法が巧くいかない場合、もっと強烈に効(き)く手がふたつある。彼らの中で学ある者たちが言うアクロスティック、そしてアナグラムである。最初のものを使うと、一行の最初の文字は例外なく政治的意味に解読される。それによると「の」は陰謀を、「い」は騎馬兵団を、「ふ」は海上の艦隊の意味になる。二番目のものは、なんだか怪しげな文書中の文字アルファベット（いろは）をそっくり並べ替えるやり方で、反対派の意図している深い意味を一挙に白日の下に晒す。一例を。私が友人に手紙を出して、こう書く。

　　このトム兄（あに）が痔核（じかく）ひどくつらそう

この技術に長（た）けた人間の手に掛ると、全く同じ文字が分解されて、剣呑な一文章に並べ換えられる。

　　抗（あらが）うこトの功徳（くどく）――ひそかに無実（むじつ）の

これがアナグラムなる奇手である。

こういうことを教示していただけて感謝に堪えないと教授は言い、論文中に必ずわたしの名を挙げて御礼に代える積りだとも約束してくれた。

さて、さらに長居したくなるようなものはもはやこの国にはなかった。イングランドに帰ろう、とわたしは考え始めていた。

第七章

作者、ラガドを離れ、マルドナダに到着。便船なし。作者、グルブドゥブドリブに小旅行。幻術的族長に歓待される、の条

この王国がその一部を成す大陸は、そういうふうに思える節があったのだが、東はアメリカのどこか未知の地域に、西はカリフォルニアのどこかに、そして北は太平洋に向って広がっていた。太平洋はラガドからせいぜい百五十マイルしか離れておらず、そこにはひとつ良港があって、北西側、北緯二十九度、経度百四十度ほどにあるルグナグという大きな島とさかんに交易している。このルグナグ島はジャパンの南東にあって、百リーグほど離れている。ジャパン皇帝とルグナグ王の間には堅い友好関係があり、二つの島の間の行き来は少くない。こういうこともあって、わたしはこちらを進路とし、ヨーロッパ帰還を期した。二頭のラバと、一人の道案内を雇って、少々の荷を運んでもらうことにした。わたしによくしてくれた貴族に別れの挨拶をしたが、出立(しゅったつ)の時にも気前良く贈り物をくれた。

この旅には特段な偶発事も冒険もなかった。（今もその名の筈の）マルドナダの港に着いたが、ルグナグに行く便船がない。当分ないということだった。町はほぼポーツマスくらいの大きさである。わたしはすぐに知り合いができ、非常に篤く遇された。高い身分の紳士が言ってくれたのだが、ルグナ

グ行きの船は一ヶ月は出ないんだし、グルブドゥブドリブという南西に五リーグほどの所にある小島に行ってみると結構楽しい暇潰しにはなるが、どうだ。自分と友達と二人でお相伴してあげてもいいし、話次第ではこの小旅行の為に便利な小型帆船を提供しても良いがとまで言ってくれた。

　グルブドゥブドリブ。一番近い訳語にするなら妖術師たち、魔法使いたちの島ということになるか。ワイト島のほぼ三分の一の大きさの島で、非常に肥沃である。全員が魔法使いという魔族の首魁が支配する。この魔族、内輪でのみの婚姻関係ででき、最年長の者が次々に族長の席を継ぐ。族長は宮殿を持ち、地所は三千エイカーほどもあるが、切り出し石の高さ二十フィートの石壁に囲まれている。この地所の中に牛馬、穀物、庭園と、それぞれの用途の小さな囲い場が幾つかある。
族長と眷族に仕え、御世話する召使いたちが一寸ばかり尋常でない。族長は幻妖の術に長けていて、気に入りの者を死者の中から呪呼召喚し、二十四時間の間、奉仕を命じることができる。二十四時間を越えることはできないし、また一遍呼び出したら、余程異常な事態でない限り、その人物は三ヶ月後でないと呼び出せないことになっている。

　大体午前十一時頃に島に到着。同行してくれた紳士の一人が族長の所に行って、異邦人が一名、御目通りの栄に浴したいと参っておりますが案内して来ても宜しいかというお伺いをたててくれた。すぐ許可がおりたので我々三人、衣服武具とも異様に古さびた二列の衛兵の間を縫って宮殿門を通過した。衛兵たちの様子を見る間にも名状し難い恐怖感で背筋が凍りつきそうだった。最前同様両側に並ぶ同種の召使いたちの間を通って数室も行くと謁見の部屋に着き、表敬恭順の礼を尽くし、二、三質問あって、我々は玉座最下段の近くにある三つの椅子に腰をおろすことを許された。族長は島の言葉とは違うのにバルニバルビの言葉をちゃんと解した。わたしに旅の話を少しさせてから、今日は儀礼抜きで行こうとばかり指を一寸動かして同座の召使いたちに退出せよと合図すると、驚くまいことか、突然起こされた時の夢まぼろしの如く、一瞬にして全員が消滅した。しばし動顛した儘のわたしに、そちの身には何の異変も起こらぬと族長が言って安心させてくれ、わたしもあとの二人がいつものことさという感じで堂々としているのを見て元気を取り戻すと我が冒険談の幾許かを族長に申し上げた。びくびくしなかったと言えばうそになる。さっき幽霊召使いたちが掻き消えたあたりをしょっちゅうちら見しながらのお喋りであった。

族長と会食の栄に浴した。新手(あらて)の幽霊たちが現れて肉を切り、給仕をしてくれた。わたしも午前中みたいに怖がることはなくなっていた。日没時までお邪魔したが、今夜は宮殿に泊っていけというお誘いは有難くお断りさせてもらった。友人たちとわたしは、隣接する首都でもある町のさる個人宅で眠った。そして翌朝、族長のお呼びが掛って我々は再び族長のもとに伺候したのだった。

こんなふうに我々は同島に十日の長きに亘(わた)り、一日の過半を族長とともに、夜は我々の寝場所で過ごした。わたしもすぐに幽霊出現にも馴れ、三回か四回見た頃には何の感情も湧かないくらいになっていた。びくびくが残っていても結局わくわく(キュリオシティ)が勝った。というのも族長閣下がわたしに、誰でも良い会いたい相手の名を、なんなら好きな数だけ、世界開闢(かいびゃく)の時から現在只今の中から挙げてみよ、すべてここに呼び出してやる、そちの尋ねたいいかなる問いにも答えさせてやると言ったからである。

但し質問は彼らが生きていた限りの時代のことに限るという条件厳守ということだった。そち、大いに期待して良いのは彼らが語るのは真実だけということ、何故ならうそ吐く才能が何の役にもたたぬのが冥界という所だからだ、と。

こんな得難い楽しみを、とわたしは族長に恭々しく謝辞を述べた。我々のいた部屋はそこから地所に見事な展望（プロスペクト）が利（き）いた。それから豪華絢爛の景が見たいというのが差し当りの願いだったから、アルベラの戦いの直後、全軍の先頭に立つアレキサンダー大王の姿が所望と口走ったところ、族長の指が動いた刹那に、我々の立つ窓の下の広々とした野に大王の雄姿が現前した。アレキサンダーは部屋に招じ入れられた。大王のギリシア語はほとんどわからなかったが、考えてみれば問題は当方の語学力の無さだった。天神地祇（ちぎ）に掛けて誓う、余は毒に倒れしに非（あら）で、泥酔に発せる高熱にてあっち死に遂げたるも無念なり、と。

次に現れたのはアルプス越えするハンニバルであったが、それを用いて血路を開いたとされる酢だが、軍営に酢など置いてなかったと将軍は言った。

戦端を開こうとする両軍の部隊先頭にいるシーザーとポンペイの姿も見た。シーザーはその最後の凱旋行進の央（もなか）にいた。わたしは古ローマの元老院（セナートゥス）を目の前の大きな部屋に出現させ、現代のそれに当るとされる上院（セネット）をその対面像として別の一室に現前させてみせてくれと頼んでみた。第一のものは英雄と半神の灼々（しゃくしゃく）たる会合と見えたが、もうひと部屋は行商人、掏摸（すり）、追剝（おいはぎ）、ポン引き連中のくんずほぐれつの醜景であった。

族長はわたしの希望を聞いて、シーザーとブルータス両名に前に出るよう合図した。わたしはブルータスを一目見るや深い尊敬の念にうたれ、非の打ちどころなき徳性、猛然たる勇猛、堅固なる志操、烈々の祖国愛、全身に漲るヒトとしての慈愛の権化たるべき威風を相貌のあらゆる輪郭線に読みとった。しかし何よりも嬉しかったのはこの二人が互いに深く友誼を通じ合っている感じだったし、シーザーにいたっては、自分の生涯最高の栄光は間違いなくその生涯を最後に奪われる真実の時の栄光だったとまではっきり言ったのだった。栄光と言えばブルータスとこころおきなく喋り合ったのがわたしの栄光である。彼の先蹤たるユニウス、ソクラテス、エパミノンダス、小カトー、サー・トマス・モア、そしてブルータス本人は冥府でいつも一緒にいて、この六頭政治に世界のどの時代が第七人目を加えることができるか聞いてみたいものだ、とブルータスは言った。

いかに沢山の歴史上の有名人が呼び出され、古えのあらゆる時代の世界を眼前に見たいというわたしの飽くこと知らぬ欲望を次から次へと書き連ねて読者に御迷惑、というのにももはや辟易だ。わたし自身にとっては、暴君や簒奪者を倒す者たち、抑圧され傷つけられた国民に自由を取り戻させた者たちの勇姿を目のあたりにできたのはまさしく眼福以外のなにものでもなかった。しかし、だ。そうやってわたし個人が心裡深く感じた満足を、読者にぴったりな読む娯しみとして供する筆力がわたし奴にありとしも思えませぬによって、ちょおん。

第八章

グルブドゥブドリブの話の続き。修正古代史・現代史、の条

機知と学殖で高名な古代の人間に出会いたかったので、その為に別に一日をとったのだった。ホメロスとアリストテレスが先頭に立ち、彼らの注解者は全て二人の後に姿現（げん）ずるようだと助かると言ってはみたが、なにしろその数たるや大変で、何百という頭数が宮殿の庭にも外側の部屋部屋にも溢れ返った。が、ひと目見るなりこの二人の英雄はわかったし、二人の区別もすぐついた。その他大勢とは違っていたし、二人お互いもはっきり違った。二人見るとホメロスの方が背も高く、見栄（みば）えも良く、年齢（とし）の割には矍鑠（かくしゃく）として背筋ぴんと立てて歩いていて、眼光も炯々（けいけい）として、一寸見たこともないほどの眼力だった。アリストテレスは大分前屈みで杖を使っていた。顔は貧相だし、髪の毛も細く、まばらだったし、声もうつろだった。すぐにわかったことだが、二人は残りのだれとも全く見知りがなく、前から一度も見たことも話を聞いたこともないのだった。名もない一人の幽霊から聞いたところでは、これらの注解者たちは冥界ではいつも巨匠たちからできるだけ離れた所に屯（たむろ）しているが、これら著述家たちに対する己が読み違えを後世に引き継いで了っていることを恥とも罪とも感じているからだと、その幽霊は小声で言った。わたしはホメロスにディデュムスとエウスタティウスを紹介し、二人の力量は多分そんなところにしろもう少し高く評価してやっても良いのではと持ちかけた。だれか詩人の

精神の奥処(おくが)に感入する能力に二人とも欠けていると、ホメロスはいきなり見抜いて了っていたからである。一方、アリストテレスは、紹介しながらわたしがしたスコトゥスとラムスの説明に堪忍袋の緒(お)が切れて、きみらの族(うから)の残りの者も皆きみらと同じくらいの大馬鹿どもかと二人に尋ねる始末だった。

それからわたしはデカルトとガッサンディを呼び出して欲しいと族長に頼んだ。二人が現れたところで二人の所説をアリストテレスに説明しようと思ったのだ。この偉大な賢哲は、他のだれしもと同じで諸事推測推定でやるしかなかったので自然哲学ではいろいろと誤ちを犯したと、あっさり認めた。それからエピクロス哲学をできる限り口ざわり良いものにしてみせようとしたガッサンディも、デカルトの渦流説も等しく論破されたことを知っていた。現在の学界でこそ熱烈にちやほやされている引力説にも同じ運命が待っている筈、とも予言した。その言うには、自然の新大系と言っても時代々々で一変する新流行のひとつというに過ぎないのではないか。よしんばそれらを数学的に立証し得たと言いふらす者さえ、元気あるのは短期間だけ、こと決着の段には必ずや廃(すた)れていく他あるまい、と。

他の古代の学者たちにも五日かけて次々と会った。ローマ帝国初期の王たちとも軒並会った。皇帝エリオガバルスの料理役を呼び出してもらって献立てに与(あずか)ろうとしたが、食材が足らないので腕の揮(ふる)いようがないらしかった。スパルタ王アゲシラウスの奴隷はスパルタ式肉汁なるものを供してくれたが、ふた口目は遠慮したい代物だった。

島にわたしを案内してくれた二人の紳士は私用あって三日後にはどうしても帰らなくてはならなかったから、この二、三百年に我が国やヨーロッパの他の国で思いきり大物として通った現代の死者たちにも少し会ってみようと、その三日を使う気になった。古くからの名家というものを心から讃嘆してきたわたしは、王たちを一ダースか二ダース、八、九代に亘(わた)る先祖たちもろとも時代順に呼び出してみてくれと族長に頼んだ。意外かつ強烈な失望が待っていた。王冠も熾然(しねん)たる長い王統の代りに眼前に現れた一王家には二人の提琴奏者、三人のお洒落な廷臣、そしてイタリア人聖職者の姿があった。別の王家には散髪屋、一人の僧院長、そして二人の枢機卿(けい)。戴冠せる頭(かしら)への尊崇の気持が揺ぐことなく来たわたし、こんな微妙な問題をこれ以上云々するのはもはや心苦しい限りだ。それに公侯伯子男(こうこうはくしだん)という爵位家について細かく言う気はさらにない。それにしても、ある家系のある顔貌特徴が際立(きわだ)っているのを、どこからそうかまで辿る才がいつの間にか自分に具(そな)わっているのがわかって、それはそれで面白かったとは言っておこう。この家系はいつからこの長い顎(あご)を引き継いでいるのか、この家系に二世代の間、何故これほど悪党ばかり出たのか、さらに二世代、今度は間抜けばっかり、とか、気のふれた人間が多いこの家は何だ、博打(ばくち)うちばかりのこの家系はどうだ、とかとか。かのポリドー・ヴァージルが或る名家について男にますらお無く、女に貞女なしと言っているが、一体いつからそういうことになったのか、とか。一家の紋章と同じくらい或る家を他から際立(きわだ)させる特徴記号(キャラクタリスティック)に残酷さや詐欺や臆病がなったのであるか。家系が下るに応じて品下る瘰癧(るいれき)性腫瘍を抱えた名家に最初に梅毒をもち込んだのは誰か。小姓、下僕、召使い、御者、博徒、提琴弾き、遊び人、船乗り、掏摸(すり)らが入り込んで家系が乱れるのをいくらも見知ってみると、もはや驚くほどのこと何もないと、わたしは知った。

現代史にはほとほと嫌になった。百年に亘る君主たちの各宮廷に於る高名な人物の区々に厳密に当ってみて、文章を鬻ぐ売文家野郎どもが偉大な武勲を臆病者に充てがい、最高の建白をど阿呆の業績とし、真摯をおべっかつかいに振り当て、ローマ人的徳を祖国を裏切った者のものとし、敬神を無神の輩に、貞潔をソドムの末裔に、真実をたれ込み屋の業ということにして書くことで世人をいかにひどく誤ち導いてきたかを知ることになった。どれだけ多くの無辜の優秀人物が、大臣が裁判官を腐敗させ、各分派間の憎悪に巧みにつけ込むことで死罪にされ遠島の憂目に遭ったことだろう。いかに沢山の悪党が信用、権力、尊厳、利益の大事な場所にかつぎ上げられたことだろう。宮廷、枢密院、上院の議事や問題処理のいかに多くの場面に女衒やら淫売婦やらポン引きや寄生虫や阿呆やらが口出ししてきたことだろう。世界の偉大な企画やら革命やらの真の理由、動機を、それらを成功裡に終わらせた軽蔑すべき偶発事を知って了った今、人間の英知だ廉直だと言われてみたところでとても真に受けられぬわたしの境位、少しはおわかりいただけようか。

ここでわたしは歴史逸話集、というかいわゆる歴史秘話なるもの、毒杯一杯で多くの王を墓に葬ったり、王と大臣とが証人一人いない所でこんなことあんなことを相談させたり、大使や国務大臣の胸中もしくは匡中を吐露させたり、永遠にいい加減な筆捌きであることを知った。ここでわたしは世間を大騒ぎさせた大事件の多くの真相を知ることになった。要するに一人の大淫売が大奥を支配し、大奥が御前会議を、御前会議が上院を支配するというお話。わたしを面前に或る将軍は、自分が勝利したのはただ臆病心と一寸した手違いのお蔭と、ぬけぬけと告白した。海軍提督は、艦隊をごっそり売りとばす予定の相手を撃破したのはただの誤情報のせいとぬかす有様。三人の王が口を揃えて言うには、有徳の士を重用したことなどない、あったとしたら単なる間違いか、信用していた大臣の裏切りのせいだろうということだった。生き返っても有徳の士の重用などあり得ない、何故かなら、王位など腐敗なしに成り立たぬものなのに、有徳の士とかいう前向きで自信満々の頑固者など、ただひたすらに繁忙政務の障碍でしかあるまいと、これは成程とつい考えてしまう論法ではあった。

多くの人間が一体どういう方法によって高位を得、資産を獲得したかという点については特に強い好奇心を抱いていたが、対象はごくごく現代に限ることにした。ごくごくとは言っても今現在にいちゃもんをつけようとは思わない。それなら外国人にさえ不快感を与える惧れはないからだ（こういうことを言う時、決してわたしの国のことを考えているのでないこと、敢えて読者に言うまでもないことだ）。関連ありそうな人物が凄い数呼び出されてきたが、ほんの一寸つついただけで、思い出すだに重い気分になる破廉恥な情景が眼前に彷彿した。偽証、抑圧、屈辱、欺瞞、女衒三昧等々の破廉恥行為は彼らが告白しなければならなかった中ではまだ許せるところもあり、現にわたしも区々理屈をつけて情状を斟酌した。しかし或る相手が高位と富は男色、近親相姦のお蔭と告白し、別の者が妻や娘の体でと言い、また国と君主への裏切り、毒、正義を曲げて無辜の者を犠牲にしたことのお蔭を口にするのを次々聞きながら、わたしは生得、高位の人々に自然に払ってきた深い敬意を一寸改めねばならないかもなど感じたことを詫びないといけない。崇高な威風によって我々格下の人間からこれ以上ない敬意の目で仰ぎ見られなければならぬ筈の人々だったのに、と。

滅私奉公、七生報国の偉大な物語はどんなによく読んだことだろう。そういう立派な奉公をし遂げた人々にどんなに会ってみたいと思ったことだろう。しかし直検分でわかってきたのはそういう人々の名は記録に遺されていないということだった。数少いが歴史に名を留めている場合は悪党として反逆人としてということだった。それ以外、一度としてその名が拝めたことはついにない。彼らは憔悴し襤褸着の体で出現し、大半の者が貧苦と屈辱の裡に死んだことを嘆き、残りの者は斬首台や絞首台の露と消えた己が最期に怨み言を言った。

そういう連中の央に、少し別扱いが必要な人物がいた。傍に十八、九の若者が立っていた。話を聞くと或る艦で長年、指揮をとっていたが、アクティウムの海戦で運よく敵の大掛りな火線を突破して旗艦級の三隻を撃沈、一隻を拿捕した。これが因となってアントニウスは逃走し、味方の戦勝となった。彼の横にいた若者こそ彼の唯一の息子だったが、この作戦行動中に戦死した。彼が付け足して言うには、戦いが終ると己が武功に自負があったのでローマに赴いてアウグストゥスの宮廷に対して、死んだ指揮官の席が空席になったもう少し大型の艦を任せて欲しいと訴え出た。しかし彼の思い込みははずれ、艦は皇帝の情婦の一人に仕えていた女解放奴隷の、海を見たこともない息子のものとなった。自分の船に戻ってみると任務放棄の廉で解任され、船は副提督の息子のプブリコラ愛寵の小姓のものとされた。これまでと彼はローマからかなり遠くのみすぼらしい農地に引っ込み、そこで生涯を閉じた。わたしは真相をたしかめたい一心で、その戦いで提督をつとめていたアグリッパの召喚を望んだ。眼前したアグリッパは彼の話は全部本当だと証言した上に、彼に有利になる話も一杯してくれた。実に謙虚なお人柄ゆえ、大変な武功なのに大したことないと言ってみたり、隠したりしてしまうのだ、と。

最近目についてきた贅沢病のせいで、帝国内に腐敗があっという間に、徹底して進行中なのにわたしは一驚を喫した。お蔭でよその国に同様の現象を見ても、わたしは余りびっくりしないで済んだ。そこいらの国ではあらゆる種類の悪徳がもう少し長くはびこり、賞讃か名誉の剝奪かの判断は、ふたつのどちらの資格も持たぬ最高指揮官の胸三寸なのであった。

だれが呼び出されても生前と同じ姿での出現だったから、人類全体がこの三百年でどれほど退化してきたのか一目瞭然で、わたしは暗然たる気分だった。さまざまな病跡をまとい、さまざまな病名をまとう梅毒がイングランド人の顔貌容姿を一変させていたし、体は小さくなり、神経はだらりとし、腱と筋肉はたるみ、皮膚は土気色になり、肉付きはぶよぶよと不快な肉塊そのものだった。

時代をめいっぱい下ってしまった今、旧時代のイングランドの自作農(ヨーマン)を何人か呼び出してくれるように頼んでみた。習俗、衣食住の単純純朴、交渉で見せる義、真の自由精神、勇猛、愛国心で高名な人々であった。生ける者を死せる者と比べ、土地に根差した徳義の全てが孫の代に全て札束で買われ、孫たちは票を売買し、選挙を好きに操作することで、宮廷で学ばざるを得ないたぐいの悪徳と腐敗の全てを身につけてしまっているのである。

第九章

作者、マルドナダに帰着。ルグナグ王国へ出帆。作者、拘禁。宮廷送致。謁見の仔細。臣民への王の寛仁と大度、の条

いよいよ出立の時だ。わたしはグルブドゥブドリブ族長閣下に別れを告げると二人の仲間と共にマルドナダに戻り、そこで二週待つと、ルグナグ行きの便船をつかまえた。二人の紳士はじめ皆寛大にして親切な人々で、食料を恵んでくれた上、船まで見送りに来てくれた。この旅は一箇月掛った。一度激しい嵐に見舞われたが、どうしても西を向いて、六十リーグほど吹き続ける貿易風に乗らねばならなかった。一七〇八年四月二十一日、我々はルグナグの南東端にある海港市クルメグニグの川に入った。町から一リーグ以内に投錨し、水先案内を請う合図を送った。半時間ほどして案内が二人やって来た。幾つもの汀（みぎわ）と岩の間を、一艦隊まるごと市壁からケーブルひとつ分の所につつがなく入ることができる広い内港に向けて非常に危険な水路を案内してもらった。

悪心あってか単なる不注意からか何人かの水夫が水先案内に、わたしが異邦人の大旅行家だと教えたらしく、案内人が税関の役人に報告し、為に上陸した途端、綿密に取り調べられた。役人はバルニバルビ語をあやつったが、さかんな交易のお蔭でその町ではよく通じた。水夫たち、税関の役人たち皆、よく解した。わたしは役人にいろいろ細かいことを説明し、わたしの旅物語を極力いかにもあり

そうな一貫した話としてした。自分の国の名を言って良いものやらわからず、自分はオランダ人で目標はジャパンであると言ったが、オランダ人がジャパン王国に唯一上陸許可を持つ国だということは弁えていたからである。それ故わたしは役人に伝えた、バルニバルビの海岸で難破し、岩にかきついていたら、ラピュタという浮遊島に引き上げられ(役人も浮島のことはよく耳にしていたようだ)、それで今はジャパンに行こうといろいろ苦労しているが、そこから便船を得て祖国に帰る積りである、と。宮廷からの達しがあるまで拘留する、と役人は言った。すぐそう書き伝えるから、二週ほどで返事が来るだろう、と。それから居心地良さそうな宿所に連れて行かれたが、戸口に哨兵が一人いる以外は大きな庭に出るも自由だし、十分人間的な扱いを受けたが、一切ずっと王の指示によって動いていた。何人かの人間が顔を出した。好奇心からということらしい、というのは、彼らが聞いたこともない僻遠の地から来たらしいという噂が立っていたかららしい。

同じ船に通詞役として一人の若者が乗っていたが、ルグナグの生れにしてマルドナダで何年か暮したというので、二つの言語を自在に操った。この人の助けを借りて探訪の客人たちと交流できた。交流と言っても、向うが質問し、わたしが回答するというだけのものだったが。

急使がほぼ予期通りの時にやって来た。わたしとお伴の者を十頭の馬を回すからトラルドラグドゥブ(もしくはトリルドログドリブ。記憶する限り、この両様の発音があった)に連れて来て良いという許可であった。伴の者って言っても、通詞役の例の貧しい若者で、説得して役を引き受けてもらっていたのである。下手(したて)に願い出て、銘々にラバ一頭をあてがってもらった。伝令が我々より半日前に急派されて、我々が来ることを王に伝え、陛下が一日半ほどあけていただき、わたしが陛下の「足載せ椅子の前の座を舐める」栄誉に浴したい意向である旨、伝えてもらった。この宮廷慣例の物の言い方なのだ。ただの言葉の慣用ではないことがわかった。到着後二日しての謁見の席でわたしは腹這いになれ、進みながら床を舐めるようにと命じられたのだ。もっともわたしが外国人だからというので床はぴかぴかに磨かれて不愉快でないように配慮されたようだ。もっとも、それは飽くまで特例で、謁見を望む超高位の者にしか許されないやり方だった。逆に床が塵だらけということもたまにあり、それは謁見される者が宮廷内の強力な敵であったりというような場合であった。さる大貴族が口じゅう塵だらけにし、這って王座から或る距離の所まで進むまでひと言も喋れなかったのを、わたしはこの目で見たことがある。謁見を許可された者が陛下の面前にて唾を吐くとか口をぬぐうとかすれば即万死に値するというのだから、打つ手はない。もうひとつ何を言いたいのか良くわからぬ習俗があって、王が貴族の一人をやさしい気持で穏やかに刑死させようと思うと、床に致命的成分の褐色の粉を撒きちらすように命じる。舐め上げると二十四時間で必ず落命する。しかしこの君主の尋常ならざる心やさしさ、臣下の生命に対する深い配慮(ヨーロッパ中の君主方に是非見習ってもらいたいものだ)の肩を持つのであれば、毒された床部分はそのような処刑執行の後、きれいに拭き上げられるべしと、きつく命令されること、それも言い添えておかねばなるまい。それを召使いが怠れば王の不興を買うこと間違いない。処刑後、床を洗えという指示を出さねばならぬのを怠ったお小姓の一人を鞭打てという指示を陛下が出しているのを聞いたこともある。思うところあって怠ったらしいが、その為に謁見に来た洋々たる未来を謳われていた若い貴族一名、不運にして一命を落とした。王はその時、この貴族に一片の殺意も持ってはおらなんだというのに、不運。しかしそこも良くはわからないのだが、やさしい王は小姓の鞭打ち刑は免じ、特に御下命ない限り二度と斯様なことはしないという約束ひとつしてことはおさまったのだった。

さてと閑話休題。わたしは王座から四ヤードの所まで匍伏前進していくと跪いて、七度額を床にこすりつけ、前の晩に教えられていたまま、「イプクリング・グロフトフロブ・スクウトセルムム・ブルヒオプ・マスフナルト・ツウィン・トゥノドバルクグフー・スルヒオプファド・グルドルブ・アスフト」と唱えた。これは国王から謁見を許された者たれしもが唱えると国法が定めた挨拶の言葉である。訳してみると「天翔ける陛下におかれましては天道より更に十一箇月と半、長寿されますように」くらいになるか。これに対する王の御返事は正直理解できなかったが、わたしは指示されていた通りの「フルフト・ドリン・ヤレリク・ドウルドゥム・プラストラド・ミルプルスフー」という返事を返した。わたしの舌はこの友の口にあるとでも訳せばよいか、要するに通詞を介在させて欲しいと言いたかったのだ。それで先に紹介した若者が招じ入れられ、彼が介在することで陛下が一時間以上続けた問いにわたしは全て答えることができた。わたしがバルニバルビ語で話すと通詞青年がその内容をルグナグの言葉に置き換えていった。

王はわたしの同席が甚く楽しかったようで、ブリフマルクルブ、即ち侍従長官に宮殿内にわたしと通詞の泊り部屋を用意させよと命じられた。毎日の食事は勿論、日用の必要にと金貨の入った財布まで下賜いただいた。

陛下の御意に添うて三ヶ月、同国に逗留した。寵愛まことに忝けなく、高位の役職まで約束を賜わりそうなことで、にしてもやはり僅かな余生、妻子と一緒に暮らしてこそ賢なり、義なるべしと思い始めたことである。

第十章

ルグナグ人讃美。ストルルドブルグ人とは何者か。この主題を巡る作者と何人かの著名人との対談、の条

ルグナグ人は慇懃かつ寛容な人々である。東方諸国特有の気ぐらいの高さを持ってもいるが、異邦人、それも宮廷が良しと認めた異邦人に向っては礼儀正しく対する。わたしはこの国第一級の人々の間に多くの友人を得たし、横に例の通詞がいてくれると、会話はいつも楽しかった。

或る日、こういう立派な人たちと一緒にいると、一人高位の人からきみはストルルドブルグ、不死人間のだれかれを見たことがあるかと聞かれた。見たことがないと答え、必ずや死ぬことになっている人間を不死などと呼んでどうする、説明してくれまいかと言ってみた。とても稀にどの一家にか額、

それも左瞼のすぐ上に丸く赤い斑紋を持つ子が生れることがあるが、これこそ不死の人の見落とし難いしるしである、と相手は答えた。その人物の言うには、最初三ペンス銀貨ほどの大きさのその斑紋は時間たつにつれ大きくなり、色も変っていく。十二歳にもなると緑になり、二十五歳になれば深い青となり、四十五になると真黒かつ、大きさもシリング英貨大になるのだが、そこからは何も変らないらしい。この人の言うには、こういう痣は本当に珍しくて、王国全体でも男女問わず千百人がせいぜい、首都には五十人ほどいるだろうかということだった。中の一人は三年ほど前に生れた女児である。こうした子供は別にどれか特定の一族にというわけでもなく、要はただの偶然の所産なのだし、ストルルドブルグ自身にできた子供は他の人間と何変るところなく、等しく死んでいく。

この説明を聞いてわたしは名状し難い歓喜に捉われたことを素直に認める。そして説明してくれた相手がたまたまバルニバルビ語に堪能だったから、わたしもよく喋り、挙句ちょっと興奮し過ぎだったかも知れない言葉が次々に口をついたのだった。わたしは夢中で叫んでいた。どの子にも不死の可能性が少くともあるなんて何て幸せな国であろうか、古えの徳行の生ける見本に一杯遭えるとは、昔のあらゆる英知を引き継いだ先哲たちに教えて貰えるなんてと。いやそれよりなにより、不死の人たち本人の比較絶する幸福とは何なのか、人間であることの普遍的な悲惨を免れた生を享け、絶ち得ぬ死への恐怖が惹き起こす重い心、沈んだ胸の裡と全然無縁に心のびやかに恬然と永らえることができるとはまさに至福以外の何か、と。それにしても、こういう光輝く人たちの姿を一向に宮廷で見掛けたことがないことにふと思い当った。額に黒い斑紋だなんて目立って仕様がない印だし、なんとなく見逃せる相手ではないのではないか。第一、諸事に賢いこと好きな君主が、そのような賢い、能力のある顧問団を一杯抱えていないなんて、もはやあり得ないだろう。逆にこういう偉い賢者たちの積善だ、徳行だということになれば、腐敗と放縦三昧の宮廷にとっては至極けむたい存在でもあろうし、若い人間が自説を枉げず、はやりの軽佻に即く人々である以上、目上の重たい言い分になど耳を貸すだろうかとも考えられる。とまれ王がわたしが横に侍ることを興がってくれるのを良いことに、良い折りを捉えてこの件についてのわたしの考えを素直に、勿論通詞の助けも借り借り、述べてみる気でいた。本気でわたしの忠告を耳に入れる気でいるかどうかはわからないが、王がいつもいつも宮廷仕官を勧めてくれることもあり、心から感謝してこの好意を受け、余生をここで秀れたストルルドブルグたちとお喋りしながら過ごしても良いと考えていたことだけはたしかである。勿論、喜んで仲間に入れて貰えればの話だが。

(先にも記したように)バルニバルビ語を話すという理由でわたしが所説を漏らした当の紳士はもの知らずを憐むという感じの微笑を浮かべると、喜んで彼らとの出会いの場をしつらえようと言い、わたしの言ったことを彼らには自分の方で説明するが構わないかと、わたしに尋ねた。現に紳士はそれを実行し、相手の者たちはわたしが片言も知りはしない彼らだけの言葉でしばらく何か話し合っていた。彼らにわたしの話がどういう印象を与えたものか、その顔付きから知ることもできなかった。しばしの沈黙あって同じ紳士が、彼の友にしてわたしの友たる連中(そういう呼び方が一番と思ったらしいが)は不死の幸福と利点を巡るわたしの理にかなった礼讃をとても喜んでいるが、もし運命の籤でわたしが不死の身に生れついたならどういう感じの人生観になると思うか、皆特に知りたがっているということらしかった。

もし自分が王だったり将軍だったり大貴族だったらどうするかといった想像に楽しく耽る趣味のあった自分には間口の広い愉快な話題だからいくらでもお話ししてみたい、とわたしは答えた。そしてこういう問題は特に、永遠に生きるとはっきりした時、どう振舞うべきか、どう時間を過すか、よくいろいろな観点で考えに考えてきたのだ、と。

良き運のお蔭で一人のストルルドブルグとして呱々の声あげられたとしたら、生と死のちがいをわかるや否や、あらゆる芸、あらゆる方法を使って富の獲得を目差すだろう。盗人になるか商人になるか何れにせよ、富の追求の結果、二百年も掛ければ王国第一の金満家になれるのはしれたこと。次に、本当に若い時分から学芸に精出して、やがて学界で何者をも凌ぐ知の巨人になるのだって良い。もうひとつ、巷間に起こるあらゆる重要事件を注意深く隈なく記録し、何代にも亘る王や偉大な国務大臣たちの所業を、あらゆることに自分なりの観察を付して過不足なく描き出すという生き方だってある。習俗、言語、流行、衣食、娯楽に生じた変化を正確に記録してはどうか。そうやって沢山のものを見て歩いた結果、生ける知識と英知の宝庫と言われ、国家に降る御託宣と化すもさらに夢でない。

還暦を過ぎたら結婚はない。皆来いという気分。もっとも依然、無駄な金遣いはない。将来ある若者たちの心を、わたしの記憶、わたしの経験、わたしの観察を通しての説得によって矯め、形づくるのが娯しみになる。公私両生活に徳がいかに役立つか説得するのだが、なにしろ実例をめいっぱい見て来ているから、強い。但しいつも傍らなる最良の仲間は勿論不死の人たちの集いで、最古から現在の同時代人にいたる者たちの中から一ダース分選び出してみたい。金運なしと嘆く者がいればだれでもわたしの地所周辺に便利な住いをあてがい、いつも何人かを食卓に招じ入れたい。死すべき者たちとも最上級の連中とのみは混っても良かろうが、時がたつうち、心が硬くなってそういう人たちが亡くなっても別に嫌というわけでもなくなり、その子孫たちとも同じような感じの接し方で、年々歳々庭に咲き笑うナデシコやチュリップは愛(め)でるが、過ぎたる年に枯れていったものたちが亡くなったと言って区々(いちいち)嘆くこともないのと全然同断である。

こうしたストルルドブルグとわたしは長い時間を掛けて互いに見てきたもの、記憶し来ったところに就て語り合い、腐敗がいかなる段階をへながら世間に入り込んで来たかを見、人類に永遠の警告と教えを与えることで、腐敗をあらゆる退行過程に於て洗いだしたが、我々自身が範ということでさらに影響力大(だい)ということで、正しくもあらゆる時代に批判された人間性の切れ目なき堕落をおそらく少しは止められるのではあるまいか。

これら全てに加えて諸国諸帝国のさまざまな革命を目にする面白さもある。空に起こり地に生じるくさぐさの変化、廃墟になった古代都市、かと思えばよくはわからぬ村落が王座ある場所になる。有名な大河が小さくなって浅い涓流と化し、大洋の退潮で干上る汀(みぎわ)あれば、洪水(でみず)溢る岸辺もできる。かつて人跡未踏の多くの地が発見もされる。野蛮が洗練の極みな国家を蹂躙し、かと思うと東夷(とうい)また西(せい)戎(じゅう)が都雅の粋にも成る。それからまた経度、永久運動、万能秘薬(エリクサー)、その他の発見を見、完璧なところまで究められた大発明なども見た。

天文学での発見は驚異そのものだ。自分のした予言の成就されるところまで見たし、彗星の進路や回帰だとか、太陽や月や星たちの運動に生じた各種変化も見て来た。

永遠の命と地上での幸福への自然な欲望あれば次々と見えてくる他のあれこれの話をわたしは詳しくした。喋り終ると、わたしの話はかいつまんで集った他の連中に翻訳紹介され、すると彼ら同士お国の言葉での議論が始まり、連中は時々こちらを向いておそらくわたしのことで何かを笑ったりした。最後に、ずっと通詞役をつとめてくれた同じ紳士から、人間だから愚かなのは仕様のないこととして、だからと言って自分たちにもどうにもできない誤解を二、三、わたしが犯しているのを糺してやって欲しいとこの連中に言われているのだが、と言われた。このストルルドブルグの系統はこの国にしかいない、バルニバルビにもいないし、自分が陛下の命を受けて大使として行ったジャパンにもいなかったし、そんなことが現実にあるということをこの二王国の住民だれ一人として信じなかったし、第一このことを初めてきみに話した時のびっくり顔からして、きみにとっても全くの初耳、信じ難いことなのだなと感じた、と紳士は言った。いま言ったふたつの王国に滞在中、実にいろいろ議論したが、長寿ということがどこに行っても人類普遍の欲すること、冀望するところなのだと知った、と。仮に墓に片脚突っ込んでいるとしても人間、もう一方の脚はできる限り墓から遠ざけようとする。最高齢者が一日でも長く生きようとし、死を、自然がそこからいつも人を救いだそうとするところの最大の悪とみる。それがこのルグナグ島でのみ、現に眼前にストルルドブルグという見本がいつも見られる為であろう、長寿欲はそれほど強くはなかった。

　きみが捻りだした人生観は理に叶ってないし、正しいとも思えない、とも言うのだった。なぜなら若さ、健康、精力が永遠に続いてというのが前提になった話のようだが、よっぽどの馬鹿でもそんなこと望まない、よほど願いごとが好きな奴でもね。だから問題は人がいつも若くいて、繁栄と健康もくっ付いてくる道を選ぶかということではなくて、必ずややって来る後ろ向きな条件の下、いかに永劫の生を過ごすのかということだ。老いれば不可避な悪条件だがね。そういう悪条件重なる下でなお不死を望む者が果たしてどれだけいるかということだが、先に言ったバルニバルビ、ジャパン二王国で見る限り皆、少しでも死を延期して欲しい、お迎えの来るのを少しでも遅らせて欲しいとはたしかに望んでいたし、第一、喜んで死にたいと言う者など、よほど辛いとか拷問で苦しめられたりしていない限り、いるとしも思えぬ。稀な話だ。きみのお国でもいいし、ずっと旅して来た諸国でもいいが、これと同じような大きな傾向、あると思わなかったかい、と相手は聞いてきた。

　今までが話の序で、彼はストルルドブルグたちの具体的な話に入って行った。不死の人たちは大体三十になるくらいまでは極く普通の人間であるが、そこらを過ぎると気鬱で落胆してくる。両方がさらにつのっていって八十になる。御本人たちからそういうふうに聞いた。なにしろこの族（うから）はひとつの御代（みよ）に二人か三人と極めて数が少いし、不死人やいかにという一般的なまとめ方ができない。さて齢（よわい）八十にもなると、それはこの国では超の付く高齢者ということになるが、他の老人方皆の示す愚かさ、弱点を全く示すばかりか、自分は死ねないという見通しへの恐怖に由来する状態をさらにくさぐさ示し始める。頑迷、苛立ち、貪欲、陰気、虚栄、お喋りといったところだが、友情には無覚となり、自然な情愛には鈍くなって、情をもって見るのもせいぜい孫くらいまでで終り。いわゆる支配的情念という奴が、ここでは嫉妬、そして熱不足ありありの欲望。彼らの嫉妬の向けられる先は若者たちのいけない遊び、とそして老人たちを訪れる死である。若者たちにという方はそこな快楽一切と無縁とはのっけから割り切れているのだが、葬式に出くわした場合の方は複雑。他人は安らぎの眠りに就けるのに、自分たちにはそういう境位は全く関係ないからだ。思い出せることがない。若い頃、或は中年の頃に学んだり目にしたりしたことは思い出せるが、ぼんやりもいいところだ。何かの事実（ファクト）の細い点が真実（トゥルー）か否か、自分で懸命に思い出そうとしないで町の人々の巷説（こうせつ）を聞いて回る方が確かで速い。中でまあまあ悲惨でなさそうなのは耄碌（もうろく）し切って一切何も覚えていない連中。彼らの方が同情と助力を当てにできるのは、他の同類が一杯持っている多くの嫌われる性格を見事に持っていないからである。

　同類と言えば、ストルルドブルグが同類と結婚したとすると、夫婦のどちらか若い方が八十歳になるのを機に婚姻関係が解消、というのは王国の温情と言うべきであろう。自分自身の罪とがでもないのに永遠だの不死だのに罪科（とが）付けられた者に、さらに妻という重荷を負わせて悲惨を倍加させたままにしておくにしのびず、とは何とまあ有難い温情ではあるまいか。

　八十歳と言えば、八十を越した刹那、彼らは法的には死んだものとみなされ、家督はただちに相続人のものとなり、捻出されるほんの雀のなみだという金額が彼らの生活を支えるし、貧しい場合は公費の御世話になる。その時期以降、責任とか利害とかに係わる業に就いてはならないとされ、土地の購入も売買契約もできないし、民事刑事いずれの訴訟でも証人席に立つことが、よしんば境界線画定といった案件でさえできなくなる。

九十になると髪も歯もない。その年では味覚もない。手に触れるものを飲み食いするのに、別に旨(うま)いもまずいも、食欲あるのないの何の関係もない。よく罹(かか)る病気は相も変らずだが、特段良くも悪くもならない。喋る時は普段当り前の物の名が、そして人物の名前が極く親しい縁者、友人のそれでさえ出て来ない。同じ理由で読書の娯しみとも縁がなくなる。ひどい記憶力のせいで一行の終りに達する頃に一行の始めを覚えていない。この欠陥のため、でなければ唯一可能な娯しみさえ奪われてしまうのだ。

この国の言語はいつも流動が甚しい。ある時代のストルルドブルグは別の時代の同類と理解し合えぬほどであるし、二百年もたつと、隣人たる死すべき人間たちと（極くありふれた数語以外では）話し合うことさえできなくなるだろう。自分の国にいながら外国人のように生きていかねばならない不具合、同情されて余りある。

わたしの覚えている限りでストルルドブルグについてわたしが受けた説明はこんなところだった。その後、年齢はいろいろな五人か六人かに会ったが、一番若い者は二百歳を越えないくらいで、わたしの友人たちに連れられて幾度かやって来た。わたしが大変な旅行家で世界中を巡歴してきたらしいとは聞いて知っていたらしいが、好奇心に駆られて質問のひとつくらいというわけで、スムルスクダスク、訳せば「記憶(おもいで)の手掛り(よすが)」を貰いたいだけのことだった。体(てい)の良い乞食。社会に養われている者ということで、法的にはもの乞いは禁じられていた。社会が養うと言えば聞こえは良いが、ほんの僅かなお小遣いという額のものだった。

彼らは全階級の人間から軽蔑され、憎まれている。だれか生れると不吉の印とされ、誕生日は特にきちんと登録される。彼らの年令を教えてくれるこの登録簿にしたって千年以上もつわけでなし、少くとも経年変化も受ければ、大社会混乱に巻き込まれたりもしよう。普通彼らが何歳か知りたければ、だれか知っている王なり偉人の名を言ってもらい、歴史書に当る。彼らの記憶にある最後の王の治世が始まるのが、彼らが八十歳になった後のこと、というのがこの話の面白い落ちだ。

彼らの相貌の凄さは他に類を見ないもので、男よりも女が一層凄かった。超高齢と言えばそうかとも思える老醜ぶりにかてて加えて、途方もない年月に比例したちょっと名状し難い凄愴味を漂わせていた。半ダースの相手からすぐに最高齢の者を判別することができた。年の差そのものはせいぜいで一世紀かそこいらのものであっただろうが。

読者諸賢は、わたしが聞くものを聞き、見べきものを見た後、不死への強い願望がかなり薄まったのではないかと思われているのではなかろうか。私はのほほんと抱いていた明るい見通しを心底愧(は)じた。こんな人生から逃げられるのなら、どんな暴君の用意した死にでも喜んで飛び込もうとさえ思った。王はわたしとわたしの友人たちの間に何があったか皆聞いて、大いに嬉しそうにわたしを間抜け扱いし、わたしがストルルドブルグの男女一組を我が国に連れて行けば人々を少しは死の恐怖から救えるのではないかと希望などされたが、どうやら王国の基本法でそれは厳禁されていたらしい。でなければ二人を運ぶ手間や出費をわたしは大喜びで引き受けたのでは、と思っている。

ストルルドブルグに関する同王国の諸法律が実にしっかりした理屈に基づいてでき上っており、どんな他所（よそ）の国でもこういう状況に置かれればそういうふうに立法しないわけにいかないだろう。そう思わざるを得ない。そうでも定めない限り、貪欲が頽齢の必然の結果たる以上、不死の人たちが時のたつうち、全国民の資産の所有者となり、内政力の専有者となり、そうなればやり繰りの能がない手合のこと、最後は国家の破綻は火の目を見るより明らかではあるまいか。

第十一章

作者、ルグナグを出立し、ジャパンへ。そこから蘭船を得てアムステルダムに寄港し、アムステルダムからイングランドへ、の条

ストルルドブルグの話は普通知られた話ではないから読者の興を掻きたてるかも、と思って記しおいた。少くともわたし落掌のいかなる旅行ものの本にても出会った覚えのない話である。ひょっとしてわたしの思い違いかもしれない。同じ地域のことを記そうとする旅行記作者たちが同じ細い点について長々述べるようになるのもけだし避け難いことで、前の誰かが書いていたことを借りただの、そっ

くり引き写しただのということごとしき批判には当りますまいと言っておく。

この王国と偉大な帝国ジャパンの間には途切れない交易があり、ジャパニーズのもの書きで誰かストルルドブルグのことを書いていて少しもおかしくはないが、わたしのジャパン滞在は期間短く、わたしはジャパン語を全く解さなかったが故、その辺何か探ってみることはできなかった。こう書かれて好奇心を掻き立てられたオランダ人がいたら是非筆をふるって、わたしの残した空白を埋めていただきたい。

陛下はその宮廷でわたしが宮仕えするようにいつも言ってくれていたが、わたしの祖国帰還の決心が全くぶれないのをみて、喜んで出国の許可を出してくれ、陛下手づからの推薦状をジャパン皇帝宛てに認(したた)めてくれた。その上、金貨四百四十枚を(この国の人間は偶数好きであった)、赤いダイアモンド一個と一緒に贈り物としてくれた。赤いダイアはイングランドで千百ポンドの高値で捌(さば)けることになる。

一七〇九年五月六日、わたしは陛下と親しき友人たちとおごそかにお別れした。この君主は本当に優渥(ゆうあく)な細かい配慮の行き届く御方で、島の南西側の王の直轄港グラングエンスタルドまで護衛の部隊ひとつを出してくれた。六日後、ジャパンに向う便船あり、十五日ほどの航海となった。南東ジャパンの小港市ザモスキに上陸。町は狭い海峡になって北側に長い入江へと続く地域の西岸にあって、この入江の北西部に首都エドがあった。上陸すると、ルグナグ王からジャパン国陸下に宛(あ)てられた書簡を税関吏に見せた。役人にこの璽(じ)はすぐにわかった。わたしの掌と同じくらい大きかったからである。

絵柄は「王、跛行の乞食を地より持ち上ぐ」というのであった。町の大物たちがこの手紙のことを聞いて公的使節の扱いをしてくれ、車と召使いをつけ、エド行きの路銀をもってくれた。エドでは謁見を許され、くだんの書簡を見せたら、開封の儀式の後、通詞によって内容が皇帝に説明された。通詞はわたしに希望することがあれば言うようにという陛下の御下命があったことを伝え、どういう希望であろうと、ルグナグの兄弟王の頼みとあらば必ずや聞き届けられる筈と言った。この通詞はオランダ人との交渉ごとも任としていて、わたしの姿かたちでわたしをヨーロッパ人と認識し、陛下の命令を低地オランダ語で言い直した。現に非常に流暢だった。わたしの答は(段取り通り)わたしはオランダ人商人で、随分遠い所で難船し、そこから海路陸路でルグナグまで到達、便船得てジャパンに向ったが、そこは我が同国人がしばしば交易に来ており、わたしとしてはその連中と一緒にイングランドに渡る積りだというものだった。それ故、恭順の限りを尽くして皇帝の寵に縋り、ナンガサクまで安全に行って良いという命令を出していただけるように願ってみた。さらにもうひとつ頼んだのが、わたしの庇護者たるルグナグ王との交誼にかけて、わたしの同国人に課される十字架を踏みつける例の儀式をなんとか勘弁させてもらえないか、こうしてこの王国に来ているのもいろいろ不運が重なってのこと、交易の意図など天からござらぬということだった。この後の方の願いが皇帝に通訳されるとさすがに少し驚いた様子で、この同国人でこういう点にこだわってきた人物は初めてだがと言い、本当にオランダ人であるのか疑わしい、どうも耶蘇の気配があると考え始めたらしい。しかるにわたしがいろいろ挙げてある理由に鑑み、とりわけルグナグ王への気遣いということがあって、稀にみる寵のはからいでわたしの変った気紛れに付き合ってやろうという気になってくれたようなのだが、しかしことは微妙で、是非巧く運ぶ必要がある、ついては諸事ついうっかりということで行くという指示が諸々に回ったらしかった。万が一、この秘密露顕の場合、同国人たるオランダ人は航海中、わたしの喉を掻き切ろうとするやも知れぬ、とわたしに念押しした。わたしは通詞を通してこの例外的な高配に感謝の意を伝えた。恰もナンガサクに向っている部隊があり、指揮官はわたしをそこにつつがなく運べという命令を、十字架踏みの件の処理のことも引っくるめて伝えられていた。

一七〇九年六月九日、非常に厄介な長旅の末、わたしはナンガサクに着いた。アムステルダムの屈強な四百五十トン船アンボイナ号のオランダ人船乗りたちと一緒にされた。わたしはホラントは長いし、ライデンで勉強していたこともあって、オランダ語は自由に話せた。船乗りたちはわたしが最後どこから来たかすぐ理解し、わたしの旅、わたしの人生に興味を示し、わたしはいかにもらしい話を拵（こしら）えては手短かに話したが、肝心なところは隠しおおせた。ホラントに知り合いは一杯いた。両親は適当な名で紹介し、ヘルデルラントという田舎のどうと言うこともない人間ということにしておいた。わたしは船長に（テオドルス・ファングルルトという名だった）わたしのホラント行きの船賃に望むだけの払いをする積りだったところ、相手はわたしが医者だと知ると、船医をつとめてくれるなら普通の船賃の半分で良いと言ってくれた。船が出る前に乗組の何人かから、先に話した例の儀式のことだが、すましてるんだろうなと訊かれた。細かいことは皇帝も宮廷も全て了解済みとか何とか、曖昧な答ではぐらかした。ところが一人、悪意ある若いのがいて、役人の所に行くとおおそれながらと、わたしを指差しながら、この者はちゃんと十字架踏みを済ませておりませんと訴え出たのだ。わたしを通すべきことという指示を受けていた役人はこの悪党に竹で肩を二十回打たせる笞刑（ちけい）を申し渡し、以降、こういう問題に悩まされることは一度もなかった。

言うほどのことはこの航海には、ない。順風に恵まれて喜望峰に着いたが、水の補給のみ。四月六日、無事アムステルダム到着。航海中に三名病没。あと一人、ギニア海岸からそう遠くない所で主檣から海中に墜死とげた者がいた。アムステルダムからすぐ同市の小型船でイングランドに向った。

一七一〇年四月十日、ダウンズ入港。翌日上陸。丸々五年半の後、故国に再び相まみえた。真直ぐレドリフへ。同日午後二時に帰宅、妻子とも頗（すこぶ）る健勝であった。

いくたび行く旅

第四部

フウイヌム国渡航記

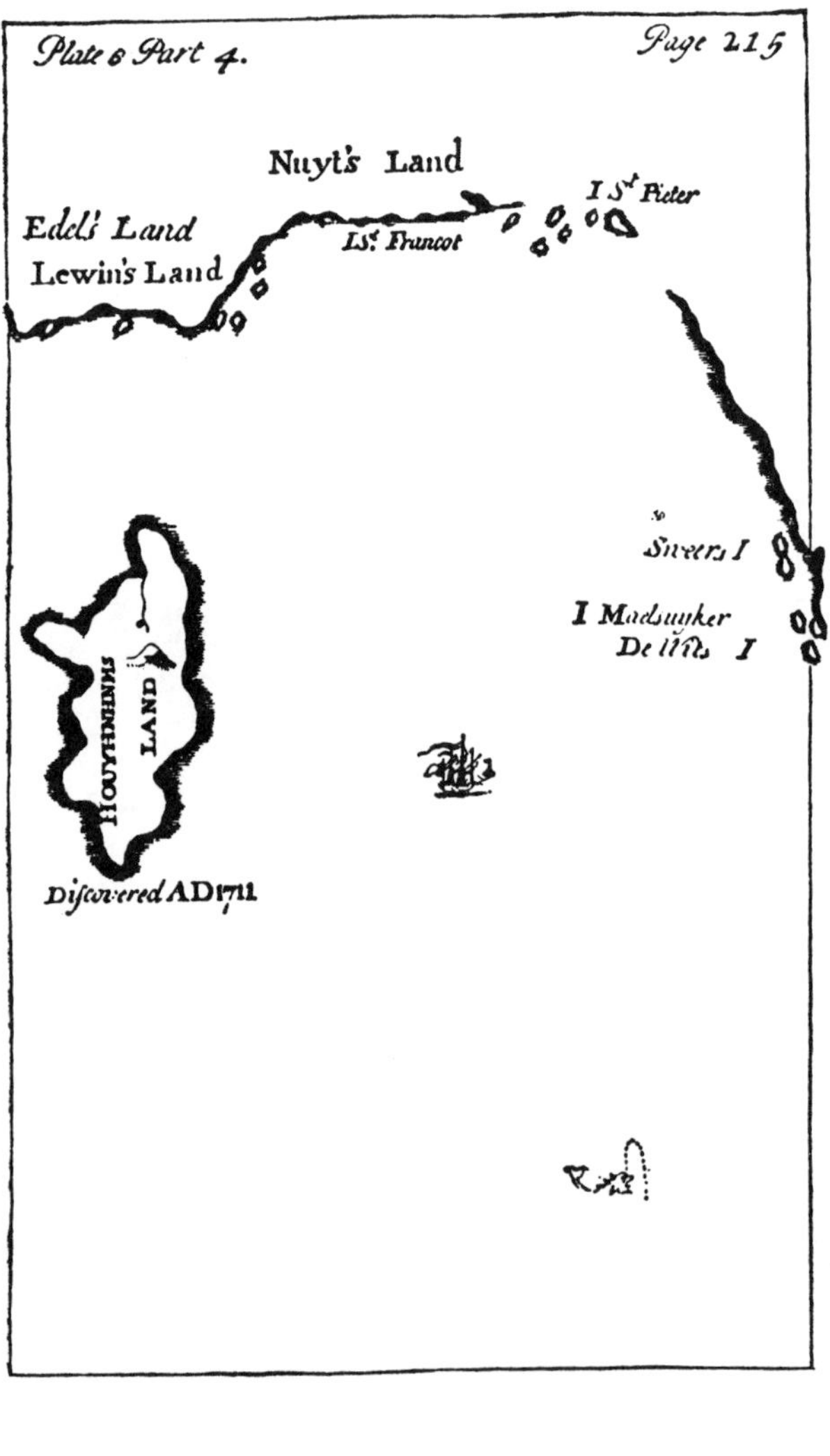
Plate 6 Part 4.
Page 215
Nuyt's Land
Edels Land
Lewin's Land
I S.t Francot
I St Pieter
Sweers I
I Madluyker
De Wits I
HOUYHNHNMS LAND
Discovered AD1711

第一章

著者、或る船の船長として出帆。乗組たちの謀りごとにより長い間船室に閉じ込められた後に未知の島に遺棄さる。国中心部への旅。ヤフーなる奇怪なる動物のこと。著者、フウイヌムに遭遇する、の条

五ヶ月ほど妻子との暮しが続いたが、それがいかに良い暮しであるかしみじみ身にしみてわかっていたならなあと改めて思われる大層幸せな時ではあった。妊娠した妻を可哀相にわたしは後に残して、アドヴェンチャー号という頑丈な三百五十トン商船の船長にどうぞという、船の名からして冒険心を唆る誘いにうかうかのってしまったのだ。航海術には精通していたし、船医の仕事には飽きてきていた。必要あれば自分でやれなくはなかったわけだが、ロバート・ピュアフォイという腕こきの若い男を我が船の船医として雇い入れた。そして一七一〇年九月七日にポーツマス出港。十四日目にテナリフにてブリストル人のポコック船長と会った。船長はロッグウッド染料材の切り出しにキャンピーチ湾に向うところだった。十六日に嵐に遭って船長とは別々になった。帰国後に聞いた話では船長の船は浸水沈没し、船室給仕一人を除いて全員亡くなったそうである。船長は廉直の仁で良い船乗りでもあったが、よくあることだが、考え出すと自信家過ぎるところがあって、これが命取りになった。わたしの忠告に従っていてくれていたら、今頃はわたし同様、家族と一緒に悠々自適の身であった筈な

のに、合掌。

熱帯熱病で乗組にも何人か死人を出してしまい、バルバドスとリーウォード諸島で水夫の補充を余儀なくされた。わたしの雇い主たる商人たちの指示だったのだが、これがすぐ大後悔の原因となる。後にわかったことだが、新乗組の過半が海賊だったのである。乗組は五十人、指示は南洋域でインディアンたちと商売し、できる限り発見にも力を尽くせというものだった。わたしが拾いあげてしまった悪党たちは他の乗組にも取り入り、皆で船を奪い、わたしを拘禁する謀りごとをめぐらせた。そして或る朝決行。わたしの船室に突入して来て、わたしの手脚を縛り上げ、じたばたすると海に抛り込むぞと言って脅した。わたしは摑まった身だ、言う通りにすると答えた。誓えと言うので誓うと、縄目は解かれたが脚の片方だけはベッド近くに鎖で繋がれた。戸口に弾込めした歩哨役が一人立ち、わたしが縛めを解こうとしたら射殺するよう指示されていた。彼らは飲食物を下に運んで来た。船の指揮系統は掌握したようだった。海賊になってスペイン船を襲撃する目論見だったようだが、要員が足らずにおあずけらしかった。差し当り船荷を売りに出す、そして乗組補充にマダガスカルに行くことを決めた。わたしを拘禁して後に何人か死亡していたのである。彼らは何週も帆走しつつインディアンと商売していたが、船室内に厳重拘禁された俘虜の身で、しかも脅しがいつ本当になって殺されて了うかも知れないとなると、船がどこに向っているか等、考える余裕はなかった。

一七一一年五月九日、ジェイムズ・ウェルチという男がわたしの船室におりて来て、わたしをどこかにおろせという命令だと言った。勘弁して欲しいと頼んだが無駄だった。大体が今だれが船長かさえわかっていないようだった。長艇に乗れと言うのだが、出来立てみたいな一張羅を着て行って良い、リンネル類の小さなひと束も良いが、武器は吊り短剣一丁だけという指示だった。ぎりぎりの礼儀の積りか、わたしが僅かなあり金その他必需の物を詰め込んだポケットまでは探索しなかった。一リーグほど漕ぎ進んだところで、わたしを岸におろした。どこなのか聞いたが、彼らもわたし同様、何もわからないらしかった。言うには船長が(彼らは船長と呼んでいた)荷を売ったら次に最初に目に入ってきた陸にわたしを放り出してこいと命令した、という。潮が満ちて来ると危ないから急げと言うと、おさらばと挨拶して彼らは漕ぎ去って行った。

孤りぼっちの惨状だったがわたしは歩き出し、やがてしっかり足の立つ場所に出ると、堤に座って一息入れ、さてどうするのが一番かと考えた。少し気分転換できたので奥に向って行ってみよう、蛮人に遭遇しても逃げたりせず、こうした航海に出る船乗り皆の常備品たる腕輪だの、ガラスの輪など玩具じみた小物で自分も持っているものを差し出し、命だけは勘弁してもらおうと心に決めていた。その土地は樹木の長い列幾本かで分割されていた。といっても規則的に植えられているのではなく、自然にそういう形に生い繁ったものだった。大きな叢(くさむら)があり、幾つか燕麦(えんばく)の畑があった。わたしはいつ不意打ちを喰うか、いつ矢が後ろから、両側から飛んで来るかぴりぴりしながら慎重に歩みを進めた。ふと踏み固められた道に出た。人間の沢山な足跡。牛のもあったが、馬が一番多かった。ついに畑に何匹かの動物を目撃したし、同じ種(しゅ)の一匹二匹が樹木の中に坐っているのも見た。非常に珍しい形姿で、畸型に近く、わたしは少々動顛して了い、藪蔭にひそんでもっと良く見ようとした。何匹かわたしのひそむ場所近くにやって来たから、じっくり観察することができた。頭と胸は縮れ毛、長く細い毛いろいろだったが兎角毛が密に生えているし、髯（あごひげ）は山羊みたいだし、背中には長い毛が畝（うね）になって垂れ掛っていた。脚の前部分にも足にも長い毛だ。一方、体の他の部分には毛がないもので、茶に近い黄色掛った皮膚をしていることがわかった。尻尾はなく、尻に生えていない毛が尻穴の周りにだけは生えていて、彼らがべたっと地べたに腰をおろす時に自然がそこだけは守ろうと考えたのかと思われた。ごろりと横にもなるが、この恰好でいることが多かったし、よく後脚二本で立ってもいた。高い木に敏捷に昇るのはまるでリスさながらだったが、前脚にも後脚にも尖った先端が鉤のようになった長い爪を伸ばしているせいだった。飛びはね、跳躍する時の機敏さは時に驚くべきものだった。雌は雄ほど大きくはなく、頭髪は長く細い毛で、体の残りの部分には、尻穴と女陰部周辺以外、一種の柔毛（うぶげ）がずっと生えていた。乳のことであるが、二本の前脚の間に垂れ、歩くたびにほとんど地面をこすりそうに見えた。雌雄両性とも毛の色はさまざまで、茶あり赤あり、黒あり黄ありであった。総じて言うに、今までの全部の旅を通してこれほど不快感を与える動物に出遭ったことはないし、おのずから湧いてくる反感というものがこんなに強烈だった相手はない。もうこれ以上は勘弁という軽蔑、嫌悪半々の気分になったところで、わたしは立ち上り、踏み固められた道に出て、誰かインディアンの小屋にでも行けると良いがと考えた。が、それほども行かぬ間に問題の生き物の一匹とばったり鉢合わせしてしまった。相手は真直ぐこちらに向って歩いて来た。醜い怪物はわたしを見るや、いろんなふうに造作を歪め、初めて見るものという感じにじっと見入るかと思えば近くに寄って来て、好奇心、悪心いずれかはわからないが、前脚を上げた。わたしは吊り短剣を抜くと背の側でかなりな一撃を加えた。刃の側でそうしなかったのは勿論、住民が彼らの家畜をわたしが殺すか傷つけたかと考えたら、わたしへの怒りがいかばかりのものになるか、と一瞬怯じたからだった。毛物は痛くてひるみ、もの凄い声で吼えたから、四十匹ほどのひと群れが隣りの畑から、大声で叫び凄い形相をして、わたしの周りに蝟集した。わたしは一本の木に身を寄せ、背にこの木を負うて、匕首を振り回すことで相手を寄せつけないようにした。この呪われた畜群が背後の樹枝を摑むや否や木の上に跳び上ると、そこからわたしの頭上めがけて糞撃を始めたのだった。木の幹にひしと身を寄せて実に危うく一難は免れたが、わたしを取り巻く異臭たるや、まさしく激しい臭撃としか言いようがなかった。

さて、このクソ頑張りの央、相手が突然、皆全力で逃げ去って行くのが不思議だった。わたしは木から離れ、道を辿ってみた。相手をここまで恐怖に陥れたものは何か、知りたかった。左手側の畑をゆっくりと歩く一頭の馬の姿が目に入った。わたしの迫害者どもの目に入るや彼らの恐慌の因となったのがひょっとしてこれなのだろうか。馬はわたしのそばに来ると一寸びっくりしたようだったが、落ち着くと通身に驚愕の印を浮かべて、わたしの顔にまじまじと見入った。わたしの手を、そして脚を眺め、何度もわたしの周りを回った。わたしはできれば先へ進みたかったのだが、馬が正面に立ちはだかった。非常にやさしげな表情で、暴力的とはほど遠かった。我々はしばらく互みに見入って了ったが、わたしはやおら勇を鼓して馬の首に手を伸べて、競馬の騎手が初めての馬を捌くのに口笛吹きながらよくやるように首を撫でてやろうとした。しかるにこの動物はわたしの礼に侮蔑を返さんかという感じに頭を振り、眉をしかめ、ゆっくりと左の前脚を上げると、わたしの手を払いのけたのである。そして三回か四回嘶いたが、一回毎に上昇調か下降調かはっきり違うので、何か馬自身うまい言語を持っていて、それでひとりごちているのかもと思って了ったほどであった。

彼とわたし、こうして対峙しているともう一頭、別の馬が現れた。最初の馬にとても丁重に近付くと互いの右前脚の蹄をぶっつけ合い、代りばんこ何度か嘶き合うその抑揚がいろいろなものだから、これは何かちゃんとしたことを言い合っているのだと感じられた。二頭で少し向うに行ったのはそこで相談というふうだったし、横並びに、また前後になって歩くさまは、人間が何かの重大問題を議論しているところと変りないように思われたし、よくこちらを見るのはひょっとしてわたしが逃げて了わないかを監視しているふうでもあった。毛物だ畜生だといってもこういう行い、こういう挙措を見せつけられてはもう驚愕する他はない。で、わたしの下した結論は、この国の住人たちはこれと見合う理性の持主にちがいない、地上最賢の人々に相違ないというものだった。こう考えると大きな励みになった。先へ進もう、すれば家か村がありそうだし、住民の誰かに出遭える筈だ。二頭の馬には好きなだけ喋り合わせておこう。最初の一頭、連銭葦毛馬がわたしがどこかへ行こうとするのを見咎めて、後から文字通りもの言いたげな調子の嘶き声をあげたので、何を言いたいのかわかった気がして、わたしは戻り、さらに何か指示でもくれるのかと思って彼の近くに歩いて行った。できるだけ不安は隠して、だ。この冒険がどこに落ち着くのか見えなくなり始めていたからで、読者諸賢、わたしの現状がわたしには余り楽しそうなものに思えなかったこと、もはやおわかりであろうと思う。

二頭の馬は近付いて来て、わたしの顔や手にまじまじと見入った。灰色の悍馬はわたしの帽子を右前脚の蹄でこすり回して無茶をしたから、わたしはちゃんとしたくて帽子をとると、もう一度かぶり直した。馬とその仲間（赤茶色の鹿毛（かげ）だった）はそれを見て呆然としていた。鹿毛馬はわたしの上着の垂（た）れ襞（ひだ）にさわり、それがわたしの体にゆったりと垂れているものと知ると、二頭で改めて驚いた様子で見入っていた。彼はわたしの右手を撫でて柔かさと色に感動している様子だったが、その手を蹄と繋（つな）ぎの間にぎゅうと挟むに及んでわたしは唸り声をあげざるを得なかったが、その後、二頭でこの上なくやさしく撫で回してくれた。わたしの靴と靴下で二頭の当惑は極に達した。ずっと触れ続けては嘶き合い、いろいろな身振りをしてみせるのは、哲学者が新しい難問を解こうとしている風情に見えて面白かった。

総じてこれら動物の行動は実に理に叶い、秩序立ってもいたので、わたしの最終的結論は、この馬たちの正体は意図あって身を畜生に窶（やつ）した魔道方士たちに相違なく、たまたま行く手に珍しい相手を認めたにつき、この相手を少々からかってみようかという気分になっているということなのではあるまいかというものであった。或はひょっとしたら自分たちの住む僻遠の地の住人たちと着衣、造作、皮膚の色がここまで違うヒトをたしかに目撃してびっくり仰天している、というところだろうか。こういう考えで良いと思ったからわたしは思い切ってこんなふうに話し掛けてみた。紳士諸君、もし御二人が魔法使いだというわたしの考えが正しいとするなら、いかなる言語も解される筈、故に御二人には是非ともわたしが不運続きで貴下らの汀（みぎわ）に漂着せる哀れや悲しきイングランド人であることを御理解いただき、御二人のいずれかへの御願いであるが、恰も本物の馬たるが如くその背にわたしめを乗せて、どこか救われそうな家か村かへ運んで行ってはいただけないだろうか。そうやって御世話になる上はこの匕首と腕輪を(と言いつつポケットから出して)差し上げたく思うが、と。二匹の生き物はわたしがそう言う間も黙って立ったまま、じっと聞き入っているようだったが、話が終ると互いに何度も嘶き合うのがまるで本物の会話みたいに聞こえた。彼らの言語が感情を非常に巧く表現するものであり、語を容易にアルファベットに分解できる点ではチャイニーズ以上かもしれないと、すぐわかった。

二匹のどちらもが何度も口にするものだから「ヤフー」という言葉が耳に残った。勿論どういう意味なのか知りもしないわけだが、二匹が夢中で会話中の横で、この語を舌の上にまろばせて練習してみた。そして二匹が黙ったその刹那に思い切って「ヤフー」と大声で発音してみた。できるだけ馬の嘶きに近い感じでということだったが、二匹はありありと驚愕の様子だったし、葦毛の方が同じ語を二度繰り返して、まるでわたしに正しい発音を教えたいみたいだった。わたしはできるだけ似せて真似ようとし、いずれ完全とはいかぬまでも、やるたびに似てくるのが自分にもわかった。それから今度は鹿毛の方が二番目の語を引き受けた。最初の語よりは全然発音は難しかったが、イングランドの正字法ふうに綴り取るならエイチ・オー・ユー・ワイ・エイチ・エヌ・エイチ・エヌ・エム、「フウイヌム」なる語であった。最初の語ほどは巧く発音できなかったが、さらに二度三度やってみると、みるみるそれらしくなっていって、その能力に二匹とも驚く他なかった。馬が敬うから驚くとは綴る、成程うまい。

おそらくはわたしのことでさらに少し話し込んでから二匹は、互いの蹄を合わせて別れの挨拶を交し、葦毛はわたしに前を歩くよう合図してきた。もっと良い命令者と会えるまでは、この馬の言いなりになっている方が賢いと思った。少しゆっくり歩きたいがと頼むと相手は「フウン、フウン」と叫び、わたしにも意味がわかる気がした。疲れていて速くは歩けないということを伝えたくていろいろやってみた。すると相手は少し歩を緩めて一息入れさせてくれた。

第二章

作者、フウイヌムの家へ。家の様子。作者、歓待を受く。フウイヌムたちの食べ物。作者、食肉がないので不安になるが不安解消。馬国に於る作者の食事情、の条

三マイルほども歩いて、奥行きある建物の前に出た。地面に杭を打ち、編み枝を編んで壁にした木の建物だった。屋根は低く、藁で葺いてある。わたしは少し落着きを取り戻し、旅行者がアメリカその他の場所でインディアンたちに贈り物として配るのに持ち歩く玩具まがいの品々を、家の連中がそれがきっかけで良い扱いをしてくれると良いがという思いで取りだしたりした。馬が先に入れという

合図をよこした。大きな部屋で、床は滑らかな泥土で、片側は奥までずっと飼葉(かいば)の棚と桶が続いていた。三頭の仔馬、二頭の雌馬がいて、食事してはいなかったが、何頭か尻を下にして坐っているみたいで本当にびっくりしたが、他の馬たちが家の中のことをやっているのにはもっと驚かされた。家事専一の馬たちも普通どこにでもいる家畜に過ぎなかったから、ただの畜生をここまできちんと文明化し得た人間は知恵あることでは世界一の人々であるまいかと先に感じていたことを改めて間違いなさそうと思ったことである。葦毛(あしげ)がわたしのすぐ後ろから入って来たので、ひょっとしてぞんざいに扱われるかと思っていたが、そんなことにはならなかった。馬は権威ある者の如く数回嘶き、皆それに応じた。

　その部屋の向うに建物の奥行き一杯分、もう三部屋あり、互いに向い合った三つの扉を開けて向うに行ける。いわゆる見通し(ヴィスタ)である。我々は二番目の部屋を通って第三の部屋に入ろうとしていた。葦毛が先に入って、わたしにも来いと合図した。わたしは二番目の部屋にいて、家の主人と女主人の為の贈り物をいじっていた。匕首(ひしゅ)ふた振り、模造真珠出来の腕輪、小さな鏡、そしてビーズの頸飾り。馬が三度四度と嘶くので、人間の声の返事でも来るかと期待したが、返事また同じ、もう少し鋭い調子のひと声ふた声の嘶きでしかなかった。わたしは目通りが許される前にこう儀式張るところをみると余程名だたる人物の家なのかと考えだしていた。それにしてもその偉い人物の下働きが全て馬というのがわたしには到底理解できなかった。苦労ばかり不運ばかりで頭がどうにかなってきたかと怖くもなった。ひとり残された部屋で、気をとり直し、あたりを見回してみたが、最初の部屋同様きちんとした部屋で、もう少し優雅な感じだった。何度も目をこすってみたが、もとの世界のままだった。腕をつねり脇腹をつねって周りを見たが、夢ではなかった。これら全て仮象で、妖術や魔術の産物なのだと結論付けるしかなさそうだ。しかしこういうよしなし事を次々考え続けることはそこまで。葦毛が現れ、第三の部屋について来いという合図をしたからで、行ってみると実に美しい雌馬が雄の仔馬と一緒に藁の筵に腰をおろしており、筵は筵で手の凝んだ造りの美しい、清潔な筵であった。

わたしが入って行くとすぐ雌馬は筵から立ってわたしに近づき手や顔を細かく観察してから軽蔑に満ちた目をわたしに向けると葦毛に断き掛けたが、二匹の間にしきりと「ヤフー」という語が行き来するのが私の耳に残った。発音を習った最初の言葉なのに、その時にはなお意味のわからぬ語だった。すぐに事情が知れるのだが、知れた途端、わたしの心に傷となって残ってしまったのである。頭を振って、来いと招いた馬は路上で発したのと同じ「フウウン、フウウン」という語をまた口にし、連いて来いという意味なのだとわたしは解したのだが、そのまま中庭にわたしを連れ出した。家から一寸離れてもうひとつ別の建物があった。入ってみると、上陸後いきなり遭遇したくだんの嫌な生き物が三匹、何かの根だか、動物の肉だかを食べていたが、後で知ったことだが、ロバと犬だったらしい。時には事故や病気で死んだ牛も食べたようだ。全員首にヤナギ枝の縄を掛けられ、それで梁に繋がれていた。食物を前脚の鉤爪で摑み、歯でくいちぎるのだった。

家の主人たる馬が召使い馬の一匹の栗毛駄馬にその一番大きい動物の縄目を解き、中庭に引き出すよう命じた。獣とわたし、極く間近に並んで引き据えられ、互いの相貌を主従にこもごも細かく比較されるところとなり、そしてその時、例の「ヤフー」という言葉が繰り返し飛び交うこととなったのである。このおぞましい獣に間違いなくヒトの姿を認めてわたしが感じた恐怖と驚愕は一寸言葉にできない。顔は平たく、広かったし、鼻は何かに押しつけられたように低い。唇は厚いし、口はでかい。しかしこういう違いはあらゆる野蛮国では普通に見られるところで、相貌の輪郭が歪むのも原住民たちが嬰児を地面に這わせ続けるとか母親の背にくくり付けて、顔を母親の肩に押し付けさせて平気というところが因となって生じる。ヤフーの前脚がわたしの手と違うといっても爪の長さ、掌ががさがさしていて褐色、甲に毛が生えているというくらいの違いでしかなかった。脚は両者よく似ていた。同じように違いもあったが、わたしは重々承知で馬には気付かない理由があって、それはわたしが身に付けている靴と靴下のせいだった。体のどの部分をとっても同じ。毛むくじゃらな点と色だけが違う。既にそのことは記した。

二頭の馬が当惑しているようにみえる難問が、わたしの体の他の部分がヤフーの体とここまで違うのは何だというもので、わたしに言わせれば衣服の問題だったのだが、兎角ここには衣服という観念自体、ないのである。栗毛の仔馬が（いつも流に、というかいずれ然るべき所で述べたい）蹄と繋部分の間に根をはさんで差し出すのをわたしは手に取り、少し臭いを嗅ぐとできるだけ丁重にまた仔馬に返した。するとヤフーの小屋からロバの肉を持って来たのだが、余りにひどい臭いなので、顔を歪めて突き返した。仔馬はそれをヤフーに投げ与えたが、ヤフーはがつがつと貪り喰った。今度は干草の束と馬足かせに燕麦が一杯入ったものを勧められたが、わたしは頭を振って、自分の口には合わないと伝えようとした。だがこうなってみると、わたしの同類がいる所にでも行かない限り、このままでは絶対飢えるしかない、とそぞろ不安になってきた。汚ならしいヤフーどもについて言えば、当時わたし以上に人間人類に共感を寄せていた者もそうそうはいないと思っていたにも拘らず、あらゆる点でこれほど嫌悪感を惹き起こすものたちが、およそ生物と言えそうな存在の中にいることが信じられなかったということを告白しておく。その国にいる間、ヤフーに近付けば近付くほど、嫌悪感は募る一方だった。わたしの素振りを眺めてそう察した主馬(あるじ)はヤフーを小屋に退(さが)らせた。そして前脚をすっと口元にもっていったのを見てわたしはびっくりした。間髪を入れずとても自然に、というふうだったからだ。素振りからして、では何を食べたいと言うのかということらしかったが、相手にわかってもらおうとすればどういうふうに答えれば良いのか、わからなかった。相手がわかってくれたとして、どうやれば自分の栄養になるものを確保できるだろうか、それがわからない。さて、こういうやりとりをしている折りも折り、そばを一頭の雌牛が通った。早速この牛を指差し、搾乳させてくれという合図をした。すぐ反応があり、主馬はわたしを家に連れ帰り、召使い雌馬に命じて或る部屋を開けさせると土器(かわらけ)や木の容器に、順序よく清潔に牛乳が沢山蓄えられていた。雌馬がそれを盆器一杯ついでくれたものを、わたしはごくごく飲み、すると果然、たちまち元気が戻ってきた。

　正午近く、ヤフー四匹が橇(そり)のように引く一種の乗り物が家の方に向って来るのが目に入った。中には身分の高そうな老馬が乗っていたが、後脚から降りた。左前脚を事故で傷(いた)めていたらしい。この家の主馬と一緒に御飯をという話で、主馬は客を丁重そのものに迎えた。一番好い部屋での会食で、セカンド・コースに牛乳で燕麦を煮たのが出、老馬は温かいまま食べ、後の馬たちは冷えてから食した。飼葉(かいば)桶が部屋の中央にぐるりと円を描いて並べられ、何区分かに分けられていて各区分の周りに藁(わら)の座布団を敷いてその上に腰をおろして一同坐っていた。中央に大きな飼葉格子があって飼葉桶各区分とぴったり合うように角度をつけて出っ張りがある。こうして雄馬、雌馬それぞれ分けへだてなく自分の干草、自分の牛乳煮燕麦を行儀良く、規則的に食べることができる。仔馬のお行儀もたいしたものだし、主馬夫婦の陽気で愛想良い態度にも感心した。葦毛はわたしに横に来るように命じ、彼と友だちの会話がわたしを話題にしていることが、見慣れぬ客がしばしばこちらをちらり見することから、たえず「ヤフー」という言葉が飛び交うことからもそれは知れた。

わたしはたまたま手袋をしていたが、それを見た主馬の葦毛は当惑気味で、わたしが前脚に何をしたらこうなったのか、ふしぎでたまらない様子だった。その蹄で三、四度もそれに触れ、早く元の状態にしろと言いたげだった。わたしが左右の手袋をはずし、ポケットに入れたので、元の状態に戻った。これで会話にはずみがつき、一座の者みな、わたしのやることなすことが面白くて堪らないふうだったし、良い目に出たことがすぐわかった。わかるようになった言葉を二、三口にしてみよと命じられた。食事中ということもあり、主馬はここぞとばかり燕麦、牛乳、火、水その他を何と言うか教えようとし、わたしは彼の真似をして易々と発音してみせた。若い頃から新語習得は得意(えて)中の得意(えて)だったのだ。

食事が終ると主馬はわたしを横に呼び、身振りと言葉で、わたしの食べる物があるか気に病んでいることを伝えてきた。燕麦はこの地では「フルンー」と言った。わたしはこの語を三度三度発音してみた。最初見向きもしなかったが、考え直すにこれを材料にパン様のものが造れる、これと牛乳があれば、他国に、同類の棲む所に脱出できるその時まで喰いつなぐこともできなくはなさそうだ。主馬は彼の家の白い召使い雌馬にそう言って一種の木の盆に大量の燕麦を持って来させた。それを極力強く火で炙ってから殻がとれるまで揉み、殻から殻粒をうまく篩い分け、それをふたつの石の間で碾きつぶし、水を加えて練り粉とか粉の塊状態にし、これを火にかけ、牛乳と一緒に温かく食べてみた。最初は何とも気の抜けた味しかしなかったが、考えてみるとヨーロッパの大方の地域で日常この程度のものは食されているし、時がたつうちにちゃんと喉を通るようになった。けだし幾度となく飲まず食わずな目に遭って来た身で、なにも腹をくちくする実験、これが初めてというわけでもあるまい。それにこの島に滞留中、一時間も病に苦しんだことがないのだ。時にはヤフーの毛で造った罠でウサギや鳥を捕えたし、またしばしば体に良い薬草類を摘んでは煮たり、サラダにして自家製パンと一緒に食べた。珍味ということでは時々、少量のバターを造り、乳漿を飲んだりもした。最初、塩がないのには弱ったが、塩の欠乏にはすぐ慣れた。思うに塩の大量消費など贅沢病というに過ぎず、そもそも導入からして飲酒促進剤としてというのが実情なのである。どうしてもというのは長の航海の為とか大きな市場から遠隔の地であるとかいう場合の食肉保存の用途くらいだろうか。塩が好きなんて動物界で人間くらいのものだろう。わたし個人について申せば、一旦この国を離れた後は、口に入れるものに塩味がするのを辛抱できるようになるのに、これはまた随分時間が掛ったものであった。

わたしが何を食べたかなんて話、もう良いだろう。旅した人間がその旅行記を食べる飲むで埋め尽くすのは、読者が個人的に飲食に関心ある筈という思い込みがあるからだ。それでもわたしがこの主題にふれたのは、そのような国でそういう住人たちに取り巻かれて三年も永らえるなんてあり得ないとたやすく思い込まないでいて欲しいからである。

夕刻近く、主馬がわたしの寝場所の段取りを命令した。この家からはたかだか六ヤードの距離だが、ヤフーたちの小屋とは別の場所だった。藁(わら)も貰ったし、くるまれる服もあったし、わたしは爆睡した。まもなく寝所寝具はもっと具合良くなる。日々の暮しぶりを後でもっと細々書こうと思っているから、この話題もその時のお楽しみだ。

第三章

作者、この言語学習に熱意。主馬たるフウイヌム、その教授に力貸す。その言語とは。高位のフウイヌムたち、好奇心から作者を訪う。作者、主馬に冒険談を短く話す、の条

わたしの努力はこの言語の習得に傾注され、主馬(今や主人というばかりか師匠でもある「マスター」だ)とその御子たち、家の召使いの全部が言語をわたしに教えたがった。野蛮な筈の動物がそうやって

理性具(そな)えた存在の印を見せるのが彼らからみれば奇跡なのである。わたしは何から何まで指差してはその名を尋ね、一人になってから自分の航海日誌に書き留め、抑揚間違いを区々(いちいち)家人ならぬ家馬に繰り返し発音してもらって直すようにしていた。このやり方では召使い馬の栗毛の一頭が特に気安く協力してくれた。

彼らは喋る時、鼻音、喉音で発音するのでわたしの知るヨーロッパ語では高地オランダ語か高地ドイツ語に一番近い印象だが、もっと優美かつ沢山の意味を伝え得る言葉という感じだった。カルル五世はもし自分が馬に話し掛けるとすれば高地オランダ語を使うと言ったそうだが、宜(むべ)なるかなだ。

師匠の好奇心、それから遅い展開に感じるじりじりした思いとともに強く、暇さえあれば時間を忘れてわたしに言葉を教えてくれた。（後日話してくれたことだが、）わたしを間違いなくヤフーだと思っていたらしいが、呑み込みが早い、慇懃かつ清潔なのはどうして、あの畜生たちと真反対な性質だがそれは何なのかと驚いていた。中でもわたしの衣服のことだが、それがわたしの体の一部なのか、自問自答を繰り返すこともあり、本当にわけがわからなかったようだ。そういえば家人ならぬ家馬が一匹残らず寝てしまうまではわたしは服を脱がなかったし、それから彼らが朝めざめる頃にはわたしはもう着物をすっかり身に付けていた次第だ。我が師匠馬はわたしがどこから来たか、わたしのどの行為にも表れる理性のかけらみたいなものがどうして身に付いたのか、知りたくて堪らなかったようだ。わたしの身上話をわたしの口づから聞きたくて仕様がなかったのだが、わたしの方で語や文章を学び、発音できるようにするのが一番早いと考えたのである。自分の記憶の便に、わたしは学んだことを全て英語のアルファベットに変換し、上から順に訳語と併記して書き並べた。少したった頃、この作業を師匠馬の前でやり始めた。師匠に何をしているのか説明するのはかなり難しかった。ここな住人たち、「本」という観念、「文字」という観念を全く持たなかったからである。

十週間もすると師匠馬の質問のほとんどが理解できたし、三ヶ月後には答らしい答が返せるようになっていた。相手はこの国のどの辺からわたしがやって来たか、何をどうやって教わって理性ある生き物の真似ができるようになったかを特に熱心に知りたがった。だって(目に見える頭、手、そして顔こそわたしとよく似ていると師匠が正確に見抜いた)ヤフーたちを見るに狡猾な外見といい、これ以上ない悪心といい、あらゆる野獣中にも最も済度し難い連中ではないか、というのだ。海の彼方のさる僻遠の地から来ました、わたしと同類の多くの者たちと一緒に、大きな木を刳り貫たうつろ舟で渡海して来たのです、そうわたしは答えた。その後、仲間にこの海岸に上陸し、あとはひとりでやってくように強いられたのです、と。師匠馬にわかってもらうには文字通り馬力が必要だったし、身振り手振りも総動員だった。きみは間違ってないか、というかきみは、でないことをであると言っているのだ、と彼は答えた(彼らの言語にはうそとか偽りとかを表す言葉がないのだ)。海の彼方に国があるだなんてあり得ないし、一組の畜生如きに木の容れ物を水に浮かべて好きな方に動かすなどということができるわけがない、と。生きている限りのフウイヌムにさえそんな容器をこさえられる者はいないし、それを操ることをヤフーに任せる者などさらにいまい、と。

彼らの言葉で「フウイヌム」は直截に馬の意味である、もっと語源近くでは「完璧なる自然」を意味する。わたしは師匠馬に、自分にはまだ表現力が足らないが、極力巧くなるように努力するから間もなくあなたにいろいろ不可思議事(ワンダーズ)をお話ししてあげられる筈だと言った。彼は妻馬に、仔馬に、家の召使い馬に、機会を捉えてはわたしに言葉を教えるよう指示したし、自分でも毎日、二、三時間骨折ってくれた。近在の身分のある雄馬、雌馬が同家を訪って来たが、フウイヌムのように口をきく驚異(ワンダフル)なヤフーがいて、言葉や挙措のはしばしに理性の閃きを感じさせるらしいという噂に惹かれてのことだった。彼らはわたしと言葉を交すのが娯しみで、次々に質問し、わたしもできるだけきちんと返事をした。これらが皆良いように作用して、わたしは長足の進歩を験(けみ)し、到着後五ヶ月にして、何を言われても理解できるようになり、言いたいこともかなり言えるようになっていた。

わたしを眺め、わたしと話がしたいというのが本音で我が師匠を訪ねて来る連中にしても、わたしが同類とは違った覆いをしているというのでわたしを正真正銘のヤフーとは思わない者もいた。頭、顔、手を除くと、ヤフーに当り前の皮膚も毛もしていないというので、わたしを見た者は皆一驚を喫した。わたしは二週ほど前、偶然から生じた或る秘密事(みそかごと)を師匠とだけの秘密にしていた。

家の者たちが皆、夜が来て眠りに就いたのを見届けてから服を着脱することにしていたとは、読者には先に記しておいた通りである。或る朝早く、師匠はその召使いだったくだんの栗毛を所用でわたしの寝所によこした。栗毛が来た時わたしはぐっすり眠っていて、着衣は一方の側に落ち、シャツは腰まわりの上までめくれていた。栗毛のたてた物音で目がさめたが、栗毛は呂律(ろれつ)のまわらぬ口で伝言を伝えた。その後、栗毛は師匠の所に回ると、びっくりしたんだか何だか、目撃したものについて大変わけのわからぬ報告をしたという。このことがすぐにわかったので、服を着ると、すぐに師匠の所に伺候すると、早速師匠からこういう質問。きみは寝た時はいつも通りの姿だった筈なのに今は同じ姿形ではないと召使いが言っているのだが、どういうことか、と。召使い奴、きみの一部分は白いのに別の部分は黄色、というか少くとも完全な白ではないし、また別の部分は褐色だったとか言っておるが、と。

そう、その時まで自分は衣服のことは、自分が呪わしいヤフー風情とは違うことを極力はっきりさせようと思う意図あって秘密にしてきたのだが、これ以上はそれも無理とわかったわけである。第一、着物にしろ靴にしろ、もう相当ぼろぼろだが、早晩穴あきになってヤフーその他の毛物の皮でどうにか工夫せざるを得なくなるだろうし、そうなれば秘密もへったくれもない。そこでわたしは師匠馬に、わたしの国ではわたしの同族たちは何かの動物の皮に技術を加えたもので体を覆うのを常としていて、寒暖いずれの気候不順への備えということの為でもあるし、見ためへの配慮の為でもある。おまえ自身の体がどんなふうになるか見せろと仰有るなら、そう命じて下されば此の場で赤裸をお見せする、お見せするが、自然が秘匿を命じる部位だけは晒さなくても良いという御言葉をいただけると有難い、とわたしは言った。きみの言うことはどこからどこまで変だし、とりわけその最後のところだが、と師匠は答えた、自然はそもそも自分が与えてあるものを何故匿せと言うのだ、自分も家族も自分の体のどこも恥ずかしいなど思わないが、と。しかしまあ、どうなときみが気に入るようにするが良いと言ってもらえたので、わたしは先ず上着のボタンを外し、上着を脱いだ。同様に胴着も脱ぎ、靴、靴下、そしてズボンを脱いだ。シャツは腰回りにまでおろし一番下の部分をめくって腰を巡る帯みたいに括って、隠すべきは隠した。

師匠馬はわたしのやること為すこと、興味津々、感嘆おくあたわざる目で眺めていた。わたしが身に付けていたものを片端から順番に手に、というか繋で撮みあげては仔細に眺め、やおらわたしを撫で、何度も周りを廻ってはわたしを観察し、やがてこう言った。たしかにヤフーには違いないが、色の白さ、皮膚のすべすべ、体のあちこちに毛が生えていないこと、前脚後脚の爪の形、長さ、それにいつも後脚二本で歩くのを好む点、いずれからしても同類の爾余の連中とは全然違う、と。これ以上見る必要はない、寒そうだし、もう一度着衣して良いと、師匠馬は言った。

わたしは師匠がわたしを「ヤフー」の名で呼ぶことが多いが、憎しみと軽蔑を以て向うしかできない嫌な動物の名で呼ばれるたびに慄然とする。どうかこの名を自分には使わないでくれまいか、御家族の皆様にもその旨の御指示をいただけまいか、訪問を許可される御一統様にも御指示願わしいものです、とわたしは言った。それからわたしが偽の皮膚を被っているということは師匠おひとりの胸裡に秘密としておおさめ願いたい、現在の服が持つ間は少くとも、とも頼んだ。召使いの栗毛君が目撃されて了ったことも是非口外無用と御指示あるように、と。

これら全てに我が師匠は寛大にも同意してくれたし、こうしてわたしの服類が擦り切れて何か手を打たねばならぬ時まで問題の秘密も緘封されることができたわけだが、こちらの後日談はいずれ。一方、師匠はわたしがさらに一所懸命、語学習得に精出すように言い募ったのだが、衣服着脱の如何に拘らずわたしの姿かたちに驚く何倍もわたしの会話能力と理性に舌を捲（ま）き、以てこれはわたしが約束した不可思議話（ワンダー）を聞ける日もそう遠くないという大きな期待につながったからであった。

この時から師匠の教育熱心は倍加した。わたしをあらゆる集まりに同伴しては皆に親切にしてやってくれと頼んでくれたらしい。師匠がわたしには内緒で皆に言ったらしいのだが、それで機嫌良くなってわたしがますますお喋りに熱が入るだろうからということだった。

毎日師匠に侍（はべ）る間にも、彼は教える面倒の合間にもわたし個人のことでいろいろ質問してきたし、わたしも答えられる限り答えた。このやり方で師匠は諸事、むろん非常に不完全ながら漠然と理解がいき始めたようだった。当り前の会話が交せるようになるまでに何段階もあったが、語るには些か退屈な話だ。多少とも長く、秩序だてて初めて自分のことを師匠馬に話したのは概略次のような話だった。

わたしが非常に遠い国から来たということは既に何度かあなたにわかってもらおうとした通りである。同類の数は五十以上。木でできた中がうつろな大きな容器はあなたの家よりも大きかったが、それに乗って海に出た。わたしは知る限りの言葉を用いてフネとは何かを話した、それが風の力で動くことの説明には展（ひろ）げたハンカチが役に立った。仲間うちで喧嘩が起こり、わたしはここの海岸にひとり上陸させられた。どこかもわからぬ儘、歩いているうち、あれら無茶なヤフーたちの迫害に遭ったところであなたに救われた。あなたは、そのフネなるものを造ったのは誰なのか、おまえの国のフウイヌムたちがよくもそれを操ることを畜生どもに任せたものだな、と言った。わたしはあなたに決して怒らないと名誉に掛けて誓ってもらえないなら、これ以上話を続けようとは思わないが、誓っていただけるなら、何度も約束してきた通り、不可思議話(ワンダー)をして差し上げる積りだ、と答えた。彼は同意と言ったので、話し始めるに当って先ず、フネを造ったのはわたしそっくりの同類どもで、わたしの祖国でも、わたしが旅で回ってきた諸国でも、統治能力のある理性的動物といえば唯一この同類だけだと思っていた。それがここに到着して、フウイヌムが理性ある振舞いをしているのを目の当りに驚天動地だったが、それは考えてみると、あなたやあなたの友人たちが、気楽にヤフーと呼んで何とも思わない生き物に理性のかけらを認めて驚天動地なのととんとんなわけである。わたし自身、どこをとってもヤフーそっくりと認めるが、その退化した野蛮な性質はとても説明がつかない。もし運に恵まれて国に戻ることができ、ここでの旅のことを、決心通りに話すことができたとして、こやつ奴(め)、ないことをあることのように話してやがる、頭をひねって話をつくってやがらあと皆思うに違いない。あなた、あなたの家族、あなたの御友人には心から忝けなく思っているし、決して怒らないという御約束に免じて御寛恕願いたいのだが、フウイヌムが一国を宰領し、ヤフーがただの獣だなど、我が国の人々には到底あり得ることになど思えない筈だ。そんなふうにわたしは答えたのであった。

第四章

フウイヌムが真と偽をどう捉えているか。作者の話に師匠馬が反論。作者、さらに自分個人のこと、旅の冒険談を話す、の条

我が師匠馬の顔には、話を聞いている間、居心地悪そうな色が漂った。疑う、とか信じないとかいうことが全くあり得ぬ国なので、そういう状況に置かれた住人は何をどう振舞えば良いのか途方に暮れるしかないのだ。世界の他の場所でのヒトの振舞いを巡って師匠馬と何度話し合ってみても、ウソを吐くとか偽りの表現とかいう話題になると果然、師匠はわたしが何のことを話しているのか、他のことでは明察力抜群なのに、理解は困難を極めるのだった。その言い分。言葉を使うのは相互に相手を理解し合う為、「事実（ファクツ）」を情報として受けとる為であって、或る者がないことをあることのように語った瞬間、この目的は吹っとんで了う。相手を理解しているとは言えないからだ。情報を受けとったとも言えず、まだ何も知らないでいる方がましだ。白いものを黒だ、長いものを短いと言われて信じて了うよりは余程まし。ヒトとヒトの間でかくも完璧に理解され、あっちでもこっちでもかくも見事に実行されているウソ吐く力を巡る師匠馬の考えはせいぜいでそんなところだった。

閑話休題。我が国では唯一ヤフーだけが統治動物だとわたしが言うと、師匠馬は考えられぬことだと答え、我々の中にフウイヌムは存在するのか、存在するとすれば何を業としているかと尋ねるのだっ

た。沢山いて、夏場は野っぱらで草を食み、冬は屋内にいて干し草や燕麦を食し、下僕ヤフーが雇われてその皮膚をこすって清潔にしたり、鬣に櫛を入れたり、足に詰ったものをほじくりだしたり、食べ物の世話をしたり、寝床を拵えたりする、とわたしは答えた。相わかった、と師匠は言った、きみの話ではっきりしたのはいかにヤフーが自分にも理性があると見せようとしたところで、きみらの主人はフウイヌムであるということだ。我々のヤフーもそれぐらい素直だとどれだけ助かるか、と。わたしはこの話はこんな所で終りにさせてはくれまいかと師匠に頼んでみた、師匠がわたしから引き出そうとしている答は間違いなく師匠を苛立たせるものになる筈と考えたからだった。いい話、悪い話いずれでも聞きたいと師匠は言った。命令ならば仕方ないですね、とわたしは言った。我々の中のフウイヌムは「ホース」と呼ばれているのだが、我々の知る動物中、最も大人しく、かつ美しい、力もあれば機敏でもあり、高位の者のものなら旅や競走や車を引くのに使われ、親切に注意深い取り扱いで遇されるが、ひょっとして病に罹ったり脚が駄目になると、売られ、あらゆる苦役仕事に就かされて死ぬが、死後、皮は剝がされてそれなりの値で売られるし、死体は犬や猛禽類の胃におさまる。しかし普通の「ホース」は農夫や運搬業者といった貧しい者に飼われ、これほど運は良くない。もっときつい苦役が待っているし、食べ物も貧弱である。わたしは乗りこなし方や、手綱、鞍、拍車、鞭、輓具、車輪などの形状や用途を細々と説明した。彼らの足の底の部分に鉄と呼ばれる牢固たる物質を板にしたものを打ち付けるが、日常行く石ころ道で蹄を痛めないようにという配慮からそうするのである、とも付け加え言っておいた。

我が師匠馬はしばし憤怒の色を隠しおおせずいたが、フウイヌムの背中に乗る蛮勇に呆れていた。一族で一番なさけない下僕風情ですら最強のヤフーを背中からふっ飛ばし、上になるなり仰向けに体落とし啖わせるなりして毛物一匹潰し殺すなど造作もないことと信じていたからである。それにわたしはこう答えた。我が国のホースたちは三歳か四歳で、いずれ当てがわれる使用目的に向くよう訓練されるし、どうしようもないひねくれ者とわかれば荷引きに使われ、若い頃に何か悪さするたびにひどく殴られるし、乗ったり引かせたりという普通の使い道の雄は大体産れて二年ほどで虚勢されて馴馬の芽をつまれ、大人しく優しくなるし、褒められているのか罰されているのかはわかる。師匠馬はそんなものが理性の名にも値せぬのはこの国のヤフーとどこも違わないと喝破して自ら溜飲をさげている感じだった。

　自分が何を言っているのか、師匠馬に正しく伝えようとすると苦労してもってまわった言い方をせざるを得なかったが、彼らの言語が語彙が少い言語だったからで、つまりは彼らの欲望や情熱が我々の世界より少かったからである。それでも我々が我々の国のフウイヌム種を野蛮に取り扱うことに対する彼の激しい義憤たるや、とりわけ我々の「ホース」を虚勢して、種の根を絶やすのみか屈辱の生き物と化してしまうやり方をわたしが説明した直後がそうだったが、もはや表す言葉も見当らぬほどのものだった。彼は言った、ヤフーのみが理性を持つ国がもしあり得るとするなら、彼らが統治する動物であるのは必然に相違ない、何故なら時たつうちに理性が野蛮力に勝つが必然だからだ、と。しかしきみらの体付き、特にこうやってきみの体をつらつら眺めみるに、同じくらいの体格の生き物でその理性を日々働かせるのにきみらほど向いてない生き物が、他にあるだろうかと言って師匠馬、わたしの御仲間がわたしに、つまりこの国のヤフーに似ているかどうかを知りたがった。わたしと同じ年輩の者ほとんどとわたしは似通っているが、もっと若い連中や女たちはもっと柔か、もっとたおやかで、女性の肌は一般に乳のように白い、とわたしは答えた。師匠馬は、たしかにきみは他のヤフーたちとは違う、もっと清潔だし、もっとずっと醜くないが、現実において有利か否かということになると、違って損してるのじゃないかと思う、と言った。爪は前足でも後ろ足でも何の役にも立っていないじゃないか。その前足だって大体足とは呼べぬ、だってきみがそれで歩いているのを見たことがないのだ。固い地面を踏むには柔か過ぎるし、大体何の覆いもなく出歩いているし、たまに覆いが付いていているのを目にするが後ろ足の覆いと同じ形じゃないし、それほど強くもない。しっかり歩けているようでもない。後ろ足のどちらかが滑ったら、こけるのは避けられまい。こうして師匠馬はわたしの体の他の部位の粗捜しを始めた、顔が平べった過ぎる、鼻が出っぱり過ぎる、両目が前に集まり過ぎて、右や左を見ようとすると首をひねる他ない、何か食べるのに前足のどちらかを口に持ってくるしかない、そういう必要あって自然がこういう関節にしたのだろう、後ろ足の幾つにも裂けた、というか割れたあの隙間は何の為なのか、そもそもその後ろ足だって柔らか過ぎて石の堅さ、鋭さに、他の毛物からとった皮膚製の覆いなくばとても耐えられるものであるまい。全身のことを言えば温暖や寒冷から守ってくれる垣根が必要で、それをきみは日毎着たり、脱いだりし続けで、よくも飽きないなあ、よく面倒臭くないねえ。そして止めの一発。この国の生き物がヤフーを嫌うのはどうも生得のもののようで、弱い者は避けようとし、強い者は追い払おうとする。それでもしきみらに理性ありとするなら、生き物が皆きみらに示すこの生得の反感を何とかすることはできないのか、さらに進めて、何故彼らを大人しくさせ、きみらに奉仕させるようにできないのか。だが（そうしたいと言ったようには）この件について議論するのはこれ以上はやめよう、きみ自身の身上話、きみの生れたお国の話、きみがここに来る前の行動やら事件のことどもを、もっともっと聞きたいと思うのだが、と師匠馬はなんとか差し当りの話頭を転じようとするのであった。

　わたしは師匠馬があらゆる要点で納得がいってくれることをどんなに切望しているか、と彼に言ったが、似通ったものをこの国に見つけられない以上、師匠馬が大雑把な観念をさえ持ち得なさそうな幾つかの話題については自分にもはっきりしたことは言えないのではないかとひどく懸念していた。それでもやれるところまではやって、相互の対応物を見つけては話をわかり易くしてみますが、ぴったりの言葉が出てこなかったりしたら何卒お力添えをと願ってみた。喜んで、とそう師匠は答えた。

　正直者の両親からわたしは生れました。場所は「イングランド」という名の島で、この国から遠い所にあります、あなたの召使いきっての剛の者が天道とともに一年走り続けるくらいの距離の遠方です、長じて「イシャ」になりました、事故や暴力で体が蒙った怪我、創痍を治す仕事です、国は「ジョオウ」の名で崇められる、女の中の男のような人物に宰領されております。そんなふうにわたしの話は始った。富を得ようと国を離れました、戻って来たらその富でわたしも家族もやっていけるようにと思って。最後の航海で、わたしが船長、部下は約五十、その多くを海で死なせてしまいまして、いろいろな国で拾った連中で空(あ)きを埋めねばなりませんでした、船は二度ばかり、最初は大嵐で、もう一度は座礁してということで沈没の危機に遭いました、と。ここで師匠が割って入り、こんな質問をしたのである。そんないろんな国の見も知らぬ者たちをどうきみとの冒険行に誘いだせたのかね、そんな大損害のあと、そんな危険な目に遭ってきた直後だというのに、と。不運で破れかぶれの連中です、辛い貧乏とか犯した罪の為に郷国を捨てざるを得ない手合です。裁判で破滅した者もいれば、飲む搏(う)つ買う三拍子揃いですっからかんになってしまった者も、反逆罪、殺人罪、窃盗罪、偽証罪、文書偽造やら贋金造り、強姦、鶏姦、軍務放棄に敵前逃亡、追いかけてくる罪科(つみとが)も数限りなし、大方は脱獄犯でもありますし、縛り首も怖い、監獄での飢渇も地獄というので郷里にも帰れないとなると、日々のくいぶち、他所(よそ)に求める他はないじゃないですか。

　このやりとりの間じゅう、師匠馬は何度も何度も口をはさむのだった。で、わたしは多くの乗組が国を棄てざるを得なくなったもろもろの犯罪が区々(いちいち)どういうものであるか、もってまわった説明しかできないので四苦八苦した。何日も苦心惨憺(くしんさんたん)会話してやっとわかってもらえたり。そういう悪事に走って何か役に立つのか、何か必然性はあるのかが、師匠馬の理解を全く越えていた。そこのところをはっきりさせようと、わたしは権力欲とは何か、金銭欲とは何か、おぼろげながらでも説明せざるを得なくなった。淫欲、不節制、悪心、嫉妬が怖ろしいどういう結果を生むか、とかとか。こういった定義やら説明やらに具体的事例を次々並べたし、これはもう推測推定も万止(ばんや)む無しであった。その後、かつて目にしたことも耳にしたこともないものに想像力を攪乱されたという風情で師匠馬は驚きと怒りの色を、きっとあげた両目に浮かべていた。ケンリョク、トウチ、センソウ、ホウリツ、バッソク。これらを表す言葉を彼の言語は持たなかった。そういうのが他にも千有余。わたしが言おうとしていることにはっきり或る観念を持ってもらおうということの難しさは最早言詮を絶していた。しかし秀れた洞察力が土台としてある上に内省と会話がこうして重なっていったものだから、わたしの国のような別世界にてはヒトは何をどう行うものであるかは完全に頭に入ったもののようであった。きみが「ヨーロッパ」とか呼んでいる特殊地域、とりわけてもきみ自身の国のことについて、今度は話してもらえると有難いね、とそう言うのだった。

第五章

作者、師匠馬に請われてイングランドの現状を説明する。ヨーロッパ君主間の戦争の原因。作者、イングランド憲政を解説し始める、の条

読者諸賢に宜敷く御理解いただきたいのは以下、わたしが師匠馬と交した幾多の会話の抜萃は、二年以上に亘(わた)り数回話し合われた最も肝要な論点の要約と言って良い部分を含んでいるということである。わたしのフウイヌム語学習が進むにつれ師匠馬はもっと突っ込んだ意味理解を望むようになった。

わたしは極力ヨーロッパの全体図をわかるように話した。交易と生産はどうか、学術はどういう具合か。あらゆる話題を巡って出される師匠のあらゆる質問に返されるわたしの答は会話の尽きることなき知恵蔵と化した。一方、ここに書けるのはわたしの国を巡って二人の間に交わされた事項の本筋と言えるものに過ぎない。どういう時、いかなる状況の下に話されたかは顧慮せず、極力順序正しく、ただただ真実だけは枉げないで、ということで書き綴る。ただひとつ気懸りなのは師匠の冴えた議論や表現を、わたしの能力不足のせいで、或は野蛮なるイングランド語への翻訳ということもあってちゃんと伝えられておらないのではないかという点である。

　こうして師匠馬に促される儘にわたしは彼にオレンジ公の下での「革命」のこと、オレンジ公とフランスの長期に亘る戦争、および公の継承者たる現女王による戦争継続政策の話をした。キリスト教国列強が参戦し、いまだに継続中だ。師匠に尋ねられて計算してみたら、戦争期間全体で約百万のヤフーが、おそらく百ではきかぬ都市が占領され、その五倍ほどの船が焼亡したり沈没させられたりしている。

　一世紀も他所の国と戦さするという理由なり動機って普通は何なのかと師匠はわたしに尋うた。実にいろいろですが、主たるものを幾つか挙げておきます、とわたしは答えた。統治する版図や人々がもっと欲しいと思う君主たちの野望もあるだろう。悪政に非を鳴らす臣民の声を抑える、というか逸らす為に君主を戦争に巻き込もうとする大臣たちの腐敗ということもあり得る。意見がまとまらない為、何百万人が命を落としてきた。肉体がパンに化肉するのかパンが肉体に化肉するのか、或る種の漿果(ベリー)が血に、ワインに全質変化するのか、まとまらないうちに、肉が、血が失われた。口笛を吹くのは善なるか悪なるか、磔刑図(はりつけ)の杭(くい)に接吻すべきか、そんな絵は即刻火にくべるべきか。上着に最適な色は何か、黒か、白か、赤かグレーか、長いか短いか、幅狭か幅広か、汚れありか清潔か、エトセトラ、エトセトラ。そう、意見の不一致が原因の戦争ほど酷烈かつ血腥い。どうでも良いくだらぬ意見の不一致ほど激戦になるのだから、たちが悪い。

　二人の君主の争いが、どちらにもそう主張する何の権利もないのに第三者の領土をどちらが奪うかという争いであることもある。或る君主のつける言い掛りが、相手に言い掛りをつけられるのを怖れてという場合もある。相手が強過ぎるといって始まる戦争もあれば、弱過ぎるからといって一戦勃発ということもある。隣国が我々の持つものを欲しがるからということもあれば、我々が欲しいものを隣国が持っているからということもある。彼らが我々のものを手に入れるか、我々に譲るかするまで戦い続けることになる。人々が飢渇に苦しむとか悪疫に悩まされるとか、仲間うちの分派闘争が二進(にっちも)三進(さっちも)ならなくとかなっている別の国に侵入という戦(いくさ)はとてもわかり易い。たとい相手が一番の友好国であろうと、その町のどれかが此方にとって便利な町だとか、その土地を併合できれば此方の領土がよく纏(まと)まった一層十全なものになるという場合の戦いもわかる。人々が貧しく無知な国に軍隊を入れ、半分を殺し、半分を奴隷にするとしても、野蛮人を教化し、その数を減らしたと言えば筋は通るだろう。或る王が国土に侵略を受け別の王に援軍を頼んだとして、この援助した王が侵入者を撃破した後、みずから侵略者と化して、助けに来た当の王を殺す、投獄する、追放するというのは、とても王らしい威勢ある行為ということで、現によくある場合である。血縁とか婚姻とかによる同盟関係がよく君主間の軋轢(あつれき)になる。繋がりが濃い分、争いの機縁も多い。貧しい国は飢えており、富める国は傲慢(たかびい)だ、そしてはらぺことたかびいは永遠に折り合いが悪い。こういうさまざまな理由があってあらゆる職能業態中一番功(いさお)しありとされるのが何を隠そう「兵隊」稼業である。が畢竟(ひっきょう)、兵隊とは、一度たりと自分を怒らせたこともない同族をできる限り多く冷徹に屠(ほふ)ることで飯を食う一匹のヤフーでなくて何か。

似たような業態の王たちがヨーロッパにはいる。自分では戦争を起こさず、自分の兵隊を各人いくらいくらの日当で雇ってくれる金持ち国に提供し、あがりの四分の三を自分の懐にねじこむと、これが即国家最大の歳入源となる乞食君主たち。ヨーロッパでも北の方に多い。

きみがわたしに戦争論をしてくれた御蔭で(とはそのまんま、この時の師匠の言葉だ)、きみらが持つとか言って威張っている理性とかいうものの正体がよおくわかった、目からうろこだ。それにしても、それが危険と言う前にそれは恥だという言い方が大いなる救いだし、もっとひどいことにならないようにしてくれた自然に感謝して然るべきだな。そう口が顔の真中に平べったくついてるんじゃなかったら、目的が何だろうと、同意の上だろうが何だろうが、相手を貪り喰って了わないでは済むまい。前脚の爪、後脚の爪だって短いし、やわだ。うちのヤフー一匹できみら一ダース分、たちまち蹴散らして了える。だからね、きみが戦争で死んでいく者の数を言う時、「ないことをあるように言」ってるんだと思って聞いていたのだよ、と。

さすがにわたしも首を振って、師匠馬の無知に微苦笑するしかなかった。自分としても戦争技術に全くの門外漢でもないので、大砲、長砲(カルヴェリン)、マスケット銃、騎砲、拳銃、弾丸、火薬、剣、銃剣、野戦攻城、撤退、攻撃、抗道、抗敵抗道、砲撃、海戦、千の乗組とともに轟沈していく船、両軍の二千の戦死者、断末魔の呻吟、宙空に舞う四肢、煙火、轟音、混乱、馬に蹂躙されての圧死、遁走と追撃と勝利、原頭に散る死体に群がる野犬に豺狼(さいろう)に猛禽、略奪、剝(む)り取(し)り、強姦、放火に破壊の説明と描写が蜿々と。そして同国同郷の人間の勇猛に触れ、彼らが攻囲した敵を一度に百人も、船の敵をも同数、吹き飛ばすところを見た時の話をした。雲からばらばらの死体が降ってくるのを見て友軍兵士が雀躍していた景色を思い出す、と。

もっと細かいことを話し始めた途端、我が師匠馬がもう止めよ、と命じたのだった。ヤフーの性質を知る者ならだれしもが、この邪悪な動物のことだ、もしその力、その狡智がその悪心と釣合いがとれていれば、きみが今一杯並べたあらゆる行為を平気でやるくらい十分あり得ることだと考えるだろう、と師匠馬は言った。それにしてもわたしの話のせいで全ヤフー族に対して彼の嫌悪感が高まっていったように、今までまるで経験がない混乱が彼の胸裡に生じた。こんなおぞましい言葉の列に耳が慣れてしまったら、徐々に嫌悪感なくそれらを受け容れて了うような気がした。むろんこの国のヤフーたちにぞっとはしても、だから嫌な性質をしているからといってヤフーを責める気にはならないのは、残酷だからといって猛禽のナイを責めない、自分の蹄に痛いというので尖り石を責める気にはならないのと同じことだ。しかし、理性を持つとかいう生き物がそのような残虐非道を行うことができるとなると、話は違う。その能力の腐敗が元々の残虐性よりさらにたちが悪いということにならぬよう祈りたい。こういう次第で師匠馬は、我々が唯一持つのが理性などではなく、我々の生来持つ悪をさらに悪くするに適した何らかの性質である、と自信を以て言えるというふうに見えた。混濁した水面が醜悪な何かの物体を、より大きくのみか、より歪んだ形として反射してくるのとそっくりに、だ。

それにしても、この話にしてもそうだが、きみの今までの話は主に戦争の話ばっかりだったような気がする、と師匠馬は付け足した。今一寸頭を悩ましている別の問題がひとつある。きみはきみの乗組に法律に潰(つぶ)されたから国を棄てた者が何人もいると言っていた。そして法とはどういう意味の言葉か説明してもくれたのだが、そこでわからないのは、どの人間をも守る為につくられた筈のものに人間が潰されるというようなことがどうして起こって了うのか理解できない、きみが法という言葉、その執行者という言葉をどういう意味で使っているのか、きみの国の現状に即して、もっとよくわかるように話して欲しい、きみらが自分はそうだと言っている理性的な動物にとっては自然と理性こそが、何を為すべきか、何を為さざるべきかを教える十分な案内役と思われるのだが、如何。

昔自分が蒙った不正義について弁護士を入れたが何にもならなかったことがある身では、法学に詳しいなどとはとても言えた義理ではないが、とわたしは応じた、何とか御納得いただけるところまではやってみましょう、と。

我々の間に、この目的の為に数が膨れ上った言葉を駆使することで報酬に応じて白を黒、黒を白と言いくるめて了う術を若い頃から叩き込まれてきた者たちの社会がある。この法曹界にとって世の中などまとめて赤子の手をひねるようなものなのだ。

たとえばの例。隣人がわたしの牛に目をつけ、弁護士を雇って、わたしの牛がわたしから奪われて当然と言わせようとする。わたしも自分の権利を守るのに別の弁護士を雇う必要がある。どんな人間の自己弁護というものも認めないのが法曹の鉄則なのだ。さて今の事案では本当の所有者であるわたしは二重に不利である。第一にわたしの弁護人はほとんど揺籃(ゆりかご)の頃から虚偽を擁護する訓練を積んできているから正義の弁護などまるでお門違いなので、いかにもお門違いらしく、悪意はないにしてもとにかく不器用この上ない。不利その二、わたしの弁護人は余程慎重にことに当らねばならない。でないと裁判官たちの御覚えはめでたくないし、同僚たちの受けも悪くなる。法曹の仕事を減らしやがって、ということなのだ。こうしてわたしが自分の牛を確保できる方法はふたつ。その一。敵弁護士を倍の報酬で買収する。すれば彼は正義は依頼人の方にあると言って、依頼人を裏切るだろう。方法その二。わたしの弁護人が牛はわたしの敵のものだとし、わたしの訴えが極力不正義と見えるように工夫してもらう。これは巧くやれば裁判官席の御覚え良かるべきこと間違いない。

さて師匠に是非知っておかれたく願うのは、これら裁判官と呼ばれる人々であるが、刑事裁判もだが、あらゆる所有権係争を解決するのに指名され、今や老いて怠け癖のついた名法曹家たちから選び出される。生涯かけて真実と衡平ということを憎み通して今日に至っているから、致命的な必然として詐欺、偽誓、抑圧になじみがちで、そういうのをわたし自身、何人も知っているが、正義の側の人間から高額賄賂の誘いを受けた時、みずからの本性、職能に似つかわぬことで職を汚すよりはと言って賄い（まかない）を断った者がいたらしい。

こういう法曹界でよく知られた金言に、何にしろ過去に決められたように今後も決めるのが法的、というのがある。であるから、巷で言う正義とか人類一般の理性とかに反そうと何だろうと過去に行われた決裁を余さず記しておくことに、この人々は特に気を回す。これらは「判例」の名で不正極まる考え方を押し通す拠りどころとなり、裁判官はこれに従って粛々とことを進めていく。

彼らは審理に当っては事案の「本丸」を避けるのに躍起になり、どうでも良い「枝葉末節」には大声で、激しく、飽き飽きしつつ深入りしようとする。たとえば先に挙げた事例で言えば、わたしの牛にわたしの敵はどういう趣旨のどういう悶着をつけているのかはどこかへ行って了い、くだんの牛は赤であるか黒であるか、角は長いか短いか、わたしが草を食（は）ませている野っぱらは丸いか四角か、搾乳の行われるのは家の中か外か、どういう病気に罹っているか、等々。そして例によって「判例」の山と、時々の審理休廷。角つきあわせたまま十年、二十年、三十年、ぎゅうぎゅうやり続ける次第だ。

同様見落としてならぬのは法曹界ほど特殊な言い回し、内輪だけの言葉遣い（ジャルゴン）にこだわる世界はない。外部の人間には全くちんぷんかんぷん。法の全部がこういう言葉で書かれ、しかも気合入れてどんどん増殖する一方。これによって、真と偽、正邪曲直という法の根幹が全然見えなくなり果てたところで、わたしの祖先たちが六世代かけてわたしの手に遺（のこ）してくれた畑がわたしのものなのか、三百マイル遠くにいるとかいうどこのウシの骨かもわからぬ者のものなのか、三十年たたねばわからない始末である。

大逆事件、というか治安警察法違犯の罪人の審理は遙かに期間が短い。これ、褒むべき（か）。裁判長は先ず権力中枢の考えそうなところを忖度する。あとは法の形式をきちんと遵守するだけ。吊すも救うも気随気儘である。

ここで師匠馬がひとこと。ホウソウカイというのかな、きみの言うその世界の生き物は知性活発の族であることは、きみの話を聞いていても良くわかったが、英知もしくは識見に於ても皆を指導していってくれる人たちであるべきだというところが一向見えてこないのは遺憾だな。わたしは答えた。お師匠、それは彼らの商売外のあらゆることで彼らは普通我々の中でも最も無知、最も愚かな手合で、日常の会話では馬鹿丸出し、あらゆる学術の天下公認の敵、人類の当り前の理性を歪めることにばかり長けて。自分らの専門の話だってそうなんだが、その他のどんな話をしても間抜け、というか品のない馬抜けなんですな。

第六章

アン女王御代のイングランド事情（の続き）。ヨーロッパ各宮廷に於る首相の性格、の条

しかし師匠馬は、この法曹の連中が仲間の動物を傷つけるだけなのに何を好んでわざわざ不正義な

揉め事に頭を悩ませ、不安を抱え、倦み疲れていくことに没入できるものか、全然わからんと言い、雇われた以上そうするしかないとわたしのした答にさらに頭をひねるのだった、雇うとはどういう意味か、と。仕様がないので金（かね）というものの使い道、それがどういう価値のものか、苦心惨憺説明した。もしヤフーがこの貴重な一物を持つならば彼は心動かされる何ものをも購（あがな）うことができる、綺羅の衣裳、豪壮な邸宅、宏大な土地、山海の珍味佳肴、そして絶世美女も選び放題。金（かね）ひとつでこれら全てが思い通りなのだとすると、とヤフーたちは考えた、使うにしても貯めるにしても、生れつきどちらに向いているかだけの違いで、これで終りということはないのだ、と。富める者は貧しき者の汗がうんだ実を享受し、貧者と富者の比率は千対一。僅かな稼ぎで毎日みじめに苦役生活をしてほんのひと握りの人間の贅沢三昧を支えている。他にもいろいろ、こうしたことをわたしは逐一縷々（るる）一所懸命説明したのだが、師匠馬にはなお腑に落ちない。あらゆる動物に大地の恵みに与（あずか）る権利がある、まして他の連中を導いている者はなおさらということで、そういう大前提で考えていたからである。で、そもそもサンカイのチンミとは何なのだ、我々の中にたまたまそれを好む者がいるとはどういうことなのだ、と師匠馬は知りたがった。わたしはチンミといって頭に浮かぶものを片端から数えあげ、調理の方法も説明した。世界中のどこかへ海路、船を送ることではじめて可能になるのがチンミというもので、酒に美酒あり、ソースに銘ソースあり、他にも口ざわり良い珍しい料理もろもろ。珍しいからチンミというのだ。雌ヤフーでも上臈（じょうろう）のヤフーが朝の食事をするとなると、そのためのカップひとつを揃えるにも、この広い地球を三たび回るもそれこそ朝めし前。それにしても、と師匠馬、自国住民の食材もあつらえられないとは何という貧しき国か、と。師匠馬が一番怪訝そうだったのは、わたしが論じているほどの広大な土地にそもそも水がないとはどういうことか、なぜ飲むものを海を越えてまで手に入れに行かねばならないのかということだった。イングランド（我が生国の名）は計算してみると、住人たちがショーヒできる三倍の食料を生産しているし、穀物から搾りとったり、一定種の木のつける果実を潰したりしてつくる酒類についても同断、あらゆる嗜好品についてこの三倍という比率は言える。しかるに殿方の贅沢趣味と節制知らず、御婦人方の見栄っぱりを養う為に、我々は生きるに必需必須の品の大部分を他所の国に送り出し、見返りに病と愚と悪の滋養を摂ろうと輸入する。果然、というか必然的に我が住民たちの過半が物乞い、強盗、窃盗、詐欺、女衒、偽誓、阿諛追従、罪収、偽造、賭博、虚言、御機嫌伺い、いじめ、票売買、売文、星占い、毒殺、淫売、嘘八百、中傷、自由思想等々をこととするようになる。こういう言葉を区々師匠馬にわかってもらうのは本当に大変だった。

　ワインが外国から我が国に輸入されるのは別段水やその他の飲み物が不足しているからではない。我々を五官の外に連れ出して愉快にさせる液体だからで、あらゆる鬱な思考から解放してくれ、脳中に野蛮で放縦な想像力を放ち、希望を持たせ、恐怖を追い出し、暫しもの間理性のあらゆる働きを我々の裡で宙吊りにし、あまつさえ手脚を動かせなくするから我々は深い眠りに落ちる。もっとも、そこから目ざめると吐き気がし、意気も銷沈しているのが普通で、これを常飲しているとまさに万病の素で、人生は不愉快、かつ短命を免れ得ないことも呉々も忘れてはならない。

しかしこれで全てではない。人々の多くは生きる為の必需品や嗜好品を金持ちにだけでなく、自分たち同士に提供しもして生きているのである。たとえばわたしが家にいて、それなりの恰好をしていると、それだけで百人からの職人たちの汗の結晶を身に付けていることになるし、建物や家具調度にはその倍の、それから女房が身綺麗にしていられるとすれば五倍の人手が掛っていることになる。

病人を診ることで生計としている人たちがいることを師匠に話すことになった。折りある毎に、自分の乗組の多くが病死して了った話はしてあったが、それが何を意味するかわかってもらうのは結構大変だった。フウイヌムが弱って動かなくなって二、三日すると死ぬことや何かの事故で四肢に傷を負うかもしれないことは彼にもすぐわかったが、なにしろ万事を完璧完全に近付けていくが真諦の自然が、何にせよ苦痛が身体を痛めるなどということをどうして許すのか、そんなことはあり得ない、是非その全然説明のつかない悪の存在する理由が知りたいと仰有るような御方である。食合せとか言って胃中で互いに逆作用する食材が千ほどもあること、我々が腹がすいてもいないのに馬食し、喉が乾いていているわけでもないのに鯨飲することを師匠に話した。夜っぴいて火酒の瓶を空けながら肴には一切箸をつけないで、体は熱いのに精神はだらけ、消化も急にできなくなったり抑えられたりする、淫売ヤフーは或る種の病気を持ち、たまたま抱き抱かれた相手の骨まで腐らせる。この病気もそうだが、他にも父から子へ相伝という病は数多く、厄介な難病を身に負うてこの世に生れて来る子供の多いこと多いこと。人間身体に害を為す疾病の一覧表を示してみろと仰有るなら、どの手どの脚どの関節にも蔓延するその数は五百、六百、いくらでも並べて御覧に入れられる。即ち、外からの病、内からの苦こもごもに身体部位のどこにもそれぞれの病があるという話だ。これらを治すことになっている人々も我々にはいて、それを職能にする者も、それで詐欺をする不埒者もいる。憚りながらこのわたしも医者と呼ばれるこの族のはしくれではあるので、御意であるなら、医という方法、というか手妻がいかなるものか、お話しさせていただきたい。

医家の基本的立場は万病は膨満から生ずというので、自然のお通じ、或は上へ行って口からの出入りのどちらかによって兎角、体を大掛りに空っぽにすることが先決という結論が出てくる。医家が次にやることは薬草、鉱物、樹脂、油脂、貝殻、塩、樹液、海藻、糞、樹皮、蛇、蟇、蛙、蜘蛛、死人の肉や骨、野獣や魚を材料に、鼻も舌もとても付き合い切れずに吐き気催し、嚥下を拒否するこれ以上ない酷い成分を拵え上げることだが、引き受けた胃袋はこれはたまるかと速攻拒絶で、これを医家は「嘔吐」と称す。或は同様の材料に何やら他の毒性ある材料を加えたものを上の孔、或は下の孔から(上か下かはその時の医者の気分次第)体内に入れるように命じる。この薬剤、胃腸にとっては我慢ならぬ厄剤というか、お腹をゆるくし、目の前のある全てを噴出させる。糞出させるのだ。こちらは緩下剤もしくは浣腸と呼ばれている。蓋し、と医者たちは考える。上の前にある孔は個体や液体の「中入れ」専門のアナ、下の後にある穴は「中出し」専門のアナと自然が決めているのは何とも笑止なりと言いたげである。これら技術者たちは、凡そ罹病して了えば自然などその座から追い出されるは必定で、この自然の空位を良いことに体は真逆の処理処方を受けて然るべきである、とはつまりアナそれぞれの用途を交換し、個体・液体は尻穴から摂出し、排泄は口から、というアナ開キな屁理屈をひり出したのである。

　しかるに、こういうリアル病の他にも単なる仮想病も多く、必然、仮想病イカモノ療法も多々発明され、各種病名がつき、ぴったりと称する各種クスリがつくりだされる。それにしてもこういう病気に罹るのはいつも雌のヤフーだというが、如何。

　予後というのか治療後の対処術でのこの族(うから)のワザの切れほど見事なものはない。まず滅多に失敗はないからだ。リアル病の予知予言について言うと、何かかんか意地悪な気分が混って、死ぬという宣告を口にする。恢復がなければいつだって予言成就、ヒトは必ず死ぬからである。逆に、死亡告知を下した後、想定外に患者本快の兆(きざ)しが見えたとすると、ほら見ろあの時宜を得た投薬が効(き)いたのだと名医ぶりを吹聴すれば良いので、予言はずれの譏(そし)りは悠々免れ得るのである。

　同様、倦怠期に入った夫婦が医者に特段目を掛けるし、惣領息子、偉い国務大臣、いや屡々君主たちもが医家を贔屓(ひいき)することが多い。

　わたしは以前、わたしの師匠馬と政「体」一般について折をみて議論したことがあり、文字通り立派な「体」でもある我が国の「憲政」という名の政体を褒めそやし、全世界の驚嘆と羨望の的になっているのも無理からぬこととしたことがあった。ここでは些か不用意に「国務大臣」の名を口にしたのだが、覿面に後日、師匠から、あの名称で特にきみはどういうヤフーのことを言ったのかと糾問されることになった。

　わたしなりに師匠にした答というのは、わたしが言おうとしていた第一、もしくは首席の国務大臣とは悲喜哀歓、愛と憎、憫愍と激怒などから超然とし、富、権力、肩書きへの激しい欲望以外、何の情熱も持たない族（うから）であるということだった。この者たちは言葉をあらゆる用途に用いるが、自分の本音を述べることにだけは使わないし、真実を述べる時には相手がそれを嘘と受けとるようにという意図あってのこと、逆にきみがそれを真実と思い込むというやり方でしか嘘を吐かない。この者が誰かに後ろ指を差すなら、その相手の出世間違いないのであり、誰かを他の人間に褒めるとか誰かに世辞追従を言う時、その日からその人間には没落が大口をあけて待っているのである。して貰うのが一番まずいのが何かの約束で、誓いの念押し付きだとなお剣呑、そんなことが起こったら賢いきみは即刻引退し、希望は一切捨て去ることである。

　頑張って首席国務大臣、即ち首相に成り上ろうとすれば方法は三つ。その一、女房、娘、姉妹を賢く使うこと、その二は前任者を裏切る、足払いを喰わせる、そしてその三は公開の集会で熱込めて激しく宮廷の腐敗を弾劾することである。賢い君主ほどこの第三の方法の実践者を重用するのが面白い。熱烈な仁に限って主人の意向や情熱に媚（こ）び易いのが世の常、と知悉しているのである。こうした首相連中はあらゆる地位を意の儘にし、あまつさえ元老院、枢密院の多数派には賄（まかな）いを回して権力維持を果たし、ついには免責法なる便法に拠って（どういうものかは師匠に説明を加えておいた）、後日の追訴を免れおおせ、国民から掠（かす）めとったもので金庫をぱんぱんにしながら公職から去って行くのである。

　首相の屋敷たるや同業の卵を育成する学校である。小姓、従僕、門番といった連中が親方のすることをそっくり真似しながら幾つかそれぞれのしまで小型の首相に成り上り、驕慢、虚言、そして賄賂という三要件を着々勉強していく。従って彼らのこの「準」宮廷に高官たちが金を入れるわけだし、時には頭を使い、押し出しを武器に次々出世階段を昇って、ついには大首相の後継者におさまることにもなる。

彼は腐敗した大奥だの、お覚えめでたい茶坊主風情の言いなりだが、それは彼らが結局のところ王国の実質的な支配者と噂されても仕方がない程、彼らを窓口（トンネル）として御上の寵が降ってくるからである。

或る日、我が師匠がわたしが祖国の貴族うんぬんと話した言葉尻を捉え、聞いているこちらの尻がむずかゆくなるような過褒の言を口にした。どうやらきみはそこなやんごとなき家門の人物に相違ない、姿といい色といい清潔さといい我が国のどのヤフーよりも上を行っている、力と敏捷さではかなわないようだが、それはきみがこういう他の野獣どもとはちがった暮し方をしているせいで、言うも詮ない。それにきみは言葉の才に恵まれているし、理性の閃きだって無いではない。わたしの仲間うちでは天才として通っているくらいなのだ、とかとか。

フウイヌムの間でも白毛（ホワイト）、栗毛（ソレル）、鉄灰毛（アイアングレイ）たちは赤毛（ベイ）、連銭葦毛（ダプルグレイ）、黒毛（ブラック）と同じ形というわけではなく、精神能力にしろ改良の才覚にしろ同等というわけにはいかないし、だからこそ召使いとしていつまでも現状維持の儘（まま）、思い切って仲間うちから飛び出そうという覇気がない、というよりそんなことをしたらこの国では自然に反する怪物の扱いを受けることになる。こういうことは是非知っておいて欲しい、そう師匠は教えてくれた。

師匠馬がわたしに高い評価をくれたことは寔（まこと）に辱（かたじ）けなく、心からなる謝意を伝える一方で同時に、わたしは低い身分の者であり、子に教育だけはつけてやろうという単純で正直者の親に生んでもらったという話をした。我が国で「貴族」と呼ばれている連中は師匠の持つ貴族観とはほど遠い手合なのだと、わたしは師匠に言った。青年貴族たちは子供の時分から怠惰な贅沢三昧で過ごし、結構な期間精力の無駄使い、放蕩な雌どもから良からぬ病を貰い、財産蕩尽の暁には低い家格、容姿端麗にほど遠く病むこと多い体質の相手と、平生あそこまで憎み蔑(なみ)している相手と、ただただ金の為だけに結婚する。こういう結婚で生れる子は瘰癧(るいれき)があるとか背骨が曲っているとか畸型だとかが多い。こういう経緯があって三代を越えて栄える家系は稀だ。内儀が気をつけて健康な父親候補を隣人や召使いの中から見つける努力を欠かさなければその限りでもなく、血筋は改良され、続いていく。脆弱な病身、貧弱な容姿、冴えぬ肌色が貴族の血統の真のしるしなのであって、健やかにして屈強な見掛けなど名家では評判が悪い。どうせ本当の父親は馬丁か御者のだれかなんだろうという噂が近隣で盛りあがる。体がそんな具合だと心も完全な筈はない。気鬱、懈怠(けだい)、無知、気紛れ、色惚(いろぼ)け、驕慢ごたまぜの当世貴人気質(かたぎ)。

　こういう迷門憂名人の同意なくして一法の成立も廃棄もなく、改正すらあり得ない。それから我々の所有権全ての決裁もひとえにこの連中が手中に握っていて、控訴すらあり得ない。

第七章

作者の大いなる祖国愛。作者がイングランドの憲政と統治に就て似た事例を挙げ、比較対照しながらする説明。それに対する師匠馬の反応。師匠馬は人間とは何かまで論ずる。まさしく騎虎の勢い、の条

わたしとこの国のヤフーがあれこれ似通っているので、ヒトというものに既にしてかくも低い評価をしかけている生き物たちのど真中で、かくも滔々と我がヒト種のことを論じ立てる気にどうしてなったのか、そう読者諸賢は訝しんでおられるのではないだろうか。そう、ここではっきりと告白しておくが、ヒトの腐敗諸事とは正反対のものとみえるこれら優秀な四足獣が具えた徳の数々を前にわたしの目は大きく見開かされ、理解力は深められて、ヒトの行為や情念を今までとは全く異る角度から見始めるようになり、わたしみずからの種の名誉のなんだかんだ等、一顧だに値せぬとまで感じだしていたからであった。第一、そんな愚挙に出られよう筈があるか、この師匠馬の如き判断力明敏のヒトウマの前で。彼は、わたし自身これまで気付いたことのない千からの欠陥が自分の裡にあることを日々気付かせてくれた。我々だけだったらそれらをヒトの欠陥とは決して考えなかった筈のことどもである。同じくわたしは彼をお手本に、あらゆる虚偽、あらゆる掩蔽を心から憎むようになったし、逆に真実が快いものに見え、その為だったら何を犠牲にしても良いとまで決心していたほどである。

もう少し読者諸賢には思うままのことを告白させて貰おうと思うが、わたしがこうして自在無碍(むげ)な口のきき方をしているのにはもう少し強い動機があるのである。この国に来て一年もたたぬのにここな住人に強い愛と敬意を抱き始め、二度とヒトの世界には戻るまい、余生はこの賛嘆すべきフウイヌムたちの間で徳に思いを致し、かつ日々実践して過ごそうという固い決心を抱くに到っていたのである。悪徳の先輩もいない、悪徳への誘いもない国である。その分、悪という字を永遠にひとり占めしたその名も悪運という奴がそんな浄福をおまえに持たせるかと、いつもの横槍。それでも今顧みても心の慰めになるのは、祖国の人々の話題をしながら、かく厳格な審問役を前にその人々の欠点を極力「軽減」し、どんな話題であっても問題が許す限り「好意ある」立場に立って話そうと努めたことである。命ある者で、自分の生れた場所への偏愛、依怙贔屓(えこひいき)についつい傾くことのない者がいるだろうか。

奉仕専一の時間の過半を費した師匠馬との度重なる対話の骨格部分はお話しした。しかし簡潔を心掛けている手前、ここに記されているより遙かに多い分量が遺憾乍(なが)らの割愛だ。

わたしが師匠馬の全質問に答え、彼の好奇心も完全に満たされたようだと思っていたら、或る朝早くに使いが来て、行くと少し間をとって座るように言われた(いまだ知らぬ厚遇だった)。きみの話の、きみ自身、きみの国に関わるところに就て熟々(つらつら)考え抜いてみたのだがと師匠馬は切りだした。自分の見るところ、どういうことが起きたのかは見当付かないが、理性のかけらを持つに到った動物でありながら、その僅かな理性を自然が呉れた生得の腐敗の増強、自然が呉れなかった新種の腐敗の獲得以外の何かの用に役立ててきたというふうには見えない、自然が呉れた極く僅かな能力を自分の役に立て損った上に、こういう元々の穴をさらに大きく広げるのに成功をおさめ、きみら自身の発明品で穴埋めするむなしい仕事に全生涯を賭けているというふうにしか思われない。きみ自身のことで言えば、きみにはそこいらのヤフーが普通に持っている力も機敏さも持たぬことは一目瞭然。後脚だけで立つ姿の頼りなさはどうだ。爪も役立たずの、何の助けにもならぬものにしてしまっているし、太陽やら天気から守ってくれる筈の鬚（ひげ）も顎からとってしまった。もうひとつある。この国のきみの同胞（はらから）たる（とは師匠の言葉だ）ヤフーたちより速くも走れないし、樹にも昇れまい。

　きみたちの統治、そして法律の制度そのものがきみたちが致命的に理性を、というか即ち徳性を欠いている結果だということは明白だ。理性があるのなら理性的生物への統治という言い方も筋が通るが、きみがきみの国の人間についてしてくれた話からしてさえ、理性とはきみらには無縁なもののようだな。このしてさえ、という言い方からして、わたしが同郷人贔屓（びいき）からあれこれの細かい点をはしょり、あまつさえ「ないことをあることのように話」していることが多いということを師匠馬はちゃんと見抜いていたのだ。

　師匠馬のこの捉え方は彼が、わたしの体の特徴が、力、速度、身体能力、短い爪その他、自然を責むべきもない細かい点でリアルに不利をいろいろ抱えていることを除けば、他のヤフーとどこも違わないのを見て、確証に変った。さらに我々の生活、慣習、行動をわたしがどういうふうに表現するか聞くにつけ、精神の働きも同じように似通っているのではないかと考えるようになった。ヤフーは他種の動物に対する時より仲間同士向い合った時の憎しみ合いの方が強いことが知られていた。普通その理由とされたのは彼ら自身の醜い形姿で、自分自身のは見えないが、他人の醜悪はよく見えるからである、と。こういうことがあって師匠馬は、我々が我々の体を覆い、この新発明によって、でなければ到底耐え難い多くの畸型部位を互いに隠し合うというのは我々のやり方としてはそう悪くないとか考え始めていたのだ。だが今や、それが考え違いだったと悟ったのである。この国の獣人たちの諍いはわたしが縷々述べた我々のと同じ原因に発することを知って了った。だってもしも（と、彼の曰く）きみが五匹のヤフーの中に五十匹分もの食べ物を投げ込んだとすると、彼らは仲良く食べだすことはなく、どの一匹もが全部ひとりじめしたくて摑み合いの大喧嘩になってしまうから、外で食べさせる時は普通監視役を雇ってそばに立たせるし、家の中だと互いに間隔を置いて結えておく必要がある。牛が年とったり事故だったりして死ぬと、どのフウイヌムかがそれを自分のヤフー用に確保しないと、近隣近在のヤフーどもが幾つも群れなして狙い集ってきて、先に紹介したような争いとなり、幸いきみたちが発明したような便利な死の道具がない故、殺し合いになることは滅多にないにはしろ、爪で大怪我するのがお互い一杯出る仕儀になる。また時には似たような争闘がさしたる理由もないのに隣り合うヤフーたちの間に起こることもある。或る地域のヤフーが隣りのヤフーたちの寝首を掻く好機をじっと狙っている。奇襲の企てが失敗とわかると自分の所に戻るが、これと言う外敵が見当たらないと自分ら同士、きみの所謂「内乱」を始めるのだ。

みずからの国のどこかの畑でいろんな色の光る石が出てくる。ヤフーたちはこれが無茶苦茶に好きで、時々そういうことになるが石が一部地中に動かずあると日がな爪で掘り起こし、運び出し、小屋に積み、隠す。仲間に自分の財物を奪われないよう、ずっと周りには目を光らせる。師匠馬が言うには、どうも自然のものとは思えぬこの欲のそもそもの所以がわからないし、光る石がヤフーにどのような役に立つものなのかもわからないのだが、どうやらきみがヒトが持つと言っている貪欲という同じ原理がそこには働いているのではないかと思えてきた、と。それで一度、ものはためしと、彼の或るヤフーがそれを埋めた場所から光る石ひと山分をこっそり別の場所に移してみたらしいのだ。すると宝を無くしたこのむさくるしい動物は大声で嘆きちらして問題の場所に群れ全体を集め、惨めに吼えまくるうちに他の連中を咬んだり、引っ掻いたりした。飲み食いしない、眠らない、働かないでどんどん窶れていくので、またこっそり召使いに命じて元の穴に石を運び、元通り隠しておいたところ、ヤフーはこれを見つけ、たちまち元気になり、陽気になったのだが、石は別のもっと安心できる場所に移し、以降は実によく働く獣ということで今日に到っているのだそうである。

　我が師匠馬が念押ししたことでもあり、わたし自身見知っていたことでもあるが、光る石が沢山見つかる畑こそ一番激しく、一番屢々な争いの場所になる。近在のヤフーたちの止むことなき侵入が引金である。

　師匠馬の言うには、二匹のヤフーがひとつの畑で光る石を見つけ、どちらが所有者かで争い始めた時、第三者が漁夫の利とばかり、それを二匹からかっさらっていくのはよくあることだ。それが我が国の法廷手続きに似ていないかと、どうしても師匠は言いたかったようだ。似ていないと言った方が我々自身は傷つかないことになる、とわたしは思った。つまり彼の言うような解決の仕方が我が国の多くの判例よりも遙かに衡平法の精神にかなっているのだ。原告も被告も失うものと言えば所有権を争うことになった石だけなのに、我が国衡平法法廷は当事者双方に何かが残っている限り審理を止(や)めることは、ないのである。

師匠馬は話を続け、ヤフーのどこがおぞましいと言って、何を食べるか見境いのないその食欲が一番おぞましいと言った。目に入って来さえすれば草だろうが根だろうが、漿果(ベリー)だろうが動物の腐肉だろうが、或はこれらの混り合ったものだろうが忽ちばりばり、むしゃむしゃいく。それに変った気質があって、どこか遠くで強奪したり、盗んだりしたものを、家で出されたもっとましな食物より好んで食べるのである。餌が十分でも彼らはそのどん腹がぱんぱんになるまで啖(くら)い尽くし、その後は自然の恵みたるある種の根を食べて腹中の全てを一瀉千里(いっしゃせんり)に体外に糞出する段取りである。

別種の根で非常に多汁(ジューシー)なのもあるが、稀少で仲々見つからぬのを、ヤフーたちは目の色を変えて博捜するし、本当に旨そうに啜(すす)る。ワインが我々にもたらすのと似た効果があって、ヤフーは互いに抱き合ったり、時には引っ掻きあったり、吼えたり、にやけ笑いをしたり、ぺちゃくちゃ喋ったり、よろめいたり、つんのめったり、そして挙句、泥中に文字通り泥酔という酔態を演じる。

わたしの見知る限り、この国で何か病気に罹(かか)る動物と言えばヤフーだけだった。もっとも罹病する数は我が国の「ホース」に比べて余程少く、それも何かひどい目に遭ってということではなく、汚い野獣のその汚なさ、貪婪(どんらん)が病因であった。この国の言語には、野獣の名前からとった病一般を指す「フネア・ヤフー」、ヤフー病という呼称しかなく、野獣の糞に尿を混ぜて無理やり喉に流し込んで治すということになっている。その後、わたし自身、何遍もやってみたが、快癒した。糞飯物など言う勿れ、社会公益のことを考えてむしろここで、膨満が因となる万病への驚くべき特効薬として同国人同郷人には肥（こえ）を大（だい）にして御推輓しておきたく思う。

学問、統治、技術、産業等々に関しては、と師匠は言った、この国のヤフーたちときみの国のヤフーたちに類似点はないようだ、と。我々の性質に類似点を見つけようとばかりするから、そういう見解になる。ほとんどの群れに一種の頭目がいて（我が国の荘園にも普通、そういう主たる、というか首たる雄鹿がいるように、だ）、他のものより醜い体をしている、根性もひねくれているというのが普通だと、好奇心旺盛のフウイヌムが言っているのを師匠は聞いたことがあったらしい。この首長は普通、できるだけ自分に似た相手をお気に入りとして侍（はべ）らせているが、この者は主人の脚やら尻やらを舐（な）めたり、女子ヤフーを主人の小屋に連れて来るのを任とし、時々報酬ということでロバ肉をひと切れ貰う。この気に入られ者は当然群れ全体の憎悪の対象だから、いつも主人のそばにいて身の安全を守る。もっと性悪（しょうあく）な二番手が見つかるまで彼の任務は続行だが、或る日馘（くび）になる瞬間、その後継者はひと塊になったその地域の老若男女全部のヤフーの先頭に立ち、皆一斉に糞尿を前任者の頭の天辺から足の爪先にまでぶちまけるのだとか。こういうことがきみの宮廷、そこでの気に入られ屋、きみの国の国務大臣とやらどこまでそっくり当てはまるのか、きみが決めるのが一番だな。

こういう悪意あるあてこすりに敢えて返事をすることもない。ヒトの悟性をそこいらの賢い猟犬以下と見下しているわけだから。そういう猟犬の判断力というのは、荘園内で一番有能な犬の啼き声を間違いなく聞き分け後をついていく程度の働きはするのである。

師匠馬はわたしにこうも言った。ヤフーに幾つか際立った性質があるが、きみがヒトのことをわたしに話してくれた中にその点は全然出てこなかった、出てきてもほんの一寸だけだった。師匠言うにはこれらの動物は野獣一般と異らず雌を共有する。違いありとせば、雌が妊娠中でも雄を受けいれること、雄が雄同士と同じくらい激しく雌と口で喧嘩し、体で喧嘩することかな。口喧嘩も喧嘩も悪名高く獣じみていて、道理を弁えた他の生き物にはその真似は絶対にできない。

師匠馬がヤフーについて驚いているのはもうひとつ、他の動物すべて綺麗好きに生れついているようなのに何故ヤフーのみ生得、汚な好き、ごみ好きな奇妙な習性を持つのかということであった。この批判点ふたつについては敢えて答をせず、やり過ごした。他のことならわたしの性向からして我が種(しゅ)の肩を持っていくらも言えた筈だが、このことについては言う言葉もなかった。それから批判の後の方に出て来た生得の汚な好きの奇妙な習性という指摘からヒトを外すことは易しかった。この国にブタさえいてくれれば(トンでもないことに、いなかった)、なるほどヤフーより可愛いとは言えるが、もっと綺麗好きと言うなら、やはり公平を欠く判断と言わずばなるまい。もし師匠馬がその目で豚たちの汚ない食べ方を見、その泥の中に転がり、ぶうと言って泥酔するトン狂な姿を見たら、やはり同意見になると思われるのだが、如何。

師匠馬は召使いたちが何匹かのヤフーに確認したもうひとつの性質のことにも同じように触れた、自分自身には何故そんなだか全く説明付かぬ、と。言うには、時々ヤフーが妙なことを思い付いて片隅に行って横になり、吼えたり呻（うな）ったり、近くにあるものみな蹴りとばしたり、若くて大食いそうなのに全然飲み食いしなくなる。病気だとして召使いたちにはその病因が全然思い当たらない。思い当たった治療法というのが、きつい仕事をやらせることで、その後、元の自分を取り戻すところに落ち着くのだとか。わたしは黙っていた。同国人たちにあらぬ火の粉がふりかかってもと思ったからだ。しかしここにかの「憂鬱病（スプリーン）」の真因を見てとるのはいかにもたやすい。「怠け」「放縦」そして「金満」の諸氏をのみ襲う世紀病。同じ療治をこの人たちにやらせて良いということなら、わたし、喜んで医者役つとめてみたい。

　師匠馬は雌ヤフーがしょっちゅう堤や茂みの蔭に潜んで若い雄が通り過ぎるのを見ていることがあり、姿現すかと思えば隠れるのだが、いろいろ謎めいた身振りや顔付きをし、そういう時には猛烈な刺激臭を出す。雄が前に出ると、後（しりえ）に退（すざ）る。うしろを振り返り振り返り、怖がっているふうを見せながらどこかやり易い場所に跳び込むが雄が必ず追って来ることは折り込み済みなのだ、とか。

　別の折り、雌たちの中に他所者（よそもの）の雌が一匹入り込んだことがある。雌三、四たりが詰め寄り、じろじろ見、ぺちゃぺちゃくっちゃべり、にやにや笑い、くんくん全身の臭いを嗅ぐと、軽侮と侮蔑を示す素振りをして立ち去ったのだそうだ。

　師匠馬はみずからが目にしたこと、他人からまた聞きしたことを基に出した結論をこうして、しかし随分やんわりと話したのだったが、「淫乱」、「媚態」、「悪口」、「醜行」といったものが本能としてオンナのものなのだと改めて考えさせられると、驚くと同時に、猛烈に哀（かな）しくもあった。

師匠馬がいつ、雌雄双方における自然越えの欲望を以てヤフー攻撃に転ずるか、わたしは固唾(かたず)を呑んでかまえていた。そういう欲望は即ち我々のものでもあったからである。しかしどうやら自然はそんなに練達の女教師というわけでもなかったみたいだ。これらが少し粋(いき)になった快楽は、完全に技巧と理性の産物であって、地球のこちら側にしか存在しないようである。

第八章

作者、ヤフーに就て幾つか細かい報告。フウイヌムの偉大なる徳性。若いフウイヌムの教育と訓練。大全体集会、の条

ヒトとはどういうものかということなら師匠馬よりはこの自分の方が余程良くわかっているのが当然で、だから師匠がヤフーはこうだと話してくれた性格をわたしは自分自身、そして祖国の人たちに当てはめてみるのに苦労はなかった。自分の目で確かめるならさらにいろいろ見えてくるとさえ思ったのでことある毎に、近隣のヤフーの群れの所に行って良いかと師匠に尋ね、すると日頃わたしがそれらの野獣をいかに憎んでいるか知る師匠はわたしが腐敗させられる怖れなど先ずないということで、喜んで同意してくれた。そして召使い馬に、栗毛の悍馬で、とても素直かつ善良なのがいたのを、わ

たしの護衛をつとめるように命じてもくれたが、それがなければそんな冒険に出掛けていたかどうか怪しい。そもそもこの島に到着していきなり出会い頭にこのいとわしい動物にいじめられた話は前にも読者に知らせてある通りだ。その後も、吊り短剣もせず近所になんとなく出歩いて、危うく彼らに捕えられそうになったことが三、四度もあったか。彼らがわたしを同類と思い込んでいるという根拠がないではなく、しかもそういうふうにしてしまったのにはわたし自身の不用心もあった。護衛が近くにいて安心していたわたしは袖をまくったり、彼らの目の前に剝き出しの腕や胸を晒したりしたのだった。そういう時、彼らは近くにやって来て猿公然とわたしの仕草を真似た。人馴れした人真似好きのこくまるガラスが帽子かぶり靴下履いたまま野生のカラスの中に飛び出て行って必ずいじめられる図そのままである。

彼らは小さい時から異様に敏捷だ。それでも何とか三歳くらいの若い雄をつかまえ、努めて優しい扱いに出て大人しくさせようとしたのだが、仲々のきかん坊で喚く、引っ掻く、噛みつくが余りにひどいので思わず放した。放したのが良かったのである。騒ぎを聞きつけた年長のヤフーがどんどん集まってきていたからである。子供が無事で(とうに逃げ出して)いたのと、護衛の栗毛がついていたのとで、それ以上は近付いて来なかった。若いヤフーの体の体臭が相当なものだとはその時知った、そう、イタチとキツネの間というか、まあそれより遙かにきつい臭いだった。忘れるところだったが(全く忘れて了っていたところで多分読者御寛恕下さるか、と)、そうそうこういうこともあった。この悪童奴を手に抱いていたら、黄色のべちゃべちゃした汚い糞をわたしの着ていたものにぶちまけてくれたのだ。不運もこの時は幸運のふりをしてくれた。すぐそばに小川が流れていたのだ。わたしは狂ったように体を洗った。綺麗な空気が体に入り切らぬうちはとても師匠馬の前になど出られたものでなかった。

　わたしの知り得る限り、ヤフーは何かを一番教え込みにくい動物のように思われる。能力と言っても重い荷を引いたり運んだりが関のやま。この欠点はほとんど歪んだ反抗的な性格に由来しているというのがわたしの見方だ。狡猾で悪意に満ち、裏切りと復讐心しかない。強壮強力だが精神は臆病、従って傲慢、卑屈で残虐。両性とも赤毛が一番多淫で性根悪いということだが、体力でも行動力でも一番であるのはよく知られているところである。

　フウイヌムたちはすぐに用を言いつけられるヤフーを家から遠からぬ所の小屋に置いているが、残りは野に放たれ、そこで根を掘り、或る種の薬草を採取し、腐肉を漁り、時にはイタチやウルビウム(野鼠の一種)やらを捉えてがつがつと貪り食う。小高くなった丘の腹に爪で深い穴を掘るということを生得知っていて、そこで自分たちだけ眠るのだが、雌たちの巣穴は少し奥行きがあり、子ヤフーの二、三匹が中にいることができるようになっている。

　彼らは子供の頃から泳ぎが達者で、長時間水中に入っていられる。そこで魚を手摑みで獲り、獲物は雌が子供の所に運んでいく。そう、道具立てが揃ったみたいだから、ひとつ逸事、というか椿事を、読者に御寛恕願ってしてみたい。

　或る日、師匠馬、栗毛の護衛馬と連れ立って外に出た。非常に暑い日で、わたしは近くの川に水浴びに入って良いかと尋ねると諾ということで、わたしはすぐ全裸になると、徐ろに水に入って行った。若い雌ヤフーが一匹、堤の蔭に立って成り行きを眺めていたと思ったら、栗毛とわたしの想像するところ突然発情したらしく、全力で走り出すと、わたしが水浴びしていた場所に五ヤードあるかないかの地点で水に飛び越んだのである。長い人生、これほど怖い目に遭ったことはない。まさかそんなことがと思っている栗毛は少し向うの所で草を食んでいた。雌ヤフーはわたしをがっちりと抱き固め、わたしはあらん限りの大声を出した。栗毛が速足で駆けてきたものだからヤフーはわたしを抱くのを止め、本当に口惜しそうに反対の堤に跳び上って行き、わたしが着物を着るのを見つめながら、しきりにううううと唸り声をあげていた。

　師匠馬一家にとってはただの笑える話ということだったのだが、わたしは悔しい、というかただただ慚愧の一件であった。雌ヤフーが自分の同類と認めてムラムラきた以上、わたしは頭の天辺から足の爪先までどうしようもなくヤフーなのだということを今や否定しようがないわけだ。この雌ヤフーは（そうだから多淫ということで通ったかも知れぬ）赤毛ではなく、リンボクの実のような黒い髪をしていた。姿形も同族の残りの者たちのそれのように怖ろしげでなく、十一歳より上には見えなかった。

　さて、この国に来て三年にもなるのだし、他の旅行記作者たちのように、そろそろ異国の住人たちの習俗習慣に筆が及んでも良いのではないか、と読者御期待のことであろう。まさにわたしが本気で研究しようとしていたのがこの主題なのであったし。

　これら高貴なフウイヌムたちは生得、あらゆる徳性を志向する素地に恵まれているし、だから理性ある生き物に悪という概念なり観念がそもそもあり得ると思っていないから、その究極金科玉条たるべきは理性ヲ耕セ、カルヲ以テ通身理性ニ支配サレヨであろう。彼らの中では理性は、或る問題はすべからく両面から考究すべしとする我々の世界とは違って、情念だの利害得喪だので混ぜこぜにされることなく、曖昧にされることなく、汚されることなく真っ直ぐ一本の確信として彼らの腑に落ちて来るものである以上、一切問題含みではない。わたしは「オピニオン」、意見という言葉の意味を師匠馬に理解してもらおうとして塗炭の苦しみを味った時のことを忘れられない。どんな問題も甲が論ずればこれを乙が駁し能うという状態を指す言葉である。ものごとが確かなものと思えてのみその是非は問えると理性は教えるのだが、我々の知というか知識が妨げになって我々は結局是とも非とも言えない。だから議論争論、甲論乙駁、誤った怪しげな前提に拠って立つ熱い論など、フウイヌムたちの与り知らぬ悪なのである。自然哲学の幾つかの学説を師匠馬に説明しようとしたことが何度かあったが同じことが起こった。いやしくも理性を持っていると誇る生き物が、ただ単に他の連中がどう考えているかを知っているとか、よしんば確かな知識ではあってもそもそも知っていて何になるかということどもを自分は知っていると言って威張るのは笑止だなと師匠馬は笑いだすのだった。その点では師匠馬はプラトンの伝えるソクラテスと完全に同じ立場だった。この哲学の王最高の叡知、これとわたしは考えているし、こういう無知の知という教説が一体ヨーロッパ全図書館にどういう破壊作用を及ぼしかねないか、知の世界のどれだけ多くの名声への道が閉ざされかねないか、以降よくそんなことを考えるようになった。

友愛と博愛のふたつはフウイヌムたちの二大枢要徳であり、これらは何か個別の対象に向けられることなく、種全体へと向けられている。一番遠い地からやって来た異人にいきなり一番古くから付き合いのある客人の扱い。いずこに行こうとそこが即ち自分の家と思えば良いのだ、と。フウイヌムの趣味の良さと慇懃なることは徹底しているが、全く儀礼好きではない。自分の仔馬だけを溺愛ということはなく、仔馬の教育への周到の配慮も完全に理性の命じるところなのである。師匠馬が我が子に注ぐのと同じ愛情を隣家の子に注いでいる場面を何度も目にした。種全体を愛せよとは自然の教うるところ、特に有徳の士を他と別して尊敬せよとは理性の命ずるところ、という言い方がされる。

妻フウイヌムが雌雄各一頭の子を産むと配偶者との馬具合もそれでおしまい。滅多に起こらないが、子の一頭を何かの具合で亡くす場合が例外で、もう一度媾う。同じようなことになり、しかも雌の方が出産年齢を過ぎている場合、別の夫婦が子の一頭を譲ってくれ、この別の夫婦は新たな妊娠を期して再度睦み合う。こういうやり方は国の住民数過剰増加を防ぐ為に必要とされる。しかし、いずれ下僕奉公に出る下級フウイヌム族はこのやり方に厳密に縛られることはなく雌雄各三頭までの出産が許され、子らは格上家門の召使いになっていく。

彼らが結婚に当って最重視するのは毛色で、変な混色が子孫に表れぬような毛色の選択が行なわれる。雄に期待されるのは体力、雌には端麗容姿だが、愛など二の次で兎角種の退化を防ぐが先決。たまたま体力を雌が担うと、配偶者は容姿端麗なのが選ばれる。求愛、恋愛、贈答、寡婦財産、継承的不動産などという観念はなく、そういうものを表す言葉は彼らの言語にはなかった。若いカップルが出会い、一緒になる。親や友人たちが決めたことなので、と単にそれだけの理由なのだ。毎日目にしていたことで、理性的存在に必要な行為のひとつと考えるのである。しかし婚姻破棄、或は他の不貞行為の話は耳にしたことがなかった。結婚したカップルは、やって来る同種の他のたれかれに向けるのと同じ友愛、相互の博愛の精神を以て共白髪を迎える、嫉妬も溺愛もなく、口論また不平もなく。

　雌雄の若者教育の方法は見事なもので、我々が範とするに足ると思うのだが、如何。燕麦の穀粒を彼らは例外的な日以外には十八歳まで口にすることは許されないし、ミルクもそうで、滅多に飲めない。夏は朝二時間、夕方に二時間草を食むし、両親も同様である。召使いたちはその半分と一寸しか食めはしないが、草の大部分は持って帰り、都合良い刻限に食べる。その時は全く仕事しない。

　節度と勤勉、訓練と清潔も両性とも若い時分から叩き込まれる。師匠馬は、或る種の家事は仕方ないとしても、雌に雄と異る教育を施す我々は頭がおかしいと考えていた。民の半数が世の中に子供を送り出す他、何の役にも立たぬなんて、と言うのだが、その通りだ。子らの世話をこういう役立たずに任せ切りというのこそ蛮性の最たるものではないか、と。

　しかし、フウイヌムたちは若者に力と速さと強さを仕込む訓練として険しい山を馳けさせ、石ころだらけの固い土地を駆けさせる。そして全身汗まみれになる頃、頭から池や川へ跳び込めという指示が下る。一年に四度、或る地区の若駒が集められ、走力、跳躍力その他、体力と敏捷さを競い合い、勝者には彼、彼女を讃える歌が褒美にさずけられる。この体操競技祭の時、召使い馬はヤフーの群れを競技場に入れるが、干草、燕麦、ミルクをフウイヌムの食事用に背に負って運んで来るのである。祝典終了と同時にこれらの野獣はうるさくして集会の邪魔になってはというので、ただちに追い返される。

四年に一度、春分の時節を狙って我々の家から二十マイルほどの平原で全国代表者会議、全代会が開かれ、五日とか六日とか続く。幾地域かの状態の現況報告があり、干草や燕麦は十分か不足か、牛、ヤフーの数は如何ということが話し合われる。欠乏ということだと(そんなことは滅多にない)ただちに全会一致で何とかすることが決り、供出量が決る。子供の頭数の調整もこの時である。或るフウイヌムには雄の子が二人いると、うち一人を雌の子が二人のフウイヌムの子のどちらかと交換する。子供が何かの不幸で亡くなった上、母親がもう妊娠できないとなると、ではどの夫婦がこの穴を埋める為に子を産むかが決められるという具合、まさに絶妙の馬具合(まぐわい)ならん乎(や)。

第九章

フウイヌム全代会での大議論とその決着。フウイヌムの学問、建築物。死者葬法。フウイヌム言語の欠陥、の条

大会議の一回はわたしのいる間、出発の三ヶ月ほど前に催され、そこには我が師匠馬が我々の地区

の代議員ということで参会した。この会議では古くから定番の議題が蒸し返された。定番というかこの島で議論と言えばこれと言うほど人口（じんこう）に膾炙（かいしゃ）した御約束議題で、帰宅して来た師匠馬の口から詳細を聞かされたのであった。

議題はヤフーをこの地表から根絶すべきか否かということだった。根絶すべし論の一人の議論は力と重みに富み、そもそもヤフーは自然の生んだ動物中にも一番汚く、うるさく、畸型で、従って反抗的にして済度し難く、悪業三昧、邪悪そのものではないかと言い立てた。こっそりとフウイヌム所有の雌牛の乳首に吸い付き、猫を殺して食し、燕麦や草を踏み荒す。いつも監視していないとそういう始末。その他の放埒数限りない。そもそも貴奴らども、ヤフーは元々この土地のものではない、と口碑にもあるではないか。伝によらば大昔、この野獣ども二匹が、太陽の熱でぬるぬるの泥濘中に生れたか、海中のどろどろの泡中に生れたか知らねど、さる山にともに姿を現したというではないか、そしてこのヤフーたちが子供を産み、同族が須臾（しゅゆ）の間にどんどん増え、国全体に溢れ、国全体を穢（けが）した。そこでフウイヌムたちがこの悪を絶とうとそこいらじゅう狩り立て、族全体を狭い所に押し込むと年長のものは殺害（せつがい）し、全フウイヌムが若いヤフー二匹をそれぞれ小屋に飼い、自然にだったら蛮そのものの動物がここまでにはなるかというくらいには馴（な）れさせて、ものを引く、ものを運ぶ役に立てることになった。この口伝（くでん）にはたしかにそうだと思わせるところがあって、フウイヌムばかりかどんな他の動物もがこの相手に抱く激しい憎悪を目の当りにしてみるとヤフーが「イルヌーニアムシー」（つまりこの土地の原住民（アボリジニ））であった筈はない。邪悪な性格からしてそうなっても別に不思議はないとも思うが、もし原住民だったなら、ここまでは憎悪されなかったに違いないし、そもそもが疾に根絶やしにされていたのではないか。そもそもと言えばヤフーを下働きに使うことを思い立った住人たちがロバ族を馴らそうとしなかったのはまさに千慮の一失、こちらは可愛い動物、飼うに易しく、ずっと馴れてきちんとしているし、悪臭もないし、なにしろ強くてよく働く、たしかに体が敏捷かと言われれば負けるし、ロバ声は耳に快いとは言えないが、ヤフーの怖ろしい唸り声に比べれば余程ましなのに、何故。

他の幾代表もが同じ趣旨の発言を重ねたところで師匠馬が大会に便法を提案したが、それはわたしの話をヒントにしていた。先に喋った高位者の話にあった口碑なるものの内容を引き取りながら、最初に目撃された二匹のヤフーは追い出され渡海してこの島に漂着したが、仲間に遺棄されて山中に逃げのびたは良いが徐々に退化し、時間がたつうちに、これら祖たるべき二匹がそこからやって来た国の同種の連中よりもずっと野蛮になって了った。何故こんな見てきたような話をするかと言えば今、自分は驚異的なヤフーを一匹掌中にしている(つまりはわたしのことだ)。その噂は既にお聞き及びのことと存じるし、見たと仰有る方も沢山おられよう、と師匠馬は言った。それから彼は議場の者たちに最初にわたしに出くわした時のことを話した。わたしが他の動物の皮や毛で拵えた人工物に全身くるまれていることや、独自の言語を持っていること、彼らの言語に完全に通暁していること、そして自分がどういう偶発的な冒険でこの島に漂着したかその口ずから語ったことなど、次々と紹介した。それからわたしをくるむ被覆部分がない時に目撃したところ、どこからどこまで立派なヤフーであるが、色が少し白く、毛は薄く、爪が短い。それから自分の国や他の国々ではヤフーこそ支配者で、理性動物であって、フウイヌムを隷属させているのだと言ってきかないのだが、如何。師匠馬はわたしにありとあらゆるヤフーの特徴を認める一方、理性めいたものを持ち、多少とも文明に近いが、フウイヌムの理性に遠いのはこの者の国でヤフーがこの者に遠いのと同じだ。話はもっといろいろあるが、この者の国にはフウイヌムが幼い頃、もっと大人しくさせるのに「去勢する」などという習慣があり、その手術は簡単かつ安全だとも聞かされている。野獣とは言え知恵は知恵、学ぶところあっても悪くはない。勤勉はアリに学び、家造りはツバメに学んで特段恥ではない（英訳。原語は「リアンヌウ」。ツバメよりは大分大きい家禽である）。この発明をこの国の若いヤフーに試みるならば啻に大人しく使い易いようにできるばかりでなく、ひと時代もたてば殺すこともせずこの種全体を葬り去ることが可能になりそうだが、如何。その間にフウイヌムは督励されて専らロバ族を文明化すれば良い。あらゆる点でずっと価値ある相手になってくれそうだ。こちらはもう一方が十二歳から使えるという時に五歳から働かせられる。どっちが賢明か、自明ではないか。

その時、師匠馬が大会議のことでわたしに話して聞かせても良いと考えていたのはこのあたりまでだった。ただ一点、そのまま言わないでおこうとしたことがあったのである。ずばりわたしに係わることで、その痛切な結果にすぐ後、わたしは直面することになるし、読者諸賢にも然るべき頃合を見計ってお伝えいたしたい。我が生涯にその後続く不運全て、そこから始まったのではないかと思っている。

フウイヌムには文字がない。従ってその知識は全て口碑による。ここまで全体として統一がとれ、そもそも有徳積善の性（しょう）に生れつき、完璧に理性にのみ支配され、おまけに外国との交渉が全くないという族（うから）に何か重大と言えるほどの事件が一杯起こるなど考えにくいし、歴史などと呼ばれるものも別に記憶力をいじめる必要もなく、そのまますとんと腑に落ちる。前にも言ったと思うが、彼らは病に罹らない。従って医者いらず。代りに薬草から製したすばらしい良薬があって、繋（つなぎ）部分や蹄叉に尖った石でついた擦傷や裂傷他、体のいろいろな部位が蒙った傷だの怪我（けが）だの皆これで治す。

一年は太陽と月の回転で算定するが、週という細かい分け方はない。この輝くふたつの天体については余程詳しく、蝕（しょく）とは何かの理解もあるが、天文について知識はそんなところ止りである。

詩について言えば他の生き物全てに長（ちょう）じているとせねばならない。的確な比喩、描写の細かさと正確さは一寸真似し難い。このふたつの特徴がふたつながらどの詩にも溢れている。内容としては友愛と博愛を高らかに謳（うた）うか、競走その他身体競技の勝者を讃美するかである。建物は雑かつ単純だが便利でなくはないし、温からも冷からも守るように巧く造られている。四十年もたつと根がゆるゆるになり、最初の嵐で吹き倒される木の一種があり、真っ直（す）ぐに伸びるから先端を尖り石で尖らせて（彼らは鉄を使うことを知らない）、地面に十インチほど間隔をあけて杭（くい）として打ち込み、間を燕麦藁（わら）や時には編み枝で編み上げていく。天井も同様、戸も同じ拵（こしら）えである。

フウイヌムは前脚の繋（つなぎ）と蹄の間の窪みを我々で言えば手そっくりに、しかも想像できないくらい実に巧みに使う。一家の雌白毛が（わたしがためしに貸した）針の穴にその関節部を使って糸を通すところを見たことがある。牛の搾乳も燕麦の収穫も、要するに手が必要になるあらゆる作業をこの要領でこなす。一種の固い燧(ひうち)石を他の石で研(と)ぎあげて道具を作るが、これが楔(くさび)、斧(おの)、槌(つち)の役に立つ。こういう燧石出来の道具で同様に干し草を切り、あちこちの畑に自生する燕麦を刈りとる。これらを束にしてヤフーが家に運ぶと、召使い馬が屋根のある小屋でこれを踏んで脱穀し、そして貯蔵するのである。粗雑ながら土器と木器とを持っていて、土器(かわらけ)の方は日干しにして造る。

事故死を回避となれば彼らの死因は老衰だけであり、埋葬される所は考えつく限り一番杳(くら)い場所である。死出の旅だからと言って親昵知己、特段嬉しいとも悲しいとも騒がず、死に逝く者も世を去るからと悔んでいるふうでもなく、近在のだれかの所を訪問していたがそろそろ帰ろうかなという位の感じである。

よく覚えているのだが、我が師匠馬が友人とその家族を或る重要用件で家で会う約束をしたが、約束の日、友人の妻と二人の子供が来るのが凄く遅れた。友人の妻はふたつの言い訳をした。その一。彼女の曰く、主人がその朝「ルヌウヌー」した。この言葉は彼らの言語では強い表現だが、仲々訳しづらい。さしずめ「妣(はは)の国に戻る」くらいのところか。早く来れなかったのは夫が午前遅くに息を引きとり、どこに埋葬するか召使いたちと便利な場所をいろいろ相談するのに暇をとったというのだ。そして彼女は我が家で他のだれとも違わず快活に振舞うのをわたしは目にした。

大体は七十から七十五という天寿であって、齢(よわい)八十はさすがに珍しい。亡くなる何週か前から徐々に弱っていくが、痛みはない。この期間、いつものように気楽に愉しげに出歩くこともならなくなるから、友人たちに来てもらうようだ。しかし、この点はほとんど計算違いはないが、死の十日前になると、近所でも一番近所の隣人に来てもらった御礼の挨拶に、便利な橇をヤフーに引かせて回る。この橇はこういう場合ばかりか、年寄りの冷や水旅にも使われるし、何か事故ってびっこをひくような折りにも使われる。そして死に逝くフウイヌムは、御見舞い御礼をこうして済ますと友人たちにおごそかに別れを告げるが、国のどこか遠い所に引っ込んで、そこで悠々自適、楽しく余生を送ろう、とそういう雰囲気なのである。

わざわざ言うまでもないことかも知れないが、「悪」の観念の無いフウイヌムたちの言語には当然「悪い」という言葉はないから、近いことを言う必要があればヤフーの肉体の醜さ、性質の歪みを指す言葉を借用することになる。召使いの愚挙、子供のずる、足を傷つける石、季節ならぬ荒天続き等々を言いたい時には、兎角「ヤフー」を形容詞として付ければ足りる。「フーヌム・ヤフー」、「フナホルム・ヤフー」、「インルムナウィルマ・ヤフー」の如し。出来損いの家だったら「イノルムウンロールン・ヤフー」となる。

この優秀な相手の習俗や徳行についてだったらいくらでも楽しく書けるのだが、近いうちにそのあたりを集中的に論じた一冊を出版する積りなので、読者諸賢にはどうぞそちらをと言っておく。場つなぎに、わたしに悯しくも振り掛ってきた災い(カタストロフィー)のことを話しておくことにする。

第十章

作者のフウイヌムの間での生活流儀と幸福な暮し振り。彼らとの交渉によって作者の徳性、大いに増す。フウイヌムたちの会話。作者、師匠馬より国を出るよう勧告を受ける。悲惆の余り意識を失うが、勧告に従う。作者、仲間の召使馬の手を借りて丸木舟を工夫して完成させる。そしてその勢いで、海へ、の条

ささやかながら自分流の暮し方もでき、心から満足していた。師匠馬は主家から六ヤードほど離れた所に彼ら流にひと部屋を造って、それをわたしに当てがってくれた。その壁と床とはわたしが自分で捏(こ)ねた粘土を塗り、わたしの製した藺草(いぐさ)の筵(むしろ)で覆った。そこいらに蓬々(ぼうぼう)と自生した麻を叩きつぶして布団皮にし、ヤフーの毛で拵えた罠で捉えた何羽かの鳥の羽毛を詰めた。鳥は食べたら旨かった。わたしはナイフを使って二脚の椅子を作ったが、骨の折れる粗い仕事は栗毛が手伝ってくれた。着物を着古して襤褸(ぼろ)になって了うと、兎、そして同じくらいの大きさの或る美しい動物の皮を使って自分で新しいのを造った。「ヌーノー」と呼ばれたその美獣、全身の皮を柔かい綿毛で覆われていた。同じ素材で靴下と呼べそうなものも造った。靴の底敷きには樹からとった板を使い、革の表甲とぴったり合わせ、これも擦り切れると日干しして乾燥させたヤフーの皮で補修した。樹のうろからハチミツをよく採集し、水と混ぜたり、パンにつけて食べたりしたものである。「飢えはどうにでもしのげるも

の」と「必要は発明の母」、ふたつの格言がいかに正鵠を射ているか言い切れる人間はそうはいまい。身体も完全に健康、精神も安定そのものだった。友人の裏切りやら心移り、公然隠然の敵の攻撃に気を回すことなど一度もなかった。非常なお偉方、その寵臣連の御機嫌伺いに贈賄だの阿諛追従だの女衒(ぜげん)の真似事だの、一切しなかった。詐欺やら弾圧やらを防ぐ塀などまるで必要なかった。わたしの身体を痛める医者もいなかったし、わたしの金運を駄目にする弁護士もいなかった。わたしの言行に目を光らせる密告者も、雇われてわたしへの誹謗中傷を捏造する者もいなかった。讒言(ざんげん)人、検閲人、陰口屋、掏摸(すり)、追剝(おいは)ぎ、押し込み、弁護人、淫売屋、道化、博徒、政治屋、狂人、気難し屋、三百代言、論争者、強姦人、人殺し、盗人、博識人(ヴァーチュオーソ)はいない。政党や分派の指導者、追随者いずれもいない。誘惑したり自分が見本になって造悪非道に誘う者もいない。地下牢、斬首斧、絞首台、笞刑台(ちけいだい)、晒(さら)し台も一切ない。詐欺して回る商人も機械屋もいない。高慢ちき、虚栄、或は気取りもなければ、尻軽もいじめ屋、立ちんぼ女もいない。淋し病も、梅の毒もない。喚き屋で多淫、金遣い荒い女房もいない。阿呆で埃(ほこり)高い衒学者もいない。押しつけがましい、万事やり過ぎの、喧嘩上等の、口やかましい、吼えるばかりな、頭からっぽの、気取り屋の、罵詈雑言(ばりぞうごん)のお仲間もいなかった。悪徳を力に塵芥からのし上ったやくざもいなければ、有徳の為、却って悪徳にはまり込んだ貴人もいない。貴顕華紳なく、提琴野郎なく、判事なく、踊りの師匠もなし、ないない尽しの極楽とんぼ。

　寵愛忝けなくも許されて、師匠馬の家を訪い、一緒に会食した幾多のフウイヌム氏に引き合わせられたが、有難いことに部屋の一隅に侍(はべ)って一同の話すことに耳傾けていれば良かった。師匠馬もお仲間もよく目線を下げて、わたしにいろいろと尋ね、わたしもくさぐさ答えたものである。時には師匠に同行を許されて他家を訪問した。質問には答えても自分から喋る気はなかった。そういう具合になると内心後悔したのだ、自分改良の願ってもない貴重な時間の空費だと。逆にそういう会話の場でひたすら受身の聴き手に徹していられるなら限りなく嬉しかった。役に立たぬやりとりなど微片（かけら）もない、片言隻句（へんげんせっく）が皆意味深かった。そこにあるのは（前にも書いたが）とんでもない嗜（たしな）みの良さであり、肩をいからしたところがまるでない、だれもがみずからも楽しみ切り、また周りを深く楽しませてもいた。話の腰を折られることもなければ退屈することもない、熱狂口調もないし、感情的に通じ合わぬことだってない。互いに顔を合わせる場面で短い沈黙が却って会話を格段に巧く回してくれるという共通認識があった。わたしもその正しさを味うことがあった。そうやって話にちいさな間（ま）があくと、互いの心裡に新しい発想が湧いてそれが次の会話に大いに生彩を与えるのである。会話は大体に於て友愛と博愛、秩序と生活流儀を巡っていたし、自然の可視作用、古代口碑、徳の境界限界、理性不可謬論、次の全代会で議さるべき幾多の決議案が主題になることもあり、詩の各種美点はしょっちゅう語り合われた。自惚れという批判覚悟で言うなら、わたしがそこに同席していることで会話がえらくはずんだことも少くなかった。師匠馬が友人一統をわたしとわたしの国の話に引き込むきっかけになったからで、彼らは大いに長広舌をぶったのだが、我々ヒトにとってはそう愉快な話柄とも思えないし、彼らが何を言ったかここで敢えて繰り返そうとは思わない。ただこれだけは言っておきたい、師匠馬がヤフーの性質をわたしよりも遙かに良く理解しているようにみえた点で、実際改めて感嘆久しくした。

我々の悪と愚とを片端から並べてみた挙句に、わたしから彼に言ったこともない欠点まできちんと見付けていた、彼の国のヤフーが仮に若干の理性が具（そな）わったとしてどういう性質のものになるか想定するだけでわかる、というのだから。そして、こういう生き物がどうしようもなく惨めであるばかりか邪悪であるしかないかと結論付けた。圧倒的な蓋然性（プロバビリティ）を以てその筈だ、というのである。

　何かの値打についてこのわたしが少しでも知っているとすれば、師匠馬による講釈と、師匠とお仲間が交す会話の陪聴から得たもので、ただ横にいて聴いていたことを全ヨーロッパ最高最賢の会議で檄（げき）をとばす何倍誇らしく感じたことだろう。心の底からそう思っている。わたしは住人の力、姿形、そして速さを讃美していたし、こんな愛すべき存在が倦むことなく積善の存在たるのを目の当りに、わたしの裡（なか）に馬れたのは馬を敬う文字通り「驚」の一念のみ！　はじめ、彼らにヤフーその他の動物が抱く自然の畏怖など、わたしにはなかったわけだが、徐々に、此方の想像したより早く、それはわたしの中に生い育ち、やがて敬意から来る愛と感謝と入り混っていった。向うから降りて来て、わたしをわたしの同族の残りの者らからはっきり区別してくれたことへの感謝である。

　我が家族、我が友人、我が同国人、いやそもそも人間一般のことを思うにつけ、彼らをあるが儘に考えるようになった、形態も性質もまんまヤフー、一寸は文明化され、話す力は貰っているかも知れないが、その理性の使い途（みち）たるや、ここな国のお仲間たちに自然がお裾分けした悪徳を改良し、殖（ふ）やすのに用いるだけ。わたしはたまたま湖や泉表面が反射（リフレクト）する我と我が姿を見て恐怖と自己嫌悪の為、思わず顔をそむけたし、自分自身を見るよりはそこいら辺のヤフーを見ている方がまだしも我慢ができた。フウイヌムと交渉を深め、わくわくしながら彼らを眺めているうち、その歩き方や素振りを真似するようになり、今ではそれが習慣になって了い、よく友人にあっさり「なんか歩きがウマみたい」とか言われるのだが、大変な褒め言葉と思っているのだ。喋りの方もフウイヌムの声でフウイヌムのように喋りがちで、そのことを蔭でいろいろ言うのがいるらしいが、自分では恥ずかしいとも何とも思わない。

　こういう幸せな状況の央（さなか）、ここで一生を送ろうと考えていたのに、或る朝、師匠馬からいつもより早い刻限、呼び出しを受けた。顔付きからして何か厄介事が起き、言わねばならぬことあり、しかしどうして切り出せば良いのか躊躇している感があった。一寸沈黙があってから、師匠馬は、これからする話をわたしがどう受け取るかわからないが、と次の如く話し始めた。最近の全代会でもヤフー問題が取り沙汰され、代表たちでわたしが一匹のヤフーを（つまり、わたしのことだ）野獣の扱いでなく、まるでフウイヌムの扱いをして飼っているのが怪（け）しからんと言い出す者が出てきた、わたしがきみとよく話し込み、きみがいることで得することもあり、娯しみにもしているらしいとは皆周知のところだし。そういう飼い方は理性や自然に反するのだし、第一、前代未聞の事態である、かるが故、代表会としては、きみの種（しゅ）の残りの者を扱うのと同じ扱いできみを飼うか、さなくば来た所に泳いで帰るように命じるかどちらかに決めることを「勧告」したいと言ってきた。この便法の第一案は、わたしの家、彼らの家できみを見たことがあるフウイヌム全部の強硬反対に遭った。彼らが考えるに、きみにはこれらの野獣に生得の腐敗に加えて、形だけにしろ理性のかけらが見られるそうだから、他の連中を焚きつけてこの国の森や山やに蟠居し、部隊を組んでは夜陰に乗じてフウイヌムの飼う家畜を襲うことが懸念される、なぜというに元々雑食大喰いの連中で、しかも額に汗してというのが苦手な連中だから、という話の展開なのだそうだった。

師匠馬はなお続けて言い足すのだった。近隣のフウイヌムたちから会議による「勧告」を早く実地に移せと矢のような催促が来ていて、これ以上の引き延ばしは無理だと思う、と。それにどこか別の国に泳ぎ着くなどどだい無理な話だ、いっそのことわたしが師匠馬に話したことのある一種の海の乗物なりを拵えて海に出てはどうか。その仕事の為になら、自分の召使いたちに、そして必要あらば近在の召使い一統にも助力を頼む積りだ、と。そして師匠馬としての結論は、彼個人としてはわたしに終身奉仕して貰えれば一番だった、わたしが劣った性質にも負けないでフウイヌムの真似をすることで過去の悪習、悪性格からみずからを治そうとしていることに感心しているからだ、と。

ここで読者諸賢に一言付言しておかねばならない。この国では代表会議からの指示は「ヌーロアイン」と呼ばれて、強いて訳せば右の如く「勧告」が近い。いやしくも理性ある生き物に「強制」ということはあり得ない、忠告か、もしくは「勧告」だろう、矢張り。自分は理性ある存在だと言い張る以上、理性に従わないわけにはいくまいだろうから。

わたしは師匠馬の話に聞き入っているうち、余りの悲嘆、絶望に打ち拉がれ、喪神して師匠馬の足許に倒れた。わたしが我に返った時、わたしが既に絶命したものと考えていた、とそう師匠は言った（一時的失神などという自然の情けない瞬間など、フウイヌムには金輪際無縁のものだったからだ）。

死ねていればむしろどんなに幸せだったかわかりません、とわたしは力なく答えた。全代会の「勧告」や御友人方のせっかちな対応を責める立場にはないけれども、浅学非才のわたしの如きが考えても、もう少しお手柔かにというのが理性の名に愧じぬやり方でないかと思う、と。第一、自分には一リーグなりと泳ぎ切る自信はないし、この島から一番近い島にしても多分百リーグより近いということはないだろうし、それに沖に運んで行って呉れる小さなフネひとつ造るのにも必要な資材がこの国には欠けている。折角の御厚意だから御師匠の意向に感謝して従い、試みてみようとは思うが至難は至難、絶海に我れ死なん。絶海での横死という展開（プロスペクト）にしたところで、小さい悲運というに過ぎない。ずっと大きな悲運とは、よしんば少しく奇怪な冒険の挙句、玉の緒のいのち永らえることができたにもせよ、どう冷静に考えて良いのやら、余生をヤフーどもの央（もなか）に送るのだ、またぞろ昔の悖徳腐敗の道に戻るのだ、積善の道に導き、つなぎ留めてくれる先蹤も模範も周りに無き儘に。フウイヌムの賢哲たちの下す決裁が、わたし如き惨めな一ヤフー風情のこ理屈でどうにかなる筈もない堅牢な理性に基いていることを改めて噛みしめながら、召使いをフネ造りの助けに出してくれるという師匠に恭々しく御礼を申し述べ、難しい作業故、たっぷり時間をくれると有難いと願い、どんな小さな命であっても一所懸命生き延び、あわよくばイングランドの地に戻り着き、高名なるフウイヌムの徳行を言祝（ことほ）ぎ、彼らの徳に人々倣（なら）うべしと喧伝して、我が種（しゅ）向上の一助とするという大目的に殉じるが存念、と伝えた。

　師匠は僅か数語で丁重この上ない返事を返してくれ、フネ造りに二（ふた）「月」の猶予をくれた。そして栗毛に(というか、この距離を置いて今ならそう呼べる)、召使い仲間に向って、すべからくこの者の指示に従うべしと命じてくれた。彼の助力で十分、第一、互いに良く気ごころの知れた仲だからと、わたしは言った。

この召使いと一緒にした最初の仕事が、わたしの反逆の乗組たちがわたしを遺棄した辺(あた)りの海岸に行ってみることだった。或る高みに立ち、海に向って四周を良く見るうち、北東側にひとつちいさな島影が見えた気がした。ポケット・グラス、というか携帯望遠鏡を取り出して点検すると、計算の結果、約五リーグの沖合にはっきり島が見えた。栗毛の目には青いちいさな片雲にしか見えなかったようだ。自分の国以外にどこかに別の国があるという観念がそもそもなかったのだから、海上遠くにはっきり何かを認めるという点では、水また水という四大(エレメント)に深くなじんできた我々には大きく遜色があったわけだ。

この島を目にした後、それ以上遠くには目を凝らすことはなかった。この流れで行くのなら追放後、第一の島はここと然(しか)と心に決めた。あとは運まかせ。

帰宅すると栗毛と話し合って、少し離れた所にある森に行って、わたしはナイフを用い、栗毛は彼ら流に木の柄に非常に巧く鋭い燧(ひうち)石を括り付けた道具を使って、カシの木からステッキぐらいの太さの編み枝や、もっと大きい部材を作った。わたしなりの機械術がどんな具合だったか、細かい所は読者諸賢をつまらなく煩わせるだけだから、割愛する。六週も経つと、一番厄介な所の細部をやってくれた栗毛の力添えもあって、一種のインディアン丸木舟(カヌー)の大き目の奴が一隻できあがり、自家製の麻の糸で巧く縫い合わせたヤフーの皮で覆ったと言っておけば足るだろう。同様に帆もヤフーの皮膚で作ったが、一番若いヤフーの皮だった。年寄りのヤフーの皮は固すぎるし、厚すぎたのだ。同様、櫂も四挺備えた。煮たウサギ、家禽の肉も積み込むことにした。容器を二つ、一はミルク用、他は真水を入れる為であった。

わたしは師匠馬の家の近くにあった大きな池で丸木舟の調子をみ、巧くいかなかった所を直し、全ての隙間にヤフーの獣脂を詰めていったら、水漏れはなし、わたしの重みも積荷の重みも大丈夫と知れた。自分にできる限りはこれで完成ということで車に載せ、栗毛他一頭の召使いの指揮下、海岸に向けてゆっくりとヤフーたちに索かせたのだった。

準備万端整って、いよいよ出発の日が来た。わたしは師匠馬夫婦と家族全員に、涙滂沱として止まぬ儘、別れを告げた。胸は悲嘆に押し潰されそうだった。師匠は好奇心から、そしておそらくは（何も威張ってこう言うわけではない）親切心から丸木舟のわたしを訪い、近隣のお仲間幾たりか、一緒に連れて来てくれた。一時間以上、良い潮を待った。そして風が好い具合に目差す島に向いて吹き始めた絶好の好機を捉え、師匠にもう一度、挨拶をした。わたしが平伏して彼の蹄に接吻しようとした時、師匠の方で脚をわたしの口の方にやさしく持ち上げてくれた。最後の最後まで威張る積りかと言われそうなのは百も承知だ。粗さがし屋は、そんな高位の者がわたしの如き格劣る相手にそんな大変な別扱いをするわけがない、あり得ぬことを言うなと吼えるに違いない。旅行者たちが自分の受けた破格の厚遇のことをドーダとばかり書き募りがち、ということを忘れたわけでもない。それにしてもこういう悪口屋諸君にして、このフウイヌムの高貴にして礼を弁えた性格にもう少し通じてもらえれば、忽ち御自分の考えを変えること、必定と思う。

わたしは師匠馬の周りにいた残りのフウイヌム一統に挨拶すると、丸木舟に乗り込み、そうして沖めざして汀を離れたのであった。

第十一章

作者の航海、危うし。ニュー・ホランドに到着し、定住を望むも原住民の矢に傷つく。捕えられ、否応なくポルトガル船に力ずくで連れて行かれる。その船長の大変な厚遇あって、作者、イングランドに着く、の条

わたしがこの自棄の航海に出たのは一七一四／五年二月十五日午前九時のことだった*。風は順風だったが始めは櫂だけ使って進んだ。それでは疲れが早くなるだろうし、風もすぐ向きを変えそうな按配だったから、小さな帆の出番となった。こうして、それに潮の助けもあって、推測が正しかった

*［訳注］イングランドでは一七五二年まで、一年は三月二十五日から始まることになっていたから、一月一日から三月二十四日までの日は二つの年号併記の習慣あり。

として一時間で一リーグ半ほどの速さで進んだ。師匠馬とお仲間たちはわたしが見えなくなるまでずっと岸辺に立ち尽くしていた。（ずっと仲良しだった）あの栗毛が大声で「ヌイ・イラ・ニア・マイアー・ヤフー」と何度も叫んでいるのが聞こえた。体に気をつけてな、ヤフーの良い奴、という意味である。

わたしの狙いとしては、可能なら、小さな無人島だが自分の生活必需品くらい骨折れば不足なくやっていければということで、そうなればヨーロッパのどこかで首相なんかやっている一体何倍幸福かわかりゃしないと思ったのである。ヤフーたちに支配された社会に戻るなんて、考えるだにおぞましいことであった。ひとり孤独のそういう希望の時間には、少くとも自分ひとりの物思いを楽しめそうだし、真似などできないフウイヌムたちのあれこれの徳行のことを楽しく熟考している分にはわたしの種の悪徳や悖徳に堕落していく虞れなどあるまいではないか。

わたしの乗組たちがわたしに謀叛を企ててわたしを船室に閉じ込めた話は前にした。何週間も、船がどこへ進んでいるものやらずっと皆目わからない儘だった。それから長艇に乗せられ海岸に遺棄された時も、真偽のほどは別として水夫たちが誓いまでたてて断言したのは、彼らにもそこがどこなのかわからないということだった。その時わたしとしては喜望峰を南へ十度に、ほぼ南緯四十五度辺にいるものと、水夫たちの大雑把なやりとりから漏れ聞く限り、そう考えていた。マダガスカルを目差す航海で南東に進行中なのだな、と。これら推測の域を越えなかったのだが、わたしとしては東向きに進み、ニュー・ホランドに、その南西岸に、その西側にあるわたしの望みの島に辿り着けると良いと考えていた。風は思いきり西風で、夕方六時にはわたしの計算では東へ少くとも十八リーグは進んでいた所で一リーグ向うにひとつ非常に小さい島を見つけて、早速上陸した。島と言っても大きな岩で、ひとつある入江は大嵐の力で天然の拱門(アーチ)が掛っていた。そこに舟を入れてから大岩に昇ってみると、東にすぐ南北に伸びる土地が見えた。夜は丸木舟で寝て、翌朝早く再び海に出て七時間もすると、ニュー・ホランドの南島端に出た。長いあいだ胸中におさめていたわたしの意見は正しかったわけだ。つまり地図も海図もこの国の位置を実際よりも少くとも三度、東に寄せて描いているとわたしは考えていて、何年も前に偉い友人、ヘルマン・モル氏にそう考えるべき理由を教えてあげたのに、上手の手からも漏るとは良く言ったもので、氏は他の説を選んで了った。

上陸した所に人影を見なかった。武器を身に帯びていなかったから、それ以上奥へは怖くて入らなかった。汀(みぎわ)で蟹の類を見つけて生(な)まで食べた。火を起こすと原住民に見つかりはしまいかと思ったからだ。三日続きで牡蠣とカサ貝を食べて済ましたが、手持ち糧食は温存しておきたかったからである。すばらしい清水の涓流(おがわ)が見つかって幸運だった。ものすごく気が楽になった。

四日目、早朝、少し遠出し過ぎた。高いと言ってもわたしから五百ヤードくらい上の高みに二十人から三十人の原住民の姿が目に入った。全裸の男女と子供たちが火を囲んで車座になっていた。わたしは煙が上っているので気付いた。うち一人がわたしを見つけて残りの者に知らせた。女子供を火の周りに残して五人ばかりがこちらに歩いて来た。わたしは全力で海岸に向って走り、丸木舟に跳び込むと、急ぎ汀を離れた。わたしが逃げるのを見ると蛮人たちは走り寄って来た。もう少しで逃げ切るかというところで矢を射掛けてきた。一本が左膝の内側にぐっさりと刺さった(この古傷、いまだにわたしは持って歩いている)。毒矢かも知れないとびくびくしたが、(凪で風がないから)櫂を漕ぎまくって矢がもう届かぬという所にまで来ると、わたしはいきなり傷口を口吸いし、できるだけしっかりと繃帯をした。

何をどうしたものかわからなかった。上陸場所に戻る気にはなれず、北面して漕ぐしかなかった。風は微風ながら北西の逆風だったからだ。安全な上陸場所を捜していて、北々東に帆船の姿を認めた。分刻みに鮮明に見えてくるに従って、そこに待っているべきか否かの自問があった。そしてヤフー族への嫌悪感が最後には勝った。丸木舟の船首を翻すと、帆も櫂もこもごもに南進し、朝出発した入江に舞い戻った。ヨーロッパ人ヤフーと暮すより、蛮人の間にあって知恵を絞ることの方を選んだわけである。丸木舟をできるだけ汀近くに寄せると、先にも書いたすばらしい清水の流れる小川そばの石の蔭に身を隠したのだった。

この入江から半リーグの所にまでその船はやって来て、長艇をおろしたが、真水を入れる為の容器を積んでいた(どうやら、それで有名な場所だったようなのだ)。長艇がほとんど汀に着くというところでわたしの目に入って来たから、別の隠れ場所を捜す暇はなかった。水夫たちは上って来るとわたしの丸木舟を見つけ、全体を点検し、主はそう遠くには行っていないと、すぐ見当をつけたようだった。重武装の四人が穴という穴、隠れ場めいた全ての場所をしらべて回り、とうとう石の蔭に顔を伏せて横たわっていたわたしを見つけた。一統はわたしの奇怪かつ不様な身なり、皮でつくった上着、板を底敷にした靴、毛の靴下等にしばし驚いて見入っていたが、結果、わたしが当地の素っ裸の原住民とは違うという結論に達したものらしかった。水夫の一人がポルトガル語で立てと言い、お前は何ものだと尋ねてきた。わたしはポルトガル語は良くわかったし、立ち上ると、自分はフウイヌムに追い出された哀れなヤフーひん、どうか行かせてくれないかヒンと答えた。自分たちの言語で返事が返ってきたのに水夫たちは仰天し、皮膚の色からしてもどうやら本物のヨーロッパ人らしいとは呑み込めたようだが、それにしても「ヤフー」って何だ、「フウイヌム」たあ誰だ、全くわけがわからない。同時にやたらヒンヒン聞こえる馬の嘶きに似たこの喋りの奇妙なことったらないねというので爆笑を買った。わたしはずっと恐怖と嫌悪感でぶるぶる慄えていた。わたしはどうか行かせてヒンともう一度頼み、ゆっくり丸木舟の方に立ち去ろうとして押えられ、一体何人なんだ、どこから来たのかと質問攻めにあった。わたしはイングランドで生れ、五年ほど前にそのイングランドから来た、と答え、お宅らの国とわたしの国はヒンヒンな友好関係にあるヒンだと加えた。わたしを敵の人間と思わないで貰いたい、わたしは大兄らにヒン一切害意はなく、不運な人生のヒン残りを過ごせるどこか人気ない小島を捜して歩くヒン哀れな一匹のヤフーに過ぎない、と言った。

　彼らが喋り始めると、こんな不自然な図は見たこともないとわたしは思った。まるで犬か牛かがイングランドで喋っている、フウイヌムランドでヤフーが口きいてる感じ。正直者のポルトガル人たちはわたしの奇怪な衣服にも等しく驚き、また言葉の珍妙な発し方にも驚いたが、兎角良くは理解してくれた。心から人間扱いしてくれている喋り方だったし、船長はわたしをタダ同然にリスボンに送り届けてくれる筈だから、そこからは直にきみの御国へ、という話だと言ってくれた。これから水夫二人、本船に戻り、見た儘を船長に報告し、船長の指示を伝えにここに帰って来る手筈である、と。その間わたしが逃げないとしっかり誓わない限り、力ずくでもわたしを押えないとならないが、如何、と。むろん誓いを立てようと、わたしは思った。水夫たちはわたしの身上話をとても聞きたかったが、わたしの話には訳わからず、うち重なった不運続きで頭がおかしくなって了ったのだろうと全員が推測したようだった。二時間後、真水容器を運んで行った長艇が、わたしを本船に連れて来るようにという船長の指令を伝えに戻って来た。わたしは縄目には掛けないでくれと跪いて頼んだが全く無駄だった。連中はわたしを縛ってから長艇に投げ込み、わたしは本船に運ばれ、さらに船長船室に運ばれて行った。

船長は名をペドロ・デ・メンデスといい、非常に礼を弁えた寛大な人物で、わたしの身上を少し話せとか、何か飲み食いしたいものがあるかとか、今後は船長たる自分と同じ扱いをしてくれる等、非常に有難いことを言ってくれるものだから、たかがヤフーにしてこの慇懃さはどうしたものなのだとか、つい考えて了った。しかし、その間もわたしは黙りこくってむっつりした儘だったが、船長と部下の臭いで卒倒寸前だったのである。とうとうわたしは食べる物なら丸木舟からとって来たいと言ってみたが、船長の方で勝手に鶏肉と上等のワインを注文してくれ、非常に綺麗な船室で寝られるよう指示を出してもくれた。着物は脱ぎたくなく寝具の上に横になり、乗組たちがディナーに行った頃合を見計って、一時間後に部屋を抜け出して舷側に寄ると海中に身を投ぜんとした。ヤフーの間でごそごそしている間に命賭けで泳ごうとした。が已(や)んぬる哉(かな)、水夫の一人が邪魔に入り、このことを船長に報告した為、わたしは船室に鎖（くさ）りされて了ったのだった。

ディナーの後、ドン・ペドロがわたしの所にやって来て何故こんな無茶をするのか尋ね、自分にできることなら何でもしてあげたいがと心から言ってくれる様をみて、たしかに動物だが、然し一片の理性はある相手として付合える相手と感じた。わたしは自分の旅のことを手短かに話した。自分の部下に謀叛を企てられて了ったこと、彼らが汀に自分を遺棄して行った国のこと、そこで五年暮したこと。これら全て、船長は夢か幻視の話かと聞くふうなので、わたしは非常に腹が立った。そう、ヤフーたちが自分らが支配する全ての国で発揮する彼らに固有のうそ吐く能力、それに由来するところの同族の他の仲間の真実を疑う性格というものをすっかり忘れていたのだ。ないことをあると言うのはお国では普通のことか、とわたしは船長に聞いた。彼がうそと呼ぶものがわたしにはすっかり理解できなくなっており、フウイヌムランドで千年暮してもどんな召使いからさえ一度たりとうそ吐かれることなどあり得まいと言い足した。船長が信じるか信じないか、それは船長の勝手だが、ここはその心からの親切に免じ、その堕落した性質にも大いに斟酌（しんしゃく）して、どんなに違うと言われようとちゃんと答える積りになった。すりゃすぐに真実とわかってもくれるだろう、と。

船長はさすが賢い人物らしく、わたしの話が時々辻褄が合わないと言いながらも、ひょっとしたら本当のことを言っているのかもと思ってくれ始めた気配だった。が、言うべきは言っておくぞとばかり、わたしがそれほど真（まこと）ということにこだわる人間ならば、一緒になって航海する間は一命に係わるようなことはしでかさないという、それこそ誠（まこと）の誓いを立ててくれまいか、それがまことでなければリスボンに着くまできみを拘禁しておくしかない、と言った。まことをと言われれば立てぬ誓いのわけはない。わけはないのだが、ヤフーの世界に戻るくらいならどんな艱難辛苦にも耐えられるという本当の本音もひとこと漏らしておいた。

航海はこともなく進んだ。船長への感謝の気持から、船長の強い希望あって時にわたしは素直に折れて、人間嫌いの本音を隠し通した。隠し切れぬこともよくあったが、船長は見て見ぬ振りをしていた。わたしは他の乗組の姿を見るもいとわしくて一日の大半、自分の船室に引き籠って過ごした。船長は野蛮人の服はいい加減に止めてはどうかとしょっちゅう言って、自分の一番良い服を貸してあげたいがとまで言ってくれた。受けとる気にはなれなかった。何であろうがヤフーの体にまつわりついていたもので自分を包むなんて、あり得ない。代りに綺麗なシャツ二着を所望した。船長が着た後、洗濯されていた。着たから自分が汚れるという気にならないで済んだ。一日毎、二着を着回す。洗濯は自分でした。

我々は一七一五年十一月五日、リスボンに着いた。上陸に当って船長はわたしになんとか彼の外套を着せようとした。わたしが群衆に取り巻かれないようにという配慮だった。わたしは船長の家に連れて行かれたが、こちらの懇望ということでもあって建物裏側の一番上の階の部屋を空けてくれた。わたしがフウイヌムについて船長に話したことからして、これは誰の目からも姿を見えないようにした方が良いと判断したのだと思う。その種の話が少しでも巷の噂の端にでものぼれば大勢の人間がわたしを見に来ようとするだろうし、おそらくは投獄される虞れがあり、なにしろ相手は天下の異端糾問所だ、焚刑の惧れさえなきにしもあらずだ。船長は新誂(あつら)えの服ひと揃いを着てくれるように言ったが、わたしは仕立屋がわたしの体を測るのを許さなかった。ドン・ペドロはわたしとほぼ同じ体格だったから、一張羅(いっちょら)は文句なくぴったり来た。船長は必需のものを全て新調で整えてくれたが、わたしは全て使う前に丸一日の風入れをした。

　船長には妻がいなかった。召使いもどうやら三人止りだし、食事の時の同席は許されていなかった。それから非常に豊かな人間洞察力に加えて挙措万般に親切心がにじみ出ている感じだから、この人と一緒でも苦にならなくなり始めていた。船長に強く促される儘、思い切って裏窓から外を眺めてみた。徐々に隣りの部屋にも入り込むことになったが、そこからは通りが覗き見られた。怖くてすぐに首を引っ込めはしたのだが。一週もすると船長に下の戸口に行ってみるように誘われた。わたしの恐怖感は徐々にうすれてはいったが、嫌悪と軽蔑は一層強くなっていくようだった。ついには船長と一緒に通りを歩くまで大胆になったが、鼻には香り強いヘンルーダを詰め、時にはタバコを詰めたりした。

　十日もたった頃、ドン・ペドロにはわたしの家庭事情を少しは話してあったところ、彼はわたしが早く生国に戻り、妻子と家庭生活を送る方が名誉や良心に徴してみても真っ当と思うと言い始めた。丁度出発直前のイングランド船が停泊中だから、必要なことは全て自分の方で段取りするが如何、と船長は言ってくれた。船長の言ったこと、わたしが反論した話をここに繰り返すのも面倒臭い。わたしがそこに住もうと夢に描いているような孤島など見つかるわけがないのだし、いっそ自分の家という島を宰領し、望みの引き籠り生活を楽しめば良いではないか、と船長は言うのだった。

もっと良いやり方もなさそうだし、わたしは最後には折れた。十一月二十日、わたしはイングランド商船に乗ってリスボンを出航した。船長が誰だったか、ついにわからない。ドン・ペドロは船まで来てくれ、銭別に二十ポンドをくれた。丁重な別れの挨拶をしてくれ、わたしを抱きすくめるのを、わたしは何とか我慢した。この最後の航海で結局、船長とも、だれかその部下の人間とも何の交渉もなかったし、病気ということにして船室から一歩も出なかった。一七一五年十二月五日、ダウンズ投錨が午前九時、そしてレドリフの我が家には午後三時、つつがなく帰還することができた。

妻も子も驚きと歓喜一杯にわたしを迎えたが、まず死んでいると考えるのが普通で、これも仕方なかろう。しかし、はっきり言うが、妻子を見ると心は嫌悪感、嘔吐感、軽蔑心で一杯になり、これが自分の近親たちかと思うにつけ、そういう気分は強くなった。フウイヌム国からの望まぬ追放この方、ヤフーが目に入って来てもひたすら我慢の子だったたし、ドン・ペドロ・デ・メンデスとのやりとりでもじりじりしっ放しのわたしの記憶も想像力もあれら気高いフウイヌムたちの徳行や思想で一杯だった。ヤフー族のひとりと媾(まぐわ)うことでもっと多くのヤフーどもの父親になったのだと考え出した途端、ゲェッ、恥と混乱と恐怖で心拉(ひし)がれたのだった。

家に入ると妻がわたしを抱きしめて接吻したが、この数年いやらしい動物にさわったこともなかったわけで、わたしはその儘、一時間ほど気絶し続けた。今こうして書いているのだって、この前イングランドに帰還してから五年たっている。最初の一年は妻子が面前にいるのが我慢ならなかった。妻子の臭いがたまらなかった。それから同じ部屋での会食も。この今日にいたるまで妻子はわたしのパンにふれようとはしない。同じカップから飲もうともしない。彼らがわたしの手をとろうなんて、絶対に許さない。貯金した最初のカネで二頭の若い雄の種馬(ストーン・ホース)を買って、すばらしい厩舎で養った。二匹の次には馬丁が気のおけぬ相棒である。彼の五体にしみ込んだ厩舎の香りがそれだけでわたしの心を元気にしてくれる。わたしの馬たちはわたしを深く理解してくれていて、彼らとだったら毎日、少くとも一日四時間は仲良くしていられる。手綱(たづな)も鞍(くら)も知らぬ二匹はわたしとヒンの良い心遣(こころやり)で共生している。二匹互いの交情も嘶(いななき)というよりは通い合うわななきの情である。

第十二章

作者のまこと。作者の本作公刊の意図。真から逸脱する旅行記作家たちへの作者の批判。負の目的を以て書くことへの作者の袂別。或る反論に答う。植民地経営の方法。作者の祖国礼讃。作者記述の諸国に対する英国王の支配権は如何に正当であるか。諸国征覇の困難。作者、読者へ最後の挨拶。今後の生活への提案。良き忠告、結び、の条

さて、読者諸賢よ、こうして十六年と七ヶ月に渉るわたしの旅の忠実なるものがたりも、そろそろ終りだ。わたしは装飾でなく、真実(まこと)であることに専ら意を用いた積(つも)りである。奇怪であり得ないもの

騙りを積み重ねて読者を驚かせる他の作者の真似をしようと思えば多分できたのだろうが、事実(ファクト)という単純なものをこれ以上ない平明な書法と文体で伝える道を選んだ。わたしの真の意図は知の伝達であって、娯楽ではなかったからである。

英国人その他ヨーロッパの人間が滅多に行かない僻遠の地を旅して陸海の驚異の動物のことを書き連ねるのはたやすいことだ。その一方で旅行者最大の目的は人々をより賢く、より善良にすること、人外魔境について述べることを悪しき見本、良き見本として示すことで人々の精神的向上を目差すことにある筈なのである。

いかなる旅行家と雖も、その旅のことを本にしようとすると必ず事前に大法官の前で、自分が印刷に付そうとしているものは自分の知る限り絶対的に真実であることを誓言すべしという法さえあって然るべきと、わたしは本心そう思っている。すれば世間は今現在のようにたやすくは欺かれないで済むのではないか。その間にも作品の一般受けばかり願う作者たちがうそ吐き放題、語りを欲する読者に騙りを押しつける。わたしにしたって子供の頃には何冊もの旅行記を胸躍らせながら耽読したわけだが、地球の可成りな所を歩いてきた今、自分の見聞したところと多くの出鱈目な幻想旅行譚の余りのちがいに、この分野の読書に大いなる嫌悪を抱くことにさえなった。人々の信じ易さにつけ込む商法に怒りさえ覚えるようになった。頼りない試みながらこの国では必ずしも不人気になるということでもなかろうと仲間うちに背中を押された。「まことを」が金科玉条になった。自分は何があっても真実に即(つ)くのだ、と。そしてそこからのぶれは許されない。ぶれるどんな僅かの誘惑にも耐えられたと思うが、心裡深く、あの師匠馬の講釈と絶好の見本があり、その会話の陪聴の栄に浴することができた他のフウイヌム諸賢の面影がちらちらあったればこそであったと思う。そう、『アイネーアス』にもあるように

——運命ガ女神、しのーんヲ斯く惨メニハスレド
悪意持チナガラ決シテ偽リノ虚言吐キニハセズ

別段天才も学識も要せず、他の何かの才能もいらず、ひたすら良い記憶力と正確な記述の『日誌』さえあれば良いという種類の本が大評判を得るのは難しいとは、わたしだって百も承知だ。それから旅行記作者は辞書編纂者と似たところがあって、後からやって来てどんどん上に折り重なる連中の数と重みの為、早晩忘却の底に押し下げられてしまう。それにわたしの本に描かれた国を後日訪れた新旅行者たちが、(ないとは自負しているが)わたしの誤りを見つける上に、自身でした新発見を夥しく加えることでわたしを流行寵児の地位から追いやってみずからその地位に就き、わたしという一作家の存在すら世間から忘れ去られるだろう。もしわたしが名誉名声の為に書く人間だったなら、これは実際、大き過ぎる屈辱になる筈。ところがわたしの念頭には公益の為ということしかなかったから別に何もがっかりなどしない。というのも、栄光あるフウイヌム族が持つとわたしが書いた徳行のことを読んでなお自分の悪徳に思い到らず、自分の国を理性を持って統治しているのは自分だなんて相変

らず言って済ませられる恥知らずがいる筈がないからだ。ヤフーが支配する僻遠の国々については何も言うまい。もっともその中で一番腐敗してないのはブロブディングナッグ国人たちで道徳と統治をめぐるその賢明な原理原則は我々が守っても巧くいきそうなところがある。まあこれ以上くどくどしくは言わない。読者諸君、各自に於てよく御覧になり、どうみずからに当てはまるものかよく考えられるよう。

わたしの本はおそらくどんな批判に晒されることもないだろうが、それはそういうふうに書かれているからである。交易の上で、交渉ごとの上で我々と何の利害関係も持たぬそうした僻遠の国の単純至極な事実(ファクト)のみ淡々と語る作者に一体どんな反対を叫ぶことができると言うのか。世間一般の旅行記作者がしばしば犯し、非難されて当然のあらゆる過誤を、わたしは注意深く避けてきた。それからわたしはいかなる党派(パーティ)にも偏(へん)することなく、激情とも偏見とも、一個人相手、一集団相手の悪意とも全く無縁である。わたしが書いているのはこの上なく高貴な目的の為で、それは人類に知識を与え陶冶(とうや)教化しようという目的であり、人類教化と言って別段優位な者の空(から)威張りなどではなく、長い間、最高の円熟相に達したフウイヌムたちとの交渉で培うことのできた上から目線の然らしむるところなのである。利益を得る、礼讃を受ける、いずれの見通しかあって書かれた本ではない。非難と受けとられそうな一語も不用意には用いていないし、なんでもすぐ悪口ととる人々に向っては特にだが、決して悪口を言わないようにもしてある。そんなこんなで、天も照覧、責めらるべき一点の瑕瑾(かきん)なき作者とみずから胸を張って言える。一言居士に、理屈好き、目効(めきき)屋や非難家、看破人にうるさ型が寄ろうがたかろうが、彼らの揚足取りの才の出番は、ない。

　或る人が声を低めて言ってくれたことなのだが、イングランド臣民たる者、帰って来たらただちに国務大臣に報告文書を出す義務があるのではないか、王の臣民が発見した以上、いかなる島でも即ち王の所領の筈、というのである。しかるにわたしが相手にした諸国を征服するのは、丸裸のアメリカ大陸人をフェルディナンド・コルテスが征服した時のように容易なこととは、実はわたしには思えない。リリパット人は大艦隊、大軍団を送ってまで攻めるに値する相手には思えない。ブロブディングナッグ攻略は賢明でも安全でもないように思う。頭の上に敵の島が浮いている下でイングランド軍が安閑としていられる筈があるか。成程、フウイヌムはお世辞にも戦闘に長けているとは言えない、科学には全く無縁だし、飛び道具には手も足も出まい。しかし、もしわたしが国務大臣だとしても、この国の攻略は決して提案しまい。賢明だし、意思統一は迅速だし、恐れ知らずだし、何と言ってもその強烈な愛国心。軍事技術の不利を償うて余りあるではないか。想像してもみたまえ。二千からの悍馬がヨーロッパ軍を中央突破し、隊伍を無茶苦茶にし、戦車を転覆させ、兵士の顔をミイラのようになるまで後脚で蹴りまくる図を。ホラティウスがローマ皇帝アウグストゥスの性格を詠んだ一行そのものなのだ。「彼ハ四周ニ目配リ乍ラ蹴リ返スナリ」。この高潔なる国を征服せよなど愚かな提案をする代り、むしろ彼らの方でヨーロッパを文明化するに足る頭数の住民を送り込み、名誉、正義、真実、節度、公益、堅忍にして不抜、廉潔、友愛と博愛、そして忠信といった第一原理を教えて我らを文明化してくれることを祈念したい。これら諸徳を指す名前のみは現代にも諸語の中に残っている。古代作家ばかりか現代作家の作中でもお目に掛る。浅学寡読のわたしだが、それははっきりしている。

わたしの発見が国王の所領を拡大するという考え方に乗り切れない理由がもうひとつ、ある。まことに、というか本当のことを言えば、こういう場合の君主の実体法的分配正義なる観念にわたしは一抹の疑念を抱いているのである。どういうことか。海賊の一団が嵐に吹き流されてどこにいるのかもわからなくなる。主檣上の少年が陸を見つける。彼らは上陸し、盗み劫掠の恣（ほしいまま）。無防備な住民と出遭い、歓待される。その辺に何か新しい地名を付け、国王の名に於て形式的な領有権を確立する。記念とかで腐った板一枚、石のひとつ立てればそれで手続き了。原住民の二、三ダース殺し、見本ということでカップル二人を拉致（らち）して帰国、免赦を受ける。こうして「神授の王権」の名の新領土獲得となる。良い折りをみて船団が送り込まれ、原地人たちは駆逐虐殺され、彼らの王は隠匿財宝探索の為、拷問に掛けられ、あらゆる人非人な淫欲行動に、お構いなしの免責許可が与えられ、かくてその地は原地人の血に朱（あけ）に染まる。かくも徳性敬神の探険行に雇われたこの瀆聖軽信な屠り（ほふり）屋の所業万般を、偶像崇拝の蛮人を改宗させ、文明化するを標榜する「現代的植民地（モダン・コロニー）」とは呼ぶ次第である。

それにしても、わたしがいろいろ書いてみたのは決して大英帝国を指してのことではない。なにしろ植民地経略上の知恵、心遣い、正義という点では全世界への見本たり得る国である。巨額資金を投入して宗教と学問の進歩に資する国、篤信かつ有能な牧師を選んでキリスト教普及に資する国。母国から所領に送る人間は真摯な言行で通っている人間に限る配慮のある国。正義の分配という点を飽くまで重視して、全植民地を通じ市民統治を最優秀の、腐敗とは全く縁のない役人たちに担わせる国。

そして総仕上げに、自分が統治する地域住民の福利（しあわせ）と主人たる王の栄誉（いやさか）しか眼中にない、目配りも徳行も非の打ちどころのない総督を送り込んで来る、そういう国であり続けよ。

しかし、わたしが描いて来たどの国も征服されたがっても奴隷になりたがっても、殺されたがっても植民地に駆逐されたがってもいないように思われる。第一、金も銀も、砂糖もタバコも沢山とれる国々ではない。我々の情熱、我々の勇猛、そして我々の利害得喪に見合う相手のようには思えないというのが私見である。いや自分は関心があるという方が自分の見方は違うと仰有るなら、わたし以前にそうした国を見て歩いたヨーロッパ人はいない筈と、法によって召喚された席でいくらでも証言する積りである。まあ、わたしにそう言った原地の連中の言葉にどこまで「まこと」があるか、ということが先ずはあろうが、如何。

君主の名の下に発生する領有が形式としてどうかということは一度として突き詰めたことがない。仮にあったとして、当時のわたしの置かれた状況に鑑みて、賢明とは思えなかったし第一、身の安全という気遣いもあって、そのことはまた機会をみてということにした。

こうして旅行者としてのわたし相手にあり得る唯一の批判に対する立場表明もし終ったところで礼（いや）篤（あつ）き読者諸賢には最後のお別れの御挨拶をし、レドリフの我が家の小さな庭にて緑蔭の中の緑の思想に再び帰そうと願い、フウイヌムたちの間で会得（えとく）した数々の徳行教育を何とか実地にためし、なんとか素直な動物とくらい思えてきた我が家のヤフーたちの教化に努め、鏡を覗き込んでは、可能ならばそのうちこの動物のヒトくさい形姿にも少しは馴れてくることを祈り、我が国のフウイヌムの野蛮なウマ性を嘆きつつ、その体にはいつも敬意を払う、そういう暮しに入って行く。なぜに体には敬意かと言えば勿論、あの師匠馬とその家族、その友人たち、ひいてはフウイヌム族全部への敬意の故であり、我が国のフウイヌムたる「ホース」一統、姿形のどこをとっても本家の同族そっくりということを以て誇りとせよという思いだ。残念、知性の方は、馬なのに馬抜(まぬ)け、馬だから馬(ば)かになり下ってしまっているわけだが。

先週になってやっと妻にディナーの同席を許した。長テーブルの向う端に坐るならば、と。そしてわたしの二、三の問いに(ぎりぎり簡単に)答えることも許した。それにしてもヤフー臭は相変らず非常に不快で、わたしは鼻にはいつもヘンルーダ、ラヴェンダー、さなくばタバコの葉を詰めている。人間、晩年になって昔から馴染(なじみ)の習慣を廃(す)てるのは仲々難しいが反面、時たてば近所のヤフーと同席しても、その歯牙にはかかるまいと安心していられる日も来ようか、一縷の望みはある。

わたしのヤフー類との和解だが、彼らが自然のせいである今現在の悪行と愚行くらいのところで止まっていてくれれば何とかならないでもないように思う。わたしにしたって弁護士、掏摸(すり)、大佐、阿呆、貴族、博奕打(ばくちう)ち、政治屋、女衒(ぜげん)、医者、証人、贈賄者、訴訟代理人、仕立屋等々、姿が見えたからといって、だからいらいらするということはない。これが世の中の成り行き、活計(たずき)の諸相なんだろう、と。ところが畸型の肉塊みたいな奴の身心双方の病に「傲慢」がさらに付け加えられているのを目撃すると、刹那、わたしの堪忍袋の緒が切れるのだ。こんな動物とこんな驕慢の悪とがどうして同居できるようになったのかと、もうわけがわからない儘だ。賢にして徳高いフウイヌムたちにはいかにも理性的と呼ばれるに相応しい美点が一杯ある一方、この悪を指す言葉が彼らの言語には存在しない。この驕慢の悪、というより悪いこと一般を指せる言葉がそもそも存在しない。彼らのヤフーの嫌悪すべき性質を述べる時に使う言葉が唯一の例外である。そういう表現にしたところで、ヤフーが支配的であるような国では必ず表沙汰になる筈の人間性というものへの深い理解が足らない為、そういった悪行と驕慢を区別することができない。しかし、その辺の経験豊かなわたしに言わせれば、野生のヤフーの中にもウマ偏（へん）で傲慢、即ち驕慢の萌芽がきざしているのはすぐ見てとれるのである。

一方、理性に抑制されているフウイヌムたちは持っている美質を些かも威張らない。普通の頭の持主が足があるぞ、手もあるぞと言って威張らないのと同じである。全然ないと、それはたしかに惨めに違いないにはしても、だ。この問題に些か字数を費しすぎたが、あるイングランドのヤフーとのやりとりが馬く行けば良いとの願いあればこそのことなので、ウマ偏（へん）の名折れたるこの驕慢の罪をお持ちの方は是非にもうまを合わせ、わたしの見ている所で下手な馬脚などあらわさぬよう呉々も願い上げそうろう迄。

これにて
島居はしまい

ガリヴァー船長の従兄シンプソン宛書簡

小生の旅の非常に弛(ゆる)い不正確な旅行記を公刊すべきだと大兄に強く繰り返し勧められ、牛津、剣橋両大学の学士紳士たちを雇って配列を按配し、文体を添削して貰うやり方を、小生の忠告を入れて従兄弟ダンピアがその本、『世界周航旅行記』公刊に際して採ったことの顰(ひそみ)に倣(なろ)うて、小生も採用すればどうかという指示まで頂戴致しましたこと、いつでも良き折りと思し召しの時に世間に公表されるが良いと存じます。存じますが然し、何かを省略する、ましてや何かを書き加えることまで認めたとは小生、記憶しておりません。この後者のことに就きましてはこの種のあらゆる場合に関して自分のせいでないことを、この場を借りて念押し致しておきます。心からなる栄光の記憶の対象たる故アン女王陛下に関する一段落については特にであります。よしんば小生が女王を人類のだれよりも崇敬し、評価申し上げているとしても、であります。然るに、大兄にしろ、問題の一節の挿入者にしても、小生の師匠馬を前に、我々と同じ出来方しかしていないいかなる動物を褒める等、小生の意図でないだけではなく、とてもまともではないということに思いを到すべきでありました。さらに言わせて貰えば事実に完全な間違いがあります。女王陛下の御代(みよ)の或る時期、小生はこのイングランドにおりました故よく知っているのですが、その政治を担ったのは一人の首相でなく、連続する二人の首相でした。

先ずはゴドルフィン卿、そして二人目がオックスフォード卿ですね。従って大兄はなかったことをあったと言わせたことになるのです。同じように企画者（プロジェクター）たちの研究所の説明だとか、小生が我が師匠馬に講釈する幾つかのくだりで、大事な情況を幾つも省略したり、削り方、変え方がひど過ぎて、小生自身、自分の作品と信じられない有様です。かつてこうした件に就て手紙で尋ね申し上げたことがありましたね。すぐ頂戴いたしした御返事にはいろいろ顰蹙（ひんしゅく）を買いそうだの、当局の印刷物検閲が厳しいだの、勝手な解釈を下し、あてこすり（という言い方をされていましたっけ）と看做せば何でも罰してしまうだのとありました。しかし、小生がこんな大昔に書いたこと、それも五千リーグ以上も離れた場所のことを、全く別の御代（みよ）だというのに、現在群れを率いると言われているヤフーのだれかに当てはまると考えること自体、無茶じゃないでしょうか。小生自身、彼らの下で生きていることに不安も感じていなければ恐怖も覚えていない御時世に、尚更ではないでしょうか。むろん不満はあります。こういうヤフーそのものという連中がフウイヌムに索かせた車上にふんぞり返って、我は理性ある存在、彼はけだものと思い込んでいるふうという光景が目に入ってきたりするとですね。こんなおぞましい怪物的な光景を目にしたくないばかりに、小生ここへ引っ越してくることにしたのです。

　次に、大兄その他の人物の懇望と偽りの理屈に押され、我が意に背いてこの旅行記を公刊してしまった小生自身の判断力の大欠如に就ても不満を述べておきたい。動機として公益ということを強く主張した大兄に対し、ヤフーという動物の種（しゅ）は先例や模範を見て改むるということの絶対できない相手だということを忘れないようにと小生が言い続けたことに改めて留意願いたい。少くともこの国では（と言う理由が小生にはありました）あらゆる濫用、あらゆる腐敗に終止符が打たれるのを見ることができないうちに、言ったことが本当になって了っています。御覧なさい、六ヶ月以上も警告し続けてきたのに、小生の本は小生の意図した効果をひとつだにうみ出せていない。一筆下さるんじゃなかったですか、もし政党だの分派抗争だのが解消したら、法曹の世界が勉強し廉直になったら、訴訟申し立て人が正直かつ温厚になり、常識もありというふうになったら、焚書場スミスフィールドで法律書の山が灰燼になるようになったら、青年貴族の教育が改革され、医者が追放され、ヤフー腐女子が婦徳、名誉、真実、良識を身に付けるようになったら、大臣たちの宮廷やそこでの接見から雑草が駆除され、すっきりとしたなら、機知、長所、学識がちゃんと報われるようになったら、散文、韻文の出版ごろどもが紙で飢えを癒し、インクで渇きをいやす他ない罰を受けるようになっているとしたら是非一筆を、と。こうした或は他の千もの改革を大兄の督励もあって小生、大いに期待したのです。小生の本に書かれている処方箋からそんな名案いくらもすぐ引き出せる筈です。しかるにやっぱり愚痴らなくてはならない。ヤフーたちがはまっている悪徳や愚行を是正するのに七ヶ月もあれば、御（おん）の字じゃないですか。彼らの性質のどこかにほんの一寸でも徳と知恵に開かれたところがあれば、ね。しかるに今のところ大兄の手紙に小生の期待に応えるような兆（きざ）しは何もないし、どころか大兄が毎週配達夫に託して小生にお届け下さるのは誹謗中傷、お手軽解説、非難、メモ、続きはこうだという広告、そんなものばかり。そういう所で小生は国のお偉方にいちゃもんをつけてるとか人間性を侮辱してるとか（自分がニンゲンの積りでいるのが怖い）女性を馬鹿にしてるとか、さんざんな扱われ方である。この集団の中でそもそも作家作者とは何かもはっきりしていない。人によっては小生が小生の旅行記の作者だということを認めようとしないし、小生自身聞いたこともない本の著者にされることもある。

同様なことを印刷屋に就ても感じます。注意力欠如で日時の誤りは酷い。いくたびも行く旅、戻る旅の日時を間違え、正しい年、正しい月、正しい日があやふや。しかも草稿は拙著出版直後に処分されていて、手許に写しもない。それでも小生、正誤表を送りましたから、重版の節には必ず挿入資料として下さい。この件は已(や)んぬる哉公正公平な読者諸賢に随意の対処をお願いするしか、小生にできることはないのです。

海ヤフーの一部に小生の海事用語に文句を言っている者がいるらしい。いろんな所でそれ違うということらしい、現在廃語になっている語もある。小生としてはしんどい所です。若くて船に乗った最初の頃は、老齢の水夫に教わって、彼らの言うように言っていた。そのうちわかってきたが、水夫たちは、陸ヤフー同様、登場して来る新語に滅法弱いのです。陸ヤフーの言葉の変り方は年毎に尋常ではなく、小生などもどこかから郷国に戻る毎に、古い方言が一変していて新しい言葉がほとんど理解できなかった。ロンドンから好奇心に駆られてこんな田舎くんだりに訪ねて来てくれるヤフーがいるのだが、お互いがわかり合えてる感じで考えを述べることがまずできませんね。

ヤフーたちから上る批判で何か影響があるかと言えば非常に大きな不満がある。彼らの中に、物語は小生が頭からひねりだしたただの虚構(フィクション)に過ぎないと何とも傍若無人なことを言う者がいて困ったものです。フウイヌムもヤフーも「無可有郷(ユートピア)」の住人同様、有ル可カラザル世界の住人なのだと主張するにいたっては傍若にして無人な評と言うほかありません。

一方、リリパットとかブロブディングラッグ(正しくはこちら。「ブロブディングナッグ」は単なる綴り間違いである)とかラピュタとかの人々を巡っては、ヤフーの傍若無人漢がその人々の実在を、或はその人々に関して小生の語る事実を疑っているという話はついぞ聞きません。真実は即、いかなる読者にもこれは確かという感じを与えるのでしょう。であるのにフウイヌムとヤフーについての物語には実在の蓋然性(プロバビリティ)が希薄というのもおかしな話ではないですか。ヤフーについてはこの町にだって現に何千何万と実在しているの、御覧になっている筈なのに、です。フウイヌム国の御同輩と違うところと言えば、わけわからぬことをくっちゃべること、裸で町中を歩かぬことぐらいではないか。小生、彼らに褒めて貰おうとして書いているのではありません。彼らに向上して貰いたい一心なのだ。種(しゅ)全体が両手(もろて)挙げて褒めてくれるなんざ犬に食われろ、我が厩舎に飼っている堕落フウイヌム二頭が読んでヒン良しヒン良しとひと嘶(いなな)きあれば、それでもう十分じゃないか。たしかに堕落してはいても二頭のお蔭で小生は造悪の道から離れて、ゆっくりではあるが徳行積善の途をなお歩み続けていられるのです。

この哀れむべき動物どもは、小生も相当に堕落していればこそ自分のまことぶりにこうまで固執するのだと仰有る。成程。たしかに小生、一匹のヤフーではありながら、しかし、あのいとやんごとなき師匠馬の薫陶と見本よろしきを得て(むろん大変な苦労はしたが)二年の間に、小生の同族、特にヨーロッパの同族の胸底深くに澱(おど)んでいる、嘘を吐き、ごまかし、欺き、表裏使いわける地獄的な癖(へき)を払拭し切ったということは、フウイヌムランドでは知らぬ者がいなかったのです。

いろいろ多事多難の時機に文句を言いたいことは他にもありますが、自他ともにそこに巻き込むほど野暮ではない。ひとこと怖いことを言いますが、この前帰って来てこの方、小生のヤフー面の腐敗が小生の内側で、大兄らの種の何人かとの、そしてことに小生自身の家族との交渉を通じ、不可避な必然として再燃し始めている。でもなければこの王国でのヤフー族改革などという条理をはずれたプロジェクトに血道あげる筈なかったのです。馬っ、こんな夢みたいな構想とはもはや永久に手を切りたい一念でおりますが。

一七二七年四月二日

訳者解題

1　名手闘争場裡なり

研究社英国十八世紀文学叢書の一冊としてジョナサン・スウィフト『ガリヴァー旅行記』（一七二六）の新訳を送る。御依頼を頂戴して随分たつが、一番もっともらしい言い訳をすれば決定版という噂の *The Cambridge Edition of the Works of Jonathan Swift: Gulliver's Travels* (ed., David Womersley)(Cambridge Univ. Pr., 2012) 出版をじりじり鶴首待望していたのである。誇り高い学術書ということで異本校訂の手続き等、スウィフト百科と言っても良い充実の索引まで、底本として十分信頼に足るものと感じられた。最近のはやり言葉で言う「鈍器本」、片手では長い時間持ち切れぬ八百有余ページを三年掛りで熟読し玩味した。物語本体は約半分。その各ページの下三分の一、四分の一が活字級数をさげたいわゆる詳注でべったり埋っている。そういうスペースで間に合わぬ大項目の注については「長大注（ロング・ノーツ）」として蜿々と別に書き足されていく。語句の十八世紀的用法への注意点が痒い所に手が届く流石の配慮があって大助かりだったし、このところ一大ブームの十八世紀文化史の二〇一二年時点での新知見というか最新知識は適当なスペースで片はしから取り上げてくれている想像以上の秀れものであった。今次邦訳の底本はこれと決め、訳の材料としては勿論、十八世紀欧米文化研究の「今」を一度概観というか大枠整理するための格好の手掛りとして付き合ってみることにした。

英文学邦訳界の二大泰斗たる中野好夫、平井正穂両先生の『ガリヴァー旅行記』邦訳は十七、十八世紀の文学英語に見合う邦訳の格式、というかぴったりのたたずまいで、却って日本語の勉強に使ったような相手。語彙もなければ格式もない戦後生れの日本語遣いの自分など、手を出すべき相手ではないことを、勉強すればするだけ痛感して、有頂天で「やります」と言って契約した自分の軽挙を愧じていたら、翻訳者として心底尊敬している御三方、うち二人は、同級生だった富山太佳夫氏と、翻訳不能、邦訳至難とか噂された作品ばかり面白いように狙い撃ちして人を呆然とさせる柳瀬尚紀氏の新訳ガリヴァーに接して、愈々気力喪失の事態となった。富山氏訳は若い世代の俊才たちがよってたかって注釈を別巻になるまで書き継いだ英文学界近来の傑作である(岩波書店。二〇一三)。百科事典がそっくり文学になったような厖大綿密な小説を最近のジャンル論では「アナトミー」と呼ぶようだが、武田将明、服部典之、原田範行お三方のこの「徹底注釈」本自体、「アナトミー」作品の傑作になりえている。

さて、いま一人、言語遊戯旺盛な『ガリヴァー旅行記』をそれに見合った日本語で遊べるのはこの人しかいまいと考えていた柳瀬氏がついに訳を活字に(『新潮』二〇一六年十月号)。とドキドキしたら、先生の急な御逝去で、読めたのは冒頭部のみ。英文学翻訳道の御三方と言ったもう一人、レジェンド柴田元幸氏が東大退官前後に『ガリヴァー旅行記』に入れこんでいるという噂が随分耳に入ってきていて、これだけもの凄い面子が勢揃いしてしまっている魔所に、研究書ならいざ知らず、日本語の格が問われる翻訳の形で自分如き参画することもあるまい。と、そう珍しく躊躇する契機の多い仕事であった。柴田氏訳は『朝日新聞』夕刊に毎週金曜に連載するということだ。まさしくこの二〇二〇年六月十二日から期せずして商売敵となって了った、すばらしくオーガスタン・エージの相手にぴったり見合ったメディア的露出形態となったこのお仕事にはつくづく敬服するしかない。なあるほど、こういう手があったたか、と感心させられてしまっている。おのがじし綺想、馬力、大変な人たちなのだ。ではこういう錚々たる人々の中に何故自分までが非力を託ちつつ加わろうというのか、という肝心の話に移ろうかと思う。マニエリスム作はマニエリストが手掛けるしか、ないじゃない?

2　最期は狂死

今「オーガスタン・エージ」という言い方をした。アウグストゥスの時代という意味。大体一六九〇年から一七四五年にかけての半世紀。元々は紀元前が紀元後に変る辺り、要するにローマ帝国が帝国の名に愧じぬ体裁をととのえた時、ローマ皇帝だった神皇ガイウス・オクタウィウス・アウグストゥスの名に因む。政治体制が整い、それに伴って大層文運隆盛の時代であり、それを想起せしむるというので英語読み「オーガスタン・エージ」が十七世紀末から約半世紀、近代英国の地に現出したのだっ

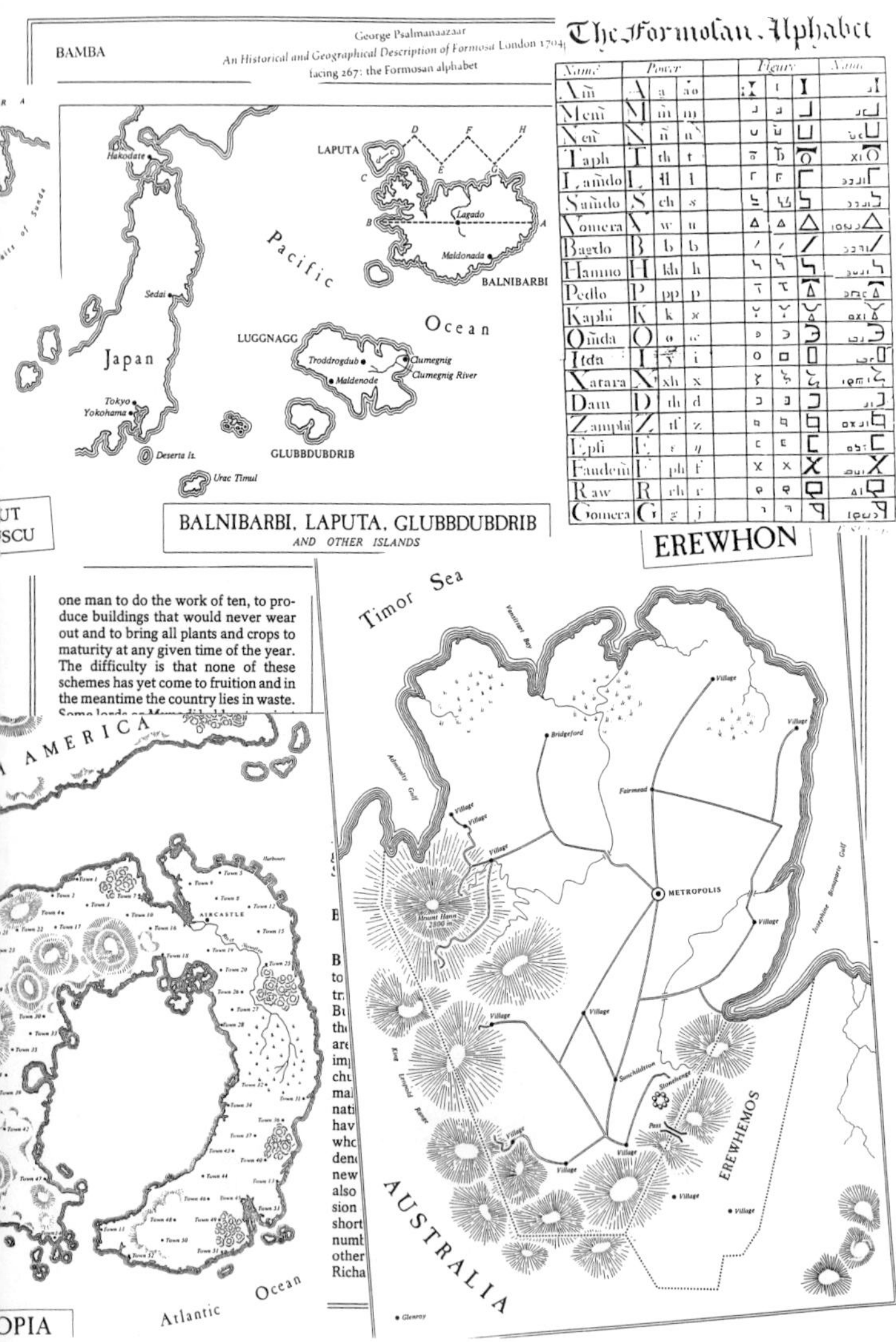
BAMBA
George Psalmanaazaar
An Historical and Geographical Description of Formosa London 1704
facing 267: the Formosan alphabet
The Formosan Alphabet
Name
Power
Figure
Am
Mem
Nen
Taph
Lamdo
Samdo
Vomera
Bagdo
Hamno
Pedlo
Kaphi
Omda
Ilda
Xatara
Dam
Zamphi
Epfi
Fandem
Raw
Gomera
LAPUTA
Lagado
Maldonada
BALNIBARBI
Pacific
Ocean
Hakodate
Sedai
Japan
Tokyo
Yokohama
Deserta Is.
LUGGNAGG
Troddrogdub
Clumegnig
Clumegnig River
Maldenode
GLUBBDUBDRIB
Urac Timul
BALNIBARBI, LAPUTA, GLUBBDUBDRIB
AND OTHER ISLANDS
EREWHON
one man to do the work of ten, to produce buildings that would never wear out and to bring all plants and crops to maturity at any given time of the year. The difficulty is that none of these schemes has yet come to fruition and in the meantime the country lies in waste.
AMERICA
AIRCASTLE
Atlantic
Ocean
Timor Sea
Bridgeford
Fairmead
METROPOLIS
Mount Hann
2300 m
Village
Sunchildston
Stonehenge
Pass
EREWHEMOS
AUSTRALIA
Glenroy

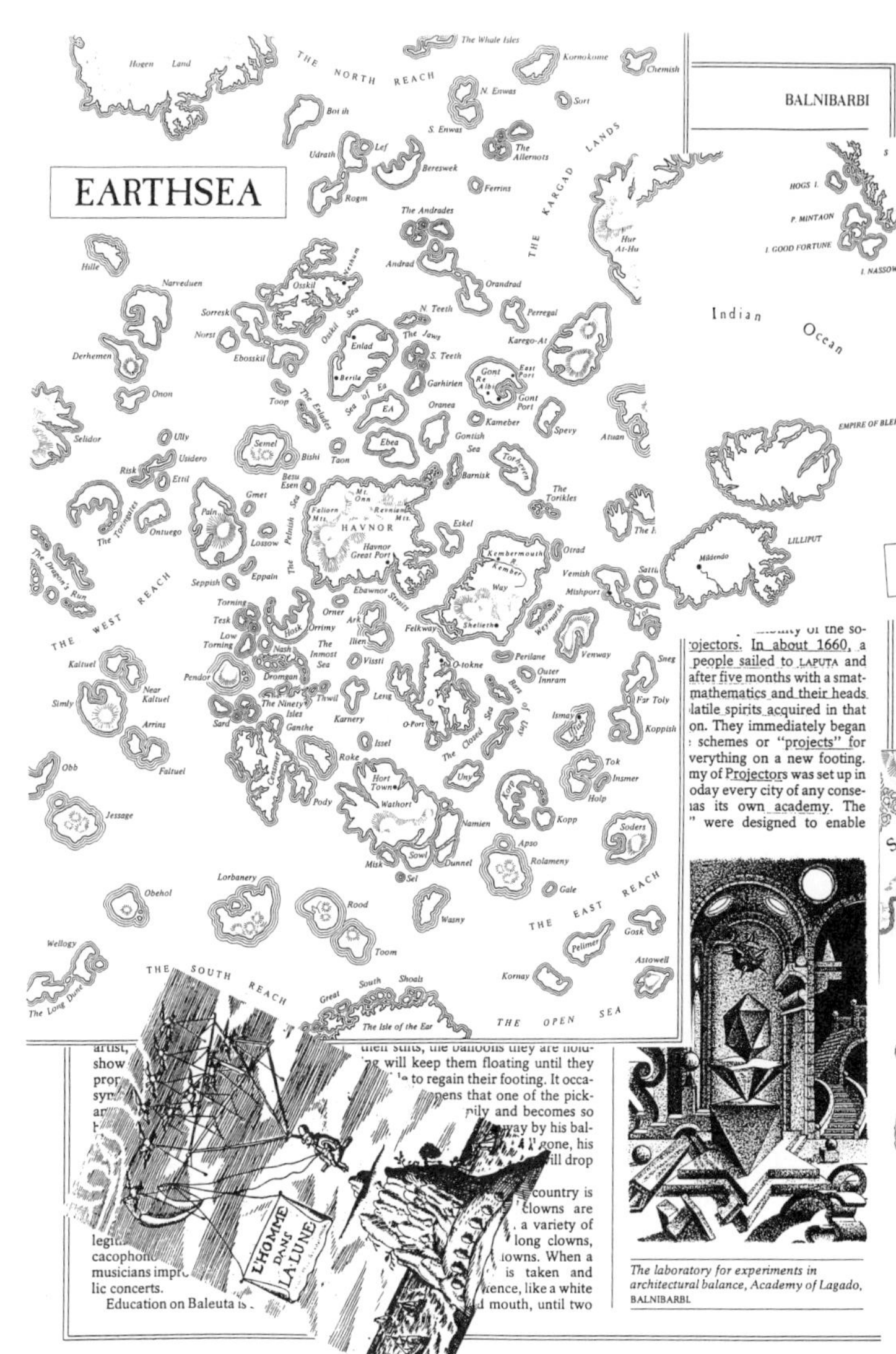

①——「島のトポス」のスウィフトへの遺産。

た。名にし負う文運の隆盛を誇る時代だが、その中心にあったのがアレグザンダー・ポープ、ジョン・ドライデンらの、英語でラテン文学をやっているのかと言うべき古典主義作家・諷刺家たちであり、王立協会を中心とした学知隆昌を内容とし、しかも形式とさえした諷刺家たちであり、後者の代表格が即ち我らがジョナサン・スウィフト(一六六七―一七四五)ということになる。画期的な海洋冒険譚の作者として、よく『ロビンソン・クルーソー漂流記』(一七一九)のダニエル・デフォー(一六六〇―一七三一)と併記・並列される人物だが、冒険の果てに思わぬ経済的発展を経験する主人公たちを得意テーマとするデフォーを時代の「正」の側面の表現者とするなら(そこでは同じ「アドヴェンチャー adventure」でも、単なる冒険であるというよりも「投資」とか「企(起)業」のニュアンスが強い。『ガリヴァー旅行記』で問題になる「プロジェクト」「プロジェクター」でも単なる「企業」でなく思考法や国策に於る殖産興業計画のことを言ったのだ)、進歩とか繁栄からこういう「正」の部分を引いて、ゼロを通り越して「負」の遺産と化した局面をまともに引き受けたのがジョナサン・スウィフトと言うべきで、その点ではこれ以上似て非なるペアも珍しいと言わねばならない。

そもそもどういう人物であるのか。古来の「アングロサクソン的態度」が政治から思想、宗教どこを切ってみても伝統の墨守と改革の覇気がまともに交錯し、葛藤している歴史的瞬間の申し子である。どの人名事典を見てもイギリスの作家と書いてある。その後ろにかならずアイルランド愛国の士とも出てくると、一体何人(なにじん)かと初学の人は皆悩む。そもそもの出自からして二極分離と、その危ういバランスで成り立っていた人物と見当がつく。あたかもスウィフト同時代辺から和解困難の状況がひどくなっていくイングランド〈対〉アイルランドの政経文全面の二極対立にそのまま股裂き状態に陥った人物だ、と。アイルランドに移民したイングランド人を両親に持つ、いわゆるアングロアイリッシュ（イングランド系アイルランド人）の作家、詩人で、政治論争家で、司教。時局そのものが（英国を舞台に今まで論じられてこなかった）乖離と分断のマニエリスム図であり、それをそっくり己（うぬ）が生涯に引き受け切ったのがスウィフトという問題的人間（プロブレマチカー）である。「迅速に」というのは名前だけにしておいて、もっとゆっくりにしたらとつい言ってあげたくなる鬱（うつ）と闘争綯（ない）ぜの激しいキャリア。

　ダブリンに生れ、同地で大学教育を受けた後、教養ある大政治家ウィリアム・テンプルの秘書となり（一六八九）、以降イングランドとアイルランドの間を往還しながら、アン女王（一六六五―一七一四）の治世下（一七〇二―一四）、国家将来の政経、社会、思想、宗教の基盤ができつつある一大変革の時流に身を投じ、多くのパンフレットを書き、大諷刺家アレグザンダー・ポープら一統とスクリビレルス・クラブ（scriblerus club. 一七一三設立）に拠って時代の低俗を嗤（わら）う諷刺文学の黄金時代をつくり出した。アン女王没後、政界に見切りをつけてアイルランドに戻り、悪貨を強制するイングランド当局を攻撃する『ドレイピア書簡』発表など、アイルランド愛国の烈士として活躍、当地セント・パトリック教会首席司祭として一生を過ごしたが、宿痾たるべき鬱病昂じて発狂死。

　恣意的な解釈で言語と宗教が歪められていく時代を活写した『桶（おけ）物語』、伝統的学知と時代の新知（「新学術（ニュー・フィロソフィー）」）の確執を書物の争いとして綺想逞しく書いた『書物合戦』（いずれも公表は一七〇四）など、政経の変革と見事なまでに構造的に重なりながら人間の認識や言語に生じてくる他なかった矛盾や葛藤を明るみに出した、マニエリスム趣味の勝った諷刺文学作品のエッセンス全てがそこに奔流のように流れ込んだ『ガリヴァー旅行記』(一七二六)こそは世界諷刺文学随一の大傑作と言える。諷刺(サタイア)と評するにしても単に一時代の政治経済を嗤(わら)った一紳士の機知というにとどまらず、まさしくこちらも大変革の歴史的瞬間たる二十一世紀「現代」に通じるところの「パラドックスの文学」、マニエリスムの一大実験場としての『ガリヴァー旅行記』の局面を明らかにしてみたいのだ。でなければわざわざ学魔訳を世に問う意味などないとまで思うのである。

3 「バランス」の観念史

何よりも狂死者スウィフトという事態をまず頭に入れておかねばならない。大政争期、大宗教戦争、現実の、理想の上の「内戦(シヴィル・ウオー)」の半世紀を、反イングランドのアイルランド愛国者のトップ、アイルランド教会のトップそして華々しくたち回った偉人は生涯、「鬱」に苦しんだことを忘れてはならない。オーガスタン・エージ同時代の大陸ヨーロッパ人から見た英国人の基本イメージは「鬱」であり「狂」であったようだが、コンピュータ0／1言語を発明し、近現代の貨幣制度及び実に今日的な「クレジット」経済を発明した——つまりはコロナ・パンデミック禍の我々の時代を全部まとめて出発させたオーガスタンの英国文化が賑々(にぎにぎ)しい文化相の代償として抱え込んだ当時既に大流行していた「メランコリー」と言い「ヒポコンドリアック」と言った鬱と狂を、「いくたび行く旅」のアクティヴ・マンがその挙句に得た衝撃的な自粛自閉の倒錯的事態に見なければならない。その愛が生への最後の拠り所だった愛人に先立たれて発狂、三年後の狂死に到るスウィフトの最晩年が、馬族フウイヌムの堂々と理性一辺倒の静謐境とは凡そ相いれぬ運命であったことだけは、この物語のどこを読んでいても忘れてはならない。漱石、倫敦（ロンドン）に狂すという有名な一句に倣って言えば、スウィフト「堕不倫（ダフリン）」に狂すとでも（柳瀬尚紀氏流に）言うか。島から島を経めぐり、それぞれから何がしか大事な知見なり情報を得て主人公が少しずつ賢になっていく、ラブレーからメルヴィルに至る所謂「島めぐり」主題（トポス）（マーク・シェルの名作批評の題を借りるなら“islandology”）の文学が大賢は大愚に似たりというパラドックス文学、道化文学の最終的全体的な達観というか諦め（「明ら」め）に達するのに、『ガリヴァー旅行記』はそのパターンに反する唯一の例外とも見える。狂死のみで釣合える、軋轢（あつれき）の度合が、どうやらひとけた違うのである。

この拙訳が店頭に並ぶ二〇二一年年頭に世界終末史の渦中にあるのは間違いなく[元]アメリカ大統領ドナルド・ジョン・トランプ氏であろう。二〇一七年一月二十日、ほとんどの人間の予想を裏切って世界一の権力者の地位について世界中をアッと言わせたが、文化史などという何とも怪しげで頼りない分野をほとんど無手勝流で始めてしまった僕を、この一大不動産「プロジェクター」が一番驚かせた、というか感心させたのは「ファクト」という世間で一番当り前の「観念」のほぼ四百年忘れられて了っていた問題化（プロブレマタイズ）だった。「ファクト（fact）」と「フィクション（fiction）」が元々は同じ言葉から派生したものと知ると、何が「真」で何が「偽」か知れたものじゃないという話になる。だれがど

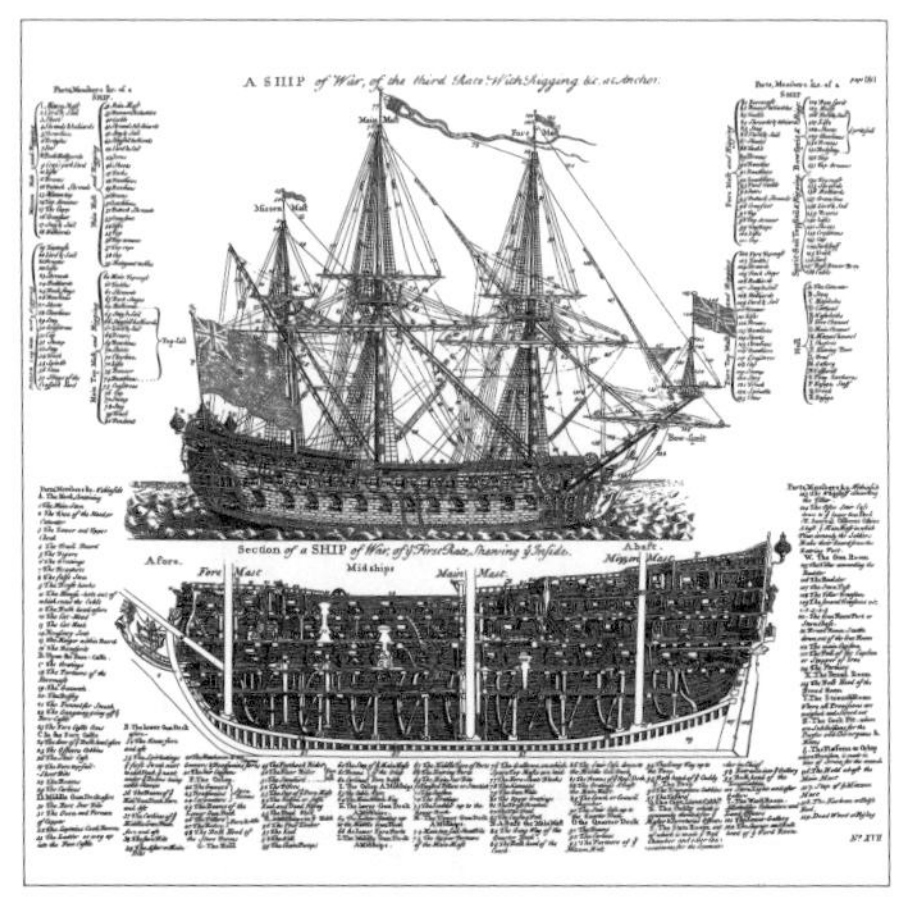

②——ガリヴァーが「船」医であることの意味(1)。海事知識の大発展。同時代人E・チェンバーズの『百科』(一七二八)の"navigation"の項目の図解。

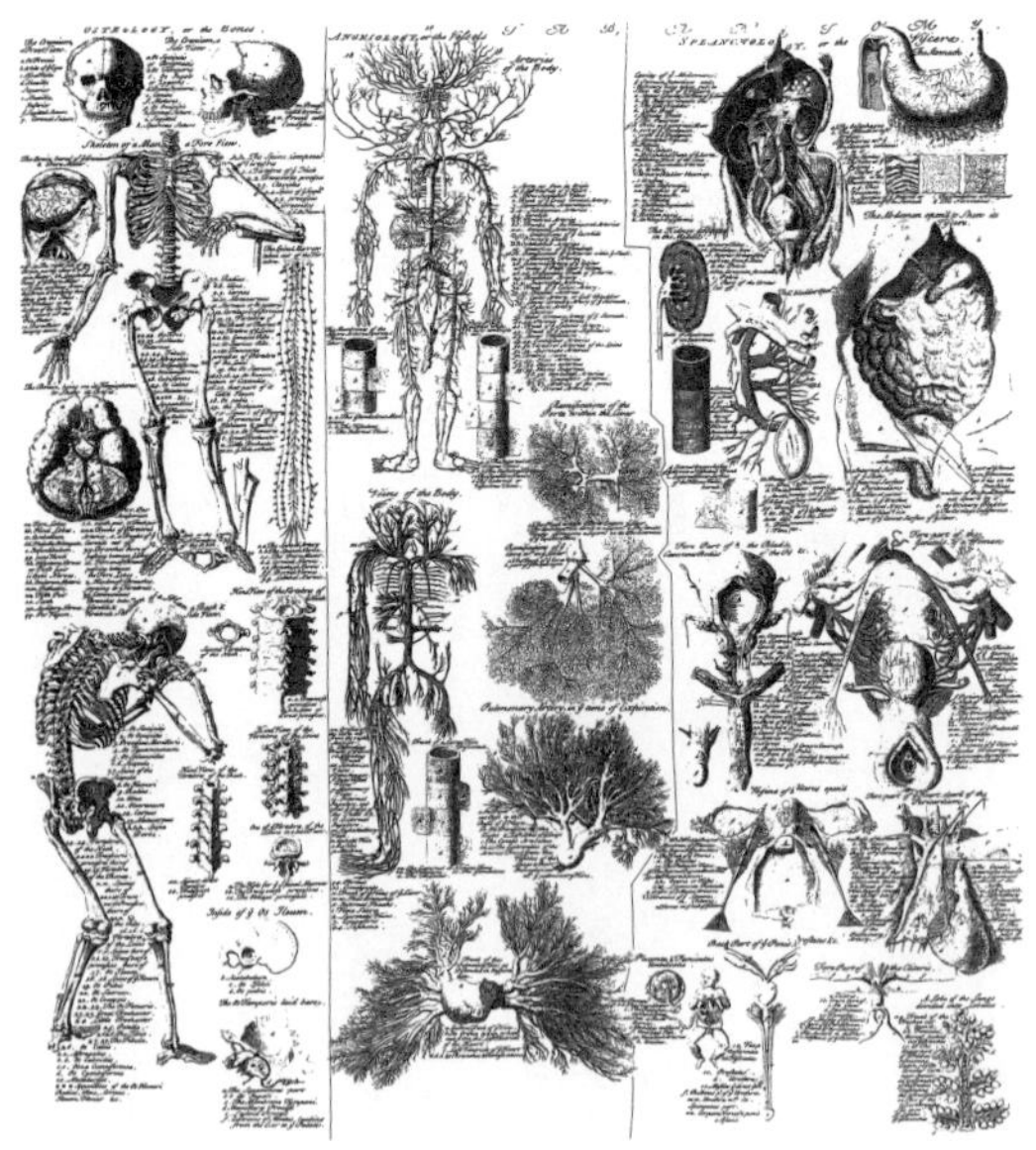

③——ガリヴァーが船「医」であることの意味(2)。医学知識の大発展。チェンバーズ『百科』(一七二八)の"anatomy"項の図解。

う見ても正しいという有名メディアの報道記事をトランプ氏は自信満々、「フェイク」と言い募り、この人物の日常を伝える酷い情報を既に十分持っている我々はほぼこの人がフェイカーだと決めてかかっているので、この人物の下手な言葉遊びに今さら誰が引っ掛るもんかと誰しも笑いながら聞き流してきた。ところが……

ところが何が「ファクト」で何が「フェイク」かを巡って近代国家の嚆矢にして頂点を極めた国家なり文化が百五十年の長きに亘って領域越えて七転八倒したこと、「近代」四百年の政・経・社、そして哲学、宗教、そして所謂文学までがその七転八倒の英国文化をモデルに展開されてきたことを、河岸のみロンドンをワシントンD・C・に変えてトランプ氏が改めてはっきりさせたことになる。

何が言いたいか既に明白だろう。「ファクト」なる語がいつ英語に登場したかである。こういう場合、英語の単語ないし「観念」(のとりわけ起源ないし語源)については『オックスフォード大英語辞典(OED)』を必ず参照すること(というか各定義を熟読すること)。すると或る語が或る意味でいつ登場し、いつ頃その意味で一番よく使われたかが誰のどの文章かを豊富な用例として引きつつ明らかにしてもらえる。すると、ラテン語で「つくる」を意味する動詞の過去分詞形 “factum” の語尾を落とした「つくられた(もの)」に我々の言う「事実」、多くの人が共通して確かなこと、確実なものとして認識する対象という限定的な意味で初めて登場する(初出する)のが一六三二年だとわかる。予想通りで、却ってびっくりする。我々が今日言う情報という意味の「データ(data)」についても同様に、それが「与えられた(もの)」というラテン語の過去分詞 datum の語尾がとれた形に、まさしく正確な情報という限定的な現代的意味が付与されるのが今度は一六四七年と知れる。これも予想通りで、歴史が構造的必然の連鎖からできていると理解しようとしている態度は基本的に間違っていないとわかって、嬉しくなる。極言すれば、デフォーやスウィフトがこだわり抜く（ふりをする）真「実」とか「実」話とか言う場合の"real"そのものが、英語初出一六〇一年なのだ。初歩的な西洋史学、英国史ですら、その頃、いかにカトリック文化が政・経の中心をプロテスタント（というかピューリタン）にゆだねていく、ないし奪われていくかということは教えてくれるだろう。英国（というか厳密に言えばイングランド）では一六四二年から四九年にかけて大内戦、清教徒革命が生じて、スコットランド王がイングランド王を兼ねるスチュアート朝の当時の王だったチャールズ一世が市民勢力に打破され、王の市民による弑逆（しいぎゃく）というか処刑が断行され、王党派カトリック勢力の駆逐とプロテスタント議会派の席捲（せっけん）という政治力学の大逆転が生じた。宗教地図の塗り替えと厳密に結びついたこの政・経地図の大塗り替えは世紀が十七世紀に変った頃から表沙汰になり、この清教徒革命、王のフランス亡命、名誉革命を経て、アン女王の治世下のオーガスタン・エージを経て十八世紀半ばにはひと区切りついている。要するにピューリタンがイングランド、つまりロンドンを中心とする地域を政治的にも文化的にも制圧し、スコットランドを併合し、スウィフトの愛するアイルランドにも力を及ぼそうとし始めていた時期に当る。この百五十年に亘（わた）る大変革時代の後半期がデフォーやスウィフトの生きた時代に当る。ひとつの価値体系が全く逆な別個の価値体系に変る。スウィフトは聖職者だからそうそう簡単に変節するわけにはいかないが、商人だったデフォーなどは職業柄、いろいろな所に出歩く必要もあり、政府のスパイ役も果たしたが、ホイッグ党政権下ではホイッグ党のスパイとして、トーリー党の支配下ではトーリー党のスパイとして働いている。同時代文業の大立者たるドライデンなど「変節の王」とまで呼ばれたが、さまざまな価値観が時代の中心をめざして競合する（ジョイスの言葉遊びを借りて言うなら）混沌（カオス）が秩序化（コスモス）した宇宙chaosmos（カオスモス）の渦中にあって、時流を見るに敏（びん）な人間でだれが変節しないでいられようか。島めぐり主題にそういう時代の価値観の互いに相対的でしかない併立競合を次々と取り上げる混沌時局の一大百科（アナトミー）を繰り展（ひろ）げながら、最終的にフウイヌム主義、というか「理性」主義一辺倒に偏向しつつ、挙句、猥雑な身体性とのバランスあるが故にやっていけるヒトとしての常識の世界を逸脱して恍惚の人（ひと）の自閉と狂死に至るリュミエル・ガリヴァー（そしてつまりはやはり作者ジョナサン・スウィフトその人）が負った、近代が近代たるため不可避な負の遺産を我々はここでやっぱり重く受けとめるしかない。重い話ばかりでは悪いから、『ガリヴァー旅行記』の諧謔（フモール）趣味に少しは染り、その止めどない言葉遊び癖を少しは真似てひとつふたつ冗句（ジョーク）を言って、この節を締める。ひとつはガリヴァー／スウィフトが最終的にうまうまと手にしたらしい“horse sense”のことである。「馬」の「理性」とはまさしく馬族フウイヌムの理性愛のことかと思いきや、辞書的には「日常的常識（ホース・センス）、俗な知恵、俗識」のこと。むしろ俗物ヤフーの特性なんだね、これは、と。ううむ、うまい意味。

もっと根本的なギャグは今も掲げた偽装作者リュミエル・ガリヴァーの名。ガリヴァー（Gulliver）に類音で「ガリブル（gullible）」を重ね聞きするのはむしろ研究者の間ではイロハのイ。だまされやすい、という意味。架空の人物の名にむしろいろいろな「うまい意味」を隠すのは大昔から寓意物語（アレゴリー）という書法の特徴だから、では「リュミエル」もそのたぐいかと思って調べると、ヘブライ語源で「神に夢中な」という意味だから、ひとつことに没入する文字通りの“enthusiast”（「入神（エン・テュオス）」の人間。神がおりてきた者）を時代の一大流行語とした清教徒革命～オーガスタン・エージの御時世やら、熱狂してだまされるというその御時世独特の気風・警戒心やら思わせる、考えるほどに巧い意味合いがある。区々（いちいち）のキーワードにこうした時代背景を負った馬感覚な遊びを感じながらの個人完訳になったように思うが、如何。ウマい神訳と言ってもらいたいがヒンの悪い越権訳と譏（そし）る人がいても別に構わない。頭の下るような名訳が幾つも次々出揃う中に、そのたれよりも遅いくせに我は「速い（スウィフト）」と思いあがった入神訳者の一人や二人、いて良い相手ではないか、この作者たるや。

4　「律義な無頼」

出だしのタイトル *Travels into Several Remote Nations of the World in Four Parts* をいきなり、こりゃ「いくたび行く旅」しかないなと、そう訳したこの愚訳者は最後の FINIS も、ならば当然「島居はしまい」としか訳せなかった！　島めぐり話はこれでお仕舞いと言いたかったのだが、「鳥居（とりい）」と読みちがえて頭をひねる有難い（ガリブルな）読者を想定しての語呂合せ（パニング）と漢字表記だった。あじきなき無頼のわざくれと言ってもらって一向に構わない。

僕の仕事と生のスタイルを総括して一語にして律義な無頼と切って捨てた松岡正剛氏は流石のもの

だが、神とも下卑とも呼ばれそうな僕のスウィフトは尋常でない律義者の仕事でもあって、セリオ・ルーデレ（serio ludere　律義ニ遊ブ）と古来ある方面で呼ばれてきたそういうライフスタイルや学や書法の「律義」の側面に最後に触れて、この本を間違えて勉強の相手として読んで下さるようなきみ、あなたのお役にも立ってみようかと思う。

　この人文忌避の軽佻なるポスト・コロナの御時世に歩く人文学と呼ばれるこの愚者は元々は英文学を志していたわけではなく、大学入学した一九六八年に（英文学の泰斗としてでなく新入生の教養英語の先生として現れた）クラス担任（！）の故由良君美先生からなにげなく面白いよと聞かされていた「ヒストリー・オヴ・アイディアズ（観念史）」という哲学史とも思想史とも科学史ともとれる一種百科全書派の二十世紀的新潮流じみた少し風(ふう)の変った学術的アプローチの所在を知らされ、ややあって尊敬する紀田順一郎氏と二人でレジェンドな「世界幻想文学大系」という実験的な一大翻訳叢書を企画中の当時売り出し中の荒俣宏さんに、マージョリー・H・ニコルソンという女学者の『月世界への旅』という秀れた批評書を入れたいが貴兄訳ではどうかというお誘いを受け、一読魅了されたが、「ニコおばさん」と愛称されて学界のみか巷の好奇心旺盛な読書人にも大いにその軽妙なエッセー・スタイルの文理融合の提案書が人気のニコルソン女史こそ、「観念史」派の創始者の一人でその最強の広告塔であると喧伝されていた当のニコルソン女史であった。大学紛争入り口の集中力欠いた大学の教養課程中、面白い大講義のひとつに「科学史」というのがあって、少々姑息なことを平気でやってのけるので特に名を秘す高名なW教授が、ジョン・ミルトンがイタリア旅行中、ガリレオ・ガリレイの望遠鏡

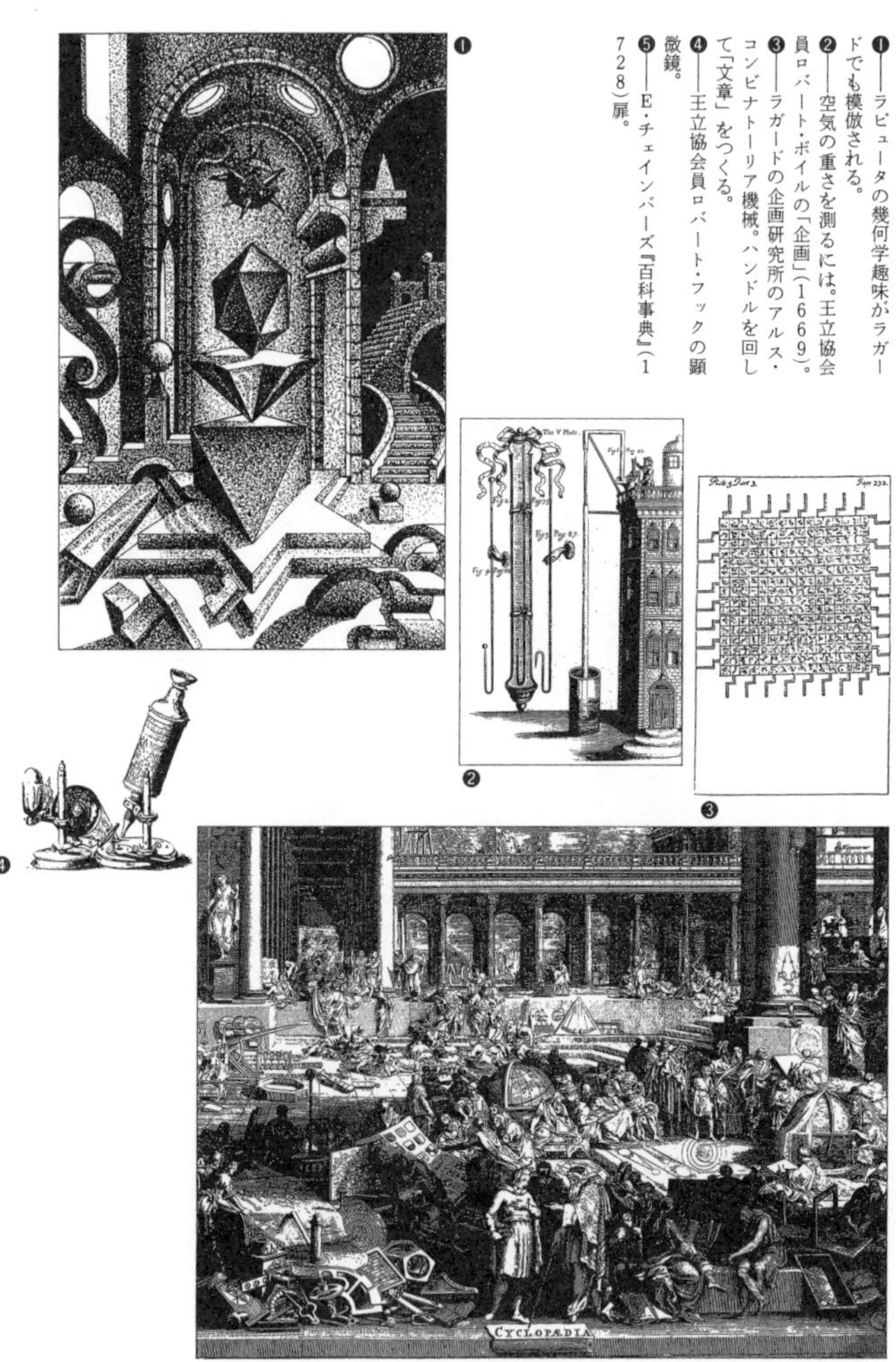

❶——ラピュータの幾何学趣味がラガードでも模倣される。
❷——空気の重さを測るには。王立協会員ロバート・ボイルの「企画」(1669)。
❸——ラガードの企画研究所のアルス・コンビナトーリア機械。ハンドルを回して「文章」をつくる。
❹——王立協会員ロバート・フックの顕微鏡。
❺——E・チェインバーズ『百科事典』(1728)扉。

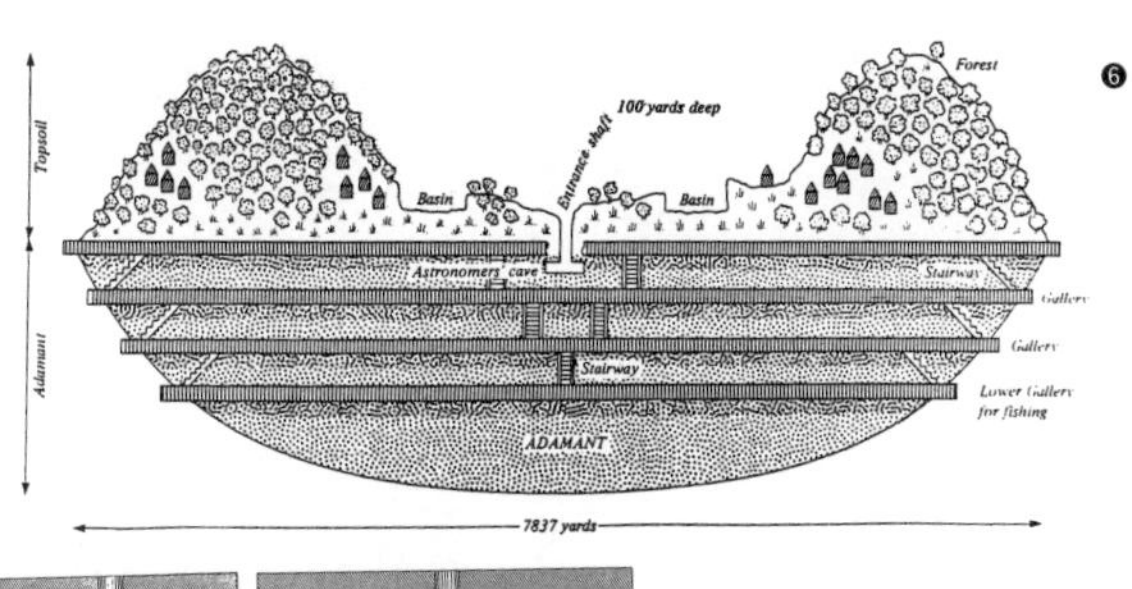

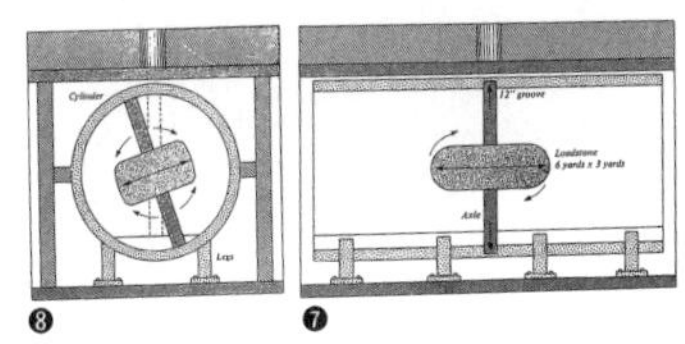

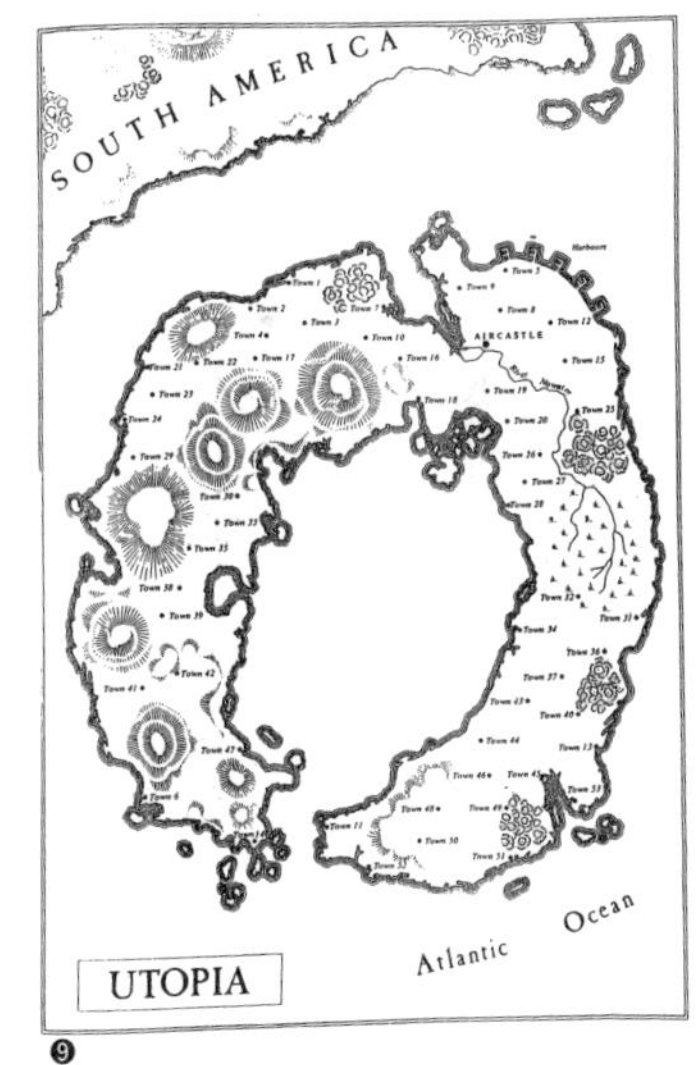

❻――浮島ラピュータ。
❼❽――浮島ラピュータを動かす巨大マグネットである。
❾――ユートピアの地形もまた見事に、人の「身を丸める」形をなぞる。トマス・モアのユートピアの地形。

④――図解『ガリヴァー旅行記』。この物語を新宿朝日カルチャーセンターで読んだ時のコラージュ教材(右ページも)。英国 ilandology / utopia 文学の原型、トマス・モア『ユートピア』は左下。左上は磁力浮遊島ラピュタの図解。記述のわかりにくさが図解で一発解消。

⑤——浮島ラピュタ。ピエール・デフォンテーヌによるフランス語訳(1838)より。

をのぞき、太陽黒点の説明を受けたことで大傑作『失楽園』中の宇宙墜落の悪魔セイタンの描写が一変したというような理系ダメ人間にも非常に文理融合の面白い実例を次々繰りだす授業で、東大にムリして入ってよかったとはじめて思った。後日これがニコルソン女史の実質デビュー作、『科学と想像力』（一九五六）の丸パクリであることを知った時の僕の驚きとこの有名教授への激しい侮蔑を皆さん、想像できますか。一九三〇年代にニコルソン女史があちこちに書いた望遠鏡・顕微鏡が文学をどう変えたかというテーマのエッセーを一巻にまとめたものだった。第五章「スウィフト作『ラピュタ島旅行記』の科学的背景」という、ノラ・M・モーラーとの共同論文のみ抄訳され、邦訳が山口書店から出ている。ラピュタ浮島の話を当時隆盛を誇った磁気学をどう利用してスウィフトが書いたかの克明な分析で、当時の重力・引力概念と十七世紀初頭のSF航星譚の大流行を密接に繋げた『月世界への旅』とともに、スウィフトの「架空旅行物語（ヴォワヤージュ・イマジネール）」を単に巷間読者のエンタメ小説としてではなく、全体的啓蒙の中で「文学」とは何であり得るのかという一生を賭けるに値する一桁上の「新人文学」への恰好の入り口にしてくれた。

とともに、先に述べたピューリタン台頭の時世を知識や学術の世界で一挙代表したのがロンドン・ロイヤル・ソサエティ、いわゆるロンドン王立協会という近代最初の国際的理系学会であることをどの著作でも核心的テーマとして提示し続けたのがこのマージョリー・ニコルソン最大の業績だった。「ファクト」と「データ」の発見と蓄積の最大機関であり、四代目総裁がニュートン。ドイツ人哲学者ライプニッツを特別人事で招聘していて、数学では微積分学研究の中心地となり、ライプニッツの名で知られるように普遍言語構想(今日の0／1コンピュータ言語に概念的に到達)の他、データ科学、確率論、株式経済、紙幣論、顕微鏡学……と、そこの扱った中核的テーマがポスト・コロナに逢着した現代の我々の日常をほぼ全面に亘って支配している様は怖ろしいばかりだ。ラガード学院はこういう王立協会の大活躍が当時のなお啓明されていない旧套社会の中でいかに奇矯なわざくれと受けとられていたか、スウィフトのラガード・アカデミーの描写以上に絶妙に伝えてくれるものは他にない。そこで奇人の振舞いに及ぶ当時のマッド・サイエンティストたちは「ヴァーチュオーソ(virtuoso 複数形 virtuosi)」と呼ばれていた。スウィフトは勿論パロディ的に誇張して書いているわけだが、リアルな日常活動でも王立協会のヴァーチュオーソたちがいかに奇人変人揃いだったか見たければやはりニコルソン女史の『ピープスの日記と新科学』をお勧めする(浜口稔訳。白水社。二〇一四)。

観念史派の領袖と言っても良いニコルソン女史は単に今日的なガリヴァー研究への突破口である許

りか、観念史派全体の仕事を或る時点で一百科事典にまとめた超便利、超充実の脱領域哲学事典たる『観念史事典』全四巻(邦訳『西洋思想大事典』、平凡社)中、最も多くの項目を執筆していて、「ヴァーチュオーソ」なる他の事典類に絶対立項され得ない項目など一読に値する啓蒙的ライターである。観念史的新アプローチを実践紹介し、その一テーマとしてスウィフトを単なる諷刺文学者として以上の、時代の政治のみか時代の知(エピステーメー)全体の中の重要文化人として捉えたニコルソンの鴻業は今なお絶大な評価を受けている。

『観念史事典』でとりわけ印象的なのは「確実性(サートゥンティ)」という「アイディア」を、しかも「十七世紀以前に於る」と「十七世紀以後に於る」と大項目ふたつに分けて記述していることで、十七世紀以前と以降の分かれ目がまさしくオーガスタン・エージの英国であるのは間違いない。『ガリヴァー旅行記』を諷刺文学として考える場合、見てきたような政治・経済・社会の様々せめぎ合う諸要素を分析し、嗤(わら)うレヴェルの他に、というかそれと混ざり合う形で急速拡大・変化していく思想とか哲学への諷刺というもうひとつ別レヴェルでの諷刺があり得るし、それらの諷刺を行う源となる「理性」、その理性がみずからの武器として駆使する言語、もっと広く表象と呼んでもよいような――やればやるだけ諷刺の拠りどころが自分自身になるような(当世風に言えば)自己言及的な諷刺のレヴェルにさえ深化せざるを得ない。オーガスタン・エージの諷刺はそういう何段階かの批判ないし諷刺を同時に行い、深化させて、二十世紀後半の例えばノンセンス文学研究の対象となるような自在無碍(むげ)なジャンルとしての広がりと深まりを今日から見て孕んでいる。その極致が見られるのが『ガリヴァー旅行記』のように思える。諸事に対する我と我が認識の正しさ（というか「確実性」）が吟味の対象になり、そういう認識を伝える言語表象なる具の正しさまでが疑われるようになる。その脳内での混沌と懐疑を惹き起こしながら、唯一その突破口たり得るものとして喧伝され、「ニュー・フィロソフィー」「ニュー・サイエンス」の名の下に短時日で世上を席捲していったのが王立協会が武器にしたような科学信仰であったが、結果として諸事の不確実、人生の目的喪失、言語の曖昧といった否定的状況を理念の上で突破しようとした「文学」は従って清教徒革命が終了し、王立協会が勅許された一六六〇年代を以て一時途絶する。それはそうだ、理系合理集団が膨満化（インフレ）し、大したコミュニケーションズ・トゥールと認められなくなった自然言語の代りに0／1二進法の「完全言語」「普遍言語」をこそと主張する時、不確実こそ政経と人生たり、曖昧さこそ言語の生命たりと主張するエリザベス朝イングランドの「英文学」（端的には史上屈指の劇壇。象徴が一六一六年他界の大シェイクスピア）の大伝統は完全に絶たれた。一六四二年の劇場封鎖は単に六塵俗界の喧騒がうるさいから止めろと叫ぶピューリタンの意向のみでは説明できない。そこから約半世紀、文学の空位時代が続く。そして突然のように、自分がいかに「リアルな」話をしているか話題にし続け、自分のリアルな正しさ、確実性をうんざりするほど「ファクチャル」な「データ」の累積を以て納得させようとするデフォーのリアリズム「小説」が一七一九年登場する。英文学を専攻する研究者・学生に一六六〇年代から半世紀余りのこの問題的大転換を現実の歴史年表を傍らに構造的に説明してくれる英文学史がひとつもないことに呆然として、浅学も顧ず、チャートでしかないが僕なりに問題提起してみたのが若き高山宏の小さな大著、『パラダイム・ヒスト

リー　表象の博物誌』（河出書房新社。一九八七）だった。それを支えているのが当時まだ邦訳がない『観念史事典』の「確実性」の大論文形式の立項とデフォー／スウィフト・パラダイムとでも呼ぶ他はない、たまたま「文学」の形式をとった知総体の大パラダイム・チェンジに切り込む極めて観念史派寄りの十点余りの先行研究書だった。その一冊が僕の訳業中の最大功績と言いたいロザリー・L・コリー女史の『パラドクシア・エピデミカ』（一九六六）で、人間の認識の不確実さを主張する内容と形式を持つ「パラドックスの文学」なる超領域的感性があることを比類ない通観と博識を以て記述したルネサンス／マニエリスム研究一変の震撼書だったが、実に象徴的なことにパラドックスの文学の系譜辿（たど）りがものの見事にスウィフト記述の直前でぷっつと途切れる。スウィフトがパラドキシカルな書き手でなくなったと言っているわけではない。『観念史事典』の「パラドックスの文学」の項は今や想像通りコリー女史が寄稿しているのだが、世界文学史的観点に立って次のような重要な指摘を含んでいるので、是非ここで改めて顕彰しておきたい。関心が分裂症（スキゾ）過ぎて捉えどころがないと十人中九人の同僚研究者を嘆かせる僕の全文業の核（コア）にあるのがこの一文なのだ。

　パラドックスは競合する価値体系もろもろが哲学的な多元主義なり相対主義を強めるような時代に主として瀰漫（びまん）するものであると考えられてきた。たしかに、文学のパラドックスは知的パターンが混沌としているような時代相に簇生（そうせい）してきたのである。こういう理由もひとつあって、ルネサンス期はパラドックス隆昌の時代となった。この時代のパラドックス流行のもうひとつの理由として、

⑥――言語表象が着脱自在の衣服と同じ無根拠な記号にすぎないことを言う「衣裳哲学」(トマス・カーライル)の傑作たるスウィフト『桶物語』(1704)の一場。

⑦――「理性」の嗤うべき対象として物化した身体。浣腸メタファーの大流行。ウィリアム・ホガース画「ガリヴァーの浣腸」(1726)。

VOLUME III.
Of the AUTHOR'S
WORKS.
CONTAINING
TRAVELS
INTO SEVERAL
Remote Nations of the WORLD.
In Four PARTS, viz.

I. A Voyage to LILLIPUT.
II. A Voyage to BROBDINGNAG.
III. A Voyage to LAPUTA, BALNIBARBI, LUGGNAGG, GLUBBDUBDRIB and JAPAN.
IV. A Voyage to the COUNTRY of the HOUYHNHNMS.

By LEMUEL GULLIVER, first a Surgeon, and then a CAPTAIN of several SHIPS.

—— —— Retrorsum
Vulgus abhorret ab his.

In this Impression several Errors in the London and Dublin Editions are corrected.

DUBLIN:
Printed by and for GEORGE FAULKNER, Printer and Bookseller, in Essex-Street, opposite to the Bridge. MDCCXXXV.

34 Frontispiece and title-page of Volume III of Faulkner's edition of Swift's *Works*, Dublin, 1735.

19 'Captain Lemuel Gulliver', frontispiece of the first issue of Motte's edition of *Gulliver's Travels*, 1726, engraving (first state) by John Sturt and Robert Sheppard.

20 'Captain Lemuel Gulliver', frontispiece of a later issue of Motte's edition of *Gulliver's Travels*, 1726, engraving (second state).

21 'Captain Lemuel Gulliver', frontispiece of the third volume of Faulkner's edition of Swift's *Works*, 1735, engraving.

THE
WORKS
OF
J. S, D.D, D.S.P.D.
IN
FOUR VOLUMES.
CONTAINING,

I. The Author's MISCELLANIES in PROSE.
II. His POETICAL WRITINGS.
III. The TRAVELS of Captain *Lemuel Gulliver*.
IV. His Papers relating to *Ireland*, consisting of several Treatises; among which are, The DRAPIER'S LETTERS to the People of *Ireland* against receiving *Wood's* Half-pence: Also, two Original DRAPIER'S LETTERS, never before published.

In this Edition are great Alterations and Additions; and likewise many Pieces in each Volume, never before published.

DUBLIN:
Printed by and for GEORGE FAULKNER, Printer and Bookseller, in ESSEX-STREET, opposite to the Bridge. MDCCXXXV.

35 Frontispiece and title-page of Volume I of Faulkner's edition of Swift's *Works*, Dublin, 1735.

⑧——版によって微妙に扱いの異なる「パレルゴン」(388–389ページ参照)としての「リュミエル・ガリヴァー」肖像、「スウィフト」肖像の交錯。どれが真の作者なのかわからなくなっていく。ピーター・ワグナー『アイコノテクスト』より。

人文主義者たちが古典古代の文学的規範を復興させた際、その中にパラドックスという形式もあったのだという事実を忘れるべきではない。古典古代のパラドックスが復興され、研究され、模倣され、新しい状況に適応させられた。実際、後期ルネサンスには古今のパラドックスの偉大なアンソロジーが編まれたし、同時に、似たような諧謔と真面目相半ばするような（serio ludere の）数学-科学の変種珍品ばかりを蒐集したコレクションが「数学的リクレーション」なる独自の疑似-文学的な一ジャンルを形づくっていた。

　こうして私のこのエッセーでは代表的素材をもっぱらルネサンスからとって来るのだが、凡そパラドックス偏愛は何もルネサンスに限ったことではないということは急いで付言しておかねばならない。西欧の伝統の中では、人間のする認識とは何であるかに心いたす著述家たちは勢いパラドックスに染まりやすかった。十八世紀で言えばバーナード・マンデヴィル、スウィフト、ローレンス・スターン、そしてディドロなど。一方、パラドクシーはいつもノンセンスと密なつながりを持ち、ルイス・キャロルとクリスチアン・モルゲンシュテルンの超の付く知的作風は、古典的なパラドックスの常套主題（トポス）を示すと同時に、文学のパラドックスに資するところ大なるものがある。現代ではと言われるなら、G・K・チェスタトン、ジョイス、サルトル、レーモン・クノーと「ウリポ」グループ、ホルヘ・ルイス・ボルヘス、そしてエーリッヒ・ヘラー、また禅に影響された詩人たちや、ニコラス・フリーリングのような推理小説作家たちが、その作風において西欧のパラドックス文学の系譜を担っていると言える。……

僕が大学やカルチャーセンターで西欧文学史がらみのテーマをあずけられた時、目次案を練るのにその都度読み直すキーパラグラフのひとつで、自分の訳文などで暗誦というのも恥ずかしいが全文すらすらとそらんじられるほどだ*1。現代まで連綿と続く系譜を担っているはずのスウィフトの直前でこの系譜が一度途切れるという同じコリーの先ほどの指摘って、では何なのか。そこに『ガリヴァー旅行記』の面白さも謎も、秘密がある。ひとことで言えば身体と精神が別々のものではないという身心一体的(somatic な)人間観が完全に分離し、対象（オブジェ）／もの化した身体を「理性」という名の独立した主体（シュジェ）が距離を置いて見ているという大変偏倚（パラドクサ）な教えから遠い二元論的人間観(オーソドックス)が、しかも「理性」側への崇拝という形で確立した。まさしく正統（オルトドクサ）な教えが勝ちを占めた瞬間をそっくり抱え込まされたのがスウィフトの占める危うい転轍装置（フリップフラップ）的な位置だったというべきである。修辞学や論理学の側からパラドクシストたるスウィフトのそういう立場を論じたそれぞれが例外なき名著を一、三紹介しておく。認識と歪んだ認識としての誤解をスウィフトがいかに究極的テーマとしたかを、考えてみれば認識論哲学（エピステモロジー）と「言語の不十分さ」を核に論じたジョン・ロック(一六三二―一七〇四)の全（ま）た き同時代人ということで論じ切った名作群で、中でもロザリー・コリーがスウィフト直前で打ち切った後を引き受けて、「ルイス・キャロルやクリスチアン・モルゲンシュテルン」にまで一貫して読み継いだ十年に一人の才媛スーザン・スチュワートの『ノンセンス　民話と文学の間テクスト性』は「今」だから可能なノンセンス・パラドックス文学論の極限値を示す(一九七八)。いわゆるポストモダン批評が「極大と極小」(花田清輝のスウィフト読解のキーワードだ)の文化史の中で巨人国と小人国のテーマを論じた奇著『憧憬論』（一九八四）と併せて今最高のスウィフト研究家はこのスーザン・スチュワートではないかと思う。「ニコおばさん」が端緒を開いたぎりぎり広義の観念史・精神史からするスウィフト読みは「ローズ」（ロザリー・コリーの綽名）、そして今ローズ狂（クレイズ）のS・スチュワートに引き継がれている。彼女らの研究業績を強く意識した僕のこの翻訳がもし御気に召したら、是非御本人たちのスウィフト研究の文章に当たられよ、と勧めておく[2]。

『ガリヴァー旅行記』読みをもう一人、広げ深めたのがバーバラ・マライア・スタフォードで、分裂した後自律していく精神が、遺棄された身体をいかに忌避し始めたかを巨視的かつ微視的に追尋してみせたその『ボディ・クリティシズム　啓蒙時代のアートと医学における見えざるもののイメージ化』（一九九一）と、当時の海洋冒険者で王立協会の助成なり支援を受けていた船乗りたちの目に僻遠の地や気象がどれほど「驚異」として映っていたかを尨大な航海日誌類を副材料に用意して多ヴィジュアル

---

*1　高山宏『トランスレーティッド』（青土社。二〇二〇）、九四—九五ページ。

*2　Clark, John R., *Form and Frenzy in Swift's* Tale of a Tub (Cornell Univ. Pr., 1970).
Smith, Frederik N., *Language and Reality in Swift's* A Tale of a Tub (Ohio St. Univ. Pr., 1979).
Louis, Frances D., *Swift's Anatomy of Misunderstanding: A Study of Swift's Epistemological Imagination in* A Tale of a Tub *and* Gulliver's Travels (George Prior Pub., 1981, R・L・コリーに献呈).
Wyrick, Deborah Baker, *Jonathan Swift and the Vested Word* (Univ. of North Calorina Pr., 1978).
——, *On Longing: Narratives of the Miniature, and the Gigantic, the Souvenir, the Collection* (Johns Hopkins Univ. Pr., 1984).

に論じ切った『実体への旅　一七六〇―一八四〇年における美術、科学、自然と絵入り旅行記』（一九八四）はまんま最高の『ガリヴァー旅行記』副読本となっていて、二冊とも粒々辛苦の拙訳あり*3。

女流学者ばかり贔屓（ひいき）にしているわけでもないから男の研究者で一人どうしても勧めておきたいのが「画文交響（エクフラシス）」論の俊英、ピーター・ワグナーの『画文融通文学を読む　スウィフトからフランス革命へ』（一九九五）で*4、ジャック・デリダの「パレルゴン」理論を叩き台に、水声社の戦略的翻訳を通して我々の財産になったジェラール・ジュネットの「パラテクスト」論を手掛りにデフォーやスウィフトのテクスト本体の前後に配されて、真の作者が誰かどんどんわからなくしている献呈の辞とか編集者と仮想作者の往復書簡とか作者近影のポートレートとかいった付録・付記（パレルガ）の類がいかに本体テクストの主張する意味合いを一挙に逆転し得るか分析したもので、一七二六年発表の初版本文テクストを読了した後、一七三五年度の別エディション（いわゆるフォークナー本）で初めて活字化された「ガリヴァー船長より従兄シンプソンへ宛てた書簡」という「付け足り」部分で、しかし本文のあり方が一挙に変化してしまう体験を是非、楽しんでくれるようにとジュネットは言うわけだ。言われると改めて面白い仕掛けだ。この「書簡」は一七二六年の日付が入っているが、初版刊記に合わせた擬装で、一七三五年までのどこかで書かれたということだけはたしからしい。従って作品本体終了の、さらに後の場所に置いた。パレルゴンとしてたのしんでいただけるだろう。真と偽、実と不実の截然たる区分なり境界がいつまでも先延べされる文学的畸型遠近法（アナモルフィズム）とでも言おうか、まさしく時代精神を三百年隔たりながら居心地悪く体験できるのである。新古典主義と呼ばれた大人（おとな）の諷刺文学とかで評価が定まっている気配の相手のど真中にだましと歪みを――つまりはマニエリスムの真諦（しんたい）を――垣間見るのは仲々の驚異だ。巨人やら喋る馬やら出てくるから驚異（ワンダー）の文学だというレヴェルから、認識と言語表現のいい加減さをその言語自身があばく自己言及の驚異（ワンダー）へ。驚異（メラビリャ）という古典古代以来のマニエリスム感覚表現（τὸ θαυμαστόν; τὸ ἐκπληκτικόν）の左右全音域を『ガリヴァー旅行記』はたったの一冊で奏で切る。ローマ帝国の実質的創建者アウグストゥス神皇の時代の政治と文運の再来ということでオーガ

---

*3　バーバラ・スタフォード『実体への旅』（拙訳。産業図書。二〇〇八）、同『ボディ・クリティシズム』（拙訳。国書刊行会。二〇〇六）。

*4　Wagner, Peter, *Reading Iconotexts: From Swift to the French Revolution* (Reaktion Bks., 1995). Bullard, Paddy & James McLaverty (eds.), *Jonathan Swift and the Eighteenth-Century Book* (Cambridge Univ. Pr., 2013).

⑨——キャロルとスウィフトは「パラドックスの文学」としても一系列として語りうるばかりか、今後書かれるべき「驚異」の文化史の中でも当然一系譜化される。

⑩——本当は誰の『ガリヴァー旅行記』訳が上手か下手かなどより、日本のオーガスタン・エージと称すべき宝暦年間の平賀源内の『風流志道軒伝』（1763）のガリヴァー・インパクトをこそきちんと議論した方がよい。

スタン・エージと呼ばれた時代は、「白銀ローマ」と呼ばれて、そこでは雄弁と修辞の技巧と遊びに古典ラテン語文学が円熟の極みに達した時代の再来ということになる。英文学にマニエリスムなしなど、実はとんでもない暴論なのだ。サイクルを描いて怪物と自己言及の驚異文芸（ストゥポーレクンスト）は巡り来る、そのようにマニエリスムは繰り返すと『迷宮としての世界』（一九五七。邦訳六六）のグスタフ・ルネ・ホッケは五つのマニエリスム文芸期を数えあげたが、そのひとつがアウグストゥス帝政下のローマ白銀時代であったことをついつい見逃して、僕にしてからが『ガリヴァー旅行記』を成熟社会の悠々たる大人のお笑い諷刺文学などと随分と「馬」抜けなことを言っていたものなのだヒンヒン。まさしく顰蹙ものですな、反省しきりであります。ヒーン。

　諷刺とマニエリスムが区別なく一体化したのがスウィフトと、その同時代文芸であることのたれにでも理解できる瞬間が『ガリヴァー旅行記』自体の中にいくらも用意されている。典型が他愛ない一個の言葉遊びがひと一人の生命なり安寧を奪いえたそういう同時代だったということを言うアナグラム遊戯を紹介するくだり（第三部第六章末尾）。原文ではOur Brother Tom hath just got the Pilesなるおバカな一文がResist, a Plot is brought home, The Tourとムリヤリ読み換えられる。マニエリストの言葉遊びの一典型なのだが、ポーの「盗まれた手紙」に適用された同じような悪意ある誤読こそが清教徒革命の渦中に神権王チャールズ一世を処刑に追い込んだ「証拠」のひとつであったことを忘れてはなるまい。ここにだけは訳注を付そうとか思ったが、やめた。地名「ザモスキ」はあくまでザモスキ、「ナンガサキ」はナガサキなのであって、訳注でザモスキ、ナンガサキはそれぞれ「下田」、「長崎」のこと、と書くのはつまらぬイリュージョン破壊だ。「エド」はエドなのであって、これをいきなり「江戸」と書くのは余計なお世話だ。作中ある「ジャパン」はそういう名の珍しい異界の名であって、これをいきなりちゃんと「日本」と訳して、翻訳の(ディス)イリュージョン行為に思いをいたすことのない『ガリヴァー旅行記』訳は僻遠架空の地の「驚異の旅(voyage extraordinaire)」に係わる資格なし、なのだ。訳注がただ一箇所だけある。そうならないとすまない理由がある。面白がって、さがしてみて下さい。

　こんなふうに思うところあって、文語脈と口語脈が自由に交錯することで却って新旧錯綜時代に見合う交雑文体(ars macaronica)を狙っていく厄介な文章文体を心からたのしんでいただいた様子の編集者、津田正氏の頭と、頑迷に機械入力を拒否している学魔の手の代りになっていただいた高見沢紀子さん、いつも拙著がお世話になっている装丁の柳川貴代さんには感謝の言葉もない。津田さんは、拙著『トランスレーティッド』(青土社。二〇二〇)を世に送り出してくれた藤原義也さん同様、東京都立大学での僕の教え子ということで、本当に長の年月、教師稼業をやってきて良かったなあ、しみじみそう思ったことでありますね。

二〇二一年一月一日

コロナ禍去ることを祈る年頭に

學魔　高山　宏　識

「訳者解題」図版出典

①　高山宏「新宿朝日カルチャーセンター講義」(『ガリヴァー旅行記』を読む)の配布テキスト。②③　Ephraim Chambers, *Cyclopædia: or, An Universal Dictionary of Arts and Sciences* (1728). ④ 高山宏『終末のオルガノン』(作品社。1994)。⑤　Marc Shell, *Islandology: Geography, Rhetoric, Politics* (Stanford Univ. Pr., 2014). ⑥　Deborah Baker Wyrick, *Jonathan Swift and the Vested Word* (Univ. of North Carolina Pr., 1978). ⑦⑧　Peter Wagner, *Reading Iconotexts: From Swift to the French Revolution* (Reaktion Bks., 1995). ⑨ 山中由里子編『〈驚異〉の文化史——中東とヨーロッパを中心に』(名古屋大学出版会。2015)。⑩　明坂英二(文)、太田大八(絵)『ガリヴァーがやってきた小さな小さな島　月刊たくさんのふしぎ　223号』(福音館書店。2003)。

«訳者紹介»

高山 宏（たかやま・ひろし） 1947年生まれ。東京大学大学院人文科学研究科修士課程修了。東京都立大学、明治大学を経て、現在は、大妻女子大学副学長。著書に、『アリス狩り』シリーズ、『見て読んで書いて、死ぬ』、『近代文化史入門』、『トランスレーティッド』ほか多数。訳書に、ウィルフォード『道化と笏杖』、E・シューエル『ノンセンスの領域』、『オルフェウスの声』、M・プラーツ『ムネモシュネ』、R・L・コリー『パラドクシア・エピデミカ』、バーバラ・スタフォード『実体への旅』ほか多数。「学魔」と称される。

KENKYUSHA

〈検印省略〉

ガリヴァー旅行記（りょこうき）
（「英国十八世紀文学叢書」第二巻）

二〇二一年一月二十九日　初版発行

著　者　ジョナサン・スウィフト
訳　者　高山宏（たかやまひろし）
発行者　吉田尚志
発行所　株式会社　研究社
〒一〇二–八一五二
東京都千代田区富士見二–十一–三
電話　（編集）〇三–三二八八–七七一一
　　　（営業）〇三–三二八八–七七七七
振替　〇〇一五〇–九–二六七一〇
http://www.kenkyusha.co.jp
装　丁　柳川貴代
印刷所　研究社印刷株式会社
定価はカバーに表示してあります。
万一落丁乱丁の場合はおとりかえ致します。

ISBN 978-4-327-18052-2　C0397
Printed in Japan